KB099251

DONGSUH MYSTERY BOOKS 106

A VOICE FROM THE DARK
어둠의 소리
이든 필포츠/박기반 옮김

동서문화사

옮긴이 박기반(朴基盤)

서울대 대학원영문과 졸업. 경희대교수 역임. 옮긴책 골즈워디《포사이트 집안》카터《피라미드, 투탕카멘의 수수께끼》등이 있다.

DONGSUH MYSTERY BOOKS 106

어둠의 소리

이든 필포츠 지음/박기반 옮김

초판 1쇄 발행/1977년 12월 1일

중간 1쇄 발행/2003년 6월 1일

중간 2쇄 발행/2013년 8월 1일

발행인 고정일/발행처 동서문화사

창업 1956. 12. 12. 등록 16-3799

서울 강남구 도산대로 163(신사동)

☎ 546-0331~6 (FAX) 545-0331

www.dongsuhbook.com

*

편찬·필름·제작 일체 「동판」 자본으로 이루어짐에 따라

출판권 소유권자 「동판」에서 제조출판판매 세무일체를 전담합니다.

사업자등록번호 211-87-75330

ISBN 978-89-497-0191-2 04840

ISBN 978-89-497-0081-6 (세트)

어둠의 소리
차례

등장인물

존 링글로즈　은퇴한 베테랑 형사.

벨레아즈 부인　호텔에 묵고 있는 노부인.

수잔 맨리　벨레아즈 부인의 하녀.

제이콥 브렌트　호텔 주인.

버고잉 뷔즈(브루크 경)　상아 세공품 수집광인 귀족.

아서 비튼　브루크 경을 섬기던 전 집사.

밀드레드　브루크 경의 조카딸.

루드빅 소년　브루크 경의 조카.

콘시다인　젊은 의사.

유령

올드 매너하우스 호텔은 남쪽 산 중턱에 자리잡고 있었다. 이곳은 높이 200미터쯤 되는 곳으로, 호텔 뒤쪽 일대는 황폐한 밭과 숲으로 이루어지고 바닷가에 잇닿은 기슭에는 농원이 늘어서 있었다. 그 아래 골짜기로 개울이 흘러내렸다. 해안선은 이 골짜기 건너편에서 한 번 높아졌다가 불규칙한 언덕을 이루고, 거기서부터 낮아져서 분홍색 절벽이 물가까지 이어져 있었다. 남쪽으로는 영국 해협이 펼쳐져 있고, 동쪽으로는 모래 언덕이 뻗어 나가 있다. 그 모래 언덕 끝에는 포틀랜드 곶(串)의 듬직한 구릉이 그 어렴풋한 모습을 구름처럼 겨울 바다 위로 드리우고 있었다.

올드 매너하우스 호텔은 바람 부는 쓸쓸한 언덕길이 엇갈리는 곳에서 있었다. 사냥하러 오는 사람들 덕분에 이 호텔은 크게 번창하고 있었다. 그래서 호텔에서는 호텔 밖 널따란 빈터에 사냥개들을 모아둘 수 있도록 하였다.

저녁놀이 물들어 가는 11월 어느 날, 이웃 도시 브리드포트에서 달려온 자동차가 넓은 석조 현관 앞에 멈춰서더니 한 사나이가 내렸다.

호텔의 중심부는 2층으로 되어 있으며, 처마가 양옆으로 길게 뻗어 있고, 가운데뜰 뒤에는 마구간이며 헛간이 나란히 늘어서 있었다.

존 링글로즈는 자동차 안에서 짐과 엽총 케이스를 꺼낸 다음 초인종을 눌렀다. 안쪽에서 둔한 종소리가 들려왔다. 그는 55살의 활발한 사나이였다. 몹시 여위었으나 성격과 체격이 강해 보였다. 깨끗하게 면도한 얼굴은 따뜻한 표정을 띠고 있으며 아주 매력적이었다. 날카로운 두 눈에는 유머가 어려 있는 듯했다. 지금까지의 그의 생애도 그로부터 유머를 앗아 가지는 않았던 것이다. 다만 그가 한평생을 어떻게 지내 왔으며, 사람들에게 어떻게 이처럼 온화한 태도를 보일 수 있을까 이상스럽게 여겨질 뿐이었다. 그러나 그는 본디 휴머니스트였다. 경험도 '자연'이 준 이 선물을 변화시킬 수는 없는 모양이다.

링글로즈는 크게 줄무늬진 노퍽 재킷(허리에 딴 감을 대고 앞뒤에 주름이 있는 재킷)과 니커보커스(무릎 근처에서 졸라맨 느슨한 반바지)를 입고, 긴 다리에 털양말을 신고 있었다. 짧게 자른 흰 머리에는 사냥 모자를 쓰고, 끝이 뾰족한 짙은 갈색 구두를 신었다. 그는 코를 비틀며——무의식적인 그의 버릇 가운데 하나이다——주변의 아름다운 풍경에 푹 빠져들었다. 그는 도싯의 산마을은 잘 알고 있었지만, 올드 매너하우스 호텔에 온 일은 한 번도 없었다. 그는 호텔 주인 제이콥 브렌트의 초청을 받고 이곳에 온 것이었다. 링글로즈는 지난해 브렌트 씨의 일 때문에 말할 수 없이 애를 먹었다.

브렌트 씨가 현관에 모습을 나타내더니 아주 기쁘게 손님을 맞아들였다. 그는 꽤 몸집이 크고 완강했으며 꾸밈이 없는 사나이였다——자기 자신의 입버릇으로는 몸집이 지나치게 커서 서두르거나 힘든 일은 할 수가 없다고 한다. 흰 턱수염으로 얼굴 아랫부분이 가려지고, 넓고 상냥하게 보이는 볼에 커다란 코는 조금 붉은 색을 띠고 있다. 잿빛의 큰 눈이 금속테 안경 속에서 반짝였다. 똑바로 서면 키가 193

센티미터나 되는 거인이었다. 그는 언제나 등을 구부정하게 하고 있었으나, 그래도 172센티미터 키의 존 링글로즈보다는 커보였다.

이 새 손님은 정성스러운 환영을 받으며 방으로 안내되었다. 방에는 난롯불이 타오르고 있었다. 링글로즈의 방은 건물의 왼쪽 끝이었으며, 복도를 지나서 가게 되어 있었다.

링글로즈는 어느 장소에서든지 밤을 지내게 될 때에는 언제나 그곳을 정확하게 조사해 두는 버릇이 있었다. 그는 잘 알지 못하는 남의 침대에서 자게 될 경우, "될 수 있는 대로 내 주위의 모든 상황에 대해서 알려고 하고 있습니다" 하고 입버릇처럼 말했다.

그가 지금 이 방을 둘러보니 창문은 바깥 길에서 보아 150센티미터 남짓한 높이에 있고, 도로와 창문 사이에는 좁은 잔디밭과 울타리가 있을 뿐이었다. 창문은 네모반듯한 흔한 모양으로, 여느 자물쇠로 잠그게 되어 있었다. 방문은 창문 맞은편에 열려 있었고, 그곳에서 복도가 끝나고 있었다. 이 방은 동쪽 추녀 끝에 있었다. 방의 3면은 바깥벽이고, 한쪽뿐인 내부 벽은 이 방의 침실과 옆방을 가르고 있었다. 그곳에도 복도로 난 출입문이 있었다. 난로는 바깥쪽으로 이어진 벽에 붙어 있었다. 지금부터 2주일 동안 링글로즈가 침실로 쓸 이 방은 그 밖에는 달리 특징이 없었다. 우중충해 보이는 커튼이 창문에 드리워지고, 흰 블라인드가 커튼 안에 내려져 있었다. 화장대 위에 놓인 램프 스탠드가 방 안을 밝히고 있었다.

존 링글로즈는 짐을 풀고 옷을 옷장 서랍 속에 넣었다. 한쪽 벽이 들어간 곳에 벽장이 있었으므로 거기에다 외투를 걸었다. 그리고 탄약통과 엽총 케이스와 수렵용 각반과 장화를 넣었다. 그는 이곳에서 기분 좋게 사냥을 즐기기로 친구와 약속해 두었던 것이다. 그는 두세 권의 책과 손가방, 가죽으로 만든 책받침을 창가의 테이블에 정돈하고 난로 위의 쇠그물 덮개를 덮고 나서는, 방을 나와 차를 준비해 놓은 서재로 가서 주인 앞에 앉았다.

브렌트 씨는 아내가 세상을 떠나 지금은 혼자였다. 이 손님의 노력으로, 오빌의 사립은행 행원이었던 브렌트 씨의 외아들은 중죄의 혐의로부터 결백을 증명받을 수 있었다. 이 젊은이는 정직했으나 2인조 강도의 앞잡이 노릇을 하고 있었다. 그 두 사람은 지금 복역중이나 제이콥 브렌트 씨의 아들은 떳떳한 몸이 되었다. 링글로즈의 직업적인 뛰어난 솜씨 덕분이었다. 이 젊은이의 아버지는 그 일을 고맙게 생각하여 오래 전부터 언제든지 와서 머무르라고 이 탐정을 초대했던 것이다. 링글로즈는 좋은 차를 마시면서 여느 때처럼 확실한 말투로 자신의 목적을 밝혔다.

"브렌트 씨, 나는 얼마 전부터 방문하려고 생각했습니다. 경치가 좋은 곳에서 즐거운 한때를 지내며 사냥의 진미를 맛볼 기회를 놓치고 싶지 않았습니다. 때문에 내 사정을 말씀드려야 할 것 같습니다. 아시는 바와 같이 나는 은퇴했습니다. 아직은 은퇴하고 싶지 않았지만…… 그러나 나는 욕심꾸러기는 아닙니다. 일도 많이 했습니다. 한편으로는 다음 세대에 큰 기대를 걸고 있기도 합니다. 그래서 후배들에게 길을 열어 주었지요. 일의 종류야 어떻든 우선 일을 하고 싶어서 지난날 나의 이야기를 담은 책을 쓰려고 합니다."

"선생님의 과거 경험으로 미루어 보아 안 될 일은 아무것도 없을 겁니다" 하고 브렌트 씨는 잘라 말했다.

"그렇게 생각해 주셔서 고맙습니다. 실은 경시총감께서 그 지혜를 알려 주었답니다. '링글로즈, 자네는 빈들빈들 놀 인간은 못되네. 나는 지금 스코틀랜드야드(런던 경시청)의 회상록을 쓰기 시작했지. 자네도 지난날의 일들을 글로 써 보게. 자네 책은 나보다 훨씬 더 자극적인 것이 될 테니까'라고 제임스 리지웨이 경은 충고해 주었지요. 그래서 그렇게 하기로 했습니다. 재미있는 재료는 많습니다. 인간성의 밝은 면도 충분하고, 걱정이며 범죄며 신비스러운 점도 충분합니다. 이것을 보기 좋게 정리할 수 있을지 시험해 보고 싶습니다. 그래서 책을 쓰기로 계획하고 있습니다. 마지막을 장식할 눈부신 모험적인 사건을 또 하나 바라고 있기는 하지만 이미 은퇴했으므로 손에 쥐고 있는 재료만으로 최선을 다하는 수밖에 없겠지요."

"그렇고말고요. 당신은 아마 책을 열 권도 더 쓸 수 있는, 무섭고 위태로운 사건을 다뤄 왔을 테니까요."

"당신은 이해심이 많은 분이로군요. 그러나 나는 그렇게 길게 쓰고 싶지는 않습니다. 억지를 부리고 싶지는 않거든요. 일의 요점만 쓴다면 그다지 길어지지는 않을 것입니다. 브렌트 씨, 그 점을 의논하고 싶습니다. 당신은 나를 2주일 동안 초대해 주었습니다. 2주일이 지난 다음 이곳과 이 부근이 마음에 들면 그 뒤로 두세 달 정도 더 신세를 지고, 가끔 사냥의 진미를 맛보면서 내 시간의 대부분을 책을 쓰는 일로 보내고 싶은데, 어떻습니까?"

"바라는 대로 하십시오" 하고 호텔 주인은 대답했다. "조건 역시 마음에 들도록 해 드리겠습니다. 저는 6개월 이상이라도 편의를 보아 드릴 수 있습니다. 링글로즈 씨, 당신같이 유명한 분이 한지붕 아래에 머물게 된다면 돈을 버는 것보다도 더욱 고마운 일입니다. 저는 배우지 못했기 때문에 누구든지 가르쳐 주겠다면 언제나 배우려고 한답니다."

"나 말고는 어떤 사람이 묵고 있습니까?"

"네, 오랜 기간 묵고 있는 사람이 하나 있지요. 중풍을 앓고 있는 벨레아즈 부인입니다. 인상이 좋은 늙은 부인이죠. 지금은 이곳을 집처럼 여기고 있습니다. 부인과 하녀인 미스 맨리는 2년이나 우리와 함께 지냈답니다. 부인은 남은 생애를 이곳에서 보낼 생각이지요. 이따금 옛날 친구 두서넛이 방문하지만, 몹시 쓸쓸하게 지내고 있습니다. 나이가 나이인만큼 같은 또래의 사람들은 거의 세상을 떠났답니다. 부인이 이곳에 오게 된 건 낭만적인 생각 때문입니다. 이 호텔로 신혼여행을 왔었거든요. 50년 전 옛날 우리 아버지 때의 일입니다만, 그런 뜻에서 부인은 이곳을 아주 정답게 생각하고 있지요. 부인은 이곳에 휴양하러 처음 올 때에는 2, 3주일 머무를 예정이었지만, 그 뒤 여생을 여기서 보내기로 결정했습니다. 부인도 마음에 들어하시고 저도 기분 좋은 일이었습니다. 부인은 지금 84살인데도 건강하시고 기억력도 뚜렷합니다."

링글로즈는 고개를 끄덕였다.

"구시대의 늙은 부인들은 때때로 대단히 슬기로울 때가 있습니다."

"나의 어머니도 그런 부인이었지요. 놀랄 만큼 기억력이 좋았고 유머도 있었으며 남의 잘못에 아주 너그러웠습니다. 유머를 이해하는 사람은 일반적으로 다 그렇지요."

저녁 식사 때 링글로즈는 같이 묵고 있는 사람을 볼 수 있었다. 총명한 얼굴을 한 아름다운 늙은 부인으로, 푸른 눈에는 아직도 총기가 넘치고 있었다. 그녀는 레이스가 많이 달린 자줏빛 가운을 입고 다이아몬드 목걸이를 하고 있었다. 링글로즈는 꽤 값이 나갈 것이라고 생각했다. 눈처럼 흰 머리에는 아담한 모자를 쓰고 있었다.

그녀의 팔은 늙고 야위었으나 아직도 아름다웠다. 말을 하는 태도도 의연했다. 그러나 그녀의 두 다리는 마비되어 있었다. 사람들 앞에서는 반드시 휠체어에 타고 있으려고 했다. 그녀는 하녀의 부축을 받으며 식탁까지 나왔다. 링글로즈는 일어나서 인사했다. 하녀도 그녀만큼이나 늙어 보였다. 몸집이 작고 말랐으나 등은 굽지 않았으며 햇빛에 탄 얼굴에서는 아직도 지성과 품위가 풍겨 나오고 있었다. 그녀의 하녀는 때때로 정확하게 발음하며 말했으나, 듣기만 하는 때가 더 많았다. 그것은 벨레아즈 부인이 이야기하기를 좋아하기 때문이었다. 링글로즈는 저녁 식사 때 검은 프록코트를 입고 있었는데, 그것이 함께 묵고 있는 이 노부인에게 호감을 주었다. 노부인은 매우 정답고 생각이 깊은 사람이었다. 그녀는 슬기롭고 또한 세상에 대해 깊이 알고 있는 것 같았다. 그녀는 아주 조금 먹었으며, 식사가 끝나자 자기가 가져온 포도주를 한 잔 따라서 손님에게 권했다.

"나는 식사 뒤 한 시간 정도 응접실에 앉아 있어요" 하고 그녀는 말했다. "그러면 맨리가 언제나 나에게 책을 읽어 주지요. 그러나 산책을 나가게 되면 대신 이야기를 하게 됩니다. 나는 점심 시간에는 나오지만 그 외에는 방에서 나오지 않아요. 내 방은 서쪽 추녀 끝에 있어요. 언제든지 한 번 오셔서 담배라도 피우며 아름다운 경치를 구경하도록 하세요."

"담배를 피워도 괜찮습니까?" 링글로즈가 물었다.

"네, 상관없어요. 나도 이따금 담배를 피우니까요."

링글로즈는 그녀들이 자기 이름을 모른다는 것을 알았다. 그는 주인에게 자기에 관한 일을 절대 비밀로 해줄 것을 부탁했었다. 그런 뜻에서 그는 이런 경우 노부인이 바란다면 자기와 그녀 사이에 친절한 마음이 싹트게 될지도 모른다고 생각했다.

그래서 그는 벨레아즈 부인과 한 시간쯤 이야기를 나눈 다음 호텔로 바로 돌아와 물을 탄 위스키 한 잔을 마시고 일찍 침실로 돌아가기로 했다. 그는 5분쯤 호텔 문 앞에 서서 바깥 어둠을 바라보았다. 습기가 차고 음침하며 거친 날씨였다. 바람이 윙윙거리는 사이로 링글로즈는 3킬로미터 남짓 떨어진 절벽 밑에서 나는 우레 같은 파도 소리를 들을 수 있었다. 또한 먼 등대에서 흘러온 가는 빛이 어둠을 뚫고 동쪽 포틀랜드 곶 뒤쪽에서 비치고 있었다. 이 호텔은 마을로부터 멀리 떨어져 있었다. 바에 모여 있던 몇 사람도 이제는 모두 돌아갔다.

링글로즈는 자기의 방이 마음에 들었다. 난롯불이 붉게 타고 있었다. 방의 전등은 그의 의견에 따라 다른 것으로 바꾸어져 있었다. 며칠 밤을 계속해서 글을 써야 하므로 탁상용 램프가 필요했던 것이다.

링글로즈는 얼마쯤 있다가 자려고 누웠다. 깃털 이불에 몸을 파묻자 굉장히 푹신하게 여겨졌다. 딱딱한 침대가 오히려 좋다. 그러나 그는 곧 잠들었다. 아주 깊은 잠에 빠졌다. 얼마쯤 지났을까, 방 안에서 무슨 소리가 나는 것 같아 그는 잠이 깼다. 그 소리는 혹독하고 가슴을 에는 듯하여 마음의 고뇌를 심하게 자극했다. 어린아이가 고통과 공포로 울부짖고 있었던 것이다. 존 링글로즈는 독신이었지만 진심으로 어린아이를 사랑하고 있었으므로 화가 치밀어 자리에서 일어나, 마음을 얼어붙게 하는 듯한 호소 한마디 한마디에 귀를 기울였다.

"제발…… 착한 아이가 되겠어요, 착한 아이가 되겠어요! 비튼 씨, 그 사람은 보고 싶지 않아요, 오지 않도록 해주세요! 부탁이에요, 제발 부탁이에요."

이 표현은 그것을 당하고 있는 어린아이의 공포와 얼어붙는 듯한 신음 소리에 비하면 아무것도 아니었다. 이제 공포의 신음 소리도 끝났다. 그것은 너무도 잔혹하여 듣고 있는 사람으로 하여금 심한 분노를 일으켜 잠에서 깨어나게 했다. 어린아이의 마지막 신음 소리와 전등불이 켜지는 순간까지는 2초쯤 걸렸다. 전등 스위치는 침대 옆 벽에 붙어 있었다. 그러나 방 안은 텅 비어 있었다. 그는 달려가서 문을 열었다. 어두운 복도에는 살아 있는 것이라고는 아무것도 보이지 않았다. 그는 창가로 다가갔다. 커튼이 젖혀져 있었으나 창문은 잠겨 있었다. 방 안에 숨을 수 있는 곳이라고는 어린아이라야만 들어갈 수 있는 벽장밖에 없었다. 그러나 거기에도 링글로즈의 소지품 말고는 아무것도 없었다.

링글로즈가 시계를 보니 새벽 3시였다. 난롯불은 꺼져 있었다. 밤의 적막을 뚫고 이 방이 있는 몸채의 한 모퉁이를 세찬 바람이 불어가는 소리가 들려왔다. 그리고 길 위를 달리는 말발굽 소리가 무겁게 들려왔다. 말은 무리를 지어 달리고 있었다. 그는 블라인드를 올리고 밖을 내다보았다. 말 두 필이 함께 끄는 커다란 검은 마차가 보였다. 말 한 마리가 높은 소리로 울었다. 길 위에 갑자기 불빛이 비쳤다. 말들은 모두 놀란 듯 무거운 말굽소리를 내면서 달려갔다. 바람이 뒤에서 소리치며 쫓아갔다. 비가 내리고 있었다.

링글로즈는 블라인드를 내린 다음 잠옷을 걸치고 복도로 나가서 손전등을 켜고 주위를 살펴보았다. 그러나 집 안은 아주 조용했고, 어둠으로 가득 차 있었다. 옆방에서는 숨소리 하나 들리지 않았다. 그는 손잡이를 돌려 문을 열어 보았다. 방의 모양이 그의 방과 똑같았다. 그 방은 텅 비어 있었다. 먼지가 앉지 않도록 침대 위에 덮개가 씌워져 있었다. 벽장문을 열어 보았으나 거기도 역시 비어 있었다. 그는 방으로 돌아왔다. 그리고 아까 들은 외침 소리를 마음속으로 되풀이해 보았다.

"제발…… 착한 아이가 되겠어요. 착한 아이가 되겠어요! 비튼 씨, 그 사람은 보고 싶지 않아요, 오지 않도록 해주세요! 부탁이에요, 제발 부탁이에요."

존 링글로즈는 그 말을 적어 두었다. 그리고 가운을 벗고 문을 잠근 다음 불을 끄고 침대 속으로 들어갔다. 그는 한 시간쯤 귀를 기울이고 있었으나 아무 소리도 들리지 않았다. 이윽고 그는 잠이 들어 이튿날 아침에 하녀가 깨우러 올 때까지 깊이 잠자고 있었다.

다시 나타난 유령

이 은퇴한 탐정이 성공한 비결의 하나는, 놀랄 만큼 자기 억제력이 강하다는 점이다. 그만큼 열심히 일을 한 사람도 없었고, 또한 동료의 도움을 받지 않고 그만큼 많은 사건을 해결한 사람도 없었다. 그렇기 때문에 그는 여느 사람의 맑은 정신으로는 생각할 수조차 없을 만큼 아주 위험한 사건에 맞부딪친 일도 자주 있었다. 그것은 그가 부양할 가족이 없는 독신자이며, 경찰 당국자로서 비밀은 반드시 지켜야 함을 잘 알고 있었기 때문이었다. 비밀은 반드시 지켜야 한다는 점에서는 경찰도, 경찰의 손을 벗어나려는 악인도 마찬가지라고 할 수 있다. 때로는 그가 위험을 두려워하지 않는다고 비판하는 사람이 있는가 하면, 위험에 몸을 함부로 내던진다고 비난하는 사람도 있었다. 그러나 링글로즈는 자기의 확고한 신념이 있었으므로 그것을 바꾸려 하지 않았으며, 이번의 기묘한 체험에서도 그로 하여금 이제까지 익숙하게 해 온 행동 방식을 고수하게 했다. 아침이 되자 그는 자기의 방과 옆방, 그리고 주변을 더욱 세밀하게 조사하였다. 침실 창밖의 풀밭도 면밀하게 살펴보았으나 발자국 하나 없었으므로 조사하는 일은 단념했다. 이 일을 합리적으로 설명하려고 애쓴다면 한낮이 되면 자연히 설명될 수 있으리라고 생각했다. 면도를 하면서 그는 사실을 정리해 보았다. 많은 사건을 해결해 온 세련된 그였으나, 초자연적인 해석은 그의 모든 것을 무너뜨렸다.

'3시에 눈을 떴다. 어떤 소리가 들렸기 때문이다. 공포로 울부짖고 있는 어떤 어린아이의 소리——무서운 일이었다——어린아이가 벌을 받으면서 착한 아이가 되겠다고 울부짖는 소리였다. 비튼 씨——비튼 씨도 무서운 인물이다——그 사람이 오지 않도록 해주세요, 비튼 씨.'

비튼 씨라는 사람과, 어린아이가 보고 싶지 않다는 어떤 인물이 있다. 그런데 모든 일은 아무것도 없는 텅 빈 방에서 일어났다. 불쌍한 어린아이의 마지막 울부짖음을 듣고 스위치를 찾아 불을 켠 것은 2초도 안 걸렸다. 아니, 그보다도 더욱 짧았을 것이다.

그러나 방 안은 텅 비어 있었다. 어린아이도, 그 밖의 아무도 없었다. 너무 신경이 날카로워진 것일까? 아니, 그럴 리는 없다.

링글로즈는 아침 식사를 하러 가기 전에 결론을 내렸다. 그 일에 대해서는 아무 말도 하지 않았다. 자연스럽게 어떤 설명이 이루어지는지 보기로 했다. 그는 비튼 씨와 또 한 사람에 대한 것을 묻지 않고, 이곳 올드 매너하우스 호텔의 구조와 여기에 살고 있는 모든 사람들에 대해서 알아 두어야 할 일들을 조용하게 조사하리라고 마음먹었다.

호텔에 살고 있는 사람들은 벨레아즈 부인과 하녀 이외에 여자 여섯과 남자 셋이었다. 마부, 정원 돌보기와 소먹이는 일을 겸하고 있는 사나이, 그리고 종업원 겸 집안까지 돌보는 구두 닦는 사람, 이 세 사나이가 브렌트 씨 집의 고용인 모두였다. 몸집 큰 브렌트 씨는 바쁜 중에도 특별히 스스로 자랑스럽게 여기는 전기 장치에 대한 일을 손수 처리하고 있었다. '비튼'이라는 이름을 가진 사람은 아무도 없었고, 한 번도 그런 이름을 들어 본 적이 없었다.

그는 곧 마음을 가라앉혔다. 계속 비가 내리고 있었으므로 하루의 대부분은 방 안에서 지냈다. 도착한 지 사흘째 되는 날 아침 탐정은 사냥개들이 모여 있는 것을 보았다. 그는 그날 오후 사향노루를 한 마리 쏘아 맞혔다. 그는 올드 매너하우스 호텔의 사람들과 곧 친해졌다. 그는 정답고 부드러운 표정으로 다른 사람들의 이야기에 깊은 관심을 나타냈다.

사흘째 되는 날 밤에는 아무 일도 없었다. 그는 옆방의 문을 채우고 그 열쇠를 자기가 가지고 있었다. 그런데 새벽녘에 유령과 같은 그 어린아이가 다시 소리를 질렀다. 어둠 속에서 마음을 얼어붙게 하는 애처로운 목소리가 또다시 들려왔던 것이다.

"그 사람을 치워 주세요, 그 사람을 치워 주세요! 부탁이에요……. 부탁이에요, 비튼 씨."

가슴을 에는 듯한 외침 소리에 눈을 뜬 링글로즈는 곧 불을 켜고 침대에서 벌떡 일어났다. 그러나 방 안은 텅 비어 있었다. 밤은 깊었다. 달은 창 밖의 큰길 위를 비추고 있었다. 그는 시계를 보고 옆방으로 달려갔다. 그러나 그가 해 놓았던 대로 방문에 자물쇠가 채워져 있었다. 문을 다시 잠그고 방으로 돌아왔다.

올드 매너하우스 호텔에는 어린아이가 없었다. 어린아이가 있었다는 이야기도 듣지 못했다. 그는 방 한구석을 뚫어지게 보았다. 그리고는 불을 끄고 참을성 있게 귀를 기울였다. 조그만 소리라도 들리면 곧 뛰어가려고 했다. 무슨 소리가 들려 깜짝 놀랐으나 그것은 올빼미 울음 소리였다. 그는 마침내 침대로 들어갔다. 종업원 아가씨가 아침 차를 가지고 올 때까지 잠에서 깨지 않았다. 그는 이번에는 그 일을 말하려고 마음먹었지만, 누구에게 털어놓아야 할지 망설여졌다. 링글로즈는 완고한 편은 아니었다. 여러 가지 많은 사건을 해결해 왔으므로 어떠한 현상 앞에서나 가슴을 활짝 열어야 한다는 것을 잘 알고 있었다. 그러나 그의 생각은 논리적이었고, 직관은 이성적이었다. 그렇다면 지금 어떤 일이 일어나고 있는가——그는 어린양이 울부짖는 소리를 두 번이나 들었다. 그것도 생각하면 아주 가까운 곳에서. 두 번 다 불을 켰지만 방 안은 텅 비어 있었다.

"'생각하면'이라는 판단은 그 효력이 매우 크게 여겨진다. 소리는 가까운 곳에서 났는데도 울부짖던 어린아이의 모습은 없었다."

그는 먼젓번처럼 어떤 환각에 부딪친 것이라는 결론에 이르렀다. 귀는 가끔 눈과 마찬가지로 착각을 할 때가 있다. 아마 눈보다 더욱 그럴는지도 모른다. 왜냐하면 아주 좋은 조건 아래에서도 소리가 나는 곳을 일일이 확인하기란 아주 곤란한 일이기 때문이다. 그는 그 일을 벨레아즈 부인에게 말하기로 결심했다. 그 부인을 주의 깊게 살펴보니, 불구가 된 지금도 지적인 호기심은 더욱 왕성한 듯했다. 그녀는 지금도 어떤 분야에 대해서 책을 읽고 있었다. 그녀는 온화한 성품으로 사람들에게 아주 너그러워 방문자들을 매혹시켰다.

그는 자기의 이야기가 그녀에게 그토록 커다란 효과를 나타내리라고는 꿈에도 생각지 못하고, 다음날 저녁 식사 뒤 자그마한 응접실의 난롯가에서 담배를 피우며 노부인에게 그 체험담을 끄집어냈다.

"좀 이상한 일을 이야기하려고 합니다. 미리 말씀드려 두겠지만, 이 이야기는 지금까지 누구에게도 말한 적이 없습니다. 간단하게 설명할 수 있을는지 모르겠습니다만, 너무나 이상한 일이라서 심상치 않게 여겨지는군요. 해결을 하려고 애써 보기도 했으나, 저 혼자 힘으로는 어려웠습니다."

그는 그때의 상황을 정확히 설명했다. 그가 이야기를 꺼내자 그녀는 깊은 관심을 나타냈다. 부인은 의자를 꽉 붙잡고 눈을 크게 뜨며

뜨개질하던 것을 떨어뜨렸다. 금방이라도 기절할 것만 같았다. 링글로즈는 자기가 위험한 일을 했다는 것을 깨닫고 의자에서 일어났다. 노부인은 마음을 가라앉히려고 애쓰면서, 손이 닿지 않는 테이블을 가리켰다. 테이블에는 가방 곁에 강심제를 넣어 둔, 조각이 새겨진 유리병이 있었다. 그는 곧 그것을 가져다주었다. 그녀는 잠시 뒤 본디대로 돌아왔다. 그러나 몹시 흥분하고 있어서 고맙다는 말을 할 때는 목소리가 떨리고 있었다.

탐정은 고개 숙여 사과하며 하녀를 불러 드리겠다고 말했다. 그러나 벨레아즈 부인은 고개를 저었다.

"그만두세요." 그녀는 말했다. "얼마쯤 지나면 괜찮아져요. 그 이야기는 당신도 그렇겠지만 나로서는 아주 무서운 일입니다. 곧 알게 될 것입니다."

부인은 몸을 떨면서 숄을 끌어당겼다. 그녀의 흰 머리 위에서 레이스 달린 모자가 떨리고 있었다.

"말씀하시려는 것을 끝까지 해주세요. 그 다음에 내가 말하겠습니다." 부인은 계속하여 말했다. "당신은 유령의 소리를 들은 겁니다. 링글로즈 씨, 그게 틀림없습니다."

부인은 이제 침착해졌고, 말소리에도 힘이 있었다. 그러나 두 눈에는 마음속의 공포가 그대로 나타나 있었다. 그녀는 아직도 떨고 있었다.

그는 될 수 있는 대로 짧게 이야기를 끝맺었다. 듣는 사람은 열심히 귀를 기울인 채 강심제를 손에서 떼지 않았다.

그가 말을 끝내자 부인이 물었다.

"아무것도 보지는 못하셨나요?"

"아무것도 보지 못했습니다. 겁에 질린 어린아이가 부르짖는 소리만 들었을 뿐입니다. 나는 어린아이들을 아주 사랑합니다. 정말이지 가슴을 에는 듯한 어린아이의 외침 소리에 저는 피가 끓어올랐습니다. 그러나 방 안에는 아무도 없었습니다."

"그 아이는 죽었어요. 벌써 1년 전에 죽었답니다." 벨레아즈 부인이 말했다.

"그 아이를 아시나요?"

"네, 잘 알고 있어요. 불쌍하게도!"

"그렇다면 비튼 씨는 누구지요?"

"그 사나이는 어린아이의 하인이었어요. 그 집안에서 오랫동안 일해 온 집사로, 요양차 와 있는 소년을 돌보기 위하여 같이 이곳에와 있었지요."

"비튼 씨는 아직도 살아 있나요?"

"네, 그는 아주 나쁜 사람이에요."

링글로즈는 부인이 회복된 것을 알았다. 그녀가 이 이야기에 깊은 관심을 보였으므로, 그는 다시 담배에 불을 붙이며 말을 이었다.

"이것은 어떤 이상한 일의 조짐인 것 같습니다. 저는 마음을 너그럽게 가질 줄 알며 제 지식의 한계를 알고 있습니다. 감정은 많은 원한을 빚어내고 있습니다. 벨레아즈 부인, 그러나 그렇지 않은 경우도 있습니다. 당신은 1년 전에 죽은 어린아이의 목소리라고 말씀하셨습니다만, 그 소리는 한밤중에 두 번이나 확실하게 제 귀에 들려왔습니다. 그 아이는 비튼이라는 이름을 불렀습니다. ──나는 이제까지 그런 이름을 한 번도 들어 본 적이 없습니다. 어린아이는 비튼 씨에게 어떤 누군가의 모습은 보고 싶지 않다고 간청하고 있었습니다. 그러나 그 어떤 누군가의 이름은 나오지 않았습니다. 그것은 아마도 또 하나의 사나이겠지요. '그 사람은 보고 싶지 않아요'라는 말을 두 번이나 되풀이하였습니다. 그때 나는 어린아이의 겁에 질린 목소리를 귀담아들었습니다. 이것이 내가 알고 있는 모두입니다. 그런데 부인께서 알고 계신 것을 저에게 이야기하시는 것이 몸에 해롭다고 생각되신다면, 다음 기회로 미루어도 좋습니다."

"하지만 말하지 않을 수가 없어요." 부인은 천천히 입을 열었다. "말씀드리지 않고서는 잘 수도 없고 또 마음도 편하지 않을 거예요. 나의 머릿속은 말씀드려야 하나 어쩌나 하는 생각으로 가득 차 있어요. 유령이 있다는 것을 믿은 적은 없습니다만, 지금으로서는 믿지 않을 수가 없을 것 같군요."

르도우 소년

이야기를 시작하기 전에 벨레아즈 부인은 존 링글로즈에게 하녀를 불러주도록 부탁했다.

"수잔도 이야기를 듣고 싶어할 거예요. 그리고 내 이야기에 조금이라도 잘못된 점이 있다면 그녀가 바로잡아 줄 거예요. 수잔도 나와 마찬가지로 그 일을 잘 알고 있으며, 나 못지않게 아서 비튼을 미워하고 있어요."

미스 맨리가 중간에 끼어들자, 그녀보다 나이가 많은 여주인은 그녀에게 잘 듣고 있다가 조금이라도 잘못 말하는 데가 있으면 주의시켜 달라고 부탁했다.

"링글로즈 씨의 희망에 따라 르도우 소년에 대해 이야기하고 있는 중이에요. 그러니 수잔, 만일 한 마디라도 잘못 이야기하거나 잊어버렸다면 비록 하찮은 점이라도 바로잡아 줘요. 자, 그럼 내 의자를 조금 더 난로 가까이로 당겨 줘. ……나는 너무나도 뜻밖의 일을 겪었답니다. 생각하면 지금도 몸이 떨릴 정도예요."

"천천히 시작하세요" 하고 하녀는 말했다. "절대로 두려워하거나

해서는 안돼요. 나로서는 마음만 강하게 먹는다면 설명하지 못할 것이 하나도 없다고 생각해요. 결과에는 언제나 원인이 있는 법이에요. 우연이란 원인을 모르는 것뿐이지요."

벨레아즈 부인은 이윽고 이야기를 시작했다.

"1년도 훨씬 전의 일인데요, 링글로즈 씨. 이곳 올드 매너하우스에 어린아이와 집사가 찾아왔습니다. 13살 된 여위고 신경질적인 아이로 아주 몸집이 작았습니다. 병으로 몹시 쇠약해져 있는 것 같았어요. 르도우 루드빅 뷔즈……."

미스 맨리가 끼어들었다.

"워너러블(귀족 자녀의 경칭) 루드빅 뷔즈지요."

"그렇게 말하려고 했어요, 수잔. 그 무렵 이 소년은 워너러블 루드빅 뷔즈가 아니었어요. 아버지인 브루크 남작은 죽었으니까요. 그 아이는 작위를 물려받았지요. 아버지 브루크 남작은 이탈리아에서 세상을 떠났답니다. 고아가 된 어린 남매가 뒤에 남았지요. 작은 '르도우'라고 불리던 아이에게는 누이가 하나 있었습니다. 가족이 있는 곳은 브루크 노튼으로 브리드포트의 서쪽 어딘가에 큰 저택이 있었으며, 그 저택은 토지와 농원이 한가운데 있었습니다. 그런데 이 소년은 올드 매너하우스에 휴양차 왔습니다. 집사와 함께 말이에요. 아서 비튼이라는 50살쯤 된 사나이였어요. 조용하고 깨끗이 면도한 평범한 모습의 사나이로, 말수가 적었으며 어린아이를 잘 보살펴 주었습니다. 머리는 거의 백발이었지요. 잿빛 눈에 입을 곧게 다물고, 예의 바르고 사리가 밝은데도 불구하고 괴상한 버릇이 있는 사나이라고 여겨졌습니다."

수잔이 잘라 말했다.

"버릇이 나쁜……."

"아니, 그렇게 말하고 싶지는 않아. 또 처음에는 그렇지도 않았으니까." 벨레아즈 부인은 말을 계속했다. "얼마 뒤에 일어난 사건으로 이 사나이가 잔인한 악마라는 것을 알게 되었습니다. 그러나 누구 앞에서도 자기가 악마라고 여겨질 만한 일은 절대로 하지 않았고, 입밖에 낸 적도 없었어요. 실제로 주인인 브렌트 씨까지도 나와 수잔이 그 사나이를 잘못 보고 있다고 단정했지요. 우리는 어디까지나 공평하지 않으면 안 됩니다."

"그래, 어린아이는 그 사나이를 두려워하고 있었던가요?"

"네, 그렇지요. 르도우는 언제나 예의바르게 그 사나이를 따라다녔습니다. 그 역시 아이에게 세심한 주의를 기울여 친절을 베풀었지요. 아주 부드럽고 우아한 태도였습니다. 그러나 그것은 누가 곁에 있을 때뿐이었답니다. 르도우의 눈을 보면 철모르는 아이가 뭘 느끼고 있는지 곧 알 수 있었습니다. 그것은 그 사나이의 일로 내가 주목한 첫 번째의 일이었습니다. 수잔 역시 눈치를 챘지요. 그 아이는 비 오는 날이면 나에게 오는 것이 때때로 허락되었습니다. 나는 어린이를 좋아하므로 기쁘게 놀아 주었습니다. 그 아이를 연구한 적도 있었지요. 언제나 몹시 긴장되어 있고 아주 신경질적인 소년이었습니다. 갑자기 바람이 분다든가 밖에서 큰소리가 들리기만 해도 깜짝 놀라며 뛰어 일어나 새파랗게 질리는 거였어요. 그러나 역시 어렸기 때문에 때때로 근심스러운 것을 잊어버리고, 누이며 죽은 아버지며 숙부에 대해서 이야기를 하곤 했지요."

"숙부라고요?"

"현재의 브루크 남작입니다."

"음, 그렇습니까?" 링글로즈가 말했다. "나쁜 사람이로군요!"

"천만에요. 아주 훌륭한 젊은이로, 내 일생에 만났던 사람들 가운데 가장 훌륭한 사나이였지요. 나중에 말씀드리겠지만, 수잔이 나보다 그를 더 자주 대할 수 있었으므로 그다지 눈에 띄지 않고도 되도록 모든 것을 알려고 애를 썼답니다. 그 아이는 뇌질환을 앓고 있어서 언제 어떻게 발광하다가 목숨을 잃을지 모르는 상태였습니다. 1주일에 한번쯤 의사가 이 가엾은 환자를 보러 찾아왔습니다. 집사의 말로는 소년이 점점 나아간다는 것이었습니다. 그러나 의사는 그다지 좋은 상태가 아니라고 생각했나 봅니다. 나는 그 의사를 한 번 만난 적이 있어요. 내가 산책에서 돌아와 수잔이 휠체어를 밀어 넣으려고 할 때였습니다. 의사가 자동차에 오르려 하고 있었으므로 나는 큰마음 먹고 말을 걸었습니다. 그분은 모리스 데이비드 박사라는 스코틀랜드 사람으로서, 브리드포트에서 개업의로 일하고 있었습니다. 그는 간단히 말해 주었는데, 아이에게는 희망이 없는 것 같았습니다. 아이는 환상에 빠져서 잠을 자지 못했습니다. 환영이나 공포를 호소하고 언제나 멍청했습니다. 건강 상태는 이곳 올드 매너하우스의 환경에도 불구하고 숙부가 바라는 대로 나아지지 않았지요.

세월이 흘러갔습니다. 그리고 그 괴상한 일이 일어났습니다. 다만 우연한 기회에 의혹을 품게 되는 결과까지 이르렀던 것입니다. 어느 날 밤, 나는 몹시 기분이 나빠 수잔을 불렀습니다. 수잔은 바로 옆방에서 자고 있었지요. 새벽 1시에서 3시 사이였습니다. 나는 브랜디를 마시고 싶었습니다. 감기가 들고 오한으로 시달리고 있었지요. 수잔이 내 방으로 들어서려는 순간, 반대쪽 추녀 끝에서 고함치는 소리가 들렸습니다. 수잔의 말로는 그것은 몹시 겁에 질린 듯한 소리였다고 합니다. 수잔은 브랜디를 건네주며 그 이야기를 했습니다. '그것은 르도우였어요' 하고 말입니다. 나는 수잔이 그다지 공포 같은 것을 느끼지 않음을 알고 있었으므로 무슨 일이 일어났는지 알아보라고 했습니다. 수잔은 건물의 복도로 나갔습니다. 그 어린아이의 방은 지금 당신이 묵고 있는 곳입니다, 링글로즈 씨. 그 옆방에는 아서 비튼이 묵고 있었지요. 알고 계시듯이 그 방들은 이 건물의 중심에서 멀리 떨어져 있습니다. 아이가 아무리 소리치며 울어 봐야 한밤중에는 누구도 들을 수가 없지요. 그러나 정적 속에서 수잔은 그 무서운 소리를 들었습니다. 수잔은 대단한 용기로 등불도 없이 모험을 했습니다. 복도의 문 입구 쪽은 쑥 들어가 있습니다. 이윽고 그녀는 비튼의 방이 있는 두 개의 문 중간에 다다라 안으로 움푹 들어간 곳에 숨어서 귀를 기울였습니다. 잠시 아무 소리도 들리지 않았습니다. 그러나 얼마 뒤에 또다시 부르짖는 소리가 들려왔습니다. 르도우는 비튼 씨를 찾으면서 울부짖고 있었던 것입니다. 수잔, 그 아이가 뭐라고 말했었지요?"

"'왔어요, 왔어요. 그 사람이 또 왔어요. 아서, 아서 비튼 씨. 그 사람이 또 왔어요. 나를 보고 있어요.' 아이는 이렇게 비명을 질렀어요. 그리고 다음에는 조용했습니다. 아마 정신을 잃은 것이라고 생각되었습니다."

탐정은 얼굴에 피가 끓어오르는 것을 느꼈다. 그에게 약점이 있다면 그것은 어린아이의 학대를 진심으로 격렬하게 증오하는 것이었다. 벨레아즈 부인은 다시 계속했다.

"아시는 바와 같이 어떤 것이, 또는 어떤 자가 아이와 함께 방에 있었던 것입니다. 어린아이가 정신이 이상해져 어떤 것을 마음속으로 그렸는지, 아니면 무엇인가를 실제로 눈으로 보았을 테지요. 수잔으로부터 그 무서운 이야기를 들었을 때 나는 그 불쌍한 어린아이가 밤에 잠을 이루지 못하고 그와 같은 공포를 일으켰으리라고 생각되었어요. 그러나 지금은 모든 걸 잘 알고 있습니다. 수잔은 기다렸습니다. 그녀는 비튼이 아이의 방에 함께 있는지 자기 방에 있는지도 모르고 10분쯤 기다리고 있었습니다. 그때 불이 켜지면서 비튼의 방문이 열렸습니다. 그는 잠옷차림으로 촛불을 들고 나타났습니다. 수잔은 그를 확실히 보았습니다. 그의 얼굴에는 아무런 표정도 없었습니다. 눈을 또록또록하게 뜨고 정신이 맑아 있었던 것 같았습니다. 전혀 놀란다든가 근심하고 있지는 않았습니다. 다만 수잔에게는 그가 나쁜 사람으로 보였습니다. 그녀는 뭔가 무서운 현상을 지켜본 것 같은 이상한 기분이 들었다고 털어놓았습니다. 비튼은 어린아이의 방으로 들어가서 문을 닫았습니다. 여느 때처럼 부드럽고 다정한 소리로 말하는 것이 들려왔습니다. 아이는 그때 이렇게 말했습니다. '비튼 씨가 있는 곳으로 가고 싶어요, 비튼 씨가 있는 곳으로 가고 싶어요'라고, 아이는 집사와 같이 있고 싶다고 애원했던 것입니다. 이 가엾은 소년은 그렇게 하는 것이 훨씬 안전하다고 생각했던 거였지요."

"무슨 일이었습니까?" 링글로즈가 말했다. "계속해 주십시오, 부인."

"수잔은 더 이상 그곳에 있지 않았습니다. 그녀는 돌아와서 나에게 말했습니다. 말씀드릴 필요도 없이 나는 그날 밤 한숨도 잠들지 못했습니다. 나는 수잔에게도 브랜디를 조금 마시도록 권했지요. 우리는 아침이 될 때까지 서로 이야기하면서 그것에 대해 어떤 일을 해야 할 것인가 생각해 보았습니다. 나는 다음날 아침 어린아이의 숙부에게 편지를 보내어 이리로 와 주기를 부탁하려고 했어요. 그러나 수잔은 나보다 사정을 더 잘 알고 있었으므로 이대로 기다리는 편이 좋겠다고 했습니다. 그녀는 이렇게 지적했었지요……. 그때 뭐라고 말했었지, 수잔?"

"나는 다음과 같은 점을 지적했습니다, 마님. 즉 우리는 잘 모르고 있는지도 몰라요. 그 아이가 무서운 꿈이나 환상에 사로잡혀서 밤이 되면 괴로워 휴식을 취할 수가 없고, 머리가 혼란되어 있는지도 모르잖아요. 의사도 마님에게 그렇게 말했습니다. 아서 비튼 또한 비슷한 뜻으로 나에게 이야기해 주었지요. 의사는 더할 나위 없는 신사였습니다. 때문에 나는 그것이 모두 사실일지도 모른다고 생각했습니다. 가엾은 아이가 공포 속에서 부르짖는 것을 들었을 뿐이니까요. 아이가 헤어나려고 했던 것은 가엾고 작은 악동의 머리에서 일어난 공포의 그림자였는지도 모릅니다. ”

“그래요. 그러나 그것보다 더 많은 일들이 있었습니다. 수잔은 용기를 내어 아이가 없을 때 그 방을 조사해 보자고 말했습니다. 나는 그 생각에 찬성하고, 기회를 기다렸습니다. 날씨가 좋은 날은 언제나 비튼이 르도우를 데리고 동산 위나 바닷가로 산책을 나갔습니다. 이 아이는 몸이 피곤해야 잠을 잘 자기 때문이라더군요. 비튼은 식사 전에 언제나 아이를 데리고 멀리 나갔습니다. 그런데 어느 날 좋은 기회가 찾아왔습니다. 오후에 아이를 돌보아 줄 수 없겠느냐고 비튼이 말해 왔던 것입니다. 그는 브루크 노트의 주인을 방문하려고 한다고 말했습니다. 그렇다면 여러 가지로 조건이 좋았습니다. 그 무렵 우리는 사흘 전에 일어난 그 일에 대해서는 한마디도 하지 않았었지요.

나는 기꺼이 승낙했습니다. 기회를 잡은 거지요. 아이는 가엾게도 떨고 있었고 신경이 날카로웠습니다. 조그만 얼굴에는 죽음의 그림자가 떠올라 있는 것 같았습니다. 내 가슴은 찢어지는 것같이 아팠습니다. 그러나 나는 힘을 내어서 아이에게 원기를 불어넣어 주고 특별히 좋은 차를 갖다 주었습니다. 아이는 그날 오후에는 놀려고 하지 않았습니다. 굉장히 피곤한 것 같았습니다. 그러나 아이의 공포심은 나와 같이 있음으로써 훨씬 누그러졌습니다. 아이는 나와 트럼프 놀이를 했으나 이내 지쳐 버렸습니다. 수잔이 아이를 난롯가로 데리고 가서 큰 의자에 앉히자 몇 분도 안 되어 아이는 잠들어 버렸지요. 그때 나는 두려운 생각이 들었습니다. 아이가 무서운 꿈을 꾸고 비명을 지르면서 일어나지 않을까 걱정스러웠기 때문입니다. 그러나 이 아이는 몸이 피곤하면 잠을 잘 잔다고 했습니다. 아이는 자다가 한 번 눈을 떴습니다. 갑자기 놀라서 갈색 큰 눈에 공포의 빛이 가득하였으나, 내가 부드럽게 달래 주자 주위를 살펴본 다음 미소를 띠며 기분 좋게 다시 깊은 잠에 빠졌습니다. 그 사이에 수잔은 큰 모험을 시작했습니다. 수잔, 그 다음을 계속해요. 나보다 더 잘 이야기할 수 있을 테니까. "

"그것은 지루한 오후의 일이었어요. "

미스 맨리가 이야기를 받아 말하기 시작했다.

"나는 그곳에 아무도 오지 않을 것이라고 믿었습니다. 기회를 엿보고 있었지요. 여종업원과 이야기를 하다가, 그녀가 건물 밖으로 나가는 것을 확인한 다음 복도로 나갔습니다. 문에는 자물쇠가 채워져 있으리라고 생각했습니다. 그러나 그 사나이는 머리가 아주 좋았으므로 의심받을 일은 하지 않았습니다. 문은 열려 있었고 창문도 닫혀 있지 않았습니다. 처음에는 아이의 방을 조사했습니다. 조그마한 구멍과 구석구석까지 살펴보았습니다. 링글로즈 씨, 바로 지금의 당신 방이지요. 나는 그곳에서 놀랄 만한 것이라고는 아무것도 발견하지 못했습니다. 모든 것은 깨끗하고 질서 있게 정돈되어 있었습니다. 착실한 집사라면 언제나 그렇게 해 두지요. 아이의 옷은 고급이었고, 속옷도 훌륭했습니다. 구두나 긴 양말도 마찬가지였습니다. 침대는 당신이 드나들고 있는 문의 오른쪽 두 벽 사이에 놓여 있었습니다. "

"지금도 그대로입니다. "

"침대 곁에는 나이트램프가 있었습니다. 그리고 약병과 술잔이 선반 위에 놓여 있었지요. 르도우는 밤에는 난롯불을 피우는 것 같았습니다. 난로에는 장작이 쌓여 있었으나 불은 꺼져 있었습니다. 내가 의문을 품을 만한 것은 아무것도 없었습니다. 그래서 나는 비튼의 방으로 들어갔습니다. 그 방 역시 모든 것이 질서정연하게 정돈되어 있었습니다. 숙련된 독신 남자들은 그렇게 하나 봅니다. 그처럼 깨끗한 방은 본 일이 없습니다. 모든 것이 더할 나위 없을 만큼 검소하고 간결했습니다. 서랍과 벽장문을 열어 보았습니다. 자물쇠는 채워져 있지 않았지요. 사실은 그렇게 해 둔 것이 더욱 더 의심스러웠습니다. 아무 비밀도 없다는 듯이⋯⋯."

"훌륭한 말씀이십니다, 맨리 부인" 하고 링글로즈는 말했다. "남자나 여자나 자기만의 열쇠가 없는 사람이란 정말 드물지요."

"나도 그렇게 생각되었습니다."

야무진 늙은 하녀가 대답했다. 그녀는 말을 계속했다.

"나는 열쇠를 찾았습니다. 눈과 손가락으로. 그리고──이상하게도 지금 당신이 열쇠 이야기를 하셨습니다만──정말로 작은 열쇠를 찾아냈답니다. 그것은 내 엄지손가락만 했습니다. 운 좋게도 우연히 손에 들어온 것이었어요, 그렇습니다. 그 사나이가 그곳에 떨어뜨렸던 것입니다. 그렇다고 해서 그 사나이의 실수를 나무랄 수는 없습니다. 물론 그는 이 지붕 아래에 적이 있다고는 생각지 못했을 겁니다. 나는 모두 조사해 보았습니다. 창가에 놓여진 책상 위의 성서와 기도서, 그리고 글을 쓰기 위한 것까지. 또 그 위에 있는 한 통의 편지를 들어올려 보았습니다. 그것은 '나의 그리운 사람'이라는 글로 시작되고 있었습니다. 나는 편지의 끝을 보고 제인 레이크라는 여자에게서 온 것임을 알았습니다. 나는 비튼이 이 여자와 결혼을 약속하고 있다는 것을 알고 있었습니다. 그녀는 그를 만나기 위하여 두서너 번 찾아왔었습니다. 그녀는 성격이 부드럽고 아주 명랑해 보였으므로, 나는 그 편지를 읽지 않았습니다. 나는 비튼이 나들이옷으로 갈아입고 갔다는 것을 생각해 냈습니다.

그래서 양복장에 걸려 있는, 보통 때 입는 옷의 주머니를 뒤져 보려고 했습니다. 왠지 그렇게 해보고 싶었던 것입니다. 그때로서는 그렇게 할 수밖에 없었다고 생각됩니다만, 주머니는 비어 있었습니다. 끝으로 나는 시계를 넣은, 조끼의 작은 주머니에 손을 넣어 보았습니다. 무엇인가 손에 걸렸습니다. 조그마한 열쇠였습니다. 물론 시계 열쇠는 아니었습니다.

그러나 그 열쇠에 맞는 자물쇠가 없다면 아무 쓸모도 없지요. 나는 무엇이든지 뒤집어 보았습니다. 서랍이며 옷장을 남김없이 열어 보았습니다. 그의 손가방, 상자, 그리고 여행용 가방까지 하나 남김없이 열어 보았습니다. 다시 한 번 방 안을 둘러보는 데 뜻밖에도 다른 물건이 있었어요. 그러나 그것이 열릴지 어떨지는 몰랐습니다. 벽에 붙어 있는 옷장 위에 선반이 있었지요. 구조는 지금의 당신 방과 같습니다. 그런데 링글로즈 씨, 선반에 비튼 씨의 모자 상자가 있었던 것입니다. 비튼은 일요일이면 언제나 르도우와 함께 교회에 가는데, 경건하게 실크햇을 쓰고 깨끗한 셔츠를 입고 있었습니다.

나는 의자에 올라서서 상자를 꺼냈습니다. 거기에는 자물쇠가 채워져 있었습니다. 그런데 그 조그마한 열쇠가 들어맞았습니다. 뚜껑을 열기 전에, 의자에 올라서서 그것을 내릴 수 있었던 것을 하느님에게 얼마나 감사했는지 모릅니다. 상자를 열고 그 안을 들여다보았을 때 나는 굉장히 놀랐습니다. 머리를 강하게 얻어맞은 듯이 무릎의 힘이 빠져 마룻바닥으로 굴러 떨어질 뻔했습니다. 나는 이제까지 기절한 적은 없습니다. 그러나 그때에는 정말 기절할 것만 같았습니다. 거기에는 모자가 의젓하게 들어 있었습니다. 그 밖에 붉은 비단으로 싼 것 같은 것이 보였습니다. 둥글고 단단하며 야자열매 정도의 크기였습니다. 나는 그것을 꺼내어 악마의 손으로 만든 물건을 다시 자세히 보았습니다."

맨리는 다시 생각해 내며 숨을 헐떡였다. 부인은 조금 쉬도록 타일렀다.

"침착해요, 수잔. 천천히 말하도록 해요."

"그것은 사람의 머리였습니다." 수잔은 다시 이야기를 계속했다.

"그 얼굴은 붉은 머리털을 헝클어뜨리고 있어 지옥에서나 볼 수 있을 만큼 무서웠습니다. 크고 놀란 듯한 눈, 구멍뿐인 코, 개처럼 이가 드러난 입, 말로서는 그 인형의 일반적인 특징 외에는 전할 수가 없을 것입니다. 제 말씀만으로는 당신에게 장난감에 불과하게 여겨질 겁니다. 그러나 그런 것이 아니었습니다, 링글로즈 씨. 저는 머리털이 쭈뼛했습니다. 마치 살아 있는 것 같았어요. 눈은 유리였고 불길한 눈망울이 그것에 걸맞게 흘겨보고 있었지요. 굉장히 소름끼치는 물건이었습니다. 정말 내가 그것을 처음 보았을 때의 기억은 죽을 때까지 잊지 못할 것입니다."

"허풍을 떠는 것이 아닙니다." 벨레아즈 부인이 단언하듯 덧붙였다. "참으로 공포를 자아내는 물건이었답니다. 어느 누구의 피도 얼어붙게 할 만큼 무서운 가면이었습니다. 기괴하다고 해도 충분한 표현이 안 됩니다. 그것은, 그것은 지옥의 얼굴이었습니다, 링글로즈 씨."

"부인께서도 보셨나요?"

"보다뿐이겠어요, 수잔, 다음을 계속해요."

"정신을 가다듬고 나는 그것을 다시 조사해 보았습니다. 이번에는 머리가 마음대로 움직였습니다. 나는 본능적으로, 이거야말로 그 아이로 하여금 공포에 떨게 하고 비명을 지르게 만드는 그 사람이 틀림없다고 믿었습니다. 이것이 바로 이 아이가 밤중에 자기에게 가까이 다가온다고 소리쳤던 물건이었습니다. 머리와 목에 갈고리가 붙어 있었습니다. 그때 붉은 비단 조각이 떨어졌습니다. 그 가면을 비단으로 싸서 마님에게로 가져왔습니다. 아이는 그때까지 기분 좋게 자고 있었습니다. 나는 마님의 의자를 창가에까지 갖다 놓은 다음, 놀라서는 안 된다고 하며 내가 발견한 것을 말했습니다. 그리고 가면을 보였습니다. 마님 또한 깜짝 놀랐습니다. 우리 두 늙은 노파는 지금까지 두서너 차례 추한 것을 보아 왔습니다만, 이처럼 무어라 말할 수 없이 무서운 물건 앞에서는 붙잡힌 참새같이 다만 덜덜 떨 뿐, 아무것도 할 수가 없었습니다. 그러니 어리고 약한 아이에게는 더욱 무서운 물건이었을 것입니다."

"그런 악당들은 죽여도 시원치 않을 것입니다." 링글로즈가 말했다. 그의 목소리는 거칠고 격렬했다.

"우리도 그렇게 생각했습니다. 마님의 머리는 전광석화같이 재빠르게 움직여서, 조금도 지체하지 않고 나는 그림 그릴 도구를 가져왔습니다. 그림 그리는 것이 마님의 취미시랍니다. 마님은 곧 연필로 이 저주스러운 물건을 스케치했습니다. 마님이 그 두려운 일을 열심히 하고 있는 것을 보고 나는 줄곧 몸을 떨었습니다. 그러나 마님은 태연하게 20분쯤 괴물을 자세하게 그렸습니다. 아주 똑같았습니다. 그러고 나서 마님은 그 물건의 색채를 주의 깊게 관찰하고는 그 다음날 시간을 내어 실물과 똑같이 색칠을 했습니다."

벨레아즈 부인이 말을 시작했다.

"아시겠지요? 수잔이 처음 느꼈던 공포스러운 체험을 우리 두 사람이 함께 겪은 다음 우리들은 그 아이가 공포를 느끼고 조금씩 조금씩 생명이 단축되는 원인이 무엇인가를 생각해 보았습니다. 밤중에 어떤 무서운 꿈을 꾸는 것인지, 아니면 다른 일이 있는 것인지 그때까지는 우리로서 알 수 없었습니다. 그러나 이제는 분명히 알 수 있었습니다. 나는 가슴이 메어질 것 같은 그 물건을 그림으로 그렸습니다. 그것이 크게 도움이 되리라고 생각했기 때문입니다. 수잔은 그것을 제자리에 갖다 놓고 열쇠도 비튼의 주머니에 도로 넣어 두었습니다.

비튼은 저녁 무렵에 돌아왔습니다. 그때 곧 그에게 그 물건을 내놓고 무엇하는 것인지 따지지 않은 건 우리에게 이성의 힘이 있었기 때문입니다. 나중에는 그때 따져보는 게 좋았을 것이라고 후회했습니다만, 그러나 나로선 24시간 안에 어떤 일이 일어나리라고는 생각지 않았었지요. 무엇보다도 중요한 것은 그 사나이를 놀라게 하지 않는 일이었습니다. 그리고 나는 또 하나 사태를 수습할 계획을 갖고 있었습니다. 그날 밤 수잔은 브루크 노튼 저택에 전보를 쳤습니다. 아이의 숙부는 워너러블 버고잉 뷔즈 경으로 알려져 있었고, 영국에 머무르는 동안 그곳에 살고 있었습니다. 수잔이 비튼에게서 그분이 그곳에 머무르고 있다는 걸 들었던 겁니다. 그래서 나는 지금 전보를 쳐서 그분으로 하여금 이곳까지 오도록 했지요. 그러나 그분은 식사를 하기 위해 외출중이었으므로 밤중까지 전보를 받지 못했다고 합니다.

그런데 그날 밤 무서운 일이 일어났습니다. 아직까지도 그 진상은 결코 알 수가 없지만 말이에요. 그날 수잔도 나도 잠을 잘 수가 없었어요. 수잔은 두어 차례 밖에 나가 보았지만 아무 소리도 들리지 않았습니다. 겨우 날이 샐 무렵, 비튼이 집안 사람들을 깨웠습니다. 수잔이 일어나서 나가자, 아이의 상태가 몹시 나빠져, 여관의 마부인 한 사나이가 브리드포트로 의사를 부르러 가는 참이었습니다. 브렌트 씨는 나중에 비튼이 한 말을 나에게 들려주었습니다. 아이는 잘 자고 있었다고 말했던 것입니다. 한 번도 눈을 뜨지 않았는데, 새벽녘에 정신을 잃은 것 같다고 그는 말했지요. 의사는 아침 8시에 도착했습니다. 좀 늦게 아이의 숙부가 자동차로 왔습니다. 수잔은 이내 르도우가 이른바 '뇌의 열병', 즉 의사가 말하는 뇌막염에 걸렸다는 것을 알았습니다. 아이는 의식을 잃고 위독 상태였어요.

한 시간쯤 지난 다음 아이의 숙부는 나를 만나고 싶다고 말해 왔지요. 나는 물론 승낙했습니다. 그때……나는 일찍 일어나서 날이 환할 때 그 악마의 그림에 색칠을 했습니다. 수잔은 내 옆에서 대화의 증인이 되었습니다. 뷔즈 씨는 조용히 귀를 기울였습니다만, 반신반의할 것이라고 나는 처음부터 생각했었지요."

존 링글로즈가 물었다.

"벨레아즈 부인, 잠깐만 기다려 주십시오. 그는 어떤 사람이었습니까?"

"몸집이 작고 곱슬머리에 둥글고 붉은 빛이 도는 얼굴이었습니다. '빨갛다'는 표현은 지나치겠지요. 그 사람은 즐거운 듯한 모습이었습니다. 아주 유쾌한 듯했고 통통하게 살이 찐 모습이 귀여울 정도였습니다. 그러나 그분은 나중에 인명록을 보니 35살이더군요. 친절하고 예의바르며 정중했어요. 흥분하고 있는 나에게 진심으로 동정을 표했고, 수잔에게도 뭔가 물어 보고 싶은 표정을 여러 차례 나타내었습니다.

그분은 내가 제 정신인지 어떤지를 의심하고 있었습니다. 내 이야기가 끝나자 그분은 이렇게 말했습니다.

'아서 비튼은 12년 동안이나 집사로 일해 왔습니다. 그가 집사로 일하기 시작하면서부터 줄곧 해 온 일이었지요. 나는 그를 절대적으로 믿습니다.'

그는 한 번도 의심받은 일이 없었고, 지금도 또한 그렇다는 것이었습니다. 정직하고 솔직했으며 엄격하고 깨끗한 마음을 갖고 있어, 자기의 의무를 나무랄 데 없이 잘 처리해 낸다는 것이었습니다. 뷔즈 씨는 이번 사건으로 몹시 마음이 괴로웠을 것입니다. 얼굴은 힘이 없어 보이고 좀 창백했습니다. 그는 그런 일이 일어나서 낙심했다고 말했습니다. 그렇지요, 수잔?"

"네, 그분은 확실히 낙심했다고 말했어요, 마님."

"그것은 표정에도 나타나 보였습니다. 그처럼 명랑한 분이 이렇게 슬퍼할 수 있을까 하고 생각할 만큼 변했지요. 그래서 나는 이런 생각이 들었습니다. 그분이 이상하게 생각하는 것이 너무나 격렬했고, 비튼에 대한 믿음이 너무나 절대적이었으므로, 나는 순간 수잔과 내가 꿈을 꾸고 있는 것이 아닌가 의심할 정도였습니다. 그러나 그분은 차분했고 참을성이 있었습니다. 내 말을 나무라거나 귀찮게 여기지도 않았습니다. '나는 부인과 미스 맨리를 아서 비튼의 방으로 안내하겠습니다. 두 분이 있는 앞에서 모자 상자를 열도록 비튼에게 부탁하겠습니다. 그는 아마도 뜻밖의 부탁이라고 생각할 것입니다. 그러나 과학적인 확실성으로 나는 진실을 말하고 있습니다. 나는 나이를 먹었습니다만 정신은 또렷합니다. 그리고 집사는 나보다 더욱 현명하지요'라고 뷔즈 씨는 말했습니다. 나는 수잔을 가리키며 다시 사실을 강조했지요. '우리는 그 두려운 고함 소리를 들었어요. 어린아이의 공포에 찬 외침 소리였지요. 수잔은 당신의 조카가 비튼의 방으로 들여보내 달라는 소리를 들었던 겁니다. 그것은 바로 어제의 일로서, 전보를 치기 전에 나는 저주받을 악마의 머리를 보았어요. 아무튼 내 말을 믿고 이해해 주시기 바랍니다'라고요. 그분은 승낙했어요. '그런 무서운 일이 사실이라면, 나는 그를 살려 두지 않겠소' 라고 하면서 말예요. 수잔, 내 말이 틀림없지요?"

"그렇습니다. 마님."

수잔이 대답했다. 수잔이 말을 계속했다.

"우리는 함께 집사의 방으로 갔습니다. 걸으면서 그분은 나에게 살며시 마님의 머리에 혹시 이상이 없느냐고 물으셨지요. 나는 그렇지 않다고 대답했습니다. 비튼은 의사와 함께 있었는데, 아이 곁에서 의사의 말에 귀를 기울이고 있었습니다. 그는 브리드포트에서 어린아이를 돌봐 줄 간호사 두 사람을 부르기 위해 전보를 치러 나가려는 참이었습니다. 얼굴이 파랗게 질려 괴로워하고 있는 것 같았습니다. 뷔즈 씨는 곧장 그에게로 가서 모자 상자를 가져오라고 분부했지요. 그는 굉장히 놀라는 듯했습니다. 그는 처음에는 자기 주인을 쳐다보고 이어 나를 보며 눈을 부릅떴습니다만, 위협하는 것은 아니었습니다. 혹시 잘못 듣지나 않았나 하고 생각하는 듯했지요.

'제 모자 상자를 말씀입니까?' 라고 그는 물었습니다.

'그렇네, 자네의 모자 상자일세' 하고 그 주인이 대답했습니다.

그는 침실로 들어갔습니다. 우리도 그를 따라갔지요. 그는 막 꿈에서 깨어난 사람처럼 멍하니 의자에 올라서서 상자를 내렸습니다. 나는 그가 주머니에서 열쇠를 꺼내리라고 생각했지만 그렇지 않았습니다. 그리고는 모자 상자를 열어 주인에게 건네주었습니다. 뷔즈 씨는 그 속에서 비튼 씨의 모자를 꺼냈습니다. 그 속에는 모자밖에 없었습니다."

미스 맨리 수잔은 이야기를 멈추었다. 그때 마침 난로 위의 시계가 자정을 알렸다. 탐정은 자리에서 일어섰다.

"고맙습니다. 하루 저녁 이야기로는 이제 충분합니다. 늦게까지 폐를 끼쳤습니다. 이건 아주 이상하고도 무서운 일입니다. 괜찮으시다면 내일 다시 듣도록 하지요. 기억하고 계신 일은 무엇이든지 듣고 싶습니다. 이야기를 충분히 듣고 난 다음에, 내 나름대로의 질문을 하도록 하겠습니다. 그러나 무슨 일이든지 알맞게 하는 것이 중요합니다. 진심으로 감사드립니다. 그 이야기를 믿고 있다는 건 새삼스레 말씀드리지 않아도 되겠지요?"

벨레아즈 부인은 마음이 놓이는지 가슴을 쓸어내렸다.

"내가 아직도 믿어야 할 일이 그 밖에도 몇 가지 있습니다" 하고 링글로즈는 덧붙여 말했다. 그리고 그는 문 앞에 서서 뒤돌아보며 물었다.

"그 그림을 가지고 계십니까, 부인?"

"네, 가지고 있어요."

"잘됐군요, 내일 꼭 보여 주시기 바랍니다."

도전에 응하다

존 링글로즈는 정직한 사람이었다. 그는 온 생애를 바쳐 악과 싸우는 동안 많은 것을 보았으며, 참을성을 길러 왔다. 그는 많은 경험을 쌓고 있어서, 이 세상에는 죄를 저지르고 유죄 판결을 받아 형벌을 받은 사람보다도 사회의 적이면서 편안하게 살고 있는 사람이 더 많다는 것을 알고 있었다. 때로는 피해자를 위하여 범죄를 적발하고 범인을 체포하였을 적에, 피해자에게보다 범인 쪽에 더 동정을 느끼는 일도 있었다. 그러나 왜 그런지 그 까닭을 추구한다든지 또는 자신의 의무 뒤에 숨겨진 복잡한 인간 문제에 대해 관심을 쏟는 일은 거의 없었다.

링글로즈는 마음이 너그러웠으며, 편협한 사고방식은 전혀 지니고 있지 않았다. 그는 헤아릴 수 없이 많은 이상한 사건에 부닥치고, 합리적으로는 도저히 설명할 수 없을 만큼 신비한 사건에 맞닥뜨릴 때도 있었다. 그러나 인간의 성질이란 합리적으로는 설명이 불가능한 게 아닌가.

그는 자기 방으로 돌아와서 그날 밤에 들은 이야기를 생각해 보았다. 생각한다는 것은 감상적인 일은 아니었으나, 결코 감정이 결여된 것도 아니었다. 어린 소년이 악랄할 수법에 의하여 살해된 그 침대에 몸을 눕혔을 때 거의 전율에 가까운 그 무엇이 몸을 스치는 것을 느꼈다. 결코 두려움 때문은 아니었다. 탐정은 다른 사람을 위하여 마음속으로 두려움을 느끼는 일이 있으나 자신의 개인적인 두려움을 느끼는 일은 한 번도 없었다. 분명 초자연적인 일로 여겨지는 경우에도 불안한 마음이 느껴지는 적은 없었다. 이성에 바탕을 둔 용기를 지니고 있기 때문이었다.

그러나 인간의 지식으로 설명할 수 없는 일은 일어나지 않는다고 말해 본 일도, 믿어 본 일도 없었다. 그런데 그는 지금 그 문제에 맞닥뜨리고 있는 것이다. 그는 모든 이야기를 다 듣기 전에는 증거를 비교하거나 고찰하느라 시간 낭비를 하지 않았다. 저도 모르게 깊은 잠에 빠져들면서, 이처럼 부끄러움을 모르는 범죄를 저지른 사나이와 이 사건에 자기가 관계하게 된 경로에 대하여 생각했다. 그는 저 불운한 소년이 이 세상에서 사라진 1년 뒤에 그 목소리를 들은 것이다! 그가 의식이 남아 있는 동안 생각한 일은 이것이 마지막이었다. 이윽고 그는 편안하게 아무런 방해도 받지 않고 깊은 잠에 빠져들었다.

그날 밤, 벨레아즈 부인은 자신의 이야기를 모두 끝냈다.

"물론 수잔은 비튼의 모자 상자 속에 아무것도 없는 걸 보고 어쩔 수가 없었지요. 뷔즈 씨는 집사에게 모든 사정을 이야기했으며, 떠나기 전에 다시 한 번 나를 찾아왔습니다. 그는 변함없이 생각이 깊고 친절했지요.

만일 그런 상황만 아니었다면, 나는 그 사람에게 정신을 빼앗겼을 거예요. 그는 참된 의미에서의 매력과 인내심을 보여 주었거든요. 우리들 두 수다쟁이에게 붙들려 그토록 끝까지 깊은 이해를 나타내 준 사람은 아마도 없을 겁니다. 그분은 어떤 신비한 꿈이나 환상 때문에 수잔과 내가 어떤 무서운 의혹을 품었다는 설명으로 만족해 달라고 말했습니다. 그리고 그는 떠났지요. 떠나기 전에 바에 들러 그분은 브렌트 씨에게, 우리들에게 어떤 이상한 점이 없었느냐고 물었다는 것을 나중에 들었습니다. 그러나 호텔 주인에게 자세한 말은 하지 않았습니다. 그것은 정말 다행스러운 일이었지요. 지금까지도 제이콥 브렌트 씨는 우리들 사이에 어떤 일이 있었는지, 어떤 사정으로 만나게 된 것인지 아무것도 모르고 있습니다."

"브렌트 씨는 실제로 아서 비튼이 아주 좋은 사람이라고 생각하고 있어요." 전날과 마찬가지로 주인마님 옆에 앉아 맨리가 말했다.

"그거야말로 그분이 사실을 조금도 모른다는 것을 분명하게 증명하는 것입니다. 브렌트 씨만큼 마음씨 착하고 친절한 분도 드물 거예요."

"그래서 그 어린아이는 죽었습니까?" 링글로즈가 물었다.

"다음날 아침 일찍 죽었습니다. 숨이 끊어질 때 의사와 간호사가 함께 있었지요. 나는 두 주일 뒤에야 자세한 이야기를 들었습니다. 저도 데이비드 박사의 진찰을 받게 되었기 때문이지요. 어린 루드빅은 두 번 다시 정신을 차리지 못했다고 합니다. 이미 괴로워하지도 않았던 겁니다. 데이비드 박사는 살인이리라는 의심은 조금도 품고 있지 않았습니다. 나도 그것을 밝힐 필요가 없다고 생각했지요. 그는 숙부인 버고잉 뷔즈 씨가 몹시 상심해서 몸이 좋지 않다고 말했습니다. 불쌍한 르도우의 숙부는 아이가 숨진 지 얼마 뒤에 브루크 노튼에서 달려왔습니다. 소년의 누이인 밀드레드도 같이 왔지요. 나는 두 사람을 보지 못했으나 수잔은 보았다고 합니다. 뷔즈 씨는 슬픔을 못 이겨 울었다고 하더군요."

"그리고 비튼 씨는?"

"나는 그 사나이도 보았습니다." 수잔이 말했다. "그의 얼굴에는 누가 보아도 의심할 수 없는 애석함과 슬픔이 어려 있었습니다. 그 사람에 대한 것은 유리하든 불리하든 모두 알아 두는 것이 좋을 듯싶었습니다. 아이를 죽인 것은 그 사람임을 나는 확신하고 있었습니다만, 아이가 죽은 다음 그 사람이 충격을 받은 것도 틀림없습니다."

"다음날 모두 아이의 시체를 옮겨 냈습니다." 벨레아즈 부인이 말을 이었다. "아이는 브루크 노튼에 있는 가족 묘지에 선조들과 같이 묻혔지요. 묘지는 저택 가까이, 영지 안에 있다고 브렌트 씨가 말했습니다. 링글로즈 씨, 이것이 이야기의 모두입니다. 나는 이것을 아무에게도 말하려고 하지 않았습니다. 그러나 당신의 괴이한 모험담을 듣고서는 말하지 않을 수가 없군요."

"정말 고맙습니다. 그런 일을 되풀이해서 말한다는 것은 몹시 괴로운 일일 테지요. 그처럼 저주스러운 일로 두 분께서도 몹시 괴로워했으리라고 믿습니다. 당신들은 그 일을 옛날부터 알았고 나는 지난 주일부터 체험한 일이기는 합니다만, 이 두 가지 사건은 밀접한 관계가 있다고 봅니다. 맨리 부인이 발견한 것을, 즉 당신의 그림을 보여 주실 수 있겠습니까?"

"가지고 와요, 수잔."

벨레아즈 부인이 명령했다. 수잔은 열려진 다락에서 그림을 꺼내왔다.

"이 그림은 오늘 아침 내 방에 있는 상자에서 갖다 놓았어요. 상자는 자물쇠를 채워 두었지요. 누구에게도 이처럼 무서운 것을 보이고 싶지 않았습니다. 이 그림이 지금까지 이렇게 남아 있게 된 것은 참으로 우연한 일이에요. 진작 태워 버리려고 했습니다만, 당신 말씀을 들을 때까지 잊어버리고 있었답니다. 그걸 수잔이 다시 찾아냈지요."

링글로즈는 그림을 살펴보았다. 그것은 들은 바대로 무서운 그림이었다. 둥글고 험악한 얼굴에 붉은 머리칼이 흩어져 있었으며 두 눈 위에는 더 한층 빨간 머리칼이 늘어져 있었다. 두 눈에는 인간의 희화(戱畵)가 담겨 있었다. 그것은 과장된 고양이 같은 눈으로서, 눈동자가 노란 광채를 뿜어내고 있었다. 두 개의 검은 구멍이 코의 위치를 표시하고 있었고, 입은 사나운 짐승처럼 길게 찢겨져 있었다. 붉은 잇몸이 드러나 있었고, 길고 흰 이가 아래위로 날카롭게 튀어나와 있었다.

링글로즈는 이 불길한 그림을 꽤나 흥미롭게 바라보았다. 그 스케치는 고풍스러운 수법으로 간단하게 그려져 있기는 했지만, 여자들이 표현하기 어려운 사악한 분위기를 뚜렷하게 전해 주고 있었다. 그것은 괴기스러운 것이었다. 썩고 더러워진 악령이 금방이라도 튀어나올 듯했다. 그 그림을 들고 있는 손은 무엇엔가 찔리는 것 같은 느낌이 들었다.

"이 그림은 실물 크기와 어느 정도 차이가 있습니까?"

링글로즈가 물었다.

"꼭 절반 크기입니다. 실물은 커다란 야자 열매만 했습니다." 수잔이 대답했다.

링글로즈는 그림을 내려놓으며 말했다.

"이 그림은 당분간 소중하게 보관해 두십시오."

"이런 것은 간직하고 싶지 않아요." 부인이 말했다. "오늘 밤 태워 버리겠어요. 당신이 관심을 가져 주시고, 또 이 무서운 이야기가 진실이라고 믿으신다면 그것으로 충분해요. 이처럼 증오스러운 물건을 더 이상 보관해 둘 필요가 어디 있겠어요?"

탐정은 자기 생각을 말했다.

"이런 것은 여자의 상상력으로서는 만들어 내기가 아주 어렵다고 생각합니다. 남자들도 그런 일을 할 수 있는 사람은 드물다고 여깁니다……. 알코올 중독으로 정신 착란을 일으키는 환자라면 또 모르지만. 나는 지금까지 추한 것을 꽤 많이 보아 왔습니다만, 그러나 어떤 불길한 성질의 것도 이것에 버금갈 만한 것은 없었습니다. 이런 것을 만들어 낸 사람의 마음을 탐색해 보고 싶은 마음은 누구나 다 마찬가지일 것입니다. 나의 골동품 속에 이것을 포함시키고 싶은데, 어떻습니까?"

벨레아즈 부인은 그렇게 하라고 말했다. 탐정은 담배에 불을 붙인 다음 주머니에서 종이쪽지를 꺼냈다.

"두 분께서 지금부터 두서너 가지 질문에 대답해 주신다면 나는 당신들이 제공해 주는 자료에 따라 이 사건을 확실하게 해결해 보겠습니다. 벨레아즈 부인, 나는 오늘 아침 산책을 하면서 요점을 메모해 놓았습니다. 그것에 대답해 주신 뒤, 이 문제에 대한 내 의견을 듣고 싶으시다면 말씀드리겠습니다."

"네, 꼭 듣고 싶어요, 링글로즈 씨."

"좋습니다. 그러면 물어 보겠습니다. 모자 상자 속의 것을 발견한 날 밤, 부인께서 아이의 숙부에게 보낸 전보 내용은 어떤 것이었습니까? 그 내용을 기억하고 계십니까?"

수잔이 대답했다.

"내가 전보를 치러 갔었어요, 그러나 정확한 문장은 기억하고 있지 않아요, 마님은 어떠세요? 마님께서 쓰셨으니까요."

"나 역시 정확한 것은 기억하고 있지 못해요. 그러나 그 뜻은 확실히 알고 있어요. 나는 주의깊게 문장을 만들어야 했습니다. 될 수 있는 대로 우체국 사람들이 알게 되는 것을 바라지 않았지요. 나는 이렇게 썼습니다. '당신의 조카가 심각한 위험에 처해 있습니다―

—적에 의하여——곧 와 주십시오.' 이것이 확실한 전보 내용입니다. 그러나 절대로 똑같은 문장이라고는 확언할 수 없습니다."

"분명히 '적'이라는 말을 썼습니까?"

"네." 벨레아즈 부인이 대답했다. "틀림없이 그 말을 썼습니다. 그런 강한 표현을 되도록 쓰지 않으려고 주저했던 기억이 납니다. 그렇게 느껴졌었는걸요."

"좋습니다. 나로서도 그 말로 충분히 표현됐으리라고 생각합니다. 그런데 맨리 부인이 두 번째로 그 모자 상자를 보았을 때에는 모자만 들어 있었다고 하셨지요?"

"네, 그래요. 어째서 그랬을까요?" 하고 노부인이 눈을 치켜뜨면서 물었다. "그런데 당신의 말은, 어린아이의 숙부는 이곳에서 어떠한 일이 일어나고 있는지를 알고 있었다는 의미시로군요?"

"올바른 추정이라고 생각되지 않습니까?"

"어림없는 말예요." 그녀는 소리를 질렀다. "그분은 그렇게 나쁜 일을 할 사람이 아닙니다. 그것만은 확실합니다, 링글로즈 씨."

링글로즈는 고개를 끄덕였다.

"그렇다면 그분에 대한 이야기는 그만두겠습니다. 그 신사가 지금의 브루크 남작입니까?"

"네, 그렇습니다. 그분은 그 아이가 죽은 다음 작위를 이어받았지요."

링글로즈는 아무 의견도 말하지 않고 다음 물음을 계속했다.

"그 다음은 아서 비튼에 대한 것인데, 그 뒤로 그 사나이가 어떻게 되었는지 아십니까?"

"알고 있어요." 벨레아즈 부인이 대답했다. "그 사나이는 어린애가 죽은 지 몇 달 뒤 제인 레이크와 결혼했어요. 두 사람은 브리드포트에 살고 있습니다. 디너파티의 종업원 일을 하고 있는 것 같아요."

"그럼, 소년이 죽은 다음 주인집 일을 그만두었군요?"

"네, 그 사나이는 이 호텔 주인의 친구입니다. 한 번 '산림 관련 단체'의 파티가 있었을 때 왔던 적이 있지요."

"산책을 나올 때면 가끔 들리기도 합니다." 수잔이 덧붙였다. "그 사나이는 산길이나 바닷가를 오랫동안 거닐곤 하는데, 가끔 차나 술을 마시기 위해 들른답니다. 부인과 같이 올 때도 있지요."

"두 사람을 본 적이 있습니까?"

"네, 있어요. 한 번은——꽤 오래 된 일입니다만——나를 불러 세우고, 그 모자 상자에 대한 것을 묻더군요. '대체 그것이 무엇이었지요? 우리 주인님은 당신과 부인이 머리가 돈 것이라고 말했습니다만.' 그러나 그는 그 까닭을 설명하지 않았습니다."

링글로즈는 몸을 앞으로 내밀었다.

"정말 그런 말을 하던가요? 뭐라고 대답했습니까, 맨리 부인?"

"그 모자 속에 무엇이 들어 있었는지 정말 모른다면 결코 말할 수 없다고 대답했습니다."

"분명 질린 듯한 얼굴을 했겠지요?"

"네, 그래요. 그리고는 소리내어 웃더군요. 그 사나이의 머리를 쥐어뜯어 주고 싶었지만 참았습니다. 그는 악마예요."

"동감입니다." 탐정이 말했다. "그러나 인간인 이상 역시 악마는 아닙니다. 나의 판단으로는 그 사나이는 악마적인 요소가 깃들 수 있는 여느 인간에 지나지 않습니다. 그런데 누가 그에게 악마적인 요소를 깃들게 했을까요? 그건 그렇고, 아무에게도 그 사나이에 대해서 말하지 않도록 하십시오. 또한 그 사나이의 소식을 알고 있다고도 말하지 말아 주시기 바랍니다. 특히 주의해 주십시오. 그리고 내가 이 이야기를 알았다는 것을 다른 사람이 알아서도 안 됩니다. 내가 이곳 올드 매너하우스에 있는 한 나는 그 사나이에 대해서 아무것도 모르며, 또 만나서도 안 되는 것입니다. "

안경 속에서 벨레아즈 부인의 눈이 빛났다.

"당신은 무슨 일인가를 하시려는군요? 고마운 일이에요. "

링글로즈는 머리를 저었다.

"부인, 그것에 대해서는 다시 한 번 생각해 봐야겠습니다. 나는 어떤 흉악한 범죄가 일어났다고 굳게 믿고 있습니다. 그런데 그 짓을 저지른 사람은 벌을 받고 있지 않습니다. 그러나……그러나 이것은 아서 비튼이 혼자 한 일은 아닙니다. 그 점은 확실합니다. 그 사나이가 죄 없는 아이에게 개인적인 원한을 품었을 리는 없습니다. 그러고 보면 비튼은 다른 사람의 꼬드김을 받아 꼬마 브루크 남작의 죽음을 재촉한 것일 테지요. 다른 사람은 하나밖에 없습니다. 아이의 재산을 이어받을 인물입니다. 더욱이 당신의 짧은 체험을 통해서 볼 때 그 인물은 정답고 예의바른 신사인 것입니다. 또 한 가지 기억해 둘 것은, 이 사건이 1년 전에 일어났다는 것입니다. "

벨레아즈 부인은 한숨을 쉬었다. 링글로즈는 생각을 조금 고쳐 가면서 말을 계속했다. 그는 자신의 옛날 직업을 부인들에게 숨기고 싶었다.

"경찰에서 형사 부문을 담당하는 경관들은 어린아이에게 위해를 가한 범죄를 다루는 일이 자주 있습니다. 가능하다면 나는 이 사건의 범죄자를 찾아내어 법에 비춰 벌주는 것이 경찰의 임무라고 생각합니다. 그러나 이 문제에는 실제로 여러 가지 곤란한 점이 있습니다. 머리털이 곤두설 만큼 사악한 행위를 한 인간이 누구인지는 잘 알고 있습니다. 그런데 어떻게 해야 법률이 만족할 수 있도록 이 사건을 증명해 낼 수 있을까요? 문제는 비튼과 그를 조종한 미지의 인물을 어떻게 법정으로 끌어내느냐 하는 일입니다. 내가 부탁드리고 싶은 것은, 어떤 것이 곤란한 점인지를 이해해 주시는 일입니다. 왜냐하면 사건이 일어난 지 1년 뒤에야, 처음 여기에 온 사람으로서 그 사건에 관련된 이야기를 듣고서 사건에 뛰어들게 된 거니까요.

만일 내가 이 일을 맡게 된다면 어디서부터 손을 대야 될까요? 어디서 실마리를 찾아내야 되겠습니까? 아무튼 나는 어떻게 해서든지 이 범죄자 둘을 교수대로 보낼 것을 바라고 있습니다. 어린아이를 냉혹하게도 계획적으로 살해했기 때문에 나는 정의감이 치솟아 오르는 것입니다. 그들은 교활하고 세심하며, 실제로는 증명할 수 없는 살인을 저지르고도 떳떳하게 살고 있습니다. ——이렇게 생각해 볼 때 가엾은 소년의 원수를 갚아 주어야 한다는 충동을 누를 수가 없습니다. 이것은 참으로 커다란 도전입니다. 그러므로 이 문제는 처음부터 아주 주의 깊게 생각해야 하며, 많은 시간과 생각이 필요한 일입니다. 이토록 말할 수 없이 곤란한 사건을 다루어 보려는 것은 이 사건의 어느 일면을 알았기 때문입니다. 그것은 말로 다 할 수 없는 신비에 싸여 있습니다. 그리고 그 신비스러움은 나를 자극시켰습니다. 이 경험은 선례를 찾아볼 수 없으며, 특징 있고 완고한 성격의 사나이로서는 그대로 지나쳐 버릴 수 없는 사건입니다. ”

링글로즈는 잠시 입을 다물었다. 부인들은 이 침묵을 깨뜨리려고 하지 않았다. 두 사람은 꼼짝도 하지 않고 그를 뚫어지게 쳐다보고 있었다.

존 링글로즈는 다시 말을 시작했다.

“그 신비라는 것은, 내가 이 이야기를 듣게 된 연유입니다. 알고 계시듯이 나는 내 이야기를 당신들에게 들려주었고, 또 당신들의 이야기를 들었습니다. 그러나 초자연적으로 보이는 우연한 일이 없었다면, 당신들도 그 소년의 목숨을 빼앗은 일련의 사건들을 나에게 들려주지 않았을 것입니다. 벨레아즈 부인, 나는 유물론자입니다……. 그러나 완고한 편견은 갖고 있지 않습니다. 즉 19세기 과학자들이 말하는 것 같은 유물론자는 아닙니다. 우리는 그 사람들보다 많은 것을 알고 있습니다. '유물주의'라는 말은 현대에는 모욕적인 뜻으로 쓰이고 있으며, 참뜻에서 빗나가 있습니다. 그러나 진실한 사람이라면 나의 유물주의를 비판할 수 없을 것입니다. 다시 말해서 나는 유령이라는 것을 긍정하지도 부정하지도 않습니다. 물질에 대한 우리의 지식은 너무도 모호합니다. 우리의 감각은 아주 불완전한 것이라서, 이성적인 사람이라면 모든 사물을 절대적으로 단정지을 수는 없을 것입니다.

자기가 본 것, 들은 것, 만지는 것, 맛보는 것의 어느 것이든 가장 고도로 발달된 감각이라는 것도 편견을 가질 수 있습니다. 우리들 자신의 경험으로 미루어 보아 그러한 일이 곧잘 일어난다는 것은 누구나 다 아는 일입니다. 때문에 우리는 감각의 한계를 솔직하게 인정해야 합니다.

우리들이 의식하고 있는 물질은……물질적 우주의 극히 적은 한 부분에 지나지 않습니다. 이 방 안에만 해도 몇 백만이라는 물질의 분자가 떠돌고 있습니다. 우리는 그것을 볼 수 없습니다. 그러나 햇빛이 비칠 때, 방을 어둡게 해 놓고 한 가닥의 빛을 통과시킨다면, 그 광선 속에서 우리는 수천의 미세한 입자를 보게 될 것입니다. 그리고 한층 더 많은 미립자가 우리 시력의 한계를 벗어난 곳에 떠돌고 있다는 것을 인정하겠지요. 그것은 우리의 지식을 초월한 것이 아닙니다. 학자들은 모두 알고 있는 일이지만, 오늘날 물리학자들은 '물질'이라는 그것을 확인하는 감각을 초월한 많은 것을 포함시켜서 이해하고 있습니다. 손으로 감각할 수 없는 물질도 여러 형태로 존재할 것입니다. 영적인 존재도 에테르나 물질의 옷을 입고 우리들을 에워싸고 있는지도 모릅니다. 나는 결코 그러한 사실을 부정하지는 않습니다.

그러나 그와 같은 영들이 사물의 자연스러운 질서의 한부분이라면 그 영들 또한 우리와 같이 그들을 형성하는 실질 조건에 속박되어 있을 것입니다. 그 영들은 우리와 똑같이 스스로를 감싸고 있는 물질의 법칙에 따르지 않으면 안 될 것입니다. 요컨대 지난 주일 유령인 아이가 내 침실에 실제로 있었다 하더라도, 그 영혼은 살아 있는 육체를 가진 아이의 소리를 내고 고민에 찬 부르짖음을 낼 수는 없었을 것입니다. 다만 기적이 일어나서 사물의 법칙이 무너졌다면 다르겠지요. 죽은 인간의 영혼이 나타난다든가, 또는 이 지상에서 한 번도 보지 못했던 영혼이 나타났다 해도 그것은 기적이 아닐지도 모릅니다.

그러나 인간의 소리로 말한다면 그것은 기적입니다. 이른바 '유령'도 소리를 가져 그것으로 말하고, 우리의 귀에는 들리지 않는 소리를 내는지도 모릅니다. 마치 새들이 우리가 들을 수 없는 많은 음계로 노래를 부르듯이, 그리고 다른 동물들로선 확실히 느낄 수 있으나 인간의 시각에는 보이지 않는 광선이 스펙트럼 속에 존재하듯이. 그러나 나는 이렇게 주장하고 싶습니다. 만약 영혼이라면 자물쇠를 채워 놓은 문도 두터운 벽도 뚫고 들어올 수 있겠지만, 내가 들었던 그 소리는 낼 수 없을 것이라고…… 그 소리는 아주 높아서 내가 잠에서 깨어날 정도였습니다.

그리고 우리들이 누구나 갖고 있는 목구멍과 성대로부터 나온 것이었습니다. 그것은 실제의 물질적인 기관에서 나온 '물질적'이라는 말로 사용되는 소리였습니다. 유령이란 어떤 알 수 없는 까닭에서, 아직 살아 있었을 때 공포를 느꼈다든가 죄를 저질렀다든가 비참한 죽음을 당한 곳에 또다시 찾아올는지는 모릅니다. 그러나 살아 있는 인간의 소리를 낸다든가 그 괴로움을 옛날에 당한 그대로 말할 수는 없습니다. 왜냐하면 '에테르'의 재료로써 만들어진 목구멍은 그런 소리를 낼 능력이 없기 때문입니다."

"그건 그래요." 벨레아즈 부인이 말했다. "그 때문에 영혼의 세계가 우리들과 통신할 때에는 중계 역할을 하는 영매가 필요한 법이지요. 육체를 잃어버린 영혼이 그 속에 들어가서 그의 발성 기관을 빌리는 것입니다."

"영매라든가 강령술에 대한 것은 말하지 않겠습니다. 내가 말하려는 것과 관계가 없으니까요." 링글로즈는 말했다. "내 방이나 창문이나 복도에는 영매가 없었습니다. 나는 또한 머리 위의 방까지 조사해 보았습니다. 그것은 지붕 위의 방입니다. 그 창문은 건물의 정면에서는 보이지 않는 곳에 있습니다. 내 방의 천장은 두텁고 단단했습니다. 그리하여 나는 문제 속에서 또 하나의 문제를 발견했습니다. 그 문제는 아주 독특한 것을 알려 주었으므로 온 힘을 다하여 해결해 보고 싶습니다. 나나 당신이 상상하는 것보다 더 많은 문제가 내포되어 있을 것이 틀림없습니다. 내가 두 번이나 들었던 그 소리는 사람의 목소리임에 틀림없습니다……. 위협받는 어린아이의 소리입니다. 이 신념이 옳든 그르든 나는 이 도전에 기쁘게 응하겠습니다."

"그 소리는 기적인지도 몰라요." 벨레아즈 부인은 경건한 태도로 입을 열었다. "그것은 당신의 귀에만 들렸는지도 모릅니다. 당신의 신중한 행위의 결과로 숨겨졌던 진실이 밝혀진다는 것은 링글로즈 씨, 조물주의 뜻일지도 모르지요."

"그럴지도 모릅니다. 말씀드렸듯이 나는 절대로 편견을 갖고 있지는 않습니다. 다른 사람들도 그렇겠지만, 나는 기적에 대해서 절대적으로 믿고 있지는 않습니다. 그러나 내가 기적을 인정하는 것은 어린아이의 소리를 들었기 때문입니다. 틀림없는 어린아이의 소리였습니다……. 궁지에 몰려 외치는 소리였습니다. 나는 아직도 그 소리가 죽은 아이에게서 나왔다고는 믿을 수가 없습니다. 나는 그 소리가 잠재의식적인 것, 비현실적인 것, 무엇인가 설명할 수 없는 방법으로 전해졌다는 걸 인정하고 싶지는 않습니다. 나는 의심스러워하고 있습니다. 그러나 나는 이처럼 놀라운 일을 몇 번 겪은 적이 있습니다.

그러나 그 사건들도 마지막에는 모두 판단에 의해서 설명할 수가 있었지요. 나는 우선 이 사건에 뛰어들겠습니다. 왜냐하면 보통의 감정을 가지고 있는 사람이라면 누구도 가만히 있지 않을 것이기 때문입니다. 또한 나는 사건 자체에 큰 관심을 가지게 되었습니다. 그것이 무엇을 의미하는지 생각해 보시기 바랍니다. 지금 알고 있는 것이라고는, 내 침실에서 1년 전에 살해된 아이가 육체는 이미 무덤 속에 묻혔는데, 살아 있는 소리로 날카롭게 부르짖으며 밤마다 두려움에 떨며 울고 있다는 겁니다. 그렇게 본다면 지금 내가 설명한 움직일 수 없는 진리는 무너지고 맙니다.

그러나 역시 나는 그것을 믿고 싶지 않습니다. 다른 부분은 시간을 내어 세밀하게 음미해 보기로 하겠습니다. 그러나 솔직히 말하지만 벨레아즈 부인, 그 일을 이 사건의 상황에 대한 초자연적인 측면을 나타내는 또 하나의 증거로 보지는 말아 주십시오. 실은 나는 은퇴한 탐정입니다. 이곳에서는 옛날부터의 친구인 제이콥 브렌트 씨만이 나를 알고 있습니다. 이 이야기는 절대로 비밀로 해주시기를 부탁드립니다."

벨레아즈 부인은 마음이 격렬하게 감동되어 수잔에게 강심제를 가져오라고 손짓했다. 약을 가지고 오면서 맨리 수잔이 말했다.

"이것이 하느님의 뜻이 아니고 무엇이겠습니까?"

존 링글로즈는 서로의 감정이 격렬해지는 것을 두려워하여 서둘러 물러가려고 했다.

"가장 중요한 것은, 아무에게도 당신이 이 이야기를 내게 해주었다는 것을 말해서는 안 됩니다. 브렌트 씨에게도 말입니다. 나는 1주일 예정으로 왔습니다. 그러나 곧 떠나야 될 것 같습니다. 그리고 꼭 이야기해 둘 것이 두서너 가지 있습니다. 절대로 비튼 씨를 만나서도 안 되고 내가 이곳에 왔었다는 것을 알려서도 안 됩니다. 내 이름은 곤란하게도 어떤 층의 사람들에게 잘 알려져 있습니다. 그러나 제이콥 브렌트 씨는 믿을 수 있습니다. 맨리 부인도 믿을 수 있습니다. 내일이나 모레, 나는 뜻하지 않은 일이 생겼다고 말하고 모습을 감추겠습니다. 그리고 반드시 다시 돌아오겠습니다. 그동안은 아무런 연락도 하지 않겠습니다. 그러나 힘을 빌릴 필요가 있을 때는 연락드리지요."

두 부인은 굳게 맹세했다. 링글로즈는 이와 같이 엄숙한 말을 남겨놓고 방을 나갔다. 그는 바에서 한 시간쯤 브렌트와 술을 마시고 담배를 피우며 즐기다가 침실로 돌아갔다.

조용하게 마음을 가다듬고 침대로 들어갔다. 그의 감각은 잠이 들기 전까지는 평온한 상태로 돌아와 있었다. 그는 지금부터 손을 대려고 하는 경황없는 일을 앞에 놓고 일종의 만족감을 느꼈다. 그러나 너무도 험난한 일이라 다음날 아침까지 손을 대지 않기로 했다. 그는 탐정이라는 자기의 직업이 아직 끝나지 않았으며, 확실히 유례없는 사건에 도전받고 있다는 자신감을 얻어 즐겁게 여겨졌다. 한층 더 만족감을 느낀 것은, 배후의 도움 없이 혼자 힘으로 하려는 데 있었다. 친구들 중의 누구도 이 일을 알아차리지 못하도록 하리라.

부인 친구 두 사람이 있었으나 그들은 침묵을 지켜 주리라고 믿었다. 방해받지 않고 도움 없이 온 힘을 다해서 범죄자와 겨루게 될 것이다. 그는 독특하게 유리한 처지에 있었다. 그는 범인의 윤곽을 알고 있으나, 범인은 그에 대해서 전혀 모르는 것이다. 존 링글로즈는 이미 탐정 일을 그만두었다. 이 일은 그 무렵의 커다란 뉴스였으며, 신문에 실리기도 했다. 그것은 뉴 스코틀랜드 야드(흔히 런던 경시청을 스코틀랜드 야드라고 부르나, 이것이 정식 명칭이다)에서 공식 송별회와 동료들의 선물 증여식이 열린다는 기사였다. 어둠 속에서 똑딱똑딱 시간을 알리는, 금으로 만든 몸시계는 제임스 리지웨이 경이 선물로 준 것이었다. 그는 경시총감으로, 존 링글로즈를 개인적인 친구로서 자랑스럽게 여기고 있었다.

그는 잠을 설치다가 새벽 일찍 일어나서 책상 앞에 앉아 자질구레한 일을 처리했다. 그러나 그것은 며칠, 아니 몇 주일 걸려야 할 일들이었다. 링글로즈는 자기 방식대로 일했으며, 결코 서두르지 않았다. 모든 것을 그의 연구 방식에 따르고 있었다. 그가 의연히 더욱 흥미롭게 생각하고 있는 문제는 그가 전날 밤에 겪었던 체험이었다. 그는 이것으로 문제가 잘 해결될지도 모른다고 판단했다. 지금으로서는 더욱 의심할 나위 없이 그것으로 해결할 수 있으리라고 믿고 있었다. 이 확신을 의심스러워하는 마음의 묘한 갈등을 내쫓아 버리자 그는 강한 흥분을 느꼈다. 그는 곧 의지의 힘을 일깨워서 이런 생각들을 떨쳐 버리려 했다.

그러나 정적이 깃든 시골 밤, 몸을 옆으로 누이고 있으려니 기묘한 감정이 밀려드는 것을 막을 수가 없었다. 죽은 어린아이의 오랜 고민이 그의 주위에서 넘쳐나는 것 같았다.

그것은 그의 영혼을 물에 빠뜨리고 질식시킬 것 같은 차가운 바닷물과도 같았다. 그 파동은 머리가 아니고 마음속에서 느껴졌다. 그것은 반동을 일깨웠다. 그의 예민한 감수성은 어떤 공포의 감정으로도 막을 수가 없었다. 어린아이의 고통은 순수한 것이었다. 이윽고 그것은 죄의 대가를 받을 자들을 몹시 미워하는 격렬한 감정의 소용돌이가 되었다. 그는 자신의 격정에 놀랐다.

'이래서는 안 된다' 하고 존 링글로즈는 생각했다. '증오든 탐욕이든 우리를 자극하는 것은 무엇이나 다 마찬가지이다. 그러므로 나는 그 악당들을 교수대로 보낼 끈을 찾을 때까지 증오는 머리의 활동을 자극시키는 데만 쓰도록 하자. 그런 뒤에 만족스럽게 털어 내어 버리자.'

이 커다란 희망은 그의 예민한 감정을 가라앉혀 주었다. 그는 다시 잠에 빠져 들어갔다.

접근

    싸잡아서 '범죄자 계급'이라고 부르는 사회의 무법자들과 끊임없이 투쟁하는 동료들 사이에서 링글로즈는 이지적인 사람이기보다는 행동하는 인간으로 인정받아 왔다. 그러나 그것은 오해였다.

    그가 많은 사건에서 눈부신 성공을 거둔 것은, 활동의 근거인 정력에 뒤지지 않을 만한 뛰어난 두뇌가 있었기 때문이었다. 그는 아주 신중한 사람이었다. 다만 담백하고 우아한 인품을 지니고 있었으므로 그런 기색이 나타나지 않았을 뿐이다. 두드러지게 뛰어난 용모도, 어떤 뜻에서는 그의 마음의 움직임을 알아 낼 수 있는 실마리가 됨과 동시에 그가 누리던 명성의 원동력인 신비한 어떤 지적 특질을 나타내기보다는 오히려 숨기고 있었다. 그의 머릿속에는 누구도 믿지 않는다는 각오가 서 있었다. 이 때문에 그는 같은 직업의 다른 사람들이 좀처럼 넘볼 수 없는 지위에까지 오를 수 있었다. 그러나 스스로는 이러한 재능을 겨우 막연하게 인식하고 있을 뿐이었다. 그리고 이번 일을 성공시키기 위해서는 자신이 지닌 모든 재능을 충분히 발휘해야 한다는 것을 알고 있었다. 단서가 될 만한 것을 모아 보았으나 곧 행운을 붙들 수 있다고는 생각지 않았다. 서두를 필요는 없었다. 주의 깊게 여러 가지 공격 수단을 강구해서 첫발을 내딛기로 하였다. 그리고 직접적인 수단은 피했다. 직접 손을 쓰기 위해서는 상대의 심리를 충분히 알아야 하기 때문이다. 그 심리가 모든 길을 인도하는 실마리가 될 것이라고 생각했다. 어떤 일이든 자기와 상대라는 한 쌍의 인간의 심리 상태에 승패가 달려 있는 것이다. 그 범죄는 세상에서 흔히 볼 수 없는 악인이 저지른 짓임을 나타내고 있었다.

처음에는 집사와 그의 주인과 맞서야 한다. 집사부터 시작하기로 결심했다. 브루크 남작은 당분간 이 계획에서 제외하기로 하자. 송사리의 크기를 잰 뒤 대어에 접근해야만 목표가 뚜렷해질 것이다. 집사에 대해 알고 있는 사실이란 무엇인가.

아서 비튼은 지금의 브루크 남작에게 오랫동안 봉사해 왔다. 아이가 죽은 다음 어느 여자와 결혼하여 지금은 브리드포트에서 살고 있다. 이 사나이는 디너파티의 종업원 일을 하고 있다. 그러나 더욱 많은 것을 알아 내어야 했다.

다음날 아침, 링글로즈는 자기에게 온 편지를 읽으면서 자기의 휴가가 중도에서 끝났다고 발표했다.

"나는 자유로운 사람이라고 생각합니다." 링글로즈는 제이콥 브렌트에게 설명했다. "그러나 나는 당신 같은 방식으로 살아 갈 수 없습니다. 엉킨 실이 모두 풀려져야만 안심할 수가 있습니다. 이것은 끝까지 내가 해야 할 일입니다. 잠시 동안 나의 즐거움을 중단해야 할 것 같습니다. 그러나 다시 돌아오겠습니다. 나는 이곳 올드 매너하우스가 아주 마음에 드니까요."

탐정은 브리드포트에 가기 전에 1주일쯤 런던에 있었다. 그동안 그는 아서 비튼의 주소를 알아내고 그 사나이가 조그마한 방갈로에 살고 있다는 것을 확인했다. 그 집은 도로에 잇닿은 아담한 뜰에 둘러

싸여 있었다. 미스 맨리가 그것을 브리드포트의 인사 홍신록에서 비밀리에 조사하여 알아냈다고 벨레아즈 부인으로부터 연락이 왔던 것이다.

링글로즈의 준비는 주도면밀했다. 그는 사회의 각계각층에 친구들이 있었으며, 이번에는 런던의 어떤 노집사 집에서 지냈던 것이다. 링글로즈는 어느 집안의 집사로 있다가 그만둔 사나이로 꾸미고서 브리드포트에 가기로 결정했다. 그는 친구로부터 퇴직 집사로서 반드시 알아 두어야 할 여러 가지 일을 배웠다. 그 일에 정통하고, 그러한 사람들의 마음에 되도록 깊이 파고들어 그 인물의 특유한 관점에서 사물을 보려고 노력했다. 그는 자기가 원하는 분장을 완전하게 하기 위하여 필요한 점을 빠짐없이 조사했다. 그는 갈수록 자신의 과거를 강하게 의식하고 있을 것이 틀림없는 인물 앞에서 연기를 하려 하고 있었던 것이다.

링글로즈는 브리드포트에 알렉 웨스트라는 이름으로 나타났다. 어느 호텔에서 하룻밤을 지내고 다음날에는 아서 비튼이 살고 있는 곳에서 얼마 떨어지지 않은 곳에 하숙을 정했다. 그는 활달하고 온화하며 자신에 넘쳐 있었다. 그는 오랜 경험에서 시간과 기회가 있으면 대개의 경우 사람들의 마음을 사로잡을 수 있다는 것을 알고 있었다. 자연스럽게만 하면 되는 것이다.

그는 천성적으로 우아한 태도를 지니고 있었다. 또한 그는 본디 따뜻한 마음씨를 지니고 있었으며 남들에게 친절히 대하는 것을 좋아했다. 그리고 남의 말을 듣는 것을 좋아했다. 남에게 어색하지 않은 태도로 특별한 관심을 나타내어 신용을 얻는다는 귀중한 기교는 그에게는 완벽에 가까웠다. 그것은 호기심이라기보다는 오히려 선량한 마음에서 나오는 것이다. 그는 이번 사건과 같이 호기심에 자극된 경우말고는 그 동기를 주의 깊게 감추어 두었던 것이다.

탐정은 퇴직한 집사 복장을 하고 있었다——스스로 기분 좋을 만큼 단정하고 간소하며 쾌적함과 예의로써 조화된 듯했다. 그는 중절모를 쓰고 두터운 외투를 입었다. 링글로즈는 될 수 있으면 조그만 집을 구하기 위해서 왔다고 소문을 퍼뜨렸다. 그는 하숙집 주인에게 그 말을 하고, 또 하숙집에서 그다지 멀지 않은 '왕관'이라는 작은 술집을 세 번째 찾아갔을 때에도 그 이야기를 했다. 왕관은 밤이면 그 지방의 가게 주인들과 그 밖의 사람들이 끊임없이 드나드는 곳이므로, 링글로즈는 차츰 이들 중의 어떤 사람과 친하게 되었으며 술집 주인인 팅클러 씨에게도 좋은 인상을 주었다. 그의 담백한 태도와 이야기를 좋아하는 점, 특히 듣기를 좋아하는 성격으로 그는 처음 만난 사람과는 쉽게 입을 열지 않는 이들의 마음을 열어 놓곤 하였다. 자기는 귀족을 모시다가 그만두었으며, 이곳에 아담한 집을 구하려 한다고 그는 설명했다. 그는 자기 생활을 정교하게 향상시킨 결과 지금은 퇴직한 집사치고는 비교적 유복하게 살고 있다는 인상을 심어 놓았던 것이다.

"아무튼 30년 동안이나 주인을 모신 끝에 자유의 몸이 된다는 것은 참으로 즐거운 일입니다"라고 그는 말하기도 했다.

그때 그는 기다리고 기다렸던 이름을 듣게 되었다.

"비튼 씨도 우리에게 같은 말을 했습니다" 하고 술집 주인이 말했다.

술집 주인인 시몬 팅클러 씨는 키가 크고 뼈대가 굵은 사나이였다.

링글로즈는 이미 아서 비튼의 모습을 보고 있었다. 그리고 이러한 타입의 사나이라면 친구와 술을 마시며 시간을 보내는 일이 때때로 있으리라고 기대하고 있었다. 다만 그는 지금부터 아서 비튼이 사교적인지 아닌지, 또 그 일로 인해 이 집이 기분 좋은 장소로 선택될 수 있는지 없는지만 알아내면 되는 것이었다.

탐정이 비튼을 알게 된 것은 브리드포트에 도착한 지 사흘째 되는 날, 막 정원 문을 나설 때였다. 맨리에게 들은 것만으로도 곧 그라는 것을 알 수 있었다. 보통 키에 조금 뚱뚱한 듯싶고, 가벼운 걸음걸이로 언제나 우산을 들고 다녔다. 그는 링글로즈와 비슷한 복장을 하고 있었으나 지나치게 화려한 넥타이를 매는 것 같았다. 그는 단정했으며, 얼굴이 늠름하고 이마가 넓었다. 잿빛 눈이 깊게 박혀 있었다. 머리숱은 적고 엷은 갈색으로 대머리인데다 눈썹은 거의 없었다. 그러나 나중에 탐정이 알아차린 일이지만, 속눈썹이 길게 나 있는데 머리칼과 같은 빛이었다. 입은 작았으며 굳게 다물고 있었다. 어느 점으로 보나 특색이 없는 평범한 사나이였다. 얼마 뒤 그는 이 사나이와 접촉하게 되었다. 비튼은 태도가 아주 고상했다.

  링글로즈는 이리저리 돌아다니면서 거리가 지나치게 넓은 이유와 인도가 좁은 까닭을 알아냈다. 그는 언제나 무엇이든 알고 싶어서 엘리자베스 시대부터 이곳에서 경영되어 온 유명한 향토 산업에 대해서도 꽤나 흥미를 느껴서 세세한 지식을 모았다. 밧줄이며 꼰 실을 거래하는 몇몇 소상인이 매일 밤 왕관에서 술잔치를 벌이고 있었으므로, 신참자는 이곳에서 브리드포트의 현재와 과거에 대한 모든 것을 듣게 되었다.

  명주실에서부터 모든 선박에 필요한 닻줄까지, 이 도시는 실이나 끈이나 밧줄이라면 무엇이나 충족시켜 준다. 이 도시의 그물과 굵은 밧줄과 가는 밧줄, 그리고 돛을 만드는 천은 지금도 세계에서 알아주는 특산물이다. 돌 깔린 인도에 서서 이야기하고 있는 남녀들도 자기 집 앞에서 실을 짜고 있었고, 염색 공장에서는 삼이며 아마의 은빛과 호박색 실을 어느 길가에나 둥글게 늘어놓았었다. 그런데 철강과 증기가 이 산업을 도시 변두리 공장으로 쫓아 버렸다. 그러나 넓은 도시는 그대로 남아 있었고, 거리는 널찍해서 상쾌했다. 링글로즈가 관찰한 바에 따르면 빈민 구제를 위한 작업장조차도 도시 남쪽에 몰려 있어 봄이 되면 다시 푸른 잎이 돋아나는 나무 그늘에서 빈민들이 일하며 웃는 모습을 볼 수 있었다. 그것은 병영 거리 끝에 있었고 여러 개의 창문이 거리 쪽으로 면해 있었다. 나폴레옹에게 위협받던 공포 시대에 병사들이 그곳에 머물렀기 때문에 병영 거리라는 이름이 붙여졌다고 한다.

링글로즈가 왕관을 방문한 지 사흘째 되는 날 저녁 무렵, 비튼은 술친구들과 어울려 사람들에게 예의바르게 인사를 하고 있었다. 그는 위스키를 주문하고 한 친구 옆에 앉았다. 주머니에서 담뱃갑을 꺼내어 담배를 피웠다. 조용하게, 그리고 조금도 우쭐대지 않았다. 말은 그다지 많이 하지 않았고 다른 사람들의 이야기에 귀를 기울였다. 두 잔째의 술을 마신 다음 다른 손님들보다 먼저 자리를 떴다. 링글로즈가 알기로는 집사란 대개 어떤 훈련된 소리와 태도를 윗사람을 위해서 준비하는 게 보통이다. 한편 동등한 사람들 사이에서는 자기 나름대로의 말투나 습관이 자연적으로 나온다.

그러나 비튼은 어떤 모임에서나 더 이상 신중하고 겸손할 수는 없으리라고 여겨질 정도였다. 그는 분명 윗사람을 섬기고 있던 상태에서 변하지 않았다. 그는 신분이 높고 낮음을 막론하고 다른 사람은 모두 자기보다 훌륭하다고 생각하고 있는 듯했다. 신사로서 행동했고, 신사다운 소질을 나타냈다. 말소리는 낮고 확실했으며, 언제나 일부러 그런 식으로 말소리를 내는 듯했다. 지성적인 말투로, 조잡하고 예의에 벗어난 말은 결코 하지 않았다. 그는 넓은 아량을 지니고 있었다. 가까이 있는 사람의 이야기에는 반드시 귀를 기울였다. 이처럼 너그러운 태도에 링글로즈는 관심을 갖게 되었다. 그가 아는 바로는, 교육을 받은 상류 계급에 속하는 범죄자들은 다른 사람의 죄에 지나치게 관대한 마음을 나타내어 자기 행위에 대하여 속죄를 한다.

링글로즈는 비튼과의 교제를 서두르지 않았다. 그러나 다른 사람들과의 친분은 계속 두텁게 유지해 나갔다. 늘 보는 손님들 중에 부동산 중개업자가 있었으므로 그 사나이를 따라 팔기 위해 내놓은 집을 몇 채 보러 다녔다. 그러나 언제나 살 뜻이 없는 듯한 표정을 지었다. 그러나 그는 브리드포트에서 예쁘고 마음에 드는 집을 찾고 싶다고 공언했다. 그는 미소 띤 얼굴로 집을 구할 때까지는 얼마쯤 기다려도 좋다고 이야기했다.

오래지 않아 그는 자신이 브루크 남작을 섬겼던 집사에 대해 남몰래 품고 있던 생각을 접어 두기로 했다. 비튼을 처음 만났을 때 그는 다른 어떤 범죄자에게서도 느낀 일이 없는 전율을 경험했었다. 그러한 개인적인 혐오감이 완전히 사라질 때까지 링글로즈는 이 사나이와 직접 만나는 것을 피하면서 남몰래 조사를 진행해 갔다. 그런데 비튼 또한 무의식적으로 자기의 적수가 냉정한 태도를 나타내도록 행동했다. 비튼의 마음이 이러했으므로 링글로즈도 몸가짐을 더욱 신중하게 했다. 그는 어린아이를 위협해서 서서히 실수 없이 죽인 원인을 찾아내고 분석해서 진단하게 되기를 절실히 바라고 있었다. 그래서 그는 혐오감을 털어 버리고 갑자기 독사를 보았을 때 나타내는 것과 같은 감정으로 아서 비튼을 인식하고 맞설 수 있도록 스스로의 기분을 길들여 그와 친구가 되어 가려고 생각했다.

그래서 그는 상당한 기한을 두고 서서히 접근해 갔다. 처음에는 술집을 나올 때 상대와 악수를 하고 잘 쉬라고 말했다. 다음에는 비튼의 감정에 어느 정도 뜻을 맞추어 옆에 있을 때 이쪽 무리들과 술을 마시도록 하였다. 어떤 경우에나 깊은 배려로 일을 진행하였고 보통 술집에서 하는 수준을 넘는 행동은 하지 않았다. 비튼은 한 주일에 두 번쯤 술집에 나왔다. 링글로즈는 상대가 온다고 생각되는 날 밤에 모습을 나타내지 않으려고 몇 번이나 고심했다. 그것은 두 가지 이유 때문이었다. 하나는 비튼에게 개인적으로 관심을 갖고 있다는 것을 당사자나 다른 사람이 눈치채지 못하도록 하는 것과, 또 하나는 링글로즈가 팅클러나 그 밖의 다른 사람에게 이야기했던 것이 비튼의 귀에 들어가기를 바랐기 때문이다. 링글로즈 앞에서는 알렉 웨스트에 대해 이야기하지 않겠지만, 그가 없으면 이야기가 나올 가능성이 있었기 때문이다. 그는 그곳에 모인 사람들에게 좋은 인상을 주었으며, 환영받고 있음을 알고 있었다. 많은 사람의 관심의 초점이 되어 즐겁게 해준 일도 여러 번 있었다. 그의 진실한 인생 경험이 아니라 옛날 집사인 친구로부터 들은 여러 가지 이야기를 해주었던 것이다. 상류 계급에서 30년이나 지내 온, 더욱이 모든 일을 빈틈없이 세밀하게 알고 있는 집사라면 얼마든지 중류 계급 사람들에게 재미있는 이야기를 해줄 수 있다. 링글로즈는 이런 면에서 이상적인 연기를 해냈다.

이렇게 그는 길을 열어 가고 있었다. 시간이라는 요소는 그의 계산에 들어 있지 않았다. 시간은 문제가 아니다. 그에게 필요한 것은 자기 힘으로 할 수 있는 데까지 상대로부터 조금도 의심받지 않고 믿음을 얻는 일이었다.

일은 그가 계획한 대로 되어 갔다. 어느 날 밤, 아서 비튼은 자기 스스로 링글로즈에게 가까이 다가왔다. 비튼은 링글로즈의 소문을 듣고 깊은 관심을 갖기 시작했다. 그러나 비튼의 처음 접촉은 주저하고 탐색하는 듯했다. 링글로즈 또한 서둘러서 우정을 표시하려고는 하지 않았다. 링글로즈가 비튼에게 아주 조금씩 주의를 기울이게 된 것은 겨우 얼마 전의 일이었다. 실제로 비튼은 링글로즈가 조금 다가가려 했을 때 꽁무니를 뺐다. 비튼은 그가 자기보다 개성이 강하다는 것을 의식했다. 그러나 링글로즈가 잘 알지 못하는 인물과도 아무 거리낌 없이 이야기를 주고받기를 원하고, 또 누구나 기쁘게 받아들이는 태도를 안 다음 그 사나이는 용기를 얻었다. 그러므로 그는 링글로즈가 친절을 처음 베풀었을 때 기쁘게 생각했다.

두 사람은 크리스마스 다음날 왕관으로 같이 왔다. 비튼이 이야기를 꺼냈다.

"웨스트 씨, 듣기로 당신과 나는 같은 길을 걸어온 것 같군요."

"그렇습니다. 꽤 재미있는 일생이기도 하지요, 당신도 저와 마찬가지로 그렇게 생각할 테지요? 훌륭한 사람들을 잘 모시는 것도 중요한 일이지만, 그만두려고 했을 때 주인 쪽에서 놓아 주는 것도 큰 행운입니다. 나는 두 가지 다 행복했습니다. 나는 아버지의 뒤를 이어 맥터가트 집안 사람들을 모셨습니다. 당신도 반년 전에 신문에서 보셨는지 모르겠습니다만, 맥터가트 경은 스코틀랜드 출신으로 세상에 널리 알려져 있었지요, 그렇습니다, 그분은 나이가 많아서 돌아가셨습니다. 이것은 비밀입니다만, 그분은 주기로 약속했던 급료보다 훨씬 많은 돈을 남겨 주셨답니다. 그분은 부자였기 때문에 나에게 여러 모로 힘이 되어 주셨습니다. 나는 그와 같은 늙은 영웅을 위해서는 필요하다면 죽어도 좋다고 생각했습니다. 정말 아주 좋은 분이었지요, 군인으로서 보어전쟁(1899~1902년에 걸쳐 남아프리카에서 영국이 일으킨 침략 전쟁)에서 훌륭한 무훈을 세우기도 했습니다."

아서 비튼은 이 이야기의 핵심에 귀를 기울이고 있었다. 비튼과 같은 계급의 사람은 신문의 상류 사회 기사를 읽는 데 익숙해져 있다고 생각하여 링글로즈는 주인의 이름을 창작하지 않고 지난해 여름의 사망 광고에서 추려 냈던 것이다.

링글로즈의 솔직한 태도로는 직접적인 반응을 얻을 수 없었다. 비튼은 말수가 많지 않고 이야기를 좋아하지 않는다는 것을 알았다. 그러나 숨기는 것은 없었다. 아무튼 상대는, 링글로즈는 물론 왕관에 자주 나오는 사람들의 자세한 부분까지 모두 알고 있었다.

그 다음에 만났을 때, 그는 링글로즈에게 말했다.

"나의 주인이 귀족 칭호를 계승받고 큰 재산을 손에 넣었는데 내가 그만두었으므로 이상하게 보이겠지요. 그러나 진실을 말하려면 좀 긴 것 같군요" 하고 비튼은 설명했다. "나는 이탈리아에서 그분을 모시는 데 최선을 다했습니다. 더구나 그는 약간 엄한 주인으로 급료를 받을 때 자주 기다려야 하곤 했었습니다."

"나라면 아마도 참을 수 없었을 것입니다."

"네, 그러나 그분으로서는 그분대로의 사정이 있었습니다. 돈이 있을 때는 지급해 주었지요. 도락이 있는 사람들은 여느 사람과 다른 점이 있습니다. 도락 때문이라면 머리 숙여 돈을 빌리기도 하고 훔치기도 합니다. 저로서는 그 의미를 전혀 모르겠습니다만, 수집광 가운데의 대부분이 나로서는 바보스럽다고 생각하고 있는 어떤 문제에 신경을 집중시키는 일이 자주 있습니다. 다른 것은 전혀 거들떠보지도 않고, 나나 당신은 한 번도 생각해 본 적이 없는 일에 시간과 돈과 사색과 정력을 온통 쏟아 넣는 것입니다."

링글로즈는 맞장구를 쳤다.

"그렇습니다. 인생을 보는 안목이 다릅니다. 우리가 생각하고 있는 인생과의 싸움은 그 사람들에게는 아무런 가치도 없습니다. 그 사람들은 어렸을 때부터 재산이 있었습니다. 그 즐거움은 태어날 때부터 천성적으로 규정지어집니다. 모든 사람들이 하지 않으면 안 된다고 생각하는 의무를 다하고 국가에 봉사하며 그 일에 참여하든가 정치에 손을 뻗칩니다. 이것이 야심이지요. 그러나 대부분의 사람들은 자기 취미에 몰두하여 가축을 기르든가 경마를 하든가 여행을 즐기든가 혹은 요트 놀이를 하고 꽃을 기르며 미술에 심취하기도 하고 우표 수집에 열을 올리기도 합니다. 그들은 그것을 위해서 생애와 돈을 소비하며 세계에서 가장 훌륭한 수집을 하기도 합니다."

아서 비튼은 고개를 끄덕였다.

"웨스트 씨, 당신의 말씀은 옳습니다." 그는 계속 말했다. "아무것도 아닌 것에 열중하는 것 같지만, 나의 주인도 그랬습니다. 브루크 남작은 수집가였습니다. 상아 세공품을 모아들였지요. 전람회 등에서 전시되는 대형 조각과는 다릅니다. 상아입니다. 중세 이후의 오래 된 조각이지요. 이 분야에서 저의 주인은 세계에서 제일 간다고 알고 있습니다."

링글로즈는 소리내어 웃었다.

"죄 없는 도락이군요."

"나로서는 무리하게 사직을 했던 겁니다" 하고 비튼은 말을 계속했다. "주인께서는 나를 온 유럽에 데리고 다니려 했으나 나는 결혼해서 정착하고 싶었습니다. 내 아내도 한 번 만나 주시기 바랍니다. 브루크 노튼의 여자입니다. 그녀의 가족들도 브루크 남작 집에서 일했었죠."

"그렇게 해주신다면 영광이겠습니다, 비튼 씨."

링글로즈는 집사에게 초청받은 것을 몹시 기쁘게 생각하였다.

이리하여 두 사람은 조금씩 가까워졌다. 상대의 기분에 들게 하려는 링글로즈의 노력은 확실히 효과를 나타내기 시작했다. 그는 교묘하게 연기했다. 집사를 그만둔 비튼을 좀더 자세히 알게 되면서 그는 이 사나이가 좀더 강한 인물의 앞잡이에 지나지 않는다는 것을 알게 되었다. 링글로즈는 아서의 주인에 대해서 더욱 자세한 것을 듣게 되었다. 브루크 경은 천재적이고 생각이 깊고 정력적이며, 상대가 적의를 품지 않으면 얌전하지만 자기의 목적을 달성하기 위해서는 방법과 수단을 가리지 않는다는 것도 알았다. 남작은 하나의 이념에 따라서 살아가는 사나이 같았다. 그러한 사람은 일반적으로 탄력성이 풍부한 능력을 가지고 있는 법이다. 그는 수집하는 데 꽤 많은 돈을 써 왔으므로 언제나 돈에 쪼들려, 때때로 비튼을 데리고 플로렌스의 별장에 몸을 숨겨 잠잠해질 때까지 채권자들로부터 모습을 감춘 적도 있었다고 한다. 보통은 형이 도와주러 찾아왔다. 비튼의 말에 따르면 형은 도락이 없고 낭비가 없는 큰 부자였다. 남작의 작위를 물려받고 있었으므로 막대한 가족 수입의 재원을 쥐고 있었다. 비튼은 브루크 남작의 중세 상아 수집이 계속 늘어나고 있으리라는 것을 의심하지 않았다. 결혼을 하지 않았으며 앞으로도 결혼하지 않을 것으로 생각한다고 집사는 말했다.

아서 비튼의 태도는 점점 사이가 가까워져도 아무런 변화가 없었다. 그는 결코 비밀스러운 행동이나 세상에 내놓기를 두려워하는 비밀 따위를 품고 있는 듯한 행동을 하지 않았다. 그러나 눈은 언제나 생기가 없고 힘이 없었다. 그는 인색해서 돈에 대한 이야기는 한마디도 하지 않았다. 링글로즈는 나중에 그의 아내를 통해서 그가 돈을 얼마나 가지고 있는지 알아냈다. 비튼은 1년에 500파운드의 배당금을 받고 있었다. 그리고 또 1만 파운드 정도의 재산을 가지고 있었다. 탐정이 생각했던 것보다 많은 액수였다.

링글로즈는 차츰 비튼의 아내인 제인과 가까워졌다. 남편보다 10살쯤 아래인 조용하고 성격이 깔끔한 부인으로, 얼굴은 예쁘지 않았으나 마음씨가 아주 고왔다. 어느 날 아침 물건을 사러 나온 듯 큰 꾸러미를 끼고 있는 부인을 만났는데, 그때 그녀는 자기 아버지가 브루크 노튼에서 술집을 경영하고 있고 동생은 영주에게 고용되어 있다는 이야기를 해주었다.

우정은 깊어 갔다. 링글로즈는 비튼의 방갈로에서 한 번 저녁 식사를 하고 곧이어 비튼을 저녁에 초대했다. 그는 담배를 피우고 술을 마시기 위해 종종 그곳에 들렀다. 한편 비튼 또한 그와 함께 있는 것이 유쾌한 듯 곧잘 그런 자리를 마련하였다.

시간은 행동을 위해서 무르익어 갔다. 그러나 본격적으로 나서기 전에 링글로즈는 브리드포트를 1주일쯤 떠나 그다지 멀지 않은 액스민스터에서 집을 구하려고 하였다. 그는 여행의 목적을 자기가 바라는 집이 아직 나타나지 않았기 때문에 이상적인 집을 좀더 떨어진 곳에서 찾아보기 위해서라고 말했다. 그러나 그가 정말로 바란 것은 2, 3일 혼자 깊이 생각하여 어디서부터 어떻게 손을 대어야 하는지를 판단하는 데 있었다.

아서 비튼은 지금 그에게는 하나의 범죄자일 뿐이었다. 그는 범죄자를 증오했다. 그리고 비튼과 같이 비밀스러운 경력을 지니고 있는 사람이라면 상대가 누구이든 미워했다. 그러나 그는 개인적인 반감이 자기의 영감을 흐리게 하는 일을 피함과 동시에, 인도적인 감정이나 천성적인 선의가 영감을 흐리게 하는 일이 없도록 했다. 링글로즈는 지금부터 행하려 하는 무서운 행위 때문에 스스로 괴로울 때도 있었지만, 그때마다 이성이 그것을 억눌렀다. 그는 자비를 구하며 울부짖는 어린아이의 목소리를 떠올리는 것이었다.

상대를 연구하고 난 뒤에도 그의 목적은 변함이 없었다. 그 목적은 비튼을 파괴하고 적나라하게 드러내 놓을 뿐 아니라 도덕적으로 파멸시키는 것이었다. 비튼은 그제야 비로소 방어할 수 있는 길이 하나도 없는 상태에 있다는 것을 알게 될 것이다. 링글로즈는 절친한 교제 기간 동안 이 집사의 저주받은 과거에 구름이 끼어 있다거나 회한의 그림자가 마음에 새겨져 있는 것을 볼 수 없었다. 실제로 비튼은 세상 사람이 말하듯 양심적이었고 사소한 일에도 엄격하게 주의하는 사람이었다. 그는 일요일에는 아내와 함께 한 차례 또는 두 차례 교회에 참석했다. 그의 살아가는 태도는 상당히 성실했다. 엄숙한 일에는 결코 농담을 하지 않았다. 그의 말을 믿는다면 그 자신의 인생은 엄격한 것이었다. 그는 정도에 지나치는 일은 자신에게 조금도 허용하지 않는 것을 신조로 삼았다. 동시에 이웃 사람들에게는 너그럽게 대했으며, 누구의 일이든지 결코 비판하는 적이 없었다. 그는 자기 가정의 평화에 크게 신경을 쓰고 있다고 말했으며, 그 만족을 약화시킬 만한 어두운 면은 아무것도 없다는 듯한 태도를 보였다.

그러나 링글로즈의 지식과 관찰에 따르면, 지금 그가 계획하고 있는 무서운 사건을 일으킨다면 바라는 결과를 곧 얻을 수 있으리라고 확신했다. 실제로 그 밖에는 다른 방법이 없었다. 겉으로는 부드럽고 만족하고 있는 것같이 보이지만 속마음은 돌처럼 단단한 사람과 싸워야 하는 것이다. 이 사나이는 자신의 생활과 의견에 절도를 지키고 있는 척하지만 어린아이를 살해한 것이다. 존 링글로즈는 비튼의 체격으로 미루어 보아, 어린아이기 때문에 죽일 용기를 가질 수 있었으리라고 생각했다. 그러니만큼 그의 뜻하지 않았던 적이 세우고 있는 계획이 한층 더 압도적인 힘을 발휘하게 될 것이었다. 링글로즈는 자신의 계획을 바꾸려 하지 않았다.

공포의 수단으로 목적을 달성해야 한다. 링글로즈는 다른 여러 가지의 가능성을 생각해 본 끝에 효과가 있을 오직 하나의 수단으로서 그 무서운 결의를 굳혔던 것이다.

안락의자 뒤에서

존 링글로즈는 자기가 노리는 상대와 더불어 자신에 대한 일도 생각해야만 했다. 자기가 하려는 실험이 실패할는지도 모른다. 그는 실패의 결과를 생각해 보았다. 검토를 계속하고 있다가 순간 이상스러운 경험을 맛보았다. 그는 절대로 직감에 의존하지 않는 편이었다. 지난날 강한 직감으로 판단해 중요한 오류를 범한 적이 있었기 때문이다. 직감은 실제 사실과 결부되어 귀중한 참고가 될 뿐이라고 링글로즈는 생각하고 있었다. 그러므로 이성에 비해 볼 때 언제나 믿을 수 있다고 단언할 수는 없었다.

그러나 이 사건만은 직감이 확실한 소리로 속삭여 주었다. 그는 자신이 지금부터 하려는 일이 절대로 옳고, 아서 비튼의 영혼에 정면으로 대결하는 유일한 수단이라는 사실에 자신을 가지고 있었다. 그리하여 앞으로 어떻게 될 것인가 하고 그는 생각해 보았다. 비튼은 공범자에게 불리한 증언을 하여 빠져나갈는지도 모른다. 실제로 링글로즈는 자신의 목적이 달성된다고 해서 집사나 그의 주인이 극형에 처해질는지 의심스러웠다. 두 사람은 지금도 서로 마음을 터놓고 친하게 지내고 있으며, 집사가 범죄 논의에 여러 번 관계했으리라는 것은 의심할 나위가 없었다. 그의 주인이 비튼의 마음을 가늠해 보지도 않고 그처럼 나쁜 일을 시키지는 않았을 것이다.

브루크 남작에 대해서는 아직까지 조금밖에 생각해 보지 않았다. 그러나 만일 그의 계획대로 비튼이 자신의 저주받을 과오를 깨닫고 숨이 넘어가는 상태에 이르면 남작에게로 달려갈 것인가? 그러면 그 주인은 하수인보다 더욱 강한 정신의 소유자라고 보아야 할 것이다. 그러나 링글로즈는 이와 같은 가능성은 없을 것이라고 생각했다. 그의 계획은 비튼이 브루크 남작에게 자기가 어떤 체험을 맛보았는지 숨김없이 이야기할 수 없는 종류의 것이니까.

'이 일은' 하고 링글로즈는 생각했다. '하느님에게만 털어놓고 의논할 수가 있다. 하느님을 믿지 않는다면 궁지에 빠질 것이 틀림없다. 그러나 비튼은 찬송가는 부르면서도 하느님은 믿고 있지 않다. 만약 그렇지 않다면 그런 일을 할 수 없을 것이다.'

탐정은 열흘 뒤에 브리드포트의 하숙으로 돌아왔다. 새로운 친구들의 환영은 굉장했다.

존 링글로즈가 왕관에 모습을 나타내자 "잘 오셨습니다. 아마 액스민스터에도 마음에 드는 집이 없었나 보지요?" 하고 팅클러 씨가 말했다.

"여러 종류의 집을 보기는 했으나 흡족하지 않았습니다" 하고 링글로즈는 대답했다. "아마도 아서 비튼 씨의 방갈로 같은 집을 한 채 지어야 할 듯싶습니다."

아서 비튼은 링글로즈를 보고 몹시 기뻐하는 것 같았다. 그리하여 지난날의 우정이 되살아났다. 그 뒤 어느 날 저녁, 비튼이 링글로즈를 찾아왔다. 그들은 전과 같이 서로의 이야기를 주고받았다. 링글로즈는 집을 지어야겠다고 교묘하게 거짓말을 했다.

"실례인 줄 압니다만, 언제 부인의 사정이 허락하는 날 집을 좀 보여 주셨으면 고맙겠습니다." 링글로즈는 부탁했다. "나도 그만한 집을 한 채 짓기로 결심했습니다. 내가 보기에는 너무 넓지만 않다면 혼자 사는 남자에게는 아주 어울릴 것 같더군요. 좋은 집터가 나오면 한 500이나 600파운드쯤 돈을 들여 그런 집을 짓고 싶습니다."

"좋은 생각입니다." 비튼이 대답했다. "환영합니다. 집사람에게도 당신이 집을 보고 싶어한다고 말하겠습니다. 나는 700파운드쯤 들었습니다. 나머지 비용과 정원을 합하면 거의 1000파운드쯤 들었지요. 그것은 아내의 집입니다."

탐정은 비튼에게 고맙다고 말했다. 두 사람은 여느 때처럼 가벼운 이야기를 나누었다. 그날 밤은 날씨가 거칠고 어두웠으며 2월의 바람이 마침내 태풍으로 바뀌었다. 남쪽에서 거센 바람이 불어왔다. 이야기가 잠시 멈추어졌을 때 브리드포트의 바다에서 800미터쯤 떨어진 곳에 있는 커다란 숲의 울부짖는 소리가 들려왔다. 바람은 경련하듯 울부짖고 비는 창문을 두드렸다. 이따금 굴뚝을 빠져나가는 연기가 방 안으로 스며들어오기도 했다.

"굉장한 바람이로군!" 링글로즈가 말했다. "오늘 같은 날 밤 영국 해협에 있었다면 큰일나겠지요, 아서?"

"그렇겠지요, 알렉. 바다는 아무리 고요하다 해도 싫습니다. 주인과 때때로 항해한 일이 있는데, 상아 세공품을 구하기 위해서는 눈앞에 산이 있든 바다가 있든 아무리 고생스러워도 개의치 않았습니다. 유럽은 물론 동양까지 누볐지요."

"그처럼 강한 의지는 훌륭하다고 생각합니다. 당신은 강한 사람이 자질구레한 수집에 용기와 결단을 쓰느니보다는 더욱 좋은 목적을 위해서 일하기를 바라셨겠지요. 당신의 전주인이 나라를 위해 야심과 그 결단력으로 큰일을 했다면 아주 훌륭했을 텐데요."

"정말 그렇습니다. 그분은 자기가 하고 싶은 일이라면 어떤 장애도 거들떠보지 않았습니다. 그는 언제나 상냥하고 친절했습니다. 이름을 떨친다든가 존경받을 만한 높은 지위에 대해선 조금도 생각지 않았지요. 그러나 상아 조각 수집에만은 강철같이 굳은 의지를 나타냈습니다. 정말 이상한 사람으로서, 위험도 몰랐습니다. 곤란한 일은 언제나 돈이 없었던 것뿐입니다. 그분은 숫자에 대한 두뇌가 없었습니다. 게다가 계산을 아주 싫어했습니다. 자기의 수집을 위해 마지막 한 푼까지 써 버리고 공기를 마셔도 좋다고 생각했지요. 나는 물론 별장지기나 가정부가 계산서를 가져오면 몹시 화를 냈습니다."

두 사람은 이야기를 계속했다. 잠깐이라도 대화가 그치면 태풍이 창문을 두드려 대는 소리가 들리곤 했다.

"굉장한 바람이군요! 마치 헤매는 아이가 울부짖는 소리 같지 않습니까." 링글로즈가 말했다. "지금 말씀하신 것은 대단히 흥미 있는 이야기로군요, 아서. 나는 인간의 성격에 대해서 연구하는 데 굉장한 흥미를 가지고 있습니다. 그 중에서 무엇보다도 흥미가 있는 것은 몸과 영혼을 한곳에 바친다는 것입니다. 그것은 건전하지 않습니다. 그렇게 하다 보면 인생을 보는 눈이 왜곡되고 사람을 싫어하게 되며, 주위 사람들에게는 전혀 쓸모가 없는 반사회적인 인간이 되고 맙니다. 주위 사람들에게 쓸모가 없다는 것은 어딘가 그 사람이 잘못되었다는 뜻입니다. 나로서는 이것을 시금석이라고 생각합니다. 주위 사람들에게 전혀 쓸모없이 되어 버린다면 양심을 가질 수 없을 테니까요. 이것은 인간을 정복하는 모든 힘 중에서 최악의 것이지요. 나는 맑은 마음을 위해서는 다른 어떤 것이라도 희생할 수 있습니다."

"그렇지요, 알렉. 나 또한 동감입니다" 하고 비튼은 솔직하게 시인했다.

링글로즈가 자기의 의견을 말하고 있는데, 어떤 현상이 일어났다. 두 사람뿐인 방에 또 한 사람이 침입한 것 같은 느낌이었다. 더구나 그것은 인간이 아니었다.

이 탐정이 묵고 있는 방은 브리드포트의 큰 거리에서 떨어진, 남쪽을 향하고 있는 앤 여왕풍의 작은 집 안에 있었다. 그의 거실은 창밖으로 작은 정원이 내다보였다. 이 방은 천장이 낮았으나 방 전체는 그다지 작지 않았다.

두 사람은 난롯가의 안락의자에 앉아 있었으며, 난롯불이 꺼져 가고 있었다. 두 사람 사이를 테이블 위의 스탠드가 비추고 있었다. 스탠드에는 녹색 갓이 씌워져 있어서 불빛이 그 주위의 비교적 좁은 범위를 밝혀 주고 있었기 때문에 두 사람이 마주 보고 앉은 의자며 그들의 머리와 어깨, 말아 놓은 융단의 끄트머리 조금과 난로, 그리고 위스키 글라스가 놓인 테이블만이 빛을 받았으며 방의 다른 부분은 어두웠다. 아서 비튼의 뒤에는 창문이 있었고 커튼이 쳐져 있었다.

존 링글로즈가 앉아 있는 안락의자 뒤는 조금 어두웠고, 그 뒤 벽옆에는 키가 큰 우아한 옛날 셀라톤 풍(18세기 토머스 셀라톤이 만든 화려하고 정교한 가구 양식)의 책장이 있었다. 책이 가득 꽂혀 있었으나 대부분 오래 된 것이라 요즘은 잘 보지 않은 것들이었다. 방 한가운데에 식탁이 놓여 있었다. 그 저쪽으로 문이 있었다. 시계가 11시를 쳤다. 비튼은 일어나서 돌아가려고 했다. 그때 그는 링글로즈의 의자 뒤에서 무엇이 움직이는 것을 보았다.

붉은 눈이 튀어나온 것으로, 그 윤곽이 링글로즈의 어깨 너머로 어둠 속에서 얼굴을 내밀었다. 그 생물의 두개골은 큰 야자 열매만 했다. 그것은 의자 너머에서 비튼의 얼굴을 응시하고 있었다. 이마에는 빨간 머리털이 헝클어져 있었다. 코는 없었고, 코가 있는 자리에 검은 구멍 두개가 뚫려 있을 뿐이었다. 그 구멍 아래에 입술이 있었다.

입은 소리 없이 열렸다 닫혔다 하며, 이는 마치 개의 이빨과 같았다. 놀란 듯 동그란 눈은 마치 살아 있는 것같이 반짝이고 머리가 움직이고 있었다. 살바토르 로더(영국의 화가, 시인. 1615~1673)나 에드거 앨런 포(미국 소설가, 1809~1849)라 할지라도 식인귀가 나타나는 숲에서 이처럼 끔찍스런 괴물을 불러내지는 못할 것이다. 그것은 마치 이 세상이 아닌 다른 세계를 위해서 만들어진 듯한 것으로, 크게 확대된 곤충이나 바다 밑 동물이 태풍에 실려 평화스러운 인간 집단 속에 모습을 나타낸 것 같았다.

"고운 마음, 거리낌 없는 마음을 지니고 있다면, 아서……."

링글로즈는 이렇게 입을 열었으나 아주 이상한 사태 앞에서 말이 막혔다. 눈앞에 있는 상대는 마치 다른 사람처럼 모습이 달라져 있었다. 몸의 자세까지 변해 버렸다. 잠깐 사이에 어떤 형체를 변화시키는 일격이 가해져서 변형된 것처럼 그는 의자 속에 몸을 웅크린 채 쭈그려 앉고 말았다. 머리와 몸이 아주 작아져 버린 것 같았다. 사방에서 뿜어 나온 눈에 보이지 않는 힘에 의해서 분쇄되어 버렸단 말인가? 경련을 일으키면서 한쪽 손은 무의식적으로 명치를 힘껏 쥐고 있었다. 그곳을 아주 강하게 얻어맞은 듯했다.

얼굴에는 공포가 나타나 있었다. 압도적이고 파괴적인 공포가 얼굴을 스쳐 가며 얼굴 전체에 그 흔적을 남겼다. 조금밖에 남지 않은 갈색의 머리털은 마치 자석에라도 끌리는 듯 곤두서 있었다. 피가 피부에서 심장으로 거꾸로 흘러들어가듯 이마와 볼과 입술이 대리석같이 하얗게 질려 있었다. 구슬 같은 땀방울이 이마에서 흘러내렸다. 눈이 크게 뜨여지고 눈동자가 튀어나왔다. 아래턱은 떨어져 버렸다. 그는 지금 링글로즈의 등 뒤를 바라보며 턱을 올렸다 내렸다 하고 있었다. 그 물건을 따라 기계적으로 입을 열었다 닫았다 하고 있는 것이었다.

비튼은 한쪽 손을 갑자기 그곳을 향해 뻗쳤다. 손가락이 마비되어

떨렸다. 이윽고 입에서 무슨 소리가 새어나왔다. 한마디, 높게 얼어붙을 듯한 어조로 튀어나온 한마디였다.

"살려 줘!"

링글로즈는 몹시 걱정스럽게 의자에서 일어났다.

"대체…… 왜 그러시오?"

"뒤를 보오, 오, 하느님!"

두 개의 손이 링글로즈의 한쪽 팔을 힘껏 붙들었다. 괴로워하고 있는 사나이는 링글로즈의 뺨 위에 거칠게 숨을 몰아쉬었다.

"저, 저것을…… 치워요, 보이지 않게 저리 치워 주오, 빨리! 빨리 저것을!"

"이봐요, 정신 차리시오……정신 차리라니까!" 링글로즈는 큰소리로 외쳤다. "침착해요, 대체 어떻게 된 겁니까?"

비튼은 손가락질을 했다. 그는 앉아 있던 큰 안락의자에 쓰러져 두 무릎을 오므리고 두 손 위에 얼굴을 파묻었다.

"말해 주시오" 하고 링글로즈는 다그쳤다. "도대체 무엇을 보았는지 말해 주시오, 어서."

공포에 질려 있는 상대는 억지로 얼굴을 들었다. 낯익은 환영을 확인하기 위해서. 그것은 지금 생명 있는 물체로서 움직이고 있어, 그는 더욱 몸부림을 치면서 헛소리를 계속했다. 그리고 다시 얼굴을 파묻었다.

"아, 하느님! 당신의 의자 뒤에!…… 저것이 보이지 않소?"

링글로즈는 그 괴물을 지켜보면서 가까이 갔다. 서로의 얼굴 사이에는 30센티미터 남짓한 거리가 생겼다. 이제는 놀란 표정만이 비튼의 얼굴에 남아 있었다.

"아무것도 없는데요." 링글로즈가 말했다. "힘을 내어 당신이 보았다는 것을 말해 주시오."

이때 환영은 사라지고 말았다. 링글로즈는 침착하게 대처했고, 이에 그 환영이 물러간 것 같았다. 그 살아 있는 괴물이 사라져 간 것이다. 그늘이 져 막혀 있던 곳은 다시 어둡고 공허한 공간뿐이었다. 비튼은 다시 눈을 떠 보았다. 링글로즈는 곁에 서서 위로의 말을 해 주었다. 아서의 눈에도 지금은 공간만이 보이므로 자신을 억제하려고 애썼다. 그러나 그렇게 되기까지에는 몇 분쯤 걸렸다. 그는 맑은 정신으로 돌아오자 손수건을 꺼내어 온몸을 떨면서 땀에 젖은 얼굴을 닦았다. 링글로즈는 상대가 힘을 내도록 계속해서 도와주며 위스키를 반잔쯤 따라 마시도록 했다.

"자, 마셔요!" 링글로즈는 말을 계속했다. "오, 아서. 당신을 잘 몰랐다면 과음했나 보다고 말할 것입니다. 그런데 무엇엔가 몹시 놀랐군요, 대체 무엇을 보았습니까?"

그러나 비튼은 아직도 입을 열지 않았다. 그는 고개를 저을 뿐, 이를 덜덜 떨면서 잔을 비웠다. 링글로즈는 그를 혼자 두고 촛불을 켜 들고 방 안을 조사했다. 구석구석을 살피고 찢어진 악보가 들어 있는 낡은 옷장을 열어 보고, 책장을 조사하고, 커튼 뒤까지 들여다보았다. 부서진 피아노가 방구석에 있었다. 링글로즈는 피아노 건반을 통하고 두드려 보았다. 강철로 만든 철사가 갑자기 소리를 내며 울렸다. 그러자 비튼이 몹시 떨면서 갈라지는 목소리로 입을 열었다.

"그만두시오, 알렉. 이제 힘이 났습니다. 아무것도 보이지 않습니다. 불빛이 장난을 쳤는가 아니면 태풍으로 신경이 날카로워졌나 봅니다. 비바람이 치는 날은 견딜 수가 없습니다. 좀더 가까이 와 주시오, 집으로 돌아가야겠습니다."

링글로즈는 그의 곁으로 다가갔다.

"낡은 이 방에는 놀라게 할 만한 것이라고는 아무것도 없습니다. 빛의 장난이든가 기분 탓이 틀림없습니다. 있지도 않은 것을 볼 때가 가끔 있는 법이지요, 나는 유령을 본 일은 없지만 그냥 웃어넘길 수만은 없는 것 같습니다. 나는 이래봬도 유령이 나오는 집에서 살았던 일이 있습니다. 다른 사람들에게 그 유령이 보였었지요. 이곳에도 있는지 모릅니다. 당신은 결코 모를 것입니다. 말해 주십시오, 말을 하면 마음도 가라앉습니다. 지금까지 만나 본 일이 있는 사람을 만났습니까……남자, 아니면 여자?"

비튼은 고개를 저었다.

"아니, 아니……아무도 아니었습니다. 사람의 얼굴이 아닙니다. 약간의 빛과 그림자와 그리고 다른 것. 추한, 지옥과 같이 추한…… 잊읍시다, 알렉. 생각하는 것조차 끔찍합니다."

"틀림없이 그것은 기분 탓입니다. 소화불량일 것입니다. 잠들어 있을 때와 같이 깨어 있을 때도 악몽을 꿀 수가 있습니다. 그러나 더이상 말할 필요는 없겠지요, 이제 그것을 생각하는 일은 그만둡시다. 이젠 괜찮습니까? 몸이 추우면 안 됩니다. 난롯불을 피울 필요까지는 없겠지요, 침실로 들어갑시다. 아서, 아침까지는 회복될 겁니다."

비튼은 따라 일어서며 하소연했다.

"나를 바보라고 생각할 테지요, 사실 그렇습니다. 그러나 오늘 밤은 신경이 몹시 약한 듯합니다. 집까지 바래다주시겠습니까? 별로 그런 것을 두려워하지는 않습니다. 그러나 지금은 너무도 정신이 없기 때문에 부축해 주시지 않는다면 걸을 수가 없습니다. 쓰러질지도 모릅니다."

"알았습니다. 그렇게 해 드리지요, 의사에게 들렀다 가기로 합시다."

"아니, 아니, 이제 좋습니다……놀랐을 뿐입니다. 기분이 몹시 나빴던 것입니다. 아무튼 바래다 달려고 하니 미안하군요, 이렇게 사나운 밤이니까. ”

“날씨 같은 것은 상관없습니다. 나는 비바람이 미친 듯 불어오는 것을 좋아합니다” 하고 링글로즈는 잘라 말했다. “큰 바람에 실려 나뭇잎같이 떠돈다든가, 대서양 한가운데에 서서 태풍을 본다든가, 그런 것이 매우 기분이 좋습니다. 아서, 대자연에는 우리들이 알고 있는 것보다 더 큰 힘이 숨어 있습니다. ”

링글로즈는 외투를 입고 비옷을 입도록 비튼을 도와주었다. 그리고 비튼의 팔을 부축하여 집까지 바래다 주었다. 부인이 그를 맞아들였다. 부인께서는 되도록 말하지 말아 달라는 주의를 받았었다.

“아서는 몸이 좀 좋지 않습니다. ” 링글로즈는 설명했다. “현기증 같은 발작을 일으켰습니다. 그래서 만약을 위해서 집까지 모셔다 드린 것입니다. 침대에 눕힌 다음 따뜻한 물주머니를 침대에 넣어 주십시오, 부인. 나는 들어갈 수가 없으니까요. ”

그는 태풍과 폭우 속을 헤치고 집으로 돌아왔다. 그러나 자연의 노여움도 집으로 돌아오는 존에게는 감동을 주지 못했다. 그의 마음은 어떤 한 가지 일로 가득 차 있었다.

‘역시 그 노부인들의 이야기는 진실이었어……’ 하고 링글로즈는 생각했다. ‘그 사나이는 무서운 그 그림을 너무나 잘 알고 있다. 오늘 밤처럼 그 그림을 다시 보게 되는 것을 바라지 않고 있었어. ’

또 하나의 생각이 그의 마음에 깊이 새겨졌다.

‘그 사나이는 그것을 치워 달라고 나에게 부탁했다. 죽은 어린아이도 그것을 치워 달라고 그 사나이에게 몇 번이나 부탁했다. ’

존 링글로즈는 그 최후의 무서운 사실을 마음속 깊이 간직하고 있어야 한다고 자신에게 다짐했다.

‘만일 그렇지 않다면 내가 먼저 당할 것이다. ’

이렇게 생각한 것은, 이 태풍 속에서 지금 그는 자기가 해야 할 일의 비인간적인 성질을 깨닫고 상대에게 기도했던 공포감에 그 자신의 넋도 얼마쯤 젖어들었기 때문이었다. 고문을 받고 있는 상대를 보고 그 고민을 이해한다는 것은 자신의 의지를 방해하고 만다. 이것은 정직한 사람에게는 가혹한 시련임에 틀림없었다.

"이토록 가증할 만한 일이 나에게 어떠한 것을 가져다준단 말인가?" 링글로즈는 중얼거렸다.

이윽고 링글로즈는 빗방울이 떨어지는 외투를 벗어던졌다. 침대 옆에는 상자가 하나 있었다. 그것은 그가 잠들기 전에 침대 밑으로 숨겨졌다.

책장

다음날 정오가 지나기 전에 링글로즈는 비튼의 상태를 보러 갔다. 바람은 계속 불고 있었으나 하늘은 맑게 개었으며, 나지막하게 뜬 겨울 해가 옅은 금빛 햇살을 내리쬐고 있었다.

문을 두드리자 아서가 직접 현관에 나왔다. 와이셔츠 차림으로 슬리퍼를 신고 있었다. 얼굴빛이 파리하고, 한쪽 눈에 안대를 하고 있었다.

그는 몇 번이나 사과의 말을 했다.

"당신의 얼굴을 뵙기가 부끄럽습니다. 칠칠치 못한 못난이나 술주정꾼으로 생각하셔도 할 말이 없습니다. 어젯밤에 지나치게 제멋대로 떠들지는 않았습니까?"

"아니, 그런 것은 아무렇지도 않습니다. 그런데 눈이 왜 그렇지요?"

"자, 좀 들어오십시오."

링글로즈는 비튼의 뒤를 따라 조그마한 식당으로 들어갔다. 창문으로 뒤꼍의 채소밭이 내다보였다.

"나는 어젯밤에 당신의 일을 좀 생각해 보았습니다." 링글로즈는 이야기를 꺼냈다. "처음에는 말씀하신 대로, 혼자 숨어서 술 마시는 것을 좋아하는지도 모른다고 생각했었지요. 아무도 모르게 술을 마시는 사람들은 가끔 그렇게 바보짓을 하는 수가 있으니까요. 그러나 이런 습관은 우리들보다 상류 사회에서 흔히 볼 수 있지요. 아서, 나는 그 징후도 알고 있습니다. 그런데 당신에게는 조금도 그런 징후가 없었습니다. 그래서 당신의 눈이 건강한지 알고 싶었습니다. 안대를 하고 있는 것을 보니 나쁜가 보군요."

"말씀하신 대로 이것 때문에 근심하고 있습니다." 비튼이 대답했다.

그는 냉정하고 침착했으며 확실히 충격으로부터 회복되어 있었다.

"그 추태를 부린 충격도 아주 사라졌기 때문에 나 자신도 이상해서 소리내어 웃었습니다. 그때 왼쪽 눈을 베어 내는 듯한 통증을 느꼈습니다. 그 때문에 네 시간 이상이나 잠을 못 자고 고생했습니다만 그 뒤 사라졌습니다. 그러나 눈의 상태가 좋지 않습니다. 실은 그래서 근심하고 있습니다."

"그렇다면 어서 손을 써야 합니다. 오후에라도 곧 의사에게 보이십시오." 링글로즈는 비튼을 부추겼다.

"이곳에는 믿을 만한 사람이 없습니다. 하지만 눈에 대한 것은 내버려 둘 수 없지요. 아내가 내일 런던으로 같이 가자고 하더군요."

순간 링글로즈의 마음에 의혹이 일어났다. 이 사나이가 갑자기 도망쳐서 몸을 감추려고 하는 것은 아닐까? 그러나 이런 걱정은 오래 가지 않았다. 비튼은 지난밤에 보인 볼썽사나운 행태의 구실을 만들어 내려는 것이라고 그는 생각했다. 아서는 그렇게 할 것을 다른 사람이 기대한다고 생각하고 있는 것 같았다. 자기가 하고 싶은 대로 한 다음 시력에 이상이 없다는 진단을 받고 돌아올 것이다.

요컨대 링글로즈는 비튼이 이처럼 완전히 회복한 것을 섭섭하게 여기지는 않았다. 두 번째 일을 실행하기 위해서는 조금 시일이 흘러야 했다. 언제 어떻게 할 것인가는 아직 결정하지 않았다. 세 번으로써 충분하다고 그는 판단하고 있었다.

　두 사람이 아직 이야기하고 있을 때 아서 부인이 나들이에서 돌아왔다. 그녀는 그 일에 대해 남편 이상으로 관심을 나타냈다. 그녀는 이상하게 여기고 있었다. 링글로즈는 비튼이 아내에게 실제로 존재치 않는 어떤 것을 보았다고 말했다는 것을 눈치챘다. 그녀는 링글로즈에게 이 일의 경과에 대해서 구체적으로 물어보았다. 그러나 그는 세밀한 것은 아무것도 이야기하지 않았다.

　"오늘 아침 햇빛 아래에서 방을 자세히 살펴보았습니다." 링글로즈는 말했다. "아마 어딘가에 있는 도자기의 장식이나 그림 속의 이상한 얼굴이나 혹은 그와 비슷한 것이 빛을 받고 반짝거려 아서를 놀라게 한 것이라고 나는 생각했습니다……. 그러나 그렇지는 않습니다. 그런 것은 아무것도 없었습니다. 이것은 아마도 환상이라고 생각합니다, 부인. 남편의 경우, 문제는 눈입니다. 그것뿐입니다. 두 분께서 걱정할 필요는 없다고 봅니다. 그러나 곧 안과의사의 진단을 받는 것이 좋을 듯싶습니다. 그러면 금방 좋아질 것입니다."

　제인 비튼은 자기들의 새로운 친구가 집을 보고 싶어한다고 남편이 말했던 것을 생각해 냈다. 그래서 그녀는 링글로즈에게 집을 보여 주었다. 그는 그 집을 보고 크게 칭찬하였다. 방의 크기에 감탄하며 자기도 이런 집을 짓고 싶다고 말했다.

　"넓은 집을 살 만한 여유는 없습니다." 링글로즈는 말했다. "그러나 이 집의 설계는 훌륭합니다. 조금 규모를 작게 하여 이것과 비슷한 집을 지어 보겠습니다."

　방으로 돌아와서, 잊어버리기 전에 주택 설계도를 만들었다. 다음

날 아침 비튼 부부가 런던으로 출발할 때 그는 두 사람을 전송했다.

이틀 뒤 그들은 만족한 소식을 가지고 돌아왔다. 안과의사는 비튼의 놀라움을 설명하지는 못했지만 그 나이의 사나이로서는 신기할 만큼 시력이 양호하다고 진단했다. 너무 눈을 지칠 정도로 지나치게 썼든가, 아니면 그 타격이 원인이 되어서 일시적으로 통증이 일어났는지도 모른다는 거였다. 그러나 지금은 아무 걱정도 없다고 했다.

비튼은 곧 회복되어 원기왕성하게 나날을 보내고 있었다. 두 사람은 한층 더 친해졌고 서로의 사이도 좀더 부드러워진 듯했다. 그러나 비튼은 얼마 동안 함께 저녁을 하지 않았다. 그가 쑥스럽게 생각할 것 같아서 링글로즈 자신이 권하는 것을 삼갔기 때문이었다. 2주일쯤 기다렸다. 그 사이에 봄볕이 길어져 비튼은 산책을 다니면서 존을 불러냈다.

"산책은 뚱뚱해지는 것을 막고 몸을 단련시키지요." 비튼이 말했다. "언덕을 한참 올라가면 올드 매너하우스라는 호텔이 있습니다. 가끔 그곳에 가서 차를 마시곤 한답니다."

존 링글로즈는 브렌트의 호텔을 방문할 마음은 조금도 없었다. 그래서 자기는 잘 걷지 못한다고 핑계를 댔다. 마침 생일을 구실로 아서와 부인을 초대했다. 비튼은 처음에는 거절했다. 그러나 이틀 뒤 초대에 응해 왔다.

세 사람은 즐거운 저녁 한때를 보냈다. 링글로즈는 최선을 다해서 그들을 환대하느라고 고심했다. 어두운 구석이 한곳도 없도록 방을 밝게 꾸몄다. 세 사람은 식사가 끝나자 난롯가에 앉았다. 비튼은 고문대가 되었던 안락의자를 피했다. 제인 비튼이 그 의자에 앉았다. 비튼은 난로 쪽으로 얼굴을 향하고 아내와 링글로즈의 중간쯤에 자리를 잡았다.

이날 밤은 매우 즐겁게 보냈다. 아서 비튼은 지금까지는 볼 수 없던 태도로 명랑하게 이야기했다. 그는 여러 가지 이야기를 하면서 링글로즈에게 지지 않으려고 자신의 옛 주인에 대한 것을 조금씩 조금씩 더 알려 주었다.

"나는 주인이 집달관에게 위협받는 것을 적당히 즐기고 있는 것 같다고 때때로 생각했습니다." 비튼이 단언하듯 말했다. "마지막 순간까지 사태를 방관하고 있다가 한밤중에 어디론가 도망을 쳐 어떻게 해서든지 자기 형에게로 가는 것이었습니다. 돌아가신 그분도 이탈리아에서 사는 일이 많았습니다——코모 호숫가에 별장이 있었지요——나의 주인은 도망쳐 형에게 가서 돈을 얻어 내려고 했습니다. 돈이 나올 것 같지 않으면 감옥에 갇혀 집안의 명예를 더럽히게 된다고 온갖 협박을 다하는 것이었습니다. 그래서 언제나 성공했습니다. 본디 경찰을 빼돌리는 솜씨가 아주 좋았지요, 그분은. 언제까지 브루크 노튼에 있을 것인가 하고 의아스럽게 생각할 때가 많았습니다."

"결혼하지 않았다고 했지요?"

"네, 여자에게는 도무지 관심이 없었습니다. 아내도 브루크 노튼 사람이지만 나는 이렇게 듣고 있습니다. 그분은 때때로 남자 손님을 묵게 하는데, 그들도 수집광이지요. 돈에 곤란을 느끼면 사냥터를 빌리든가, 아니면 농부들에게 토지를 떼어 팔기도 했습니다."

"그분의 형님 말인데……그분도 미술이라든가 그 밖의 것에 조예가 많았습니까?"

"아니, 형 되시는 분은 아주 개방적인 사람이었습니다. 골프며 승마, 사냥 등을 즐겼지요. 가을이 되면 대개 집으로 돌아오곤 했습니다. 마님이 이탈리아에서 돌아가시기 전까지의 일입니다만."

"자식이 없었나 보지요? 동생이 작위를 물려받은 것을 보니……."

그러자 비튼은 주의 깊게 말을 꺼냈다.

"아, 거기에는 가슴 아픈 사연이 있지요. 본디 아들이 하나 있었는데 머리가 좀 모자랐어요. 이 아이는 아버지가 돌아가신 지 1년 뒤에 죽었습니다. 그밖에 딸이 하나 있었습니다. 그 아이의 누님이지요, 지금 숙부와 함께 살고 있습니다.

내가 지난번 갔을 때 따님이 숙부하고 자동차로 함께 외출하는 것을 보았습니다. 얼굴이 창백한 소녀지만 아주 아름답습니다.

동생 또한 아주 귀여웠지요. 아버지——루퍼트 남작——는 몸집이 크고 성품이 고상하고 순결한 분이었습니다. 나의 주인이 그분의 작위를 이어받았지요, 그분은 언제나 자기 동생을 소년처럼 생각해서 그가 어리석게 구는 것을 용서해 주곤 했습니다."

링글로즈는 비튼이 그 아이의 죽음에 대한 이야기를 하면서도 자세한 부분에 대해서는 되도록 말을 돌리려 하는 것을 알아차렸다. 그러나 탐정은 가족에 대해서는 특별한 흥미를 나타내지 않았다. 그는 비튼 부인 앞에 한 장의 설계도를 펼쳐놓고 그녀로부터 찬사를 받으려고 생각했다. 어떤 건축가가 존의 주문에 따라 이상적인 방갈로를 설계해 주었던 것이다. 이러한 자잘한 점에까지 주의를 기울이는 것이 전형적인 그의 방식이었다.

"그러나 여분의 방이 필요할 거예요." 제인이 말했다. "누구나 적든 많든 여분의 방을 바라는 법이지요."

"부인, 나에게는 필요없습니다. 정말 외톨이인 쓸쓸한 사람입니다. 조카들도 나를 찾아오는 일이 없답니다."

"친척이 없다는 것은 어두운 면도 있지만 밝은 면도 있는 법입니다, 알렉." 비튼이 말했다.

그날 밤이 지났다. 1주일 뒤 링글로즈는 비튼의 집을 방문했다. 그는 제인에게 호감을 가지고 있다는 것을 깨닫고 있었다. 그녀는 애교가 없는 편이었다. 매력이 있다고 할 수도 없었다. 그러나 착실하고 검소했다. 검소함은 그녀의 신조이기도 했다. 그녀는 푼돈 모으는 것을 즐겨했다. 아서도 그러한 그녀를 칭찬했다. 존 링글로즈는 진실의 그림자가 비튼 부인의 생각에서 떨어져나간 듯한 일은 지금까지 결코 없었을 것이라고 확신했다. 그녀는 범죄를 용서할 여자가 아니었다. 자기 남편이 저지른 큰 죄를 용서할 수는 절대로 없을 것이다. 그녀는 어린아이를 좋아한다고 말했었다. 그러나 자기 아이를 가지고 싶어하지는 않았다. 남편도 그녀와 같은 생각이었다. 링글로즈는 그런 그녀에게 탄복했다.

아서는 자기가 놀랐던 사건에 대해서 결코 이야기하려 하지 않았고, 링글로즈 역시 그렇게 했다. 그러던 어느 날, 비튼 부인이 다른 여자와 함께 연극 구경을 가게 되었다. 비튼은 아내가 집으로 돌아오기 전에 한 시간쯤 링글로즈와 함께 지내자고 했다. 불안한 모습으로 마음이 산란한 것 같았다. 링글로즈는 아서가 무엇을 열심히 생각하고 있는지 충분히 알 수 있었다. 그러나 그는 그 문제는 말하지 않고 밝은 화제만 꺼냈다. 링글로즈는 봄이 가까워진 것을 기뻐했다. 하숙집 안주인의 서재에서 발견한 한 권의 책에 열중하고 있었다.

"내가 다 읽은 다음 꼭 읽어 보십시오. 그녀의 서가에는 시간을 낭비할 책이라고는 하나도 없습니다. 대부분은 설교서인데, 설교서가 이처럼 많이 활자화되어 있는 줄은 미처 몰랐습니다. 그러나 그녀의 남편이 목사였다고 하므로 그리 이상한 일은 아닙니다. 지금 읽고 있는 책은 《걸리버 여행기》입니다……. 이것은 말할 것도 없이 아이들의 읽을거리지요. 그러나 그렇게 유치하지는 않습니다. 당신이라면 웃음을 그치지 못할 것입니다. 얼마쯤 유머를 아는 분에게는 그 내용 중 무의미한 곳이 하나도 없습니다. 작품이 쓰여질 무렵의 어리석은 세태를 다룬 풍자적인 내용입니다. 그 일에 대해서는 현재의 어리석은 행태에도 그대로 들어맞습니다. 그러나 재미있는 것은 주인공의 모험입니다. 주인공은 조금도 거리낌 없이 일어난 일을 말하고 있습니다. 생각껏 쓰고 싶은 것을 써 놓았습니다. 이 책이 허가되었다는 것이 신기할 정도니다."

비튼은 《걸리버 여행기》를 읽은 적이 없었기 때문에 꼭 읽어 보겠다고 했다.

그날 밤은 아무 일도 일어나지 않았다. 다음에 두 번째 기회가 찾아왔다. 서서히 원기가 회복되었으므로 아서는 링글로즈의 난로 곁에 11시까지 남아 있었다. 두 사람은 이야기를 나누고 있었다. 두 사람의 관계는 요즈음 더욱 친밀한 사이가 되었다. 이 탐정은 중요한 일을 처리할 때는 언제나 치밀하게 계획을 세웠던 것이다. 겉으로 보기에 그는 어디까지나 퇴직한 집사였다. 말하는 것은 물론 생각하는 것도 그러했다. 자기가 고심해서 만든 이야기를 스스로 믿어 버릴 때도 가끔 있었다. 자기의 생애를 사소한 점까지 모두 이야기하고 재산과 취미까지도 있는 대로 알려 주었다.

시계가 11시를 치자 아서는 일어나서 파이프의 재를 떨었다. 밤은 조용하게 목장과 숲 위에 내리고, 그곳에는 봄의 새싹들이 몽롱하게 펼쳐져 있었다.

"나는 오늘 연인의 오솔길에서 벚꽃을 한 송이 보았습니다." 링글로즈가 말했다.

"벚꽃 같은 거야 아무래도 좋습니다" 하고 비튼이 대답했다. "그런데 그것보다도 《걸리버 여행기》는 어떻게 되었습니까? 이제는 다 읽었겠지요?"

"《걸리버 여행기》를 읽고 있었다는 것을 어떻게 알았습니까?" 링글로즈가 물었다.

그는 멍한 눈초리로 기억을 완전히 잃어버린 듯한 모습이었다.

비튼이 말했다.

"그렇게 말씀하시지 않았습니까? 좀 두텁다고 했지요?"

"아니, 두텁지는 않습니다. 다 읽었습니다. 읽어 보시겠소, 아서?"

비튼은 그것을 읽으려고 결심하고 있었다.

"네, 빌려 주십시오. 하숙집 주인도 싫어하지는 않을 것입니다. 이 집 안주인은 아내와 아주 다정한 사이니까요."

링글로즈는 잠시 동안 대답하지 않았다. 어깨를 움츠리고 책장을 가리켰다. 비튼이 책이름을 말하지 않았다면, 그가 스스로 그렇게 했을지도 모른다. 그러나 되도록이면 범죄자가 탐정의 일을 해주는 편이 낫다고 생각하고 있었다.

"그렇게 하십시오. 그러나 안주인이 보게 되면 울 너머로 쫓을지도 모릅니다. 금박 글씨가 박힌 큰 책으로, 위에서부터 두 번째 선반에 있습니다."

링글로즈는 램프를 움직여 셰러턴 풍의 아름다우나 낡은 책장 위에 강한 빛을 비췄다. 아서는 유리문을 열고 그 책을 찾았다.

"글레이 아주머니가 화를 낼지도 모릅니다…… 안 그렇습니까?"

비튼은 소리내어 웃으며 《걸리버 여행기》를 빼냈다. 그런데 무엇이 딸려 나왔다.

비튼은 그 뒤를 응시하면서 입으로 뜻모를 말을 중얼거리고 있었다. 몸 없는 머리통이 나타났다. 아서는 무엇엔가 얻어맞은 듯이 비틀거리며 한마디 소리도 지르지 못하고 쓰러졌다. 일어나려고 하지도 않았다. 링글로즈가 달려갔을 때는 완전히 의식을 잃은 뒤였다. 그는 이번에는 적의 의식을 철저하게 빼앗았던 것이다. 링글로즈는 천천히 의식을 되찾아 주려고 했다. 쓰러질 때 비튼은 다치지는 않았으나 그 정도가 심했다. 마침내 맑은 정신으로 돌아왔다. 링글로즈는 비튼의 머리 밑에 베개를 대어 준 다음 술잔을 들고 옆에 무릎을 꿇고 앉았다.

"비튼 씨, 조용히 누워 계십시오. 좀더 조용하게 주무시구려. 무엇인가 발작 같은 것을 일으키지 않았습니까? 나는 몹시 놀랐습니다."

"저리 치워, 치워 달라니까." 가엾은 사나이는 신음하듯이 말했다. 그는 겨우 눈을 떴으나 곧 감아 버렸다.

"저리 치워 달라고요? 무슨 말을 하고 있소? 여기에는 아무것도 없습니다. 자, 이 술잔을 기울이십시오, 모두 마셔 버리시오. 심장이 나쁜 것이 아닌가 걱정스럽군요."

가엾은 사나이는 술을 꿀꺽꿀꺽 마셨다. 링글로즈는 절대로 움직여서는 안 된다고 명령했다. 비튼은 계속 신음 소리를 내고 있었다.

"어떻게 된 일입니까? 이번에도 무엇을 보았다는 말씀인가요?"

"그 저주받을 머리가──그 머리요──내 머리 바로 위에, 알렉."

"그것은 기분 탓입니다, 아서. 기분 탓이오."

"아니, 보았습니다. 하느님께 맹세코 그곳에 있었습니다. 나는……나는 이빨을 부드득 가는 소리를 들었습니다."

"그렇다면 대체 어디에 있었단 말입니까? 나는 바로 당신 옆에 서 있었소. 그런데도 나한테 보이지 않았다는 건 좀……."

"그 책 뒤요. 그 책을 꺼냈을 때 그곳에 있었소. 튀어나왔습니다. 나를 향해서 튀어나왔어요!"

링글로즈는 문이 열린 책장을 올려다보며 조용하게 물었다.

"그 책은 꺼내지도 않았는데요? 책은 그대로 있습니다. 손을 올리다가 이내 신음 소리를 내면서 쓰러졌지요."

비튼은 잠깐 놀라움이 멈춘 듯했다.

"책을 꺼내지 않았다구요? 그것은, 그것은 확실히 책 뒤에 있었습니다."

"바보 같은 소리 말고 정신 차리시오, 나를 똑바로 보십시오, 내가 보입니까? 말을 해봐요!"

링글로즈는 비튼이 말리는 것도 듣지 않고 앞으로 가서 《걸리버 여행기》를 대담하게 꺼냈다. 뒤에 구멍이 나 있을 뿐이었다. 그는 그곳에 손을 밀어 넣었다.

"와 보시오, 아무것도 없지 않소? 아니 있을 리가 없지요……. 망상을 하고 있는 것입니다. 걸을 수 있으니까 난로 곁으로 오시지요."

링글로즈는 비튼을 도와 난로 곁으로 오도록 했다.

"오늘 밤 집까지 걸어갈 수 있을지 모르겠군요."

그러나 아서는 회복되고 있었고, 링글로즈는 그렇게 되도록 열심히 도와주었다.

"이것은 나에게는 아주 흥미 있는 일입니다, 아서." 링글로즈가 말했다. "나 또한 그다지 좋은 기분은 아닙니다. 천리안 같은, 그것을 닮은 신비한 힘을 갖고 있는 사람이 당신 집 안에 있습니까? 나는 천리안을 믿습니다. 보통 사람은 볼 수 없는 것을 보는 사람들도 알고 있습니다. 이 방에 악령 같은 것이 숨어 있어서 당신 눈에는 보여도 나에게는 보이지 않는 경우, 그것이 모습을 감춘다 해도 나는 이 집에 머물고 싶지 않습니다. 기분 나쁘고 불길한 방은 싫습니다."

비튼은 깊은 숨을 몰아쉬며 두 손을 불 위로 뻗쳤다. 그는 떨고 있었다. 두려움 때문에 말하는 것도 힘든 것 같았다. 몰리고 쫓겨 희망을 잃어버린 표정이 얼굴에 떠올라 있었다.

"무엇을 보았는지 말해 주겠습니까? 죽은 가족이나 다른 곳에 가 있는 친척 누군가와 비슷한 사람이었나요?"

비튼은 머리를 저었다.

"사람의 얼굴이 아닙니다."

"그럼, 원숭이 얼굴입니까? 그렇지 않으면?"

"아니, 그렇게 한마디로 잘라 말할 수는 없습니다. 무서운 이빨을 드러내 놓은 것으로 악마 같은……."

"처음에 본 것과 같이 무서운 것입니까?"

"그렇소."

"그렇다면 이 집을 떠나도록 합시다." 링글로즈는 말했다. "당신은 분명 투시력이 있나 봅니다. 뭔가 불길한 것——인간의 유령 같은 것이 아닌 초자연적인 것——이 이 방에 출몰한다고 하면, 나는 아직 못 보았다 해도 언젠가는 내 앞에도 모습을 나타내겠지요. 그다지 고마운 일은 아닙니다. 내일 나가기로 하겠습니다, 아서!"

비튼은 힘없이 그를 바라보고 있었으며 아무 말도 하지 않았다. 자기 자신의 생각에 골몰해 있는 듯했다.

"가능하다면 브리드포트에서 두 칸 이어진 방을 찾아보겠습니다." 링글로즈는 말을 계속했다. "그렇지 않으면 팅클러 씨의 집에 묵어도 괜찮으리라고 봅니다. 그편이 좋을지도 모르겠군요. 내일 의사의 진찰을 받아 보고 강심제 같은 것을 써 보도록 하십시오. 지금 의사를 불러올까요? 아마 나에게 이야기하는 것보다 의사에게 말하는 편이 낫겠지요."

그러나 상대는 머리를 저었다. 그는 어떻게 해서든지 신경을 안정시키려고 애쓰고 있었다.

"아니, 의사는 아무 도움도 되지 않습니다. 내일 진찰을 받고 진정제를 복용하겠습니다. 진정제가 필요합니다. 투시력 같은 것은 갖고 있지 않습니다."

비튼은 또 술을 마셨다. 취할 만큼 마셨는데도 그의 정신은 말짱하게 깨어 있었다.

"이제 돌아가겠습니다."

"괜찮다면 그렇게 하십시오, 바래다 드리겠습니다. 이 방을 나가기만 해도 좋아질 것입니다. 아서, 내일은 나도 나가겠습니다. 당신은 악령을 본 것입니다. 그게 틀림없습니다. 이런 곳에 이제 더 이상 있을 수 없습니다."

"글레이 아주머니에게는 이야기하지 말아 주십시오."

"절대로 말하지 않겠습니다. 기분을 전환하고 싶다고 하겠습니다. 가엾은 여자를 괴롭히는 것은 좋지 않습니다. 그녀는 아직까지 본 일이 없으리라고 믿습니다."

그때 드디어 비튼이 말을 꺼냈다. 그는 풀이 죽어 순간 경계심을 늦추었다.

"나 말고는 아무도 본 사람이 없을 겁니다."

30분 뒤 비튼은 자기 집 현관 앞에 서 있었다. 밤공기 덕분에 원기를 회복했다. 그러나 링글로즈가 본 바로는, 비튼은 달빛에 겁을 먹고서 팔짱을 힘껏 끼고 거의 눈을 감은 채 걷고 있었다. 마치 죽은 것같이 새파랗게 질려 있었으나 기운은 좀 회복된 듯싶었다.

헤어질 때 비튼이 부탁했다.

"이제는 완전히 회복되었습니다. 이번 일은 제인에게 말하고 싶지 않습니다. 나는 유령이 보이느니 뭐니 하는 말을 듣고 싶지는 않습니다. 내일은 완전히 회복될 것입니다. 집사람은 내가 과음한 것으로 알 테지요, 그뿐입니다. 당신도 그렇게 생각해 주기 바랍니다. 나는 아무런 이야기도 하지 않으려고 하니 당신도 그렇게 해주십시오."

링글로즈는 그렇게 하겠다고 약속한 다음 한 가지 질문을 했다.

"아까 본 것과 같은 무서운 것을 실생활을 통해서 본 일은 없소, 아서? 과거에 있었던 어떤 모험 같은 게 생각난 것은 아닐까요?"

순간 그는 비튼이 다시 졸도하지 않을까 걱정스러웠다. 그러나 비튼은 놀랄 만한 노력으로 평정을 유지하면서 대답했다.

"아니, 절대로 그렇지는 않습니다. 그런 것은 결코 존재치 않습니다. 그런 것이 실제할 리가 없습니다."

"그렇다면 방이 문제입니다." 링글로즈는 단언했다. "무엇인가 무서운 일이 그 방에서 일어났던 것입니다. 나는 내일 그곳을 나오겠습니다, 아서. 좀 우스운 일이기는 하지만, 틀림없이 그런 것은 두 번 다시 나타나지 않겠지요."

마지막 기회

　여러 가지 일이 머리에 떠올라서, 조용한 밤길을 어슬렁어슬렁 걸어 집으로 돌아가는 링글로즈의 발걸음은 아주 느렸다. 그는 두 번째의 가책을 받은 결과로 인해 일어난 사실 하나하나를 생각해 보았다. 효과가 전보다 더 강했지만, 회복은 전보다 빨랐다. 그가 놀란 표정을 지어 보인 것은, 비튼이 이 경험을 돌이켜보았을 때 어떠한 추측을 내려 그 자신을 의심하지 않도록 하기 위한 연기였다. 비튼이 자신을 조금이라도 이상하게 생각하도록 만들어서는 안 되었다. 자신의 이상한 체험이 링글로즈의 방과는 아무런 관계도 없다는 것을 비튼은 잘 알고 있었다. 탐정은 자기 입장을 유리하게 해주는 것이라면 무슨 일이든지 피하지 않고, 아무리 하찮은 일이라도 중요시했다. 비튼과 마찬가지로 자기 자신도 무서워하는 것처럼 보여 그로부터의 신뢰를 잃어버릴 위험을 모면했던 것이다.

　이 두 번의 실험으로 링글로즈는 자신이 아주 냉정한 인간이라는 것을 깨달았다. 비튼에게 증오를 품고 있었던 탓으로 완강하게 밀고 나갈 수가 있었던 것이다. 그는 얼마쯤 주의를 기울이며 다음날을 기다렸다. 아서의 상태에 따라 앞으로 자신이 취할 행동에 많은 영향이 미친다고 생각했기 때문이었다. 그는 고문 장면을 앞으로 한 번만 더 꾸며 보이려고 마음먹었다. 그것은 그다지 격렬하지 않아도 된다. 그러나 아직 세밀한 점에 대해서는 계획을 세우지 않았다. 그 일은 지금으로서는 알 수 없는 일의 진전 상태에 따라 정하기로 했다.

비튼은 다음날이 되어도 모습을 나타내지 않았다. 차를 마신 다음 링글로즈는 그를 찾아갔다. 벨에 막 손을 대려고 했을 때 아서의 부인이 문을 열었다. 분명 웃고 있는 듯했다.

그녀는 아무 말도 하지 말라고 손짓한 다음 뜰로 내려왔다.

"당신이 걸어오시는 것을 보았어요." 그녀는 입을 열었다. "벨을 누르시기 전에 미리 나왔지요. 지금 자고 있거든요……. 아서는 상태가 좋지 않아요. 조금 두렵군요. 어젯밤에 술을 마셨었나요? 사실대로 말씀해 주세요, 웨스트 씨. 달리 말해 줄 만한 사람이 없어요. 주인은 당신의 이름을 말해 주지 않았지만, 저는 자지 않고 기다리고 있었기 때문에 당신의 말소리를 들었어요. 그래서 같이 왔느냐고 물었더니 비튼은 그렇지 않다고 거짓말을 하더군요. 아무렇지도 않다고 고집을 부렸어요. 그러나 괜찮지가 않았습니다. 핏기가 조금도 없었고 몹시 지쳐 있었지요. 여느 때와 전혀 달랐어요. 술에 취하면 그렇게 되나요?"

"네, 제가 바래다주었습니다, 부인." 링글로즈는 털어놓았다. "그러나 비튼 씨는 부인에게 알리고 싶지 않기 때문에 잠자코 있었을 것입니다. 오늘 밤 제가 방문한 것을 모르고 있다면 눈을 떴을 때 아무 말 마십시오. 그에게는 틀림없이 무슨 이유가 있을 겁니다. 솔직히 말해서 아서는 조금 과음했습니다. 두 사람 모두 이야기에 열중하다 보니 술을 지나치게 마신 듯합니다. 뿐만 아니라 저도 좋지 않았습니다."

그녀는 고개를 끄덕였다.

"침대에 뉘었을 때 몹시 흥분해서인지 난폭한 말을 하더군요. 지금까지는 없었던 일이에요. 눈에는 공포의 빛이 떠올라 있었어요. 눈이 어떻게 되지 않았는지 걱정스러웠어요. 할 수 있는 일을 다했습니다만, 잘 때까지는 시간이 꽤 걸렸지요. 잠이 들자 이내 나쁜 꿈을 꾸는 것 같았습니다. '나에게 보이지 말아 줘' 하고 비명을 지르더군요. 그리고 '악마를 가까이 하지 말아 줘' 하고 큰소리를 쳤습니다. 그 소리가 너무나 커서 하녀가 깨어나지 않을까 바깥을 살피기까지 했답니다. 그러나 하녀는 피곤한 듯 잠들어 있었지요. 그리고는 아무 소리도 하지 않았습니다.

아서는 3시쯤 눈을 떴습니다. 이를 덜덜 떨면서 얼굴에 땀을 흘리고 있었지요. 그때 따뜻한 우유를 가져다주었더니 다 마신 다음 몇 시냐고 묻더군요. 날이 밝자 다시 잠이 들어 조용하게 잤습니다. 오늘 아침에는 차를 많이 마셨으나 음식은 조금도 먹으려 하지 않았어요. 의사를 불러오도록 하고 진정제를 갖다 달라고 하더군요. 진정제를 몹시 원했어요. 점심때 의사가 와서 처방을 써 주었습니다. 아서는 두 봉을 먹었습니다. 그때부터 잠이 들어 눈을 뜨지 않습니다."

"그렇습니까? 안되었습니다. 앞으로는 술을 마시게 해서는 안 되겠군요. 그런데 의사는 뭐라고 하던가요, 부인?"

"구급차까지 보내왔습니다만, 아서에게는 들리지 않는 곳에 세워두었지요. 어떤 좋지 않은 일이 일어나면 곧 알려 달라고 부탁하더군요. 그러나 의사의 말로는 아서는 아무 데도 이상이 없다는 것이었어요. 다만 왠지 마음이 흩어져 있고 뭔가 가책을 받고 있는 것처럼 생각된다고 하더군요. 정신을 잃을 만큼 뭔가를 두려워하고 있다고요. 술을 잘 마시느냐고 물어서 그다지 많이 마시지 않는다고 대답했지요. 결혼 뒤로 술 때문에 좋아질 것이라고 말했습니다."

"그런데 비튼 씨는 의사에게 뭐라고 말했지요?"

"자세한 것은 아무것도……지난밤에 몹시 취해서 신경이 몹시 산란했다고 말하는 것 같았어요."

"부인에게도 아무 말 없었나요?"

"같은 말을 했을 뿐이에요."

"달리 이상한 모습을 보이지는 않았습니까?"

그녀는 링글로즈를 쳐다보았다.

"그런 것도 주의해 보았어요. 그러나 그렇지는 않았어요. 나에게는 말해도 좋지 않을까요, 그렇지 않아요?"

"물론 그렇지요." 링글로즈는 말했다. "역시 이것은 위스키 때문입니다. 나 자신도 오늘은 그다지 기분이 좋지 않습니다. 또 여러 가지 일로 바쁩니다. 내가 왔었다는 말을 하지 마십시오. 아, 그렇게 되면──그렇군요──내가 걱정하지도 않는다고 불친절하게 여길지도 모르겠군요. 용태를 보러 왔다가 좋아졌다는 말을 듣고 돌아갔다고 전해 주십시오. 건강이 회복되는 대로 만찬에 초대하겠습니다."

그녀는 그가 시키는 대로 하겠다고 약속했다. 링글로즈는 그녀의 곁을 떠났다. 그는 마음속으로 부인이 안됐다고 생각했다. 그러나 죄악은 그것에 아무런 책임이 없는 사람들마저도 비탄에 젖게 하는 법이다. 링글로즈는 깨끗한 인간에게 피해를 끼치지 않는 범죄는 없다고 생각했다.

링글로즈는 사흘 동안 비튼을 보지 못했다. 두 사람은 그 뒤에 왕관에서 만났다. 아서는 사람들 앞에서 자기의 건강 문제를 말하지 않았다. 그러나 두 사람이 술집을 나왔을 때, 서슴지 않고 그 일에 대해서 이야기했다. 링글로즈는 초조하게 이때를 기다리고 있었다. 그 중요한 장면에서 어떻게 되어 나갔는지 몹시 알고 싶었던 것이다. 그러나 그다지 큰 수확은 없었다. 상대는 건강을 걱정하고 있었으나 원기가 좋았다. 건강했고 쾌활함도 되찾았다. 그는 멀리까지 산책을 하고 있었고 부인이 언제나 곁에 따라다녔다.

비튼이 말했다.

"그러나 너무 지나치게 걸어서 아내는 다리가 몹시 아픈 듯합니다. 그 때문에 나 혼자 걸어야 합니다. 걷는 것이 신경 치료에 가장 좋은 방법이지요, 축 늘어질 때까지 걷다 보면 잠을 편히 잘 수 있으니까요."

"그렇다면 나도 해보겠습니다." 링글로즈는 말했다. "새로운 방에서는 잠이 잘 오지 않습니다."

다음날 링글로즈는 샌드위치와 술병을 주머니에 넣고 비튼과 함께 골든 캡으로 나갔다. 브리드포트 서쪽의 높은 절벽으로서, 바다를 내려다볼 수 있었다. 불안해 보이는 이 가엾은 사나이는 이때 몹시 지껄여 댔다. 자신의 고통에 대해서 이야기하고 유령이 나오는 방이 있다는 것은 사실이라는 것을 링글로즈에게 믿게 하려고 했다. 링글로즈는 그 기분을 이해할 수 있었다.

"그 무서운 것을 그 뒤로는 보지 않았겠지요?" 링글로즈가 물었다.

"눈을 뜨고 있을 때는 보이지 않습니다……결코. 그러나 꿈속에서는……보입니다." 비튼은 털어놓았다. "그것은 이상스러운 일이 아닙니다. 자고 있을 때에는 충격을 받고 놀라는 일이 때때로 있으니까요, 나는 그것을 꿈에서 보곤 합니다."

링글로즈는 그 문제를 물고 늘어졌다.

"그야 그렇지요, 아서. 꿈은 실생활의 거울입니다. 아무도 나만큼 그것을 깊이 알고 있지는 못합니다. 나로서는 친구 사이이기 때문에 터놓고 말씀드리지만, 꿈속에서 나타나는 것은 내가 저지른 좋지 않은 일뿐입니다. 나는 다른 사람보다 나쁘다고는 생각지 않습니다. 그러나 나 또한 인간이기 때문에 한창때는 가끔 유혹을 받기도 했습니다. 그것에 굴복한 적도 있습니다. 돌이켜보면 만족스럽지 못한 일도 두서너 가지 있지요, 꿈속에 나타나서 마음을 아프게 하고 공포에 떨게 하는 것은 이런 이유 때문입니다. 그런 일이 있을 때 눈을 뜨게 되면 정말 기쁩니다. 양심이란 깨어 있을 때는 접근하지 못하지만, 잠들어 있을 때에는 우리들을 붙들곤 합니다. 이상하게도 그렇습니다."

비튼은 겁먹은 듯한 태도로 귀를 기울였다. 그는 깊이 감동했다. 링글로즈는 슬쩍 비튼을 바라보고 그러한 사실을 알아차렸다. 그는 말을 계속했다.

"양심이란 하나의 사실입니다. 손대지 않고도 쓰러뜨릴 수 있다는 것을 나는 믿습니다. 종교는 죄를 고백하라고 동포들에게 말합니다. 그것으로 우리는 마음을 깨끗이 하고 나쁜 마음으로부터 도망쳐 나온다는 것을 알고 있기 때문입니다. 나는 한두 가지 일을 목사 앞에서 참회하여 마음의 짐을 덜려고 한 적이 몇 번 있었습니다. 목사들은 그일을 다른 사람에게 이야기하는 일이 결코 없으니까요, 그리고 반드시 용서해 주지요, 때로는 또 사리를 분별할 수 있는 친구에게 털어놓고 싶을 때도 있습니다. 인간의 성질을 알고 그도 과거에 죄를 범했으며, 죄악에 대해 신성한 목사보다는 이해와 동정이 더 많은 그런 친구 말입니다. 성직자는 생애를 통하여 죄를 범한 일도 없고 유혹에 져 본 일도 없으니까요."

존 링글로즈는 섬세한 감정이 결여되어 있다고 비난받는 사람들도 이 이야기를 듣는다면 그 점을 인정할 것이 틀림없으리라고 생각했다. 실제로 얼마쯤 성과가 있으리라고 믿었다. 비튼은 비틀거렸다.

이 사나이의 영혼을 강하게 괴롭혔던 악의 힘이 조금 더 약했다면 그때 고백했으리라는 것을 링글로즈도 확신하고 있었다. 거의 그렇게 하려고 한 것 같았기 때문이다.

"지난날 나는 어떤 일을 했습니다. 어떤……일을……." 비튼은 자세하게 말하듯 중얼거렸다.

링글로즈는 신경이 긴장되는 것을 느꼈다. 그러나 비튼은 이야기를 멈추고 질문을 했다. 고백하는 것이 무서워서 혀가 굳어져 버린 것 같았다. 비튼은 회한에 찬 목소리로 입을 열었다.

"당신은 자신이 지금 설명한 일을 실행했었습니까, 알렉?"

"실행했었지요," 링글로즈가 대답했다. "솔직히 말하면 강력한 어떤 사람이 부추겨서 한 일이었습니다. 어떤 잘못을 저지르고 그 때문에 고민하다가——상당히 큰 잘못이었습니다——주인에게 말씀드렸었지요. 충고를 듣고, 더욱이 용서까지 받았습니다."

"목사가 아니고?"

"아니, 나와 똑같은 인간입니다. 그분은 나에게 큰 도움이 되었습니다."

비튼은 잠자코 있었다. 탐정은 교묘하게 탐색해 보았다.

"우리들은 모두 후회할 일을 합니다. 당신이나 나는 모두 같은 인간입니다. 마음의 밑바닥은 정직하지만 순간적인 유혹에 약하지요. 죄란 반드시 그것을 저지른 인간에게로 되돌아옵니다. 마음이 선량한 사람일수록 강하게 되살아납니다. 회한의 마음을 느끼지 못한다면 그 사람이야말로 선천적으로 나쁜 사람입니다."

그러나 비튼은 더 이상 앞으로 나가지 않았다.

"확실히 당신 말씀이 옳습니다."

그리고 그는 그 문제에 대해서는 더 이상 말하지 않았다.

링글로즈는 그 정도만으로도 마음의 위안을 받았다. 그래서 그도 화제를 바꾸려고 했다. 이제는 순수하게 전진했다. 그는 적의 무장을 상당히 풀어 헤쳐 놓았다고 믿었다. 비튼은 얼마 가지 않아서 참회하려고 주저하고 있는 것이다. 이 사나이의 용기는 시들어 가고 있으며 마침내는 아주 소멸되겠지. 그때 필사적으로 그 자신의 죄악을 다른 사람에게 고백하고 악령이 나타났다고 상상하는 저주스러운 일로부터 도망치려고 노력할 것이다.

링글로즈는 요즈음 아서의 옛날 주인에 대해서 제멋대로 짐작하고 있었다. 어느 날 이런 일이 있었다. 비튼과 함께 브리드포트를 거닐다가 두 사람은 큰길에서 브루크 남작과 마주쳤다. 귀신이 알려 주었을까, 링글로즈는 그 인물이 남작이라는 것을 곧 알았다. 좀 단정치 못하게 생긴 작은 사나이가 다가와서 비튼에게 상냥하게 아는 체하는 것이었다. 남작에게는 뚜렷한 특징이 있었다. 벨레아즈 부인에게 들은 것과 똑같은 모습이었다. 링글로즈는 얼굴을 피하여 지나왔던 가게로 급히 들어갔다. 그곳에서 약간의 물건을 사면서 비튼을 기다렸다. 비튼과 옛날 주인과의 만남은 2분쯤으로 끝나고 두 사람은 헤어졌다.

"주인입니다." 비튼은 존 링글로즈가 다가가자 같이 걸으면서 말했다.

"그처럼 작은 사람이 바로 브루크 남작이라고요?"

"그렇습니다. 언제나 그런 차림입니다. 그 사람의 의복 때문에 흰머리가 나도록 고심했었지요. 그러나 그분은 상관하지 않았습니다. 얼마든지 좋은 양복점에 갈 수 있을 텐데 지금도 브리드포트의 양복점에 가는 길이랍니다. 그리고 양복이 떨어질 때까지 새로 맞추지 않습니다."

"요즈음은 누가 모시고 있나요?"

"발레라는 사나이입니다. 이번 대전에 종군했던 사나이지요. 그분은 비록 젊다 하더라도 군대에 갔다 오지 않은 사람은 고용하지 않습니다."

"남작 자신도 갔었나요?"

"네, 이탈리아 군 정보부에 있었지요."

"현명한 분입니까?"

"그렇고말고요."

"아주 젊어 보이는군요."

"젊지요. 40살도 되지 않았으니까요. 돌아가신 형님보다 서너 살쯤 아래였습니다."

시간이 흐름에 따라 비튼은 건강을 회복했다. 여러 차례 링글로즈는 비튼과의 대화를 진지하게 끌고 가려고 노력했다. 그러나 비튼은 골든 캡을 거닐었던 때와 마찬가지로 잠시 뒤 다시는 고백하려는 태도를 보이지 않았다. 비튼은 다만 인간으로서의 공포와 비참한 감정에 쫓겨 기력을 잃었을 뿐이라고 링글로즈는 생각했다. 링글로즈는 다시 기회를 주었지만 그는 회한의 마음을 조금도 나타내지 않았고 말도 하지 않았다. 이 탐정은 지금까지 브리드포트에 여러 형태의 친구를 가지고 있었고, 그 중에는 어린아이들도 있었다. 그는 어떤 소년을 비튼에게 가까이 하도록 했다. 어린이의 장래성에 대해서, 그리고 어린아이는 대부분 힘이 없고 사랑스럽기 때문에 당연히 보호해야 하는 의무에 대해서 적당히 감성적인 태도를 나타내 보이기도 했다. 그러나 아서는 반응이 없었다. 어린이를 좋아하지 않았다. 아주 귀여운 아이에게까지도 무관심한 태도를 보였다.

링글로즈는 그 점에 실망하고 말았다. 대개의 사람들을 괴롭게 하는 몽롱한 '복수의 여신'의 사업을 목표로, 그는 어느 정도 노력해 왔던 것이다. 그러나 비튼은 도덕적인 가책을 조금도 느끼지 않았다.

그가 신경질적이 되고 불안을 느끼는 것은 자신이 저지른 행위 때문이 아니었다. 너무나도 불행하게 알 만큼 알고 있는 저주스러운 것에 억눌려 있는 전율과 육체적인 공포——이 감정만으로 아서 비튼은 고민하고 있었던 것이다.

이 무렵 브리드포트에는 이따금 도둑이 나타났다. 조그마한 도난 사건이 계속해서 일어나 많은 사람들이 소란을 떨었다. 이 악한들은 대담하고 숙련되어 있어서, 다른 때 같았으면 링글로즈도 흥미를 가졌을지도 모른다. 새로 지은 단층 방갈로가 그들의 주요 대상이었다. 그러나 링글로즈는 비튼이 이런 사태에 대해서 조금도 불안을 느끼고 있지 않다는 것을 알았다. 누구의 눈에나 확실한 육체적인 위험 같은 것에도 그는 아주 태연했다. 도둑이 숨어 들어온다면 혼을 내주겠다고 말하고 있었다. 링글로즈와 비튼이 같이 있던 어느 날 밤 '왕관'의 별실에서 나눈 화제는 모두 도둑에 대한 것이었다. 경찰의 한 형사는 반농담삼아 마당에서 말소리가 들리거나, 밤중에 창문을 두드리는 소리가 나더라도 놀라지 말라고 그곳에 모여 있는 사람들에게 경고했다.

"방갈로에 살고 있는 당신들은 그들이 노리는 대상입니다. 만일 어떤 소리가 들린다 해도 두려워할 필요는 없습니다. 도둑들은 그런 소리를 내지 않습니다——이것은 맹세해도 좋습니다——나의 부하들은 요즈음 대단히 열심히 일하고 있습니다. 요즈음은 경관들이 매우 비웃음당하고 있기 때문이지요. 그들은 밤이 되면 정원을 감시하든가 찾아다니고 있습니다. 어떤 의심스러운 일을 보면 자고 있는 사람들을 깨우는 일도 가끔 있습니다."

"밤중에는 안전하다고 들었는데요." 링글로즈가 말했다. "도둑들은 모두 교회에 나가든가 물건을 사러 가든가, 토요일 밤 연극을 보기 위해서 집을 비울 때 침입하겠지요."

그로부터 이틀 뒤, 제인 비튼은 주말을 이용하여 친정에 갔다. 세상이 소란스럽기 때문에 남편은 아내와 함께 가지 않기로 했다. 사실은 하녀가 혼자 남는 것을 싫어했기 때문이었다. 비튼에게 신경질적인 증세는 보이지 않았다. 링글로즈는 하룻밤을 그와 함께 지냈다.

그 뒤 일요일 밤이 되었다. 탐정은 지난날 겪었던 밤의 일들을 줄곧 생각해 보았다. 밤에도 낮과 같이 일한 것은 꽤 오래 전의 일이었다. 이번에는 필요에 따라서 그렇게 해야 했다. 참으로 위험한 요소가 그 계획에 섞여 있었다. 왜냐하면 계속되는 도둑의 위협으로 경찰이 경계를 하고 있었기 때문이었다.

새벽 2시 반쯤 링글로즈는 숙소를 나와 브리드포트에서 북쪽으로 곧게 이어진 길을 지나 위험이 없는 들길을 걸어 아서 비튼의 방갈로로 가는 길 위에 섰다. 그날 밤은 몹시 어둡고 바람도 없었다. 조그만 소리도 정적을 뚫고 퍼져 나갔다. 경관의 규칙적인 발소리가 60미터 남짓 떨어진 저 앞에서 들려왔다. 손전등의 불빛이 닿지 않는 곳에 몸을 숨기기 위하여 낮은 담을 뛰어넘어 경관이 지나갈 때까지 웅크리고 있었다. 10분 뒤 링글로즈는 비튼의 집 채소밭에 이르렀다. 그는 방갈로의 구조를 알고 있었다. 침실의 창문이 밖을 향해 열려져 있고, 그 창문은 땅 위에서 120센티미터 남짓한 높이에 있었다. 그 아래는 벽돌을 깐 작은 길이 나 있었다. 링글로즈는 구두를 벗었다. 소리가 나지 않도록 하고 동시에 발자국이 남지 않도록 주의했다. 이윽고 그는 재빠르게 소리 없이 창문으로 다가가 웃옷에서 무엇을 꺼내어 그것을 열쇠걸이에 묶어 놓고 유리창문을 두드린 다음 그 밑 벽에 바싹 다가붙어 몸을 숨기고 있었다. 그는 주의 깊게 창문을 두 번 두드렸다. 얼마 뒤 머리 위에서 불빛이 밝게 켜졌다. 그리고 방 안의 사나이가 침대에서 일어나는 소리가 들렸다. 블라인드가 올라가고 강한 불빛이 뜰을 비추었다. 그러자 하나의 작은 물체가 그 언저리를 가렸다. 어떤 물건이 아서를 지켜보고 있었다——붉은 머리칼을 마구 흩뜨리고 이를 부드득 갈며 불타오르는 눈길로 그를 쏘아보고 있는 몸뚱이 없는 머리.

링글로즈는 잠시 침묵을 지키고 있었다. 아주 오랜 시간이 지난 것처럼 느껴졌다. 그때 숨을 죽여 외치는 소리와 함께 쿵 하고 쓰러지는 소리가 들려왔다.

얼마 뒤 불빛을 피하며 링글로즈는 기듯이 도망쳤다.

실망

존 링글로즈는 조심조심 무사히 집으로 돌아와 침대에 들자 깊은 잠에 빠졌다. 그는 어떤 문제든지 더욱 생각하고 마음을 쓸 필요가 있을 때까지는 생각하지 않는 방법을 쓰고 있었다. 어떤 한 점에 이르면 그때 그것을 완전하게 조사한 다음, 거의 일주일 동안은 다시 그것을 생각하지 않았다. 그러나 존 링글로즈의 기억력은 대단했다. 어떤 문제든지 전에 생각했던 데에서 언제나 다시 시작할 수 있었던 것이다.

다음날 아침 8시 식사를 끝낸 다음 존 링글로즈는 점심을 주문해 놓고, 정오까지는 누구도 방에 들이지 않기로 마음먹고 문을 잠그고는 난로 곁에 앉아 어떤 파괴 행위의 준비를 했다. 좋든 나쁘든 지금까지 사용해 왔던 기계를 태워 없애려는 것이었다. 조그만 상자에서 지금까지 아서 비튼에게 그처럼 무서운 효과를 나타내게 했던 물건을 꺼냈다. 그가 확인한 바에 의하면 비튼은 어젯밤 정신을 잃고 쓰러졌다. 존 링글로즈는 그러한 결과를 예상했었고 그렇게 된 데에 만족하고 있었다.

그러나 존 링글로즈는 더 이상 충격을 주지 않기로 했다. 앞으로의 공격은 비튼의 양심을 향해 퍼붓기로 했다. 얼마 뒤 그는 아서를 방문하려고 했다. 비튼이 자기 말을 듣고 이해할 만한 상태가 되어 있다면 그에게 도전하여 필요에 따라서는 그가 비밀로 간직하고 있는 범죄를 알고 있다고 위협하려고 마음먹었다. 존 링글로즈가 바라는 것은——비튼이 강요받지 않고도 그가 저지른 범죄의 동기를 털어놓는 것이었다. 그러나 이 기대가 빗나가면 링글로즈는 아서를 추궁하여 그의 고민에 대한 자신의 해석을 공표하려고 생각했다. 그러나 틀림없이 비튼이 먼저 자백하리라고 존 링글로즈는 판단했다.

　준비 행위 단계에서 탐정은 적잖이 고심했다. 그러나 그 단계는 끝났다. 두 번 다시 그는 그 물건을 사용하고 싶지 않았다. 그 역시 혐오스러운 이 도구를 몹시 싫어했다. 그것을 처음 생각해 냈을 때는 기쁘게 생각하기도 했었다. 이런 감정이 일어나게 된 것은 그 도구에 무서운 성질이 갖추어져 있기 때문은 아니었다. 그것에 포함돼 있는 목적 때문에 이 무생물에 도덕적 의미가 생기고 악의 도금으로 번쩍이는 듯했기 때문이었다. 존은 자기에게 책임이 있는 이 무서운 물건 덕분에 마음이 더러워지고 산란해진 듯싶었다.

　그는 벨레아즈 부인이 그린 그 괴물의 그림을 극비리에 런던으로 보냈었다. 그것을 맡게 된 사람은 전문적으로 연극의 소도구를 만드는 사나이였다. 링글로즈는 이 사나이와 개인적으로 친하게 알고 지냈다. 그는 이 물건을 재빠르게 만들어 주었다. 그것은 링글로즈 자신도 깜짝 놀랄 만큼 훌륭하게 만들어져 있었다. 이 사나이는 그림을 기초로 하여 링글로즈의 희망에 따라 시계의 톱니바퀴 장치를 해서 두 시간쯤 계속하여 입을 벌렸다 닫았다 할 수 있도록 효과적으로 만들었던 것이다. 이 도구를 가지고 탐정은 무서운 일에 착수했었다. 그리고 이 기계 자체가 없어져 버린 실물과 같은지 어떤지 걱정했던 점도, 처음 써 본 다음 단지 쓸데없는 걱정일 뿐이었음을 알았다. 첫 날밤은 괴물을 실에 매어 그것을 의자 아래에 숨겼다. 그리고 실을 오른손에 묶어 놓고, 두 팔을 끼고 비튼과 진지하게 이야기를 나누며 자기가 앉아 있는 의자 뒤로 그 괴물을 올려 보냈었다. 그리하여 목적을 달성한 다음 실을 끊어 밑에 숨겨 버렸다. 두 번째로 비튼이 괴물이 숨겨져 있는 큰 책을 꺼냈을 때에는 뒤에 장치해 놓은 용수철의 작용으로 비튼을 향해 튀어나왔던 것이다. 비튼이 정신을 잃었을 때 링글로즈는 괴물을 움직여서 《걸리버 여행기》를 본디 자리에 꽂아 놓았었다.

세 번째로 이 괴물을 나타나게 했을 때 그로서는 힘든 일이었으나, 그때가 가장 좋은 효과를 나타냈다는 것은 의심할 나위가 없었다. 손 안에 쥔 상황을 이용하는 것은 언제나 기민했지만 마지막 일격에 대해서는 아직 예정이 없었기 때문에 그 무렵 도둑들이 날뛰는 것을 이용할 수 있을지 모른다는 생각이 머리에 떠올랐던 것이다. 모든 일이 잘 되어 갔다. 그는 비튼 부인이 하루 이틀 밤 집을 비운다는 것을 알았다. 따라서 그녀가 돌아오기 전날 밤까지 해치우면 되었던 것이다.

그런데 지금 아침 해가 밝게 비치는 속에서 몸통에서 떨어져나온 악마의 두개골을 닮은 저주스러운 물건은 그를 비웃는 듯한 얼굴을 하고 있었다. 그가 태엽을 감자 그것은 입이 열렸다 닫혔다 하면서 소리를 내었다. 여느 때 같으면 그는 흥미 있게 자기의 박물실에 넣어 두고 자물쇠를 채운 다음 때때로 감상했을는지도 모른다. 그러나 지금은 그럴 기분이 조금도 없었다. 그 물건은 더러워졌고, 링글로즈 자신도 이상한 감정에 사로잡혀 다시는 사용하고 싶지 않았다. 아서 비튼보다 성격이 강하고 예리한 자를 상대로 시도되는 한층 더 큰 싸움에서는 비튼과는 달리 더욱 부드러운 수단이 필요하리라는 것을 본능적으로 알아차렸기 때문이다.

그러나 이 괴물은 브루크 남작을 향해 뭐라고 말을 하는 듯했다. 브루크 남작이 직접 만들지는 않았다 해도 그 원형을 발명한 것은 틀림없는 일이었다. 비튼 같은 사람이 50명쯤 달려든다고 해도 이런 물건을 상상할 수는 없었을 것이다. 사실 링글로즈 또한 그의 기억 속에 있는 범죄자 중에서 이런 일을 할 만한 사람을 찾아낼 수가 없었다. 그것은 인간의 성질에서 사라져 버린 창조적인 본능이라고 추정되었다. 이러한 사악과 원시적인 야수성에는 현대인의 잠재의식이라 할지라도 창작욕을 자극받는 일이 없을 것이라고 생각했다. 적어도 링글로즈는 그렇게 생각했다. 이것은 인간이 악마와 지옥의 존재를 믿고 예술가들이 악마적인 파렴치한 것을 창조하던 시대에나 있을 수 있었던 일이었다.

그와 같은 물건의 마지막을 본다는 것은 즐거운 일이라고 생각하면서 링글로즈는 그것을 불 속에 집어던졌다. 괴물은 입을 벌리고 소리를 내면서 타올랐다. 붉은 머리털이 스러지고 불꽃 속에 휩싸였다. 빨간 불덩이가 되었을 때, 탐정은 부젓가락으로 재가 될 때까지 두들겼다. 그는 괴물이 잿더미 속에서 되살아나지 않을까 하는 공상에 잠겼다. 그러나 그는 쉽사리 흔들리지 않는 감정의 소유자였다. 그는 이렇게 생각해 보았다. 만일 앞으로 비튼처럼 그와 같은 그림자에게 쫓겨서 고민하는 범죄자가 나타난다면 자신은 어떻게 할 것인가 하고 링글로즈는 가끔 공상의 날개를 펼 때가 있었지만, 그 공상에 빠지지는 않았다. 이때 역시 그랬다.

미래는 과거보다 더욱 흥미 깊은 재료를 제시하고 있었다. 그는 자기가 뿌린 것을 거두어들여야 했다. 비튼이 자백하고 그의 가슴을 억누르던 무거운 짐을 내려놓는다 하여도 비튼을 앞잡이로 했던 주범이 남아 있다. 브루크 남작이야말로 그 인물이었다. 전부터 심한 고통의 원인이었던 탐색이 예비적 단계로 종말을 고했으므로 존 링글로즈는 크게 기뻐하고, 마침내 비튼의 집을 방문하기로 했다. 공포와 사악 같은 것도 차갑게 내리는 빗속에서는 숨을 쉬지 않았다. 마른 나뭇가지에는 새 움이 트고 새가 지저귀고 있었다. 브리드포트의 넓은 포장 도로가 빛나고 북쪽 구름 사이로 푸른 하늘이 내다보였다. 공기는 부드러웠다. 점심때가 되기 전에 햇빛이 내리쬘 것 같았다.

링글로즈는 파이프에 불을 붙여 물고 양산을 펴든 다음, 그 도시의 교회를 향해서 천천히 걸어갔다. 그는 비튼이 아마도 병에 걸려 부인에게 예정보다 빨리 돌아와 달라고 전보를 쳤으리라고 판단했다. 자기에게도 통지가 있으리라고 확신했다. 그러나 통지가 없었다. 비튼네 집 앞뜰에 그가 나타난 것은 10시 반이었다. 낯익은 광경이 탐정의 눈을 끌었다. 그는 멈춰 섰다. 앞을 바라보고 핏기가 가시는 것을 느꼈다. 그는 지금까지 몇 번이나 같은 장면에 마주쳐 왔지만, 그것은 언제나 한 가지 의미밖에는 없었다.

무슨 일이 일어났는지 그는 충분히 알 수 있었다. 아서 비튼의 집 주위에 빽빽하게 들어차 제멋대로 떠들고 있던 사람들이 흩어졌다. 문 앞에는 순경이 서 있었고 또 다른 순경이 군중을 밀어내고 있었다. 그러나 사람들은 순경이 왔다갔다하는 뒤를 따라 곧 다시 모여들었다.

링글로즈는 마침 뜰의 좁은 길을 내려오고 있는 경감을 만났다. 왕관에서 도둑에 대해 이야기를 나누었던 사람이다. 링글로즈는 곧 알아보았다.

"어떻게 된 일입니까, 경감님?" 탐정이 물었다.

예상했던 대답이 나왔다.

"당신이 웨스트 씨지요? 당신 친구의 모든 것은 끝나 버렸습니다. 자살했습니다. 머리가 돈 모양입니다. 부인이 온 것 같군요."

택시가 도착하고 제인 비튼이 거기에서 내렸다. 그러나 링글로즈는 그녀를 만나고 싶지 않았다. 그는 다시 양산을 펴들고 무서운 일이라고 한마디 한 다음 도망치듯 돌아왔다——몹시 실망한 모습이었다. 그는 그날 아침의 감정을 나중에 분석해 보았으나 처음의 기분이 변하지 않고 남아 있는 것을 알았다. 심한 실망을 맛보았다. 그는 아직 손을 대지 않은 식탁 앞에 앉아서 냉정하고 공평한 태도로 사건을 음미했다.

'그 사나이를 위협해서 죽이고 말았다. 그의 정체를 생각하면, 이 일로 마음 아프게 여길 필요는 없으리라. 그런 그 사나이의 성격을 꿰뚫어보지 못했다. 그 악인을 오해했었다. 그 사나이가 그와 같은 방법을 취하리라고는 예측하지 못했었다. 지금부터 그 실수를 보상해야 한다.'

그는 6개월이라는 시간을 잘못 사용했고 쓸데없이 낭비했다고 판단했다. 더 한층 잘못된 일은 그의 능률이 더욱 좋아진다고 해도 앞에 의연히 가로놓인 큰일이 생각했던 것보다 천 배나 곤란하게 되어버린 것이었다. 이와 같은 역전은 전적으로 색다르고 독특한 지성을 갖고 있는 사람이 생각한다 해도 좌절이라고밖에 여길 수 없을 터이지만, 링글로즈는 자기 말고는 누구도 원망하지 않았다. 실제로 누구도 비난할 수 없었다. 죽은 사나이에 대해서는 후회하지 않았다. 그는 이 이상 살아갈 수 없다는 것을 알았기 때문에 목숨을 끊은 것이다. 그러나 그 일은 링글로즈에게 타격이기도 했고 한편 고무적이기도 했다. 존 링글로즈는 사실 자기 스스로를 부끄럽게 생각했다. 잃어버린 자존심을 되찾을 수 있는 길은 단 한 가지밖에 없다는 것을 곧 알게 되었다. 시간이 흐르고 냉정을 되찾았을 때 그는 자신의 관심과 낙담이 너무도 큰 것에 놀랐다. 지금까지 실패했다 해도 이처럼 괴로워한 적은 없었다. 실패는 때때로 전진을 방해했다. 그것은 그의 직업상 피할 수 없는 일이었다. 성공할 수 있는 사람들은 실패의 연속을 최소한으로 줄인 이들이다. 아서 비튼의 죽음 또한 그러한 실패의 하나였다. 그러나 이때 사태를 만회할 최초의 사건으로 우선 가능하다고 생각되는 것을 성취해야 한다는 거의 횡포에 가까운 집념이 눈을 떴다.

존 링글로즈의 끝없는 추적의 다음 순간이 찾아왔다. 비튼이 자기 앞에서 영원히 사라져 버렸다고 생각하니 기쁜 마음이 들기도 했다. 그가 사라져 버림으로써 비록 몇 가지 곤란한 일이 일어난다 해도 그밖의 다른 곤란은 이미 존재하지 않게 되었다. 그는 죽었다. 그가 자백한 후에 무사히 탈출하기 위한 조건과 구속을 지금은 무시해도 괜찮게 되었다. 존 링글로즈의 앞길에는 험난하고 넘을 수 없는 장애가 있을지도 모른다. 그러나 방해물은 없었다. 그는 저녁 무렵에 조의를 표하기 위하여 미망인을 찾아갔다. 그녀는 그를 반갑게 맞이하였고 비튼의 마지막에 대해서 자세히 이야기해 주었다.

그 사실은 존 링글로즈가 상상했던 것과 거의 같다는 것을 알았다. 그 사실을 전할 수 있는 사람은 하나밖에 없었다. 비튼의 하녀는 경찰 당국의 조사에서 몇 시인지는 모르나 어떤 소리가 나서 갑자기 눈을 떴다고 진술했다. 그녀는 희미하게 그 소리를 듣고 일어났다. 그러나 그녀로서는 그것이 무슨 소리인지 어디서 나는지 판단할 수가 없었다. 길을 달리는 자동차의 경적이려니 생각하고 그녀는 다시 잠들었다. 아침까지 눈을 뜨지 않았다. 그녀는 그 소리 때문에 일어났던 시간을 알지 못했다.

아서 비튼은 하녀에게 깨우게 하는 일이 절대로 없었다. 언제나 7시 반이면 일어나 목욕실에 가서 세수하고 면도했다. 그리고 안방으로 가서 부인과 함께 아침 식사를 했었다. 이날 하녀는 여느 날과 같이 7시 반에 아침 식사를 가져갔다. 비튼은 빈틈없는 사람이었는데 아직 모습을 나타내지 않았다. 20분쯤 뒤 그녀는 이상하게 생각하면서 목욕실 앞으로 갔다. 그러나 문이 열려 있었고 주인은 없었다. 그녀는 다시 20분쯤 기다렸다. 그런 다음 방문을 두드렸지만 대답이 없었다.

잠시 뒤 그녀는 걱정스러워져 뜰에 나가서 주인방의 블라인드가 올려져 있는지 어떤지를 보았다. 블라인드는 내려져 있었다. 좀더 가까이 갔을 때, 그날 아침은 흐렸기 때문에 주인방에 전등이 켜져 있는 것을 알았다. 그녀는 집 안으로 들어가 좀더 세게 문을 두드리며 불렀으나 대답이 없었다. 그녀는 침실 문을 열려고 했다. 자물쇠가 채워져 있었다. 무서워졌기 때문에 그녀는 모자를 쓰고 양산을 손에 들고 시내로 나가다가 경관을 만났다. 경관은 동료를 불러서 그녀와 같이 돌아와 방 안으로 밀고 들어갔다. 비튼은 한 손에 권총을 쥔 채 침대에 엎드려 있었다. 오른쪽 관자놀이를 쏘아 즉사하고 말았다.

링글로즈는 죽은 사나이가 기절한 다음 다시 일어나 블라인드를 내렸다는 것을 확실히 알 수 있었다. 그는 얼마쯤 지난 뒤 자살한 것 같았다. 하녀는 몇 시에 일어난 일인지는 모르겠으나 아직 먼동이 트기 전이었던 것 같다고 말했다.

탐정은 동정했고 유감스럽게 생각했으나 비튼 부인은 비극적인 죽음을 당하여 깊은 당혹과 낭패를 나타내고 있었다. 그러나 생각했던 것만큼 놀라지도 산란해 보이지도 않았다. 그녀는 평정을 유지하고 있었다. 그녀는 오래 전부터 남편에게 무엇인가 어두운 비밀이 있다는 것을 남몰래 느끼고 있었다. 남편은 신경이 예민해지고 우울해졌으며, 때때로 병적인 불안이 엄습하여 악몽에 쫓겨 잠을 깬 것이 한두 번이 아니었다고 했다. 마음의 불안에 대해서는 조금도 말하지 않았으나 자살을 여러 번 암시한 일이 있었다.

링글로즈는 어느 정도 알 수 있었다. 그는 비튼 부인에게 그 전날

은 만나지 않았고, 다음날 아침 산책을 가기로 약속했기 때문에 찾아
왔었다고 말했다.

　그 뒤 그는 곧 부인 곁을 떠났으나 자신의 개인적인 문제에 직면하
게 되었다는 것을 깨달았다. 죽은 사나이의 친구로서 경찰의 소환에
응해야 하는 것은 당연히 있을 수 있는 일이었다. 그러나 거의 확실
하게 브루크 남작이 이 신문에 관심을 가질 거라는 결론 끝에 그는
이 위험에서 빠져나가기로 했다. 그것은 곧 브리드포트에서 모습을
감추는 일이었다. 그는 이곳에 가짜 인물과 가명으로 살고 있었으므
로 비록 수사한다 하더라도 찾을 수 없을 것이다.

　그러나 이런 일을 하는 데는 한 가지 위험이 따르고 있었다. 그를
조사하고, 그리고 비튼 부인이 여러 모로 생각해 본 결과 그녀 남편
의 병이 링글로즈가 나타났을 때부터 시작되었다고 단언한다면, 그때
브루크 남작은 모습을 감춘 정체불명의 인물과 비튼의 죽음을 관련시
켜 생각할 것이다. 브루크 남작은 비튼을 친밀하게 여기고 있는 사이
다. 때문에 여러 가지의 사정으로 미루어 보아 전집사 '알렉 웨스트'
는 그의 적일지도 모른다고 의심할 것이다.

　아무튼 브루크 남작 앞에서 신문석에 앉아 반대 신문을 받는다는
것은 앞일을 위하여 커다란 손해를 가져올지도 모른다. 더구나 선서
한 다음에 거짓말을 해야 한다는 것은 링글로즈로서 참을 수 없는 일
이었다. 비록 어쩔 수 없는 사정에서 한 일로서 자기 양심에는 가책
을 받지 않는다 하더라도 도저히 할 수 없는 일이었다.

　그는 그런 뜻에서 서둘러 사라졌다. 누가 자기를 찾기 전에 브리드
포트에서 기차를 타고 런던으로 출발했다.

　이렇게 하여 괴상한 '알렉 웨스트'는 이 세상에서 모습을 감추었다
──나중에 다시 한 번 돌아오게 되긴 했지만. 그러고 나서 1주일
뒤에 그는 옛 동료들과 자살 사건을 이야기했다. 동료들은 이미 사건

을 알고 있었다. 링글로즈는 지방 신문의 뉴스를 흥미 있게 읽었다. 전 집사인 비튼의 친구는 단지 이름이 나와 있을 뿐, 찾을 생각은 하지 않는 듯했다. 비튼 부인의 증언과 자살이라는 명백한 증거가 이 사건을 설명하고, 있을 수 있는 판단으로 종지부를 찍었던 것이다.

존 링글로즈는 친구가 가지고 있는 신문의 지방 기사를 읽고 만족했다. 눈을 끄는 작은 사건이 실려 있었기 때문이다.

브루크 남작은 검시 현장에 모습을 드러냈다. 그와 죽은 사나이의 관계가 알려져 있었으므로, 기쁘게 응한 듯했다. 그는 아서 비튼을 오랜 세월 고용해 왔으며 믿을 수 있는 현명한 일꾼이라고 말하고 있었다. 그러나 비튼에게 개인적인 고민이 있어서 걱정하고 있었던 것은 알지 못하는 것 같았다.

그의 개인 생활에 대해서는 아무것도 몰랐다.

그는 결혼한 뒤에 집사 일을 그만두었다. 흥분하기 쉬운 성격으로 몹시 긴장할 때가 있었으나 이러한 성질은 장점일 수도 있다.

남작은 미망인에게 위로의 뜻을 표했다. 그녀의 남편은 정신이상을 일으켜 이처럼 무서운 결과를 가져왔던 것이다.

두 번째 전투 개시

　존 링글로즈는 아서 비튼의 죽음으로 해결된 것보다 더욱 큰 어려움이 앞길에 놓인 것을 충분히 알고 있었다. 그는 자기의 입장을 분명히 하고 1주일 동안 그 문제를 깊이 생각해 보았다.

　아이는 살해되었고 이 범죄의 하수인도 죽었다. 그러나 그 배후 인물——사악한 지혜의 천재이고 그 범죄에 의하여 이득을 얻을 원흉——은 아직 아무런 혐의도 받지 않고 살아 있다.

　그는 자신이 가지고 있는 얼마 안 되는 재료와 지식을 되새겨보았다. 비튼은 자기의 전주인에 대해서 함부로 이야기하지 않았었다. 이 탐정은 실마리가 될 사실을 조금 사용할 수 있을 뿐이었다. 브루크 남작에게는 그의 도락을 이용하지 않는 한 접근할 수 없다고 생각되었다. 남작에게는 도락 말고는 아무것도 흥미를 끄는 것이 없었다. 개인적인 친구나 친지도 비튼이 언제나 말해 왔듯이 남작에게는 두셋밖에 없었다. 친구가 필요없었다. 그는 누구에게나 아주 친절했다. 아는 사람의 범위를 더 확대하지 않고 자기의 지식과 정열을 알아주는 이만을 받아들이고 있었다. 존 링글로즈는 이밖에 더 이상 브루크 남작에 대해서 아는 것이 없었다.

　동등한 인간으로서 접근하기는 어려웠다. 브루크 남작과 같은 계급으로 분장할 수는 없었던 것이다. 그 계급의 사람들은 서로 잘 알고 있음이 틀림없다. 링글로즈는 이 인물의 관심사인 골동품에 지식이 있다고 위장하려고는 하지 않았다. 남작만한 전문가라면 위장한 것을 금방 알아차릴 것이기 때문이었다. 그러나 거기에 따른 전문가와 같은 넓은 이해와 지식을 준비하는 것은 쉬운 일이었다.

　링글로즈는 브루크 남작의 가족에 대해서 알고 싶은 것을 모조리 조사했다. 그리하여 작위를 받은 것은 극히 최근의 일이라는 것을 알았다. 실제로 그 이전에는 그의 아버지와 형이 작위를 지녔을 뿐이었다. 그리고 뷔즈 집안은 브루크 노튼에서 몇 세기 동안 살고 있었다. 귀족이 되기 위한 야심이 싹튼 것은 앨저논 뷔즈 때였다. 재산도 꽤 많았고 경제적인 수완도 뛰어났기 때문에 그는 대전 때 정부에 봉사하여 남작의 칭호를 받았던 것이다. 그는 이 영예를 받은 지 2년 뒤에 두 아들을 남기고 세상을 떠났다. 뒤를 이은 루퍼트 뷔즈와 지금 작위를 이어받고 있는 버고잉 뷔즈이다. 부친은 생전에 버고잉 뷔즈와 사이가 나빴다. 버고잉 뷔즈는 작위를 물려받을 때까지 플로렌스에서 살고 있었다. 아서 비튼은 오래 된 가복(家僕)인 윌리엄 로클리라는 사람에 대해서 이야기한 일이 있었다. 이 사람은 이탈리아에서 브루크 남작의 별장지기를 하고 있었다. 형 루퍼트 뷔즈는 이탈리에서 혼자 살다가 두 자녀를 남기고 숨을 거두었다. 소년 루드빅과 누이 밀드레드였다. 밀드레드 뷔즈는 브루크 남작과 같이 살고 있었다.

　1주일 동안 존 링글로즈는 계획을 세웠다. 이번의 그 준비 행동으로서 어떤 사람을 방문했다. 이 탐정의 필사적인 노력을 아주 고맙게 생각하는 한 신사였다. 갈레브 플록서는 정당하지 못한 물건을 사는 사람, 즉 장물아비로서 법정에 선 일이 있었다. 링글로즈의 노력이 없었다면 투옥되었을 것이 틀림없다. 링글로즈는 플록서가 절대로 정직하게 행동했다는 것을 확신하고 위기에서 구원해 주어 한 사람의 친구를 얻었던 것이다. 링글로즈는 갈레브 플록서의 가게를 방문했다. 키가 크고 등이 굽은 이 노련한 인물은 크게 기뻐하며 링글로즈를 맞아 주었다. 링글로즈는 그 사나이와 함께 식사를 하고 차를 마시며 세상 이야기를 했다. 플록서는 오랫동안 골동품 장사를 했는데, 여러 가지 옛날 도구며 도자기, 갑옷 같은 옛날 물건과 골동품을 사고팔고 하였다. 워더 거리(골동품 상점으로 유명한 런던의 거리)라 할지라도 그의 가게보다 더 많은 수집품을 가지고 있지는 않았다. 그렇지만 그는 자기가 갖고 있는 것이 보잘것없는 골동품임을 알고 있었다. 그의 머리는, 자기 가게와 그 안에 있는 동굴 같은 창고 속에 가득 찬 물건으로 채워져 있었다. 플록서 부인은 골동품점의 바로 옆 건물에서 재료상을 하고 있었다. 그들은 골동품점에서 살고 있었다.

"내가 오늘 찾아온 것은 옛날 상아 세공품에 대한 일 때문입니다, 플록서 씨. 그것도 좋은 물건이 아니면 곤란합니다. 중세기 상아 세공품을 찾는 중입니다. 언젠가는 그것이 필요한 이유를 설명하겠지만, 지금은 안 됩니다." 링글로즈가 말했다.

플록서는 영리한 눈으로 이 탐정을 의미 깊게 바라보았다.

"뒤를 쫓다 보니 내게 있는 물건이란 말입니까? 우리 가게에서는 장물을 사고팔지는 않습니다."

"아니, 그런 물건이 아닙니다. 내가 바라는 상아 세공품은 단 한 개라도 좋습니다. 최상품으로 진짜를 원합니다……. 수집가라면 얼마를 내서든지 자기 것으로 만들고 싶어하는 제품이어야 합니다. 세상에 둘도 없는 것으로 가격에 말썽이 생기지 않는 것이면 됩니다."

플록서는 마음이 움직였다.

"잘 알았습니다. 그런 진품을 알고 있습니다. 수요는 아주 한정되어 있습니다. 수집하는 사람도 조금 있습니다. 오늘도 적기 전에 그런 무리들이 가게를 뒤지고 갔습니다. 물품이 적기 때문에 감정을 잘못하지는 않습니다. 내가 가지고 있는 마지막 진품은 반년 전 브루크 남작에게 팔았습니다. 그 사나이는 수집가로서 일류입니다. 그런 사람의 관심을 끌려면 보통 것으로는 되지 않습니다. 나도 내보일 수 있는 정도의 상아는 가지고 있습니다……. 12개 정도, 그러나 가격에 말썽이 없을 만한 것에는 미치지 못합니다."

"그럼, 어딘가에 있겠지요. 이 방면에서 크게 장사하는 사람은 누굽니까?"

"이것은 장사가 아닙니다, 소개지요. 전문적인 상인은 없습니다. 최상급 물건이 시장에 나오면, 그것을 욕심내리라고 알고 있는 두서너 사람이 언제나 먼저 사려고 다툽니다. 요즈음은 소유주가 죽은 다음 그의 수집품이 경매에 붙여져야만 상아 진품의 소유주가 바뀝니다. 명품은 유명한 보석과 같이 잘 알려져 있지요."

링글로즈는 고개를 끄덕였다.

"내가 원하고 있는 것은 반드시 사는 것이 아니고 빌리는 것입니다. 최상급 물건을 빌리기만 해도 목적을 달성할 수 있습니다. 그러나 진짜 명품이 아니면 안 됩니다. 빌릴 때는 권리금을 내겠습니다, 플록서 씨. 물론 내가 소유하고 있는 동안에는 그 물건을 보험에 들어 두겠습니다. 내가 그것을 팔아도 된다면 더욱 좋겠습니다. 어떻습니까, 수집자가 기꺼이 사고 싶어하는 물건을 빌려 주는 데 100파운드 내겠습니다. 당신은 그런 물건을 빌릴 수 없겠습니까?"

플록서는 생각에 잠기는 듯 조그마한 비단 모자를 벗고 머리를 긁적였다.

"당신의 질문은 달라졌고 주문하신 것도 바뀌었습니다. 그러나 약간 어려울 것 같습니다. 구하시는 물건이 하나 있는데——내 친구의 부인이 갖고 있는 것입니다——이탈리아 르네상스 시대의 진품으로 골드니입니다. 그렇군요, 1천 파운드는 나갈 것입니다. 그 부인은 스코틀랜드의 어느 부잣집의 가정부였는데 그 집 여주인이 죽을 때 이 상아 세공품을 얻은 것입니다. 그것은 유산과 같은 것이기 때문에 팔아도 될 것입니다. 그러나 캠벨 부인은 내놓으려고 하지 않습니다. 나는 600파운드를 불렀습니다. 최고의 액수였지요. 그러나 그녀는 생활에 여유가 있었으므로 400파운드쯤 더 내놓으면 움직였을지도 모르나 300파운드로는 안 되었습니다."

"그게 좋을 것 같군요. 캠벨 부인의 주소는?"

"에든버러 라이스 거리 13번지. 그녀는 좋은 부인으로, 나와 아는 사람이라면 할 수 있는 데까지는 무엇이든지 도와 줄 것입니다, 링글로즈 씨."

"그럼, 가 보겠습니다. 소개장을 써 주십시오. 수상한 자는 아니며, 도움이 될지도 모른다는 것만 말해 주십시오. 실제로 그렇습니다. 그러나 본명은 쓰지 마십시오."

"당신의 일에 귀찮게 따지지는 않겠습니다. 그런데 이제는 그만두셨다고 들었는데요. 친구 분들이 성대한 송별회를 열어 주고 금시계를 선물했다면서요?"

"옳은 말씀입니다. 그러나 이것은 다른 일입니다, 플록서 씨. 이번 일은 결말지은 다음에 이야기해 드리겠습니다." 링글로즈는 웃으며 말했다.

플록서는 소개장을 써 주었다. 이름은 노먼 포다이스라고 하기로 했다. 이틀 뒤 에든버러에 도착했다. 잘 아는 도시였다.

링글로즈는 소개장을 가지고 라이스 거리의 캠벨 부인을 찾아 나섰다. 곧 찾을 수 있었다. 그가 예상한 대로 갈레브 플록서라는 옛 친구는 눈치 빠르게도 그의 요구 사항의 성질을 알고 이내 캠벨 부인과 골드니의 상아 세공품을 생각해 냈던 것이다.

그녀는 그것을 내보였다. 아름답다고 하기보다는 진기한 것으로 생각되었다. 그런데 지금 부인에게는 지난번 플록서를 만난 다음 어떤 일신상의 문제가 생겼다. 일자리를 잃은 조카가 그녀에게 재정적인 도움을 청해 왔던 것이다. 그의 어머니에 대한 의리로 캠벨 부인은 조카를 위해 돈을 준비해야만 하게 되었다. 그래서 그녀는 그 상아를 팔려고 생각하여 갈레브 플록서에게 편지를 내려고 하던 참이었다. 링글로즈는 이 물건에 대해서 플록서보다 더 많은 돈을 내리라고 생각되는 고객을 알고 있다고 설명했다. 상담이 여기까지 진행되기도 전에 캠벨 부인은 이미 포다이스를 믿게 되었고, 아주 기분 좋고 인상 좋은 인물이라는 느낌을 받았다.

그 결과, 브루크 남작에게 편지를 하기로 했다. 6월 어느 날 아침 식사를 하기 위해 내려온 남작은 다음과 같은 편지가 와 있는 것을 보았다.

　　도싯 주 브리드포트 브루크 노튼

　　브루크 남작 귀하

　　삼가 아룁니다.

　　나는 오래 된 상아 세공품을 처분하려 하는 사람입니다. 이 물건은 옛날 가우워 집안에 전해 내려오는 가보였습니다. 그리고 또 스코틀랜드 메리 여왕의 소유였다고도 합니다. 이 물건은 플로렌스의 유명한 조각가 골드니의 작품입니다. 지금 어느 부인이 가지고 있습니다. 그녀는 가우워 집안에서 일해 오던 가정부로서 유산으로 물려받은 것입니다. 그녀는 캠벨 부인입니다.

부인은 내게 귀중한 그 물품을 위탁하여 살 사람을 찾고 있습니다. 전문가의 감정에 따르면 이 물품은 1천 파운드의 값어치가 있다고 합니다. 아마 이런 물건을 수집하고 있는 소수의 수집가에게는 그 이상의 값어치를 지닌 물건이 될 것입니다. 나는 또한 당신이 이 방면의 수집가로 제일인자라는 것을 알고 있습니다. 그런 뜻에서 먼저 귀하의 뜻을 알고 싶습니다.

귀하에게 진심으로 경의를 표하는 바입니다.

에든버러 아처 앤드 크라운 호텔
노먼 포다이스

사흘 뒤에 답장이 왔다.

노먼 포다이스 씨

제례하옵고, 편지는 흥미 깊게 받아 보았습니다. 그 상아 세공품을 등기로 보내 주시면 자세히 본 뒤 답변하겠습니다. 골드니의 진품이라면 틀림없이 가치가 있을 것입니다. 그러나 안되었습니다만, 가격은 그렇지 않을 것입니다. 어떻든 귀하께서 알려 준 가격은 에든버러 전문가의 감정 착오로 압니다. 그리고 과연 에든버러에 전문가가 있는지요? 나는 지금까지 들은 일이 없습니다.

도싯 주 브루크 노튼
브루크

이 편지에 대해서 링글로즈는 소유주가 등기로 보내는 데에 반대한다고 대답했다. 괜찮다면 자신이 상아 세공품을 가지고 가겠다고 제의했다. 빨리 상담하고 싶으며, 그곳에서 하룻밤 묵을 수 있는지 알고 싶다고 말했다. 방문을 받아 주기만 하면 환영받을 수 있을 것이라고 그는 자신의 수완을 믿고 있었다. 행상을 하다가 지금은 그만둔 것으로 꾸미기로 했다. 노먼 포다이스의 재미있는 경험과 체험에 대해서 이 탐정은 자기 마음대로 이야기할 수 있었다.

잠시 염려하면서 제의에 대한 답변을 기다리고 있는데 확답이 왔다. 골드니의 작품은 확실히 값어치 있는 물건이었다. 두 번째 편지에 링글로즈는 그 상아에 대해서 구체적으로 설명하고 스코틀랜드 보석상에서 들은 이야기를 덧붙였다. 캠벨 부인도 그 보석상을 잘 알고 보석상 또한 이 물건에 대해서 잘 알고 있었다.

브루크 남작은 포다이스가 브리드포트에 닿는 기차 시간을 알고 싶다고 했다. 브루크 노튼으로 가는 자동차가 그를 기다리고 있겠지. 링글로즈로서는 남작의 환대를 받기만 하면 그것으로 충분했다.

지금부터의 자세한 일에 대해서 캠벨 부인은 아무것도 알지 못했다. 존은 에든버러에서 2, 3일 묵은 다음 그 상아 세공품을 간직하고 출발했다. 소유주는 조금도 의심스러워하지 않았다. 그녀는 사람을 볼 줄 알고 현명한 부인이었으므로 신용할 만한 일은 잘 알고 있었다. 적어도 1천 파운드를 받을 수 있다는 데에 두 사람의 의견이 일치했다. 그 상아가 그보다 비싸게 팔린다면 그만큼 이익이었다.

"1천 파운드예요. 잊지 마세요, 포다이스 씨." 헤어질 때 그녀는 말했다. "그 신사로부터 100파운드를 더 받아 내면 좋은 위스키를 한 상자 선물하겠어요, 바라신다면……."

그녀는 이 보물을 위해서 새 보석 상자를 사겠다고 했으나, 링글로즈는 사양했다.

"옛날 것이 더 그 사람의 마음에 들 겁니다."

어두워질 무렵 링글로즈는 긴 여행을 마치고 역에 도착했다. 자동차가 기다리고 있었다. 그는 낯익은 브리드포트 거리를 달려갔다. 방을 빌려 살고 있던 곳과 세상을 떠난 아서 비튼의 방갈로를 지나갔다. 차는 저녁놀이 아름답게 비치는 녹색의 교외를 질주해 갔다. 9시 반쯤 두 채의 문지기 오두막을 지나고 마지막 1600미터 남짓한 거리를 달려 초원을 거쳐서 자코뱅 식의 큰 저택에 도착했다. 저택은 으스름 달빛 속에 회색으로 솟아 있었다. 링글로즈는 스코치 양복에 중절모를 쓰고 손가방을 들고 있었다. 변장은 전혀 하지 않았다.

바르텔 상아 세공품

훌륭한 식사가 존 링글로즈를 기다리고 있었다. 식사가 끝났다. 그가 먹고 마시는 동안 주인은 큰 식당을 왔다갔다하면서 기품 있게 지껄여 댔다. 여행은 즐거웠는가, 피곤하지는 않는가 하고 물었다.

그러자 방문자는 머리가 몹시 아프다고 했다. 사실 덥고 긴 여행으로 지쳐 있었다. 그러나 보기 좋게 기분을 가다듬어 환영에 응했다. 도중의 몇 가지 모험담을 이야기해서 주인을 즐겁게 해주었다. 브루크 노튼의 주인은 지나치게 냉소적이고 장난기가 있는 반면 유머를 이해하는 점도 있어서 그런 이야기에 곧 맞장구를 쳤다. 그는 귀족이 아닌 다른 인물들과 더 뜻이 맞을 것 같은 인상을 주었다. 브루크 남작은 쾌활하고 원기가 있었다. 얼마쯤 비뚤어진 점도 있었으나 활기찬 성격이었다. 처음 링글로즈를 볼 때 뭔가 의심하는 듯한 빛으로 눈이 흐려졌으나 곧 사라졌다. 그는 진심으로 기쁘게 맞이해 주는 것 같았다. 링글로즈의 방문 이유에 대해서는 일절 말하지 않았다. 링글로즈가 식사를 끝내고 두 사람만 남았을 때에도 줄곧 상관없는 이야기만 떠들었다. 두 사람은 식당을 나와 당구대가 있는 방으로 옮겨가 또 한 손님과 합세했다. 키가 크고 상냥하며 온화한 젊은이였다. 브루크 남작은 니콜라스 트레메인이라고 소개했다. 처음 온 링글로즈는 게임에 끼어드는 것을 사양하고 젊은 사람들을 위해서 득점 계산을 맡았다. 두 사람 다 솜씨가 아마추어보다는 뛰어났으며, 굳이 비교하자면 트레메인 쪽이 솜씨가 좋았다.

그동안 링글로즈는 살인범이라 여기고 있는 사나이를 관찰할 여유가 생겼다. 브루크 남작은 숙련된 자만이 지닐 수 있는, 상대를 두려움 없이 똑바로 바라보는 버릇을 가지고 있었다. 이 탐정은 스스로 의식하고 있지는 못하나 훌륭한 인상학 연구가였기 때문에 지금 그 눈매가 너무 지나치게 정직해 보인다는 것을 깨달았다. 분명히 이아고(셰익스피어의 《오셀로》에 나오는 악인)의 눈매도 이와 같았을 것이다. 남작은 굉장히 의혹에 찬 인물로 보였으며, 링글로즈는 자신의 느낌이 옳았다고 생각했다. 결백한 사람도 자신 있게 자기를 주장하는 경우 말고는 소심하고 겸손하다. 링글로즈가 굳게 믿을 수 있는 사람 중에도 그의 얼굴을 똑바로 보지 않는 사람도 있고 똑바로 보는 이도 있었다.

그러나 이처럼 뚫어지게 보는 일은 드물었다. 브루크 남작은 그를 월등하게 대하지도 않았고, 그렇다고 어떤 사람이 남에 대해서 자기보다 월등하다는 인상을 받았을 때 가질 수 있는 어느 정도의 무시감을 가지고 대하는 것도 아니었다. 그 태도는 완벽했다. 남의 말에 훌륭하게 귀를 기울이는 편이었다. 아주 세련되어서 그의 냉소적인 태도도 사고의 날실을 파고들어 미묘한 형태로 표현되었기 때문에 휴머니스트라도 그에게 화를 낼 수는 없을 듯했다. 그는 인생의 투쟁에서 참가자보다는 방관자에 속할 것 같았다. 생존이라는 것에 너그러운 관심을 가지고 그것을 재미있는 경험으로 여기고 있었다. 그러나 자신의 취미 문제에 이야기가 미치자 탐욕스러울 만큼 몰두하며 열중했다.

두 사람은 두 번째 경기에 몰두했다. 링글로즈는 두 사람의 게임이 끝났을 때 한마디했다. 그는 방으로 돌아가고 싶었다.

"상아에 대한 것은 내일 상의했으면 좋겠습니다만……그래도 괜찮으시겠습니까?"

브루크 남작이 대답했다.

"물론 좋습니다, 포다이스 씨. 나는 깜박 잊어버리고 있었습니다. 나는 미치광이 같은 인간이지만, 다른 사람에게도 나와 같기를 강요하지는 않습니다. 여기 있는 트레메인은 상아가 당구공과 같은 모양을 할 때만 흥미를 갖습니다. 그래도 나는 그러한 속물주의를 허용하고 있습니다. 속물 친구와 다투다 보면 자신이 몹시 쓸쓸한 존재가 되고 맙니다. 나는 고독을 싫어합니다. 아침 식사는 당신 방에서 하시겠습니까, 9시 지난 다음 시간이 나는 대로 함께 하시겠습니까?"

"가능하면 함께 들도록 해주십시오." 링글로즈는 또렷하게 말했다.

링글로즈는 충분히 자고 원기를 회복하여 7시에 눈을 떴다. 창문 아래에 아침 햇빛을 받으며 아주 아름답게 잘 정리된 정원이 펼쳐져 있었다. 그는 곧 일어나서 자기 방과 이어져 있는 욕실로 들어갔다. 얼마 뒤 아래층으로 내려와서 문 밖으로 나갔다.

그의 목적은 하룻밤이라도 좋으니 이곳에 더 머무르는 것이었다. 그는 자기의 수완과 주인측의 분별 있는 거래 결과에 따라 이 목적을 달성할 수 있을지도 모른다고 생각했다. 아무튼 그것은 자기가 갖고 온 상아 세공품을 미끼로 하면 이룰 수 있으리라고 생각했다. 그러나 머무르는 동안에 가능한 한 남작 쪽에서 먼저 이야기를 꺼내 주기를 바랐다. 자기의 능력과 상대편의 마음을 휘어잡는 미묘한 재능이 그가 바라는 대로 될 것이라고 생각했다.

링글로즈는 6월의 이른 아침, 구름 한 점 없는 상쾌한 기쁨을 맛보며 꽃이 피어 향기가 그윽한 정원을 산책했다. 좀더 안으로 들어가려고 하다가 어른 어깨 정도의 높이로 곧고 모나게 깎아 놓은 주목 울타리 모퉁이에서 한 사람과 마주쳤다.

흰옷을 입은 소녀가 가까이 왔다. 그녀는 진홍빛과 오렌지 빛 장미꽃 바구니를 들고 부끄러운 듯 낯선 방문자에게 은근한 미소를 띠어 보였다. 탐정은 모자를 벗고 부드럽게 머리를 숙였다. 눈앞의 소녀가 밀드레드 뷔즈 양임을 알 수 있었다. 그러나 이 소녀가 있다는 것은 모르는 일로 하고 있었으므로 반갑기는 했으나 평범한 태도로 인사했다. 두 사람은 나이 차이가 있었기 때문에 그렇게 해도 괜찮았다.

"안녕하십니까, 아가씨⋯⋯일찍 일어나셨구요. 이렇게 아름다운 정원은 이제까지 본 일이 없습니다. 이런 요정의 나라 같은 곳이 있으리라고는 생각도 못했습니다."

밀드레드 뷔즈는 나이보다도 어려 보였다. 그녀는 아름답고 노란 눈을 하고 있었으며, 조그마한 머리에 아마빛 머리칼이 탐스럽게 늘어져 있었다. 그녀는 꽃보다도 아름답다고 링글로즈는 생각했으나, 그 눈에 어딘지 슬픈 빛이 감돌고 있었다. 소녀는 우아하고 고귀했다. 키가 크고 날씬했으나 청춘의 활력이 부족한 것같이 보였다. 괴롭고 슬픈 듯한 표정이 밀드레드 뷔즈의 어린 얼굴에 나타나 있었다.

그녀는 링글로즈에게 대답했다. 그녀는 친절한 태도에 자기도 모르게 마음을 놓았다.

"버고잉 아저씨의 친구 분이시죠? 어젯밤에 인사를 못 드려서 죄송해요. 꽤 먼 거리이니만큼 여행이 지루하셨겠지요?"

"네, 긴 여행이었습니다. 그러나 피곤하지는 않습니다. 꽤 큰 장미군요. 아가씨는 장미꽃밭에 갔다 오시는 길입니까?"

"네, 제 꽃밭이에요. 보시지 않겠어요?"

두 사람은 꽃이 활짝 피어 있는 이랑 사이를 걸어 다녔다. 소녀는 사려 깊은 이 손님에게 자기가 아끼는 장미꽃 이야기를 하였는데, 어느새 그녀의 두 볼이 붉게 물들어 있었다. 그러나 소녀의 과거는 그녀의 마음과 같이 얼굴에도 그 흔적이 남아 있었다. 그녀는 행복하지 못했다. 그녀의 목소리는 우아한 말투 속에 어딘지 우울한 울림이 숨어 있었다. 그때 기묘한 일이 일어났다. 장미꽃 속에서 밀드레드는 얼마 동안 명랑해지고 처음 보는 사람의 관심을 받으며 기뻐했으나, 어떤 사람이 나타나자 입을 꼭 다물고 말았다. 그 사나이는 쾌활하고 인상이 좋아 보였다. 키가 크고 햇빛에 그을린 아름다운 젊은이였다. 니콜라스 트레메인은 모자를 쓰지 않고 흰 플란넬 바지를 입고 수건을 어깨에 걸치고 있었는데, 이 소녀로부터 친절한 말을 한마디도 듣지 못했다. 소녀는 링글로즈와 트레메인과 함께 집으로 돌아올 때에도 뒤쳐져서 걸었다.

"호수까지 갔다왔습니다." 트레메인이 말했다. "나오시리라고 생각했었는데요, 밀드레드 양."

그녀는 머리를 저었다.

"밭일을 하고 있었어요. 장미가 피기 시작해서 몹시 바빠졌거든요."

트레메인은 꽃바구니에서 장미를 한 송이 집어 들어 단추 구멍에 꽂으며 링글로즈를 돌아다보았다.

"잘 주무셨습니까, 포다이스 씨? 이곳은 아주 멋있지 않습니까? 콘월의 북쪽 해안에 있습니다만, 아시는 바와 같이 서풍이 강해서 화훼 같은 것은 안 됩니다. 그러나 나무는 조금 심어 놓았습니다. 그렇지요, 밀드레드 양?"

"좋은 나무예요." 밀드레드가 대답했다.

그녀는 뒤쳐져서 걸어오다가 모퉁이에서 헤어졌다. 불만스러운 기색이 한순간 트레메인의 얼굴을 어둡게 했다. 그러나 그것은 곧 사라지고 그는 다시 링글로즈를 향해 힘 있게 이야기를 계속했다.

아침 식사 때 밀드레드는 테이블의 아랫자리에 앉고 브루크 남작은 윗자리에 앉았다. 모두들 자기 몫만큼 옆 테이블에서 가져다 먹었다. 링글로즈가 관찰한 바에 의하면, 트레메인은 브루크 남작의 조카딸에게 마음을 빼앗기고 있는 듯했으나 소녀는 그에게 냉담했다. 그러나 특별히 싫어하지는 않는 듯 침묵이 흐를 때는 용기를 내어 말하기도 했다. 음식을 아주 적게 먹고, 가끔 깊은 생각에 잠기기도 했는데 자기 일만 생각하고 주위의 모든 것은 잊어버린 듯한 태도였다. 얼마 뒤엔 다시 자기로 돌아와 명랑하게 이야기했으나 늘 공허한 모습이 사라지지 않았다. 숙부에 대한 애정은 진실된 것으로, 숙부를 위해 신경 쓰며 먹고 마시는 것을 거들어 주었다. 브루크 남작은 말을 많이 했다.

"아침 식사가 끝나면 그 보물을 보기 전에 내가 가지고 있는 것을 봐 주시기 바랍니다, 포다이스 씨. 당신은 개인적으로는 상아 세공품에 흥미가 없다고 말씀하셨지요. 다른 사람들도 나의 훌륭한 물건을 보기 전까지는 그런 말을 합니다. 그러나 한 번 보게 되면 싫더라도 흥미를 갖게 됩니다. 그런 다음에 골드니를 보기로 합시다. 그리고 그것이 진짜 골드니인가 조사해 보기로 하지요. 그 다음으로는 소유자가 그 값에 대해서 잘못 알고 있지 않는가에 대해서 검토합시다."

남작은 유머를 섞어 가면서 자신의 모험담을 놀라울 만큼 솔직하게 이야기했다. 그러나 그것은 기교를 감추기 위한 또 다른 기교에 지나지 않았다. 링글로즈는 자기가 악인과 마주 앉아 있다는 것을 알았다. 하지만 그는 자신의 지식이 판단을 잘못한다든가 흐릿한 것을 용서하지는 않았다. 그는 지금까지 비밀리에 모은 지식의 선입감 없이 백지 상태로 브루크 남작을 대했다. 그는 재빠르게 상대의 기분을 맞추어 주었다. 그가 이야기하는 것으로 볼 때 겉으로는 브루크 남작의 인생과 그 의무에 대한 평가와 견해 같은 것이 도덕적이지도 않고 비도덕적이지도 않은 것을 알 수 있었다.

"인도의 토리치노폴리에 있는 어느 대지주는 멋있는 중국 세공품을 몇 푼 안 되는 돈으로 쿨리에게서 샀습니다. 그 사나이가 심부름꾼을 교묘하게 속여서 산 것을 보고 나는 그 사나이로부터 그것을 샀지요. 그 대지주는 자기의 상아 세공품이 자기가 내놓은 돈보다 훨씬 더 값어치 있다는 것은 알았지만, 진실된 가치는 조금도 몰랐습니다. 나는 그 물건 때문에 일부러 인도까지 갔지요. 값대로 돈을 치르려면 구태여 전문가가 될 필요는 없습니다. 포다이스 씨, 애써 지식을 쌓아올리는 것은 타인의 무지를 보기 좋게 이용하기 위한 것입니다. 나는 나대로의 이유가 있어서, 진짜 값어치보다 더 많은 돈을 들인 일이 몇 차례 있었습니다. 반면 이런 뜻에서 나는 진가보다도 적은 돈을 들인 일도 몇 번 있었습니다. 결국은 이러나 저러나 마찬가지이지요."

링글로즈는 소리내어 웃었다.

"그것은 나의 골드니를 위해서는 좋지 않은 징조로군요."

링글로즈는 이미 알고 있었다. 브루크 남작이 값을 매길 수 없는 귀중한 상아 세공품의 명품을 보여 주려고 하는 것은 상대가 가지고 있는 물건을 보잘것없는 것으로 보이도록 하기 위해서였다.

이윽고 두 사람은 지붕으로부터 빛을 받도록 되어 있는 좁고 긴 진열실로 들어갔다. 그곳에는 박물관같이 여닫을 수 있는 뚜껑이 있는 상자가 늘어서 있었다. 벽은 짙은 자줏빛으로 그 위에는 선대로부터 모아 온 플랑드르 파의 그림이 걸려 있었다. 그러나 브루크 남작은 그것에는 흥미가 없었다. 그는 블라인드를 올렸다. 아침 햇빛이 상자 위에 비쳤다. 이윽고 남작은 트레메인과 함께 자기의 보물 사이를 거닐기 시작했다.

"14세기 이전 로마의 상아 세공품은 참으로 진귀합니다. 그러나 여기에 에트루리아 묘지에서 발굴한 것이 하나 있습니다. 대영박물관에는 더욱 좋은 것이 있지요. 나는 기회만 있으면 훔치고 싶을 정도입니다. 자, 이것은 로마 집정관의 상아제 서적 받침대로군요. 이것은 굉장한 보물입니다. 훌륭한 사람도 선량한 사람도 이것을 보고는 십계명의 열 번째 계명(네 이웃의 재물을 탐하지 말라)을 잊어버리는 경우가 여러 번 있지요. 로마 집정관들이 이런 물건들을 사용해 왔다는 건 역사가 확실하게 증명하고 있습니다. 세계에서 가장 훌륭한 것은 두 개로 나뉘어져 있습니다. 한쪽은 남 켄징턴 박물관에 있고 다른 한쪽은 파리의 크르니 호텔에 있습니다. 만일 프랑스 인이 빚을 현금으로 갚고 싶지 않다면 그것으로 갚아도 좋을 겁니다. 우리들은 남아 있는 절반을 소유할 수 있습니다. 그러나 라틴 민족이란 무섭게 탐욕적입니다. 신사답게 훔치는 일을 알고 싶다면 내가 하는 것같이 이탈리아에서 생활하면 됩니다."

브루크 남작은 그의 풍부한 지식과 풍자적인 유머를 섞어 가면서 이야기를 이어 나갔다. 남작은 자기의 전문 지식에 대해서 이야기하는 것을 좋아했다. 링글로즈는 칭찬을 아끼지 않았다. 그는 진심으로 흥미를 느꼈다. 상아 세공품에 대한 지식을 한쪽 귀로 듣고 한쪽 귀로 흘리면서 그는 남작의 성격에 대해서 한층 귀중한 암시가 제시되고 있는 것을 놓치지 않았다. 그리고 남작에게서 그가 예상했던 성질을 꽤 발견할 수가 있었다. 남작은 놀라우리만큼 성격이 담백한 것 같았다. 솔직한 태도로 자기 자신과 자신의 승리와 실패에 대해 거리낌 없이 말하는 것이었다. 그의 의견을 거스르는 농담도 싫어하지 않았다. 또한 위조 제품을 팔아먹은 시실리 왕사는 결국 더 좋은 솜씨를 가진 사람에게 걸려서 보복받았다는 이야기를 해서 링글로즈가 큰 소리로 웃도록 만들었다.

잡다하게 늘어놓여진 조각된 피리며 빗, 작은 합, 칼집, 화약통, 조그만 조상의 곁을 지나면서 브루크 남작은 링글로즈에게 열심히 설명해 주었다. 두 사람은 그로부터 책 재킷과 신성한 주제를 조각한 유리구슬의 로사리오, 성체 그릇, 그 밖의 교회 용품을 둘러보았다. 그곳에는 성모상과 아주 정교하게 만든 그리스도 십자가상도 있었는데, 그것은 천 년 전 중세 예술가가 참을성 있게 자신의 천부적 재능을 모두 쏟아 넣어 만든 것이었다.

"그 시대 사람은 물론 보수도 바랐겠지만 이처럼 예술을 사랑했었지요, 지금은 노동 시간과 임금만이 각종 기술자의 관심사입니다 ……일하는 시늉을 하며 보낸 시간의 수와, 그와 같이 조작해서 부정직하게 뜯어내고 있는 임금의 액수만이 그들의 관심사인 것입니다."

남작은 이야기를 계속했다.

"이 영광에 충만된 많은 보물들 속에는 르네상스의 위대한 조각가들의 작품이 있는데, 그 중의 어느 것이 유명한 대가의 작품일지도 모릅니다. 우리는 첼리니나 라파엘의 진본 걸작을 보고 있는지도 모르는 것입니다. 두 사람 다 상아 세공품들을 아주 좋아했었다니까요, 미켈란젤로는 그처럼 작은 것에 손을 댔으리라고 상상할 수가 없습니다. 마치 코끼리가 핀을 주워 올리는 거나 같을 것입니다. 그러나 나는 메디치 집안의 기념비와 똑같이 당당하고 힘찬 상아 세공품을 가지고 있습니다. 크기는 문제가 아닙니다."

그는 비젠티노와 베르나르드의 제자들이 만든 16세기 이탈리아 작품을 보여 주었다. 동시에 '플랑드르 사람' 뒤케누아의 작품, 첼라의 것, 레오 플론너, 반 옵스털, 케른 및 그 밖의 수십 명의 작품이 진열되어 있었다.

링글로즈가 충격을 받은 것은 네덜란드 작품인 표본의 하나였다. 크기는 개암나무 열매 정도였는데 어디선가 본 것 같아서 그만 정신을 빼앗기고 말았다. 훌륭한 상아 세공품이었으며, 광신적인 천재의 장난이었다. 그것은 지옥의 입구를 조각한 것으로 생쥐만한 두 마리의 악마가 내다보고 있었다. 무한한 공포가 그 속에 스며 있었다. 링글로즈는 그것을 보고 혐오감으로 몸이 떨리는 것을 느꼈다. 그것은 그의 기억을 되살아나게 했다. 그는 흥분을 억누르고 자기가 놀란 것을 눈치채이지 않게 재빨리 남작이 서 있는 쪽의 상자로 눈길을 옮겼다.

"이것이 가장 작은 보물입니다. 16세기에는 아주 진기하고 정교한 작품이 몇 개 만들어졌습니다. 그것을 가장 대표하는 작품이지요, 같은 무게의 다이아몬드만 한 가치를 지니고 있습니다. 프로페르치아 드 로스라는 경탄할 만한 화가는 이 복숭아씨 위에 여러 사람의 모습을 전체적으로 서로 잘 어울리도록 조각한 것입니다. 플로렌스에는 성자들의 영광의 행적을 조각한 복숭아씨가 있습니다. 누구의 작품인지 아무도 모릅니다. 그것도 수집할 수 있을지 모릅니다. 복숭아씨를 숨기는 것은 어려운 일이 아닙니다. 조금 전에 보았던 뉘른베르크의 대가 레오 플론너에게도 역시 복숭아씨에다 현미경으로만 볼 수 있게 조각한 것이 있습니다. 자, 이제부터는 사실주의자들의 작품으로 옮겨 갑시다."

브루크 남작은 아주 작은 상자 앞으로 안내했다. 링글로즈는 사실주의자이므로 이 예술품을 지금까지의 누구보다도 즐거이 보았다.

두 시간쯤 지나자 브루크 남작이 말리듯이 말했다.

"더 이상 보게 되면 머리가 아플 것입니다. 이 훌륭한 조각은 시신경을 자극하지요, 대단히 열심히 주의 깊게 보시는군요, 이 정도로 그만둡시다. 포다이스 씨, 재미있었습니까?"

"네, 대단히." 링글로즈는 대답했다. "전문가들에게는 언제나 감탄하곤 합니다……. 필적 전문가들은 좀 다릅니다만."

이렇게 말해 놓고 그는 공연한 말을 한 듯싶어서 곧 우스운 이야기를 덧붙였다. 두 사람은 진열실을 나왔다. 브루크 남작은 그 이탈리아 상아 세공품을 보여 달라고 했고, 뜻이 있다면 팔라고 부탁했다.

"서재로 가서 차라도 마시고 흥분을 가라앉히면서 골드니를 보여 주십시오." 남작은 말했다.

10분 뒤 브루크 남작은 에든버러에서 가져온 그 작품을 손 위에 올려놓고 있었다.

"이제까지 훌륭한 보물을 본 뒤라, 이것은 아주 평범하게 보일지도 모르겠군요." 탐정은 솔직하게 말하면서 담배를 집어 들었다. "친절하게 해주셔서 고맙습니다. 그러나 시간을 헛되이 보냈다든가 내가 이곳에 거짓말을 하러 왔다고는 생각지 말아 주시기 바랍니다."

"상아야 어떻든 와 주셔서 고맙습니다. 이처럼 유쾌한 시간을 보낼 수 있어서 기쁘게 생각합니다."

그러나 남작은 기계적으로 말했을 뿐 손 위의 예술품에 매료되어 있었다. 그는 일어나 테이블에서 대형 확대경을 꺼내더니 곧 창가로 다가갔다. 창가에는 천으로 뒤를 댄 폭이 넓은 긴 의자가 놓여 있었다.

링글로즈는 좀더 이곳에 머무르기를 바라고 있었다. 그리고 그것을 남작이 권해 주기를 기다리고 있었다. 그는 담배를 피우면서 침묵을 지키고 있었다. 한편 트레메인은 자기 친구가 개인적인 거래를 시작한 것을 보고는 위스키에 소다수를 타서 마신 다음 방을 나갔다.

잠시 뒤 브루크 남작이 말했다.

"진본 골드니입니다. 당신을 사기꾼으로 보지는 않겠습니다. 대단히 훌륭한 작품입니다. 이것에 대해서 알려진 전설은 의심할 나위 없는 진실입니다. 아무튼 데이비드 리초(16세기 이탈리아 음악가)가 이 브로치를 스코틀랜드 메리 여왕에게 진상했었다는 것은 사실이라고 생각됩니다. 이처럼 아름다운 작품이 여왕님의 고운 가슴을 장식했다는 것은 틀림없는 일입니다."

"당신이 마음에 들어하시니 기쁘군요." 링글로즈가 말했다.

"더없이 마음에 듭니다. 값은 750파운드 내겠습니다."

그러나 링글로즈는 머리를 저었다.

"그 정도로는 도저히 이야기가 통하지 않을 것입니다. 아무튼 그 부인은 네 자릿수가 아니면 안 된다고 했습니다."

"현금 지급이라는 것은 매우 매력적인 일입니다. 적어도 나는 돈이 있을 때는 언제나 현금으로 지급합니다. 전보를 치도록 합시다. 800파운드 현금 지급……참으로 좋지 않습니까? 나는 이것이 좋지 않다든가 욕심이 나지 않는다고 말하지 않겠습니다. 그러나 800파운드라면 좋은 값이라고 생각되는군요."

"사실은 저로서도 판단할 수가 없습니다, 브루크 남작. 하지만 당신은 아실 것입니다. 그렇다 하더라도 말씀대로 전보를 쳐 보지요. 캠벨 부인도 현금 지급이라면 마음을 돌리는지도 모르니까요. 나는 그렇게 생각합니다."

반 시간 뒤 탐정은 브루크 노튼의 작은 거리로 나갔다. 그에게는 길동무가 있었다. 트레메인이 그와 함께 가는 것을 희망했던 것이다. 링글로즈는 이 콘월 인의 호의를 얻고 있었지만 그는 지나치게 말이 많은 듯싶었다. 링글로즈에게는 젊은 세대를 자기편으로 이끌어 들이는 천부적인 재능이 있었다. 아마도 정신적으로 젊기 때문에 젊은 세대와 같은 흥미를 갖고 있었기 때문이리라. 그는 신뢰의 마음을 불러

일으켰다. 젊은이들의 인간성에 대해서 정직한 열의를 품고 믿음을
두텁게 했다.

트레메인은 길동무인 연장자가 브루크 남작을 칭찬하는 것을 귀 기
울여 듣고 있었다.

"보기 드문 인물입니다…… 참된 전문적인 지식을 갖춘 인물의 표
본입니다. 마음도 너그럽더군요. 전문가로서는 무지한 사람에게 자
신이 아는 바를 설명하는 것보다 지루한 일은 없으니까요."

"당신은 결코 무지한 사람이 아닙니다. 당신은 무지한 사람으로서
는 들어 보지도 못했을 많은 질문을 그분에게 했습니다. 그분의 관
심을 끌었습니다. 그분은 당신을 아주 좋아하게 되었습니다."

"남작으로부터 그처럼 좋은 인상을 받았다고는 생각지 않습니다.
상아를 사지 못하게 된다고 하더라도 나에게 책임이 있다고 생각하
시면 안 됩니다. 소유주는 스코틀랜드 인이고 더구나 자기의 보물
이 1천 파운드는 나간다고 믿고 있거든요."

"안심하십시오." 트레메인이 말했다. "나는 버고잉을 잘 알고 있
습니다. 값을 깎는 것을 좋아합니다. 그러나 마음 밑바닥은 영국인이
기보다는 동양인입니다. 변덕이 있는 사나이입니다. 다시 하룻밤 머
물면서 큰마음을 쓰도록 한다면 말씀하신 값을 받을 수 있을 겁니
다."

"나는 일단 정한 값 이상은 받고 싶지 않습니다."

"그렇다면 염려하실 필요없습니다. 그로서는 돈 같은 건 아무래도
좋을 테니까요. 그러나 값어치 이상으로는 지급하지 않을 겁니다
…… 그건 확실합니다."

링글로즈는 브루크 남작의 조카딸에 대해 슬쩍 이야기해 보았다.

"굉장히 매력적인 아가씨더군요. 어딘가 마음을 끄는 데가 있습니
다. 사랑스러운 것은 두말할 필요도 없습니다. 아니, 그것 이상입

니다. 어떤 신비한 힘을 가지고 있는 듯하더군요. 숙부에게는 분명히 애정을 품고 있는 것 같았고, 아름다운 저택을 사랑하고 있습니다. 그러나 행복할까요? 얼굴 표정이 그렇게 보였는지도 모릅니다만, 청춘의 젊음이 한창인 멋진 아가씨가 그처럼 우울해 보이다니…… 슬퍼하지 않았으면 좋겠습니다. 젊은 사람이 슬퍼한다는 것은 가엾은 일입니다."

트레메인은 개인적인 문제에 대해 이야기하는 것을 주저했다. 그러나 링글로즈의 솔직한 흥미와 인간미에 가득 찬 말에 압도된 듯했다. 동정의 힘은 애정과 같아서 마음을 움직이기가 쉽다. 사실 트레메인은 마음씨가 따뜻한 젊은이로, 그녀를 깊이 사랑하고 있었기 때문에 이 방문자가 단순한 호기심으로 말한 것이라고 생각했다. 그는 마침내 신상 이야기를 했으나 대부분은 링글로즈가 이미 알고 있는 것이었다.

"그녀는 사랑스러운 천사지요……. 그녀는 슬픔에 잠겨 있습니다. 그녀에겐 슬퍼할 이유가 너무도 많지요, 포다이스 씨, 밀드레드는 얼마 전까지 아버지와 동생과 함께 이탈리아에서 살았습니다. 그런데 아버지이신 브루크 남작이 비극적인 죽음을 당했던 것입니다. 브루크 부인이 죽은 지 1년 뒤입니다. 남매는 숙부 버고잉에게 신세를 지게 되었습니다. 당시의 버고잉 뷔즈는 할 수 있는 일을 다했습니다. 소년 쪽은 허약아로서 어릴 때부터 기대할 수 없는 병자였습니다……. 지능장애가 있었고 아주 허약했지요. 그리하여 마침내 소녀 혼자가 되고 말았습니다. 그런데 몹시 난처한 일이 일어났습니다. 아버지가 살아 있을 때 그녀는 한 사나이와 약혼했습니다. 상대는 코모 호수 부근의 메나지오에서 개업한 의사였습니다. 그곳에서 그녀의 아버지가 살고 있었고 어머니가 돌아가셨지요. 죽은 브루크 남작은 약혼을 허락하긴 했지만 사실은 그리 탐탁하게 여기지 않았습니다. 그녀는 감상적인 기분에서 이 의사에게 마음이 끌렸던 것입니다. 이 사나이는 겉으로 보기엔 의사로서 나무랄 데가 없었습니다. 브루크 부인이 죽을 때까지 그는 헌신적으로 모셨습니다. 그러나 브루크 남작까지 죽게 되자 이 소녀는 숙부를 따라 이곳으로 오게 되었습니다. 그러자 악마의 탈을 쓴 의사는 약혼을 깨뜨렸던 것입니다. 브루크의 말에 따르면, 그 사나이는 사실 밀드레드에게는 조금도 애정이 없었다고 합니다. 아무튼 그는 두 번 다시 그녀에게 편지도 하지 않고, 숙부에게 밀드레드는 자기에게 너무 어린 듯싶으니 두 사람의 혼담을 취소하는 것이 좋겠다고 알려 왔던 것입니다. 밀드레드로서는 불행하다고 할지 모르지만 사실은 다행한 일인지도 모릅니다. 브루크 남작도 가엾은 밀드레드의 기분을 알아차리고 처음에는 화를 냈지만 나중에는 기뻐했습니다."

"아름다운 그녀에게 참으로 안된 일이로군요. 그러나 말씀대로 오히려 행운이겠지요. 친구되시는 버고잉 씨가 작위를 이어받은 것으로 보아 동생도 죽은 것 같군요."

"네, 죽었습니다……. 소년에게는 오히려 자비로운 일이지요. 가엾게도 그녀가 왜 슬퍼하는지 이제 아셨겠지요? 아직 그 슬픔에서 헤어 나오지 못하고 있는 겁니다. 그녀가 기운을 되찾도록 나도 열심히 노력하고 있습니다만……."

"잘 알았습니다. 잘 도와주십시오. 그 의사를 진실로 사랑했다 하더라도 결혼하기에는 아직 좀 이르겠지요. 아직 어린 것 같더군요."

"18살입니다."

"나이보다 훨씬 어리게 보입니다. 우아하고 조용한 성품 같더군요. 그 의사는 어떤 사람이지요?"

"콘시다인이라는 사람입니다…… 나는 이름밖에 모릅니다. 브루크의 말로는 이미 1년 전에 돈 많은 미국 미망인과 결혼했다고 하더군요. 아마도 밀드레드의 재산을 탐내었던 것 같습니다. 때문에 그 미국 여자 쪽이 더 낫다고 생각했을 테지요."

존 링글로즈는 주의 깊게 귀를 기울이고 있었으나, 젊은이의 말 중에서 그가 마음에 담아 둔 것은 오직 한마디뿐이었다. 두 사람은 우체국에 이르러 캠벨 부인에게 전보를 치고 가까운 골프장까지 걸어가서 답장이 오기를 기다렸다.

트레메인은 계속해서 링글로즈의 흥미를 끌려고 했으나 그는 밀드레드의 이야기는 그만두기로 했다. 콘윌이며 일반적인 문제에 대해서 이야기했다. 그의 마음은 젊은이들의 연애 사건보다 더 큰 문제로 가득 찼기 때문이다. 얼마 뒤 우체국으로 돌아왔다. 전보의 답이 와 있었다. 그것은 아주 확실한 대답이었다. 캠벨 부인은 1천 파운드에서 1페니라도 부족하면 팔지 않겠다는 것이었다.

링글로즈는 돌아가는 길에 이 대답과 하나의 제안을 생각하고 있었다. 그는 브루크 남작이 전보를 읽고 나자 말했다.

"유감입니다. 그러나 이렇게 해보면 어떻겠습니까? 편지를 내어 전보로서는 써 보낼 수 없었던 것을 전하는 것입니다. 어쩌면 좋은 결과를 가져올지도 모릅니다. 오늘 내가 편지를 써서 당신이 말씀하신 금액을 현금으로 지급해 줄 수 있다고 설득하면 그녀도 굽힐지 모릅니다. 그리고 더 이상 폐를 끼칠 수는 없으니, 캠벨 부인이 다시 생각해 보고 답장을 줄 때까지 나는 브리드포트에 머물러도 상관없습니다."

그때 그가 바라던 일이 일어났다. 브루크 남작은 선뜻 그 제의를 받아들였던 것이다.

"할 수 있는 데까지 해보도록 합시다. 그리고 850파운드 내겠습니다……. 이것이 최고액입니다. 정말 좋은 값입니다. 당신은 불편하지 않으시다면 이곳에 계셔 주십시오."

"절대로 불편하지는 않습니다만, 너무 폐를 끼치는 것 같군요. 솔직히 말해서 이 이야기가 나오지 않았다면 어떻게든 거짓 구실이라도 만들어 떠나려고 했습니다."

브루크 남작은 기어코 머물도록 했다. 링글로즈는 더 머무르기로 했다. 편지에다 남작의 의견도 몇 가지 써넣기로 했다. 존은 그 뒤로 24시간 동안 머무르게 되었다. 남작은 아주 호인이고 생각이 깊었다. 두 사람은 예리한 지성인이라는 공통점으로 가까워졌다. 링글로즈는 남작이 어떤 방면에서는 자기보다 뛰어난 기지와 날카로운 통찰력을 가지고 있다는 것을 인정했다. 그는 전형적인 영국인과는 다른 정신의 소유자를 대하게 된 것이다. 그가 수많은 범죄자의 머릿속에 떠돌고 있는 것을 관찰한 바에 의하면, 남작은 일종의 세계적 지력의 소유자였다. 그러나 활동력이 부족한 것 같았다. 그것은 태어날 때부터 활동했기 때문이리라. 그는 인생을 연극같이 바라보았으나, 자기 취미 문제에 이르면 아주 진지해졌다. 그 밖의 생활 태도나 생활상의 문제들에는 풍자적이고 냉담했다. 하지만 체험은 풍부했다. 그리고 풍부한 상상력을 가지고 있었으나 그것은 상아 세공품과 그것에 관련된 이야기에만 쓰여졌다. 그는 말수가 적은 반면 이야기를 좋아했고, 대화를 통해서 무엇이나 털어놓았다. 조카딸에 대해 이야기하면서 그녀가 굉장히 낙담하고 괴로워하므로 하루 빨리 콘월 인과 사이가 좋아지면 좋겠다고 간단하게 설명했다. 문학 이야기가 나오자 브루크 남작은 자기는 이탈리아 작가가 쓴 것을 주로 읽었고 그 작품들은 자기 마음의 양식이 되었다고 말했다.

"마키아벨리(이탈리아 사상가. 1469~1527), 고비노(프랑스 소설가. 1816~1882), 그리고 다눈치오(이탈리아 소설가. 1863~

1936)가 내 마음의 요구를 충족시킵니다. 마키아벨리를 새롭게 번역하고 싶을 때가 가끔 있지요. 그러나 이미 몇 번이나 번역되어 있답니다. 고비노 또한 번역되어 있지요······전혀 환상을 지니지 않은 훌륭한 사람입니다. 니체 또한 그렇습니다. 그는 서서히 인식되어 가고 있습니다."

아주 현명한 사나이로 표면은 조용하고 속마음은 철석같이 단단하다. 탐정은 브루크 남작에 대해서 이렇게 결론을 내렸다.

두 사람은 밤이 이슥할 때까지 앉아 있었다. 침실로 갈 때 링글로즈는 남작의 권유에 따라 《인종 불평등론》을 받아들었다. 그는 고비노에 대해서 아는 것이 없었다. 그러나 그는 그 책을 읽지 않았다. 그날 중 알아낸 것을 요약하고 두 개의 중요한 일에 마음을 빼앗겼던 것이다. 그것은 골짜기에 솟아오른 산의 정상같이, 전체적인 정보위에 솟아난 트레메인과의 대화 속에서 나온 동떨어진 한마디의 말이었다. 이 젊은이는 밀드레드 뷔스의 이야기를 하면서 처녀 아비지의 최후가 비극적이었다고 술회했던 것이다.

굉장히 깊은 관심으로 링글로즈는 이 형용사에 온 신경을 집중시켰다──"물에 빠진 자는 지푸라기라도 붙잡는다"라고 혼잣말을 했다. '비극적'이라는 말은 자주 사용되기는 하지만 그것은 종종 갑자기라는 뜻을 의미할 뿐 다른 뜻은 없다. 그런데도 링글로즈는 '비극적'이라는 세 개의 글자가 보다 세밀한 것을 알 때까지는 적잖이 중요한 의미를 지닌 듯 생각되었다. 지금까지 이미 이루어진 확신을 초월할 일은 아무것도 없었다. 상아 문제는 조그마한 수수께끼에 빛을 주는 역할에 지나지 않는다. 그리고 그 자신의 일은 조금도 방해받지 않았다. 그러나 그는 자신이 공격할 유리한 고지를 차지하고 있지는 못했다. 아니, 그 점은 수평선 위로 떠올라 오지를 못하고 있었다. 브루크 남작 정도의 거물에게 죄를 씌우기 위해서 탐정은 지금 아무런 재료도 가지고 있지 못한 것이다. 지금 브루크 남작은 링글로즈라는 인물에 대해서 의혹을 품고 있는 것 같지는 않았다. 그러나 그처럼 지력이 풍부한 남작이 자기와 대립하고 있는 이상 언제 어느 때 갑자기 의혹을 품게 될지 알 수 없었다. 그 위험에 대한 대책도 없이 모든 준비 단계를 진행시켜 나가는 것이 탐정으로는 몹시 마음에 걸렸다. 그러나 그 일이 탐정의 휴식을 방해하지는 않았다.

브루크 경, 골드니를 사다

　캠벨 부인에게 보내는 편지에서 링글로즈는 빨리 결정해 주기를 바라고, 전보로 회답해 줄 것을 강조했다. 캠벨 부인은 그 편지를 정오에 받을 것이다. 링글로즈는 저녁 무렵 브리드포트로 가는 기차를 타려고 했는데, 그것은 런던을 떠나 북 잉글랜드로 가는 야간 우편 열차에 맞추기 위해서였다. 사실은 에든버러로 돌아갈 예정이 아니지만, 그곳으로 가는 것처럼 모두들에게 이야기했기 때문이었다.

　그는 보물의 운명에 대해서는 지식도 관심도 없었다. 그러나 아침이 되면 상당한 각오를 해야 되리라고 결의를 굳혔다. 도전은 점점 커졌다. 그 곤란은 브루크 남작을 한층 더 잘 알게 됨에 따라 덜하기는커녕 더해 갔다. 그는 지금 사실을 알기 위해 굉장히 애를 쓰고 있었다. 그러나 어쨌든 간에 간접적인 방법만이 성공할 수 있는 것처럼 여겨졌다. 답변해 줄 만한 사람을 상대로 직접 조사하는 것은 문제 밖의 일이었다. 그러나 그가 현재 접촉하고 있는 세 사람은 모두 그가 알려고 하는 바를 잘 알고 있을 것이다. 트레메인으로부터 더욱 쉽고 안전하게 세밀한 점에 이르기까지 지식을 모을 수 있을지도 모른다고 그는 생각했다. 사실 그렇게 된다면 그 자신의 계획은 수정되어야 할지도 모른다. 그러나 트레메인보다 더욱 세밀하고 한층 구체적인 다른 사람으로부터 그는 결국 지식을 손에 넣었다. 아무런 위험도 없는 행위였다. 밀드레드 뷔즈가 살짝 이야기해 주었던 것이다. 다음날 아침 그녀와 함께 정원을 거닐고 있는데, 그녀가 신상 이야기를 하였다.

"당신의 숙부는 남쪽 나라를 사랑하고 있는 것 같습니다."

링글로즈의 말을 듣고 그녀는 자기도 그렇다고 말했다.

"나는 거의 이탈리아에서 살고 있었어요. 아버지가 코모 호숫가에 별장을 갖고 계셨지요. 어머니를 위해서 산 거예요. 해마다 여름이면 거기서 지내고 겨울이면 따뜻한 먼 남쪽으로 가곤 했어요. 그래도 어머니를 위해 아버지는 마지막 1년을 대부분 그곳에서 살았지요. 어머니가 그곳을 아주 좋아했거든요. 나는 밀라노로 통학했습니다. 이윽고 어머니가 돌아가셨는데, 아버지도 그 때문에 돌아가신 것 같아요. 아버지는 결혼 뒤 줄곧 어머니를 위해서 살아 왔어요. 어머니가 돌아가시고 2년 뒤에 아버지도 돌아가셨지만, 그때 아버지가 어머니 곁으로 간 것이라고 생각하지 않았다면 나는 정신이 이상해졌을 거예요."

"정말 아주 괴로웠겠군요."

"네, 나는 그래서 갑자기 나이가 들어 버린 것 같아요. 나는 오랫동안 슬픔에 잠겨 있었어요. 고민을 하면 나이가 들어 보이나 봐요. 나는 아직 젊은 상태로 있고 싶어요. 버고잉 숙부도 역시 무척 마음을 써 줍니다. 그러나……잔혹한 일을 몇 번이나 당해서인지 내가 18살이라는 것이 때때로 믿어지지 않아요. 50살이 된 듯한 기분이에요. 어떤 뜻에서는, 내 인생은 이미 끝나 버렸답니다."

"그런 말을 해서는 안 됩니다, 뷔즈 양. 부모님께서는 틀림없이 아가씨가 인생에 대해서 그토록 괴롭게 생각하는 것을 좋아하지 않을 것입니다."

"부모님에게 알리고 싶지 않아요. 천국에 있는 사람들이 살아남은 사랑하는 이들에게 어떤 일이 일어나는지 알 수 있다면 천국도 그다지 행복한 곳은 아니라고 생각해요. 아버지는 무서운 방법으로 죽음을 당했어요. 어머니가 돌아가신 뒤 아버지는 늘 말을 타고 다니셨지요. 승마가 무엇보다도 위안이 되었던 거예요. 아버지는 산에 올라가 곧잘 언덕의 목장으로 가시곤 했어요. 아름답고 건강한 말을 타고 다니셨지요. 나도 아버지를 따라 같이 타고 간 적이 있어요. 아버지는 그 뒤 갑자기 돌아가셨습니다. 코모와 루가노 사이의 큰 산 깊숙한 곳에서 말과 함께 절벽에서 굴러 떨어졌던 거예요."

"참으로 무서운 일이로군요. 그러나 아버지께서는 아가씨같이 두려워하지는 않았을 겁니다. 갑자기 죽는다는 것은 당사자에게는 나쁘지 않을지도 모릅니다. 그러나 살아 있는 사람을 생각해 보면 그런 일은 없기를 바라고 싶군요. 그곳에는 아버지를 도와 줄만 한 사람이 아무도 없었던가요?"

"네, 오직 아버지 한 사람뿐이었습니다. 내가 따라가지 않을 때는 늘 혼자였거든요. 그리고 언제나 도시락을 가지고 가셨어요. 그래서 저녁때까지는 걱정하지 않았습니다. 그러나 밤이 되고 아침이 되어도 오시지 않는 거예요. 사람들이 산으로 들어가 찾아보았지요. 하루가 지난 다음 겨우 수색 대원 세 명이 '독수리 방'이라고 불리는 높은 절벽 밑에서 말과 함께 죽어 있는 아버지를 찾아냈어요."

"누구도 구원할 수 없었겠군요?"

"네, 그래요. 115미터나 되는 곳에서 떨어졌던 거예요."

"정말 안됐습니다, 뷔즈 양. 참으로 슬픈 일입니다. 그럴 때 곁에 위로해 줄 친구가 있었다면 좋았을 텐데……. "

그녀는 아무 말도 하지 않았다. 그 뒤에 일어난 일이며 실연한 것을 생각해 본다면 당연한 일이었다. 링글로즈는 다시 말을 계속했다.

"그리고 보니 이탈리아는 아가씨에게 슬픔의 땅이군요. 그러나 아가씨, 피해서는 안 됩니다. 기회가 있으면 다시 가십시오. 그런 슬픔을 준 곳이 오히려 장래에 행복을 되찾아 줄 유일한 장소가 되는지도 모릅니다. 자연은 우리들 남녀를 위해서 그러한 신비를 수없이 간직하고 있습니다. "

그녀는 링글로즈의 열심인 태도에 미소를 지어 보였다. 그러나 그로서는 그녀가 그 자신의 말을 기뻐하고 그 우정을 순수하게 받아들인다는 것을 알 수 있었다. 사실 그는 그녀에게 매혹되었다.

"해마다 나는 숙부와 이탈리아에 가요. 그러나 그곳은 아니에요. 나는 그곳에는 갈 수 없어요. 버고잉 숙부는 플로렌스에 집이 있어요. 그분은 이탈리아를 사랑합니다. 나 또한 즐거운 곳이라고 생각해요. 그곳에는 언제나 보고 싶은 그림이 있기 때문이지요. 안드레아──안드레아 델 사르토(이탈리아 화가. 1486~1530)──가 있는데, 그것은 어머니를 생각나게 하지요. 또 하나, 플라 바르트로메오(이탈리아 화가. 1472~1517)가 그리스도의 유해를 그린 그림을 보고 있느라면 언제나 아버지를 생각하게 돼요. 슬프지도 않아요. 우리는 한 달이나 한 달 반쯤 뒤에 그곳으로 갈 거예요. 버고잉 숙부가 알고 있는 사람이 죽었다고 하더군요. 팔 물건이 있을 거예요. 숙부는 아마 몇 점쯤 꼭 사겠지요. "

그때 브루크 남작이 다가왔으므로 링글로즈는 화제를 바꾸었다.

벌써 점심 시간이었다. 남작은 캠벨 부인이 골드니에 대해서 이미 결심했을 것이라고 풍자적으로 표현했다.

"벌레가 알려 줄 겁니다. 그 부인은 꽤 까다롭기 때문에 내 제의를 거절하겠지요, 나는 그것을 육감으로 알 수 있습니다."

그는 정확했다. 타협할 수 없다는 전보가 링글로즈에게 와 닿았다. 두세 사람이 모여 늦은 오후의 차를 마시고 있었다. 골드니 소유자는 남작의 제안을 거절한 것이다.

남작은 잠시 생각에 잠겼다. 새로운 제안을 내놓지는 않았다. 앞으로 두 시간만 지나면 이 탐정은 브루크 노튼을 떠나기로 결심하고 있었다. 남작은 이윽고 방을 나갔다. 그는 상아에 대한 것을 생각해 보겠다고 말했다. 밀드레드 뷔즈와 트레메인도 뜰로 나가버렸으나 링글로즈는 여유 있는 시간에 무리하게 출발 준비를 하려고 하지는 않았다. 그의 획득물은 자기 손으로 찾아내야 한다. 브루크 남작이 돌아올 때까지 특별히 생각해야 할 것은 아무것도 없었다. 남작은 20분쯤 생각해 봐야겠다고 말했었다. 남작이 그 상아를 놓치고 싶어하지 않는다는 것은 확실했다.

링글로즈는 또 한 번 혼자 진열실로 들어갔다. 우단 깔개 위에 수많은 보물이 진열되어 있었다. 처음에 보았을 때 그를 놀라게 했던 작품을 다시 한 번 보고 싶었다. 마침내 그는 찾아냈다. 그는 작고 저주스러운 괴물을 응시했다. 그것은 확대된 형상, 즉 다른 상황에서 이미 낯익은 것이었다. 이 상아야말로 어린아이의 생명을 빼앗은 도구를 어디서 생각해 내었는가를 그에게 알려 주었다. 그 저주스러운 물건이 자그마한 크기로 쪼그라들어서 그를 흘겨보고 있었다. 벨레아즈 부인의 그림이나 링글로즈의 저주스러운 기계인형에서는 볼 수 없었던 독기가 서려 있었다. 그것들은 상아보다 크게 만들어 색을 칠한 것이었다. 악마가 지금보다 더욱 무서운 풍채를 하고 있던 시대에 중세 예술가의 천재가 고심과 노력을 기울여 자기의 악귀의 꿈을 이 상아에 붙여 넣은 듯싶었다. 이처럼 흉측한 물건이 어린 루드빅 뷔즈의 생명을 빼앗아 갈 수 있었다는 것은 틀림없는 일이었다.

링글로즈는 이 증거물의 값어치를 인정했다. 자기가 만든 기계 인형을 태워 버린 것이 한순간 후회스러웠다. 그러나 벨레아즈 부인이 그린 그림이 잘 보관되어 있다는 것을 알고 언젠가 필요한 때에 증명할 수 있으리라고 생각했다. 그러나 사정은 최근에 와서 크게 다른 방향으로 펼쳐져 나갔다. 탐정은 마음속으로 이 사건을 해볼 만하다고 생각했다. 그것은 이론에 맞지 않은 것이 아니었다. 그가 확실히 알고 있는 사건에서 발생하는 한층 더 큰, 그리고 한층 더 무서운 암시는 어쩐지 사실이 될 것 같았다. 더구나 중요한 일은, 시간이 지난 다음 이 가설이 옳다고 증명된다면 그의 활동 범위는 더욱 넓게 확대되어 예기한 것보다 더 먼 옛날에 일어난 일을 검토하지 않으면 안 될 것이다.

계속하여 새로운 이론은 활동의 기회를 수없이 제공했다. 링글로즈는 활동가였다. 그러나 브루크 남작 조카 살해 사건을 법률적으로 증명하기에는 지금으로서는 매우 곤란한 것 같았다. 아서 비튼에 대한 실패 때문에 사태는 복잡해지고 성공의 기회는 그만큼 줄어들었다. 그러나 링글로즈가 생각하고 있는 일이 사실이라면 사건은 한층 더 성공할 수 있는 측면에서 탐구될는지도 모른다. 그러나 이것은 아주 먼 장래에나 가능한 일이었다. 그는 상아 진열 상자를 들여다보면서 이런 생각을 거듭하고 있다. 그는 갑자기 충격을 받았다——나중에 생각해 보니, 그 의미는 날이 감에 따라 점점 더 그 중요성을 더해 가는 것 같았다.

누군가 발소리를 죽이고 진열실에 숨어 들어와서 그의 행동을 지켜보고 있었다. 그러나 생각에 열중해 있었으므로 링글로즈는 무슨 소리를 들었을 때까지 깨닫지 못했다. 문득 뒤돌아보니 브루크 남작의 얼굴이 마주 보였다. 남작은 실내화를 신고 있었다. 링글로즈는 남작이 자신을 감시하고 있었다는 것을 곧 알아차렸다. 그러나 그는 탐정이 놀라는 것을 보고 웃을 뿐이었다.

"이 저주스러운 물건이 마음에 드시나 보군요, 포다이스 씨? 그것은 꽤 무거운 것입니다. 그 시대의 사람들은 악마의 존재를 믿고 있었습니다……. 그렇지요, 그 무렵 악마는 선행의 자극제가 되기도 했고, 예술가의 즐거움이기도 했습니다. 이제 악마는 없어졌습니다. 오늘날 암흑의 제왕에게 그런 악의와 정열을 쏟아넣는 예술가는 절대로 없을 것입니다. 알레츠오의 제단에 있는 스피네로의 '악마'라 해도 이보다 무섭지는 않습니다. 암흑의 제왕 스스로 이 회화를 찾아와 그를 모욕한 것을 항의했으니까요. 드레스덴의 바르텔이 지금 보신 이 작고 추한 괴물을 만들었습니다. 이 인물은 동물을 좋아해서 분명히 악마의 존재를 믿고 있었습니다. 어떻습니까, 기분 나쁜 상대지요? 안 그렇습니까?"

"그렇군요, 특히 오른편에 있는 것이……."

링글로즈는 그다지 흥미가 없는 다른 것을 손으로 가리켰다. 그것 또한 불길함과 사악함 그 자체였다. 그러나 저주스러운 성질은 나타나 있지 않았다.

링글로즈는 브리드포트에서 낯익은 사람이라도 만날까봐 그 도시에서 4킬로미터 남짓 떨어진 곳을 지나는 본선까지 가는 자동차가 있는지 없는지 이미 알아 두었었다. 본선이 있는 곳에서 순환 철도가 접속했다. 이렇게 해서 그는 웨이머스 발 런던 직행 급행열차를 타려고 했다. 그는 브루크 남작이 그 부탁을 상기하도록 했다.

"준비는 되어 있습니다." 남작은 정중하게 대답했다. "이렇게 수고하셨는데 오히려 염려만 끼쳐 드려서 유감스럽게 생각합니다. 나 또한 몹시 낙담했습니다."

링글로즈는 남작의 모습이 조금 달라진 것을 알아챘다. 그는 그때 처음으로 진지했다. 나만 그처럼 태도가 달라진 것이 골드니를 놓치게 되는 실망에서인지, 아니면 그보다 더욱 깊은 원인 때문인지는 알수가 없었다. 어두운 그림자가 사라지면서 브루크 남작은 다시 이런저런 이야기를 했다. 그러나 마음이 산란한 것 같았다. 그는 링글로즈가 상아 세공품에 관심을 갖고 있다는 것을 알고 있었다——남작에게도 놀라운 의미를 갖고 있는 바로 그 상아 조각에.

"당신은 캠벨 부인의 상아를 사지 않으시겠습니까?"

"네, 아직도 결심을 못하고 있습니다. 욕심이 납니다만 값이 비싸서요."

"만족하게 해 드리지 못해서 유감입니다. 나로서는 좋은 값을 매겼다고 생각합니다만, 캠벨 부인이 조금도 마음을 움직이려고 하지 않는군요. 좀 뜻밖입니다. 부인은 지금 당장 돈이 필요한 것은 아니지만 생활에 그다지 여유가 없거든요."

"그렇습니다, 그것은 좋은 값입니다."

두 사람은 경황없는 이야기를 나누면서 진열실을 나왔다. 링글로즈는 자기가 받은 환대와 우정에 크게 감사하고 고맙다는 인사를 되풀이했다.

이윽고 출발 시간이 다가왔다. 커다란 차가 그를 역까지 태워다 주기로 했다. 운전 기사에게 5분만 기다리라고 하더니 브루크 남작은 집 안으로 들어갔다. 조카딸과 니콜라스 트레메인은 링글로즈와 이야기를 주고받고 있었다. 그때 놀라운 일이 일어났다. 남작이 종이쪽지를 가지고 나오더니 "저주받을 캠벨 부인에게 전해 주십시오" 하고 말했다. 그리고 그는 링글로즈에게 1천 파운드 수표를 내놓았다.

링글로즈는 웃으면서 양복 속 깊이 넣어 두었던 그 상아를 꺼냈다. 30초쯤 뒤 남작과 악수하고 작별 인사를 했다.

순간 두 사람의 눈과 눈이 마주쳤다. 남작의 쾌활한 농담 뒤에는 질문과 의혹과 도전이 숨어 있는 것 같았다. 링글로즈는 그것을 보았고, 느낄 수 있었다.

"안녕히 가십시오, 포다이스 씨. 이 넓은 세상에서 또다시 만날 수 있을까요?"

브루크 남작은 웃음을 지었다. 링글로즈는 다시 한 번 이처럼 정겨운 인사 앞에 감사의 뜻을 표하고 그렇게 되기를 마음속으로 바랐다. 작별의 말 뒤에 숨은 뜻이 너무도 많다는 것을 그는 인정했다. 그러나 그것이 무엇인지는 다만 추측하는 수밖에 도리가 없었다. 한 시간 뒤 링글로즈는 런던행 열차에 자리잡고 앉아 여러 모로 사태를 생각해 보았다.

두 개의 사실에 직면해 있었다. 그 하나는 다른 하나에서 파생되어 나온 것이었다. 최초의 사실은 진열실에서 일어났다. 바르텔의 상아 세공품을 살피고 있을 때, 뜻하지 않은 사태를 만난 것이다. 그 순간부터 남작에게 미묘한 움직임이 나타났다. 붙임성 있는 태도는 변하지 않았다. 그러나 배후의 정신은 변화하고 있었다. 링글로즈는 기분 나쁜 상아 세공품에 흥미를 품은 것이 브루크 남작의 마음속에 깊은 인상을 준 것이라고 생각했다. 남작은 정중하지만 냉담하고 솔직한 마음속에 그것과는 다른 감정을 품고 있는 것이 확실했다. 무의식적일는지도 모른다. 그것은 너무도 뚜렷한 마음의 표정이긴 했으나 아무도 알아차릴 수는 없었을 것이다. 링글로즈는 남작조차 자신이 그러한 표정을 지었다는 것을 모르리라고 확신하고 있을 정도였다. 알고서는 그런 태도를 취할 수가 없을 것이다.

그러나 남작은 분명히 그 순간부터 이 중개인에게 어떤 흥미——어떤 의문과 의혹——를 품게 된 것이다. 링글로즈는 브루크 남작의 마음에 불안이 일고 있다는 것을 잘 알 수 있었다. 한편 남작은 자기 마음속에서 일어난 불안을 링글로즈에게 숨길 수가 없었다. 왜냐하면 그는 그러한 불안이 나타날 가능성에 대해서 아주 민감했던 것이다. 링글로즈는 바르텔의 상아 세공품이 남작에게 무엇을 의미하는지 잘 알고 있었다. 이 무서운 물건에서 남작은 머리가 약한 아이를 죽일 방법을 고안해 냈던 것이다. 지금──갑자기──평온한 몇 해가 지난 뒤에 알지 못하는 사나이가 그 원형을 깊이 연구하고 있는 듯한 모습을 보게 된 것은 그 범죄자의 주의를 촉구하는 데 충분했는지도 모른다. 공포를 일으키지는 않았다 해도.

아서 비튼은 죽었다. 브루크 남작은 그것을 알고 있었다. 그는 또한 집사가 이상한 상황 속에서 자살한 것을 알고 있었다. 링글로즈는 비튼의 옛주인이 비튼의 죽음에 깊은 관심을 가지고, 한편 안심하기도 했을 것이라고 생각했다. 자기 범죄의 앞잡이가 사라졌으니 얼마나 다행스러운 일인가. 그러나 그 죽음의 신비는 남작에게 구체적인 것을 알려고 하는 욕망을 일으켜 주었을 것이 틀림없다. 그렇게 생각해 본다면 브루크 남작이 확실한 근거에서 조사를 진행하여 아서 비튼의 아내인 제인 비튼을 통해서 남편에 대해 되도록 뭔가를 알아내려고 노력하는 것은 당연한 일이었다.

제인 비튼은 남편에 대해서 무엇을 말할 수 있었을까? 그녀는 조용하고 어느 누구와도 잘 어울리는 여성이었다. 그녀는 남편이 죽었기 때문에 처음으로 조리 있게 모순 없이 이야기할 수 있었다. 남편이 차츰 도덕적으로 퇴폐한 일, 쾌활과 만족을 잃어버리고서 비참한 생각에 빠진 일, 밤을 두려워하고 여러 가지 일에 겁을 먹은 일 등이었다. 하찮은 일도 제인의 가슴에 깊이 새겨졌을 것이 확실하다. 그것들은 선명했다. 그러나 너무도 급작스럽게 일어났기 때문에 제인 비튼은 어느 상황도 생각해 볼 수가 없었다. 하지만 이런 사소한 일과 어떤 간단한 이야기에서도 비튼의 친구였던 알렉 웨스트의 이름이 빠질 리는 절대로 없었을 것이다. 제인 비튼의 남편은 웨스트가 나타나면서부터 까닭모를 불안 속으로 빠져 들었다. 이 집사가 자기 손으로 목숨을 끊은 뒤 알지 못하는 전 집사는 갑자기 모습을 감추고 말았다. 제인 비튼으로부터 브루크 남작은 알렉 웨스트가 어떤 인물인지를 들었을 것이다. 또 남작은 웨스트와 알게 된 뒤 비튼의 처음 병이 어떻게 발생했는지 알았을 것이다. 또 두 번째의 충격도 웨스트의 하숙에서 일어났다는 것과 비튼이 혼자 죽은 것은 그녀가 집을 비운 사이였다는 것을 알았을 것이다. 브루크 남작은 새 친구가 제인을 위로해 준 다음 모습을 감추고 다시는 나타나지 않았다는 이야기를 들었을 것이다.

그런데 링글로즈는 지금까지 이러한 가능성에 대해서 깊이 생각하지 않았다. 브루크 노트를 방문했을 때 아무래도 오랜 시간이 필요할 것 같아 변장을 하지 않았다. 어느 정도 꾸미긴 했으나 본디의 모습을 바꾸지는 않았다──마음 좋은 사람으로 보이도록 그대로 내버려 두려고 생각했으며, 사회의 어떤 계급과도 친구를 만들 수 있는 자기의 능력을 믿었던 것이다. 그는 알지 못하는 사람들과도 잘 어울렸고 언제나 유쾌한 인상을 만들어 낼 수 있었다. 그러나 브루크 남작이 제인 비튼에게 그녀의 남편이 당한 재난과 기묘한 행동을 했던 인물에 대해서 물어 본다면, 부인은 아주 쉽게 노먼 포다이스의 모습을 떠올릴 것이다. 그러나 그는 다른 옷차림을 하고 있었다. 알렉 웨스트가 했던 옷차림은 아니었다. 그리고 정중함이 조금 결여되어 있는 점을 뺀다면, 링글로즈는 어떤 경우에나 같은 행동을 취하고 있었으며 다만 말과 행위를 그때그때의 장소에 맞게 조금씩 변화시켰을 뿐이었다.

물론 바르텔의 상아 세공품을 유심히 들여다보다가 들킨 사건이 일어나기 전까지는 브루크 남작이 잠시라도 그를 비튼의 친구와 연관시켜 생각한다는 것은 불가능한 일이었다. 그러나 남작의 예민하고 주의력이 깊은 마음——그 세공품이 중대한 의미를 지닐 것이 틀림없는——에는 이 인물의 상아에 대한 관심을 비튼의 죽음과 결부시켰을 때 깊은 의혹과 의심스러운 감정을 충분히 눈뜨게 할 수 있을 것이다. 그러나 이런 의혹에 찬 마음이 눈을 떴음이 틀림없다고 할 만한 확실한 이유가 있는가? 진열실에서 우연히 만난 다음 그런 의혹을 나타낸 일을 실제로 지적할 수 있는가. 그는 지적할 수 있었다. 브루크 노튼을 떠나기 전에 남작이 두 번째의 중대한 행동을 했던 것이다. 이 수집가는 캠벨 부인의 이탈리아 골동품을 사지 않기로 결정했었다. 부인이 생각을 바꾼다면 몰라도 남작이 그 물건에 1천 파운드를 치를 마음이 없었던 것은 확실했다. 그런데 마지막 단계에 이르러 그는 마음을 고쳐먹고 수표를 내놓았다.

사실 링글로즈는 앞으로 잘 될 수도 있다고 믿고 있었다. 그러나 남작의 행동으로 이러한 희망은 무너지고 말았다. 링글로즈는 소유자가 아니므로 값을 조정할 힘을 갖고 있지 않았다. 그는 브루크 남작의 마음이 왜 달라졌는지 자문자답해 보고 그 이유를 깨닫게 되었다.

그 상아 세공품을 삼으로써 브루크 남작은 노먼 포다이스와 영원히 헤어질 수 있었던 것이다. 이미 거래가 끝났으니 이 중개인은 브루크 남작의 눈앞에서 사라져 두 번 다시 모습을 나타내지 않을 것이다. 상아를 삼으로써 이 중개인과의 관계는 모두 끝나버린 것이다. 그렇게 하지 않는다면 포다이스는 어떠한 이유를 내세워서라도 다시 나타날 것이고, 그 상아 세공품의 매매를 핑계로 교제를 계속해나갈 것이다. 그러나 지금으로서는 그럴 수가 없었다. 노먼 포다이스가 또다시 브루크 남작의 생활에 끼어들기 위해서는, 캠벨 부인의 보물을 내세우는 것보다 좀더 다른 차원에서 그 일을 시도해야 하는 것이다.

만일 이것이 사실이라면 저 살인자는 의심할 나위 없이 의혹의 마음을 품고 있는 것이다. 브루크 남작은 조심스러워하고 있다. 그러므로 링글로즈가 다시 나타났다는 눈치가 보이면 그는 곧 경계할 것이 틀림없다. 링글로즈는 현실적인 사람이었으며, 때문에 그와 같은 직업에 종사하는 사람은 이 현실이 몹시 엄격한 제한을 주고 있었다. 그의 정체에 대해서 브루크 노튼의 주인쯤 되는 훌륭한 능력을 갖추고 머리가 좋은 인물을 속인다는 것은 굉장히 어려운 일이다.

비밀 탐정이 몸을 숨기고 상대를 혼란시키며 여러 모습으로 변장하고 나타난다는 것은 이야기에나 나올 뿐이다. 링글로즈는 상대와 마주 앉아서 이야기를 나누기도 했다. 나중에 두 사람이 만났을 때, 자신의 정체를 브루크 남작에게 속일 수 없다는 것은 너무도 뚜렷한 일이다. 그렇다면 아무래도 남작과 다시 만날 때도 그는 여전히 '노먼 포다이스'여야만 하는 것이다. 하지만 그는 남작과 다시 만나게 될 것을 믿어 의심치 않았다. 아마도 마지막 목적을 달성하기 이전에 다시 만날 수 있을 것이다. 지금부터는 뭔가 다른 일을 조사할 필요가 있었다. 미래의 어떤 시점에 이를 때까지 그는 과거에 몰두했다. 앞으로 어떤 것을 생각해야 할까 하는 일에는 그는 전혀 주의를 돌리지 않았다. 그의 결심은 절대로 달라지지 않았다. 악인에게 죄에 대한 벌을 주리라는 결심은.

콘시다인 의사

열흘이 지난 뒤 존 링글로즈는 이탈리아 여행을 떠났다. 일과 오락을 결부시킨 여행이란 그리 흔치 않은 일이다. 그러나 이번에 그는 기회를 얻게 되었다. 이탈리아의 놀랄 만큼 아름다운 곳에서 일어난 일을 몇 가지 조사해 보기로 했다. 그 의사로부터는 그다지 많은 것을 알아내지 못하리라고 생각했다. 그는 밀드레드 뷔즈와 약혼했었으나 마음이 바뀌어 돈 많은 미국 여자와 결혼했다.

링글로즈는 여러 가지로 알아본 끝에 이 사나이가 메나지오에서 개업하고 있다는 것을 알았다. 이 작은 도시에 있는 라리오 호텔의 한 방에 짐을 풀고 영국인 의사가 있는지 어떤지 물어 본 결과, 런던 사람인 어네스트 콘시다인이라는 의사가 이 호텔에 진찰하기 위해서 온다는 것을 알았다.

존은 이탈리아의 호수를 알고 있었다. 전에 그를 마졸레라는 작은 도시에 한 달 동안 묶어 놓고 코모에서 일하게 했던 중대 사건을 잘 기억하고 있었다. 그리하여 그가 산 고탈드의 터널을 지나 루가노로 나와 그곳에서 이틀을 지낸 다음 부근의 아름다운 풍경을 새롭게 감상하고 기선과 기차를 타고 메나지오에서 내리자 쾌적한 숙박 설비가 기다리고 있었다. 그는 노먼 포다이스라는 이름으로 그곳에 도착했다. 이탈리아 사람들이 몇 명인가 호수와 그 위 산록의 골프 코스에서 휴일을 즐기고 있는 것이 보였다.

그러나 이 여행자는 도착한 다음날 아침 방에 누워 감기가 들었다며 의사를 불러 달라고 부탁했다. 사실 그는 건강하였으나, 이렇게 하는 것이 일을 좀더 완전하고 빠르게 처리해 줄 거라고 생각했던 것이다. 링글로즈는 아직 만나기도 전부터 미지의 인물에 대한 상상으로 시간을 낭비하지는 않았다. 일반적으로 사람들은 앞으로 만나게 될 사람에 대해서 무엇인가 무의식적으로 상상하는 버릇이 있다. 왕진 온 의사의 겉모습은 이 환자가 마음속으로 생각했던 것과 전혀 달랐다.

키가 크고 살결이 흰 사나이가 남국의 태양에 그을린 얼굴로 환자 앞에 나타났다. 늘씬하고 우아한 체격이었으나 겉모습과는 달리 무언가 부족한 느낌이 들었다. 깊숙이 가라앉은 푸른 눈과 짧은 호박색 수염이 특징이었다. 목소리는 굵고 낮았으며 상냥했다. 그리고 태도는 우울해 보이지는 않았지만 어딘지 공허한 듯한 느낌을 주었다. 정중하고 우아하며 세련된 태도가 출생 환경이 좋았다는 것을 보여 주고 있었다. 그러나 존 링글로즈는 그에게서 나이에 어울리지 않는 일종의 어두운 그늘을 찾아냈다. 그는 35살 이상으로는 보이지 않았다. 그러나 꾀병 환자는 이 의사가 그 나이보다 젊지 않겠는가 하고 고개를 갸웃거렸다. 의사의 표정은 개방적이었다. 말할 때는 눈이 빛났다. 그러나 이야기에 열중하는 일은 없었다. 소리내어서 웃는 일도 없었다. 콘시다인 의사는 짙은 회색 양복에 검은 넥타이를 매고 있었다. 환자의 호소와 거짓말에 귀를 기울이고 있었으나, 존의 맥을 짚어 보고 청진기를 대어보고, 체온을 잰 다음 안심하라고 말했다.

"아무것도 염려할 것은 없습니다. 아마 약간의 근육 류머티즘일 것입니다. 24시간 안으로 회복될 것입니다. 바라신다면 내일 다시 오겠습니다, 포다이스 씨. 그러나 그럴 필요는 없을 겁니다. 정원에 나가서 한낮의 식욕을 돋우시면 됩니다."

두 사람은 좀더 말을 주고받았다. 링글로즈는 상대가 인상이 좋고 머리가 뛰어난 인물이라는 것을 알았다. 사실 이 의사와 환자는 서로 마음이 통했다.

"귀금속상 콘시다인 앤드 블로세로와 관계가 있나요?" 링글로즈가 부드럽게 물었다.

이 가게 이름은 방금 생각해 낸 것이었다. 젊은 사나이는 고개를 저었다.

"그런 큰 가게와는 아무 관계가 없습니다. 나는 더비셔 태생입니다."

"전통 있는 집안이겠지요?" 존이 질문을 계속했다.

"너무 오래 되어서 끊어질 것 같습니다. 지금 남아 있는 것은 두세 명뿐입니다. 가까운 친척이라고는 한 사람도 없습니다."

"그럼, 당신이 가문의 명예를 되찾아 다음 세대의 뒤를 보살펴야 하겠군요." 링글로즈는 진심으로 말했다.

그는 걱정할 게 아무것도 없다는 것을 알고 기분이 좋아졌다는 표시를 할 필요가 있었다. 그러나 그가 농담을 함으로써 두 사람의 대화는 끝을 맺고 상대의 얼굴에 다시 어두운 구름이 끼는 듯했다.

"나는 결혼하지 않을 겁니다." 의사는 조용히 말하며 손을 내밀었다. "안녕히 계십시오. 이탈리아의 태양은 당신에게 반드시 좋은 약이 될 것입니다. 또 만나게 되겠지요. 나는 이 호텔에서 식사를 하고 있습니다. 집은 여기서 90미터 남짓 떨어진 곳에 있지요. 이곳에서는 이 계절에만 개업하고 있습니다. 주일이 지나면 북쪽의 에크스로 갑니다. ”

 "대단히 감사합니다, 이렇게 뵙게 되어서. ” 환자가 대답했다. "고독한 사나이를 잊지 마시고 가끔 찾아와 주시기 부탁드립니다. ”

 "꼭 그렇게 하겠습니다. 즐거운 마음으로 찾아오겠습니다. ”

 그리고 그는 돌아갔다. 10분 뒤 존은 새 파나마모자를 쓰고 정원 가득히 가지를 벌리고 있는 큰 소나무 아래에서 파이프 담배를 붙여 물고 있었다. 그는 여느 때와 마찬가지로 자기의 사고력을 총동원하여 브루크 노튼에서 콘시다인에 대해 모아 둔 몇 가지 지식을 세밀히 분석하여 보았다.

 '이 사나이는 그의 부친이 세상을 떠난 뒤 밀드레드 뷔즈를 버리고 돈 많은 미국 여자와 결혼했다고 들었다. 그런데 누구에게서 들었지? ' 그는 자신에게 물었다. '분명 나는 들었다. 니콜라스 트레메인 이라는 젊은이로부터. 그는 그 이야기를 처녀의 숙부인 브루크 남작에게서 들었다고 했지. 그렇다면 남작은 그것을 누군가 다른 사람으로부터 들었는지 모른다. 그러나 이 말은 사실과 어긋나기 때문에 다른 사람으로부터 들었다는 것은 사실이 아닌 것 같다. 그렇다면 남작이 지어 낸 이야기일까? 이것은 있을 수 있는 일이다. '

 그로부터 한 이틀 동안은 의사와 만나도 그저 인사를 나누는 정도 였다. 그는 다시 솜씨 있게 움직여서 호텔에 있는 같은 또래 두세 명과 알고 지내게 되었다. 그리하여 어네스트 콘시다인은 평판이 좋다는 것을 알았다. 이 젊은 사나이는 호텔에서 간단히 식사를 끝내면 낮에는 몹시 일이 바빴다. 그러나 저녁에는 손님 가운데 누군가와 함께 저녁을 들었다. 링글로즈는 이 사나이가 언제나 즐겁게 방문자들에게 이 지방의 지식을 나누어 주었고, 이곳의 호수나 산골짜기의 관광과 휴일의 즐거움에 대해서 뭔가 알아보려는 사람들에게 친절을 베푼다는 것을 알게 되었다.

얼마쯤 시나자 존은 이 사나이를 저녁 식사에 초대해서 식사를 즐긴 다음 같이 산책을 나가자고 권했다. 낮에는 더웠으나 밤은 서늘했다. 개똥벌레가 정원 위로 날아다니고 있었다. 머리 위에서는 번갯불이 빛나고 멀리서 우렛소리가 들려왔다. 탐정은 다른 소식통을 통하여 호수의 위쪽으로 45미터 남짓 떨어진 곳에 아름다운 별장이 있는데, 그것은 지금 이탈리아인 소유로 되어 있으나 전에는 브루크 남작의 것이었다는 점을 알아두었다. 링글로즈는 그쪽으로 걸어가며 그곳에 밝은 불빛이 켜져 있는 것을 보고 참으로 훌륭한 별장이라고 혼잣말처럼 말했다. 아래쪽 숲에는 돌을 깔아 놓은 인도와 마주치는 곳에 조그마한 정자가 있었다. 두 사람은 그곳에 앉아 담배를 피우면서 멀리서 번쩍거리는 번갯불을 바라보았다. 링글로즈는 그 별장을 칭찬했다.

그것은 콘시다인으로부터 정보를 끄집어내기 위해서였다. 그러나 쉽게 정보를 얻을 수가 없었다. 콘시다인은 전혀 무관심한 듯해 보였다. 그러나 그는 끝내 탐정의 책략에 걸려들고 말았다.

"누가 저 아름다운 별장을 가지고 있습니까?"

"바로트 백작입니다."

"당신의 환자입니까?"

"네, 그렇습니다……. 좋은 분이지요. 부인과 어린아이가 여섯 명 있습니다."

"물론 상속받은 것이겠지요?"

"아닙니다, 산 마르티노 별장은 2년 전에 주인이 바뀌었습니다. 전에는 브루크 남작이라는 이탈리아인의 소유였습니다."

드디어 기회가 왔다.

"브루크 남작?" 존이 소리쳤다. "설마, 상아 세공품 수집에 미친 그 사람은 아니겠지요?"

"맞습니다. 그 사람은 형이 죽은 다음 이 별장을 내놓았습니다."

"정신 이상자 중에서도 그는 확실히 증세가 심한 편입니다." 링글로즈는 단정했다.

링글로즈는 콘시다인이 흥미를 가지고 있으리라는 것을 알고 있었다.

"그분을 아십니까, 포다이스 씨?" 그가 물었다.

"안다고도, 모른다고도 할 수 있습니다. 물론 그분과는 신분이 다르니까요. 그분의 초대를 받고 이틀 동안 같이 지낸 일이 있습니다. 오래 된 일도 아닙니다. 좀 이상하게 생각하실지 모르겠습니다만, 듣겠다면 말씀드리겠습니다. 그분을 알고 계십니까?"

"네, 알고 있습니다. 형님이 죽었을 때 버고잉 뷔즈 씨는——그때는 그렇게 불렀었지요——뒤처리 때문에 잠시 이곳에 왔었습니다."

링글로즈는 다시 이야기를 시작했다. 그러나 노먼 포다이스로서 이야기를 꾸며, 단지 골드니의 상아 세공품에 대한 이야기만을 늘어놓았다. 그는 브루크 노트을 방문했을 때의 이야기를 풍자적으로 말하면서 재미있었던 점만을 자세하게 이야기했다. 처음에는 뷔즈 양에 대해 의미 있는 문제는 한마디도 꺼내지 않았다. 그것은 콘시다인이 바로 그녀의 깨어진 사랑의 대상이었기 때문이다. 브루크 남작의 성격과 특색에 대해서 구체적으로 이야기하고 니콜라스 트레메인에 대해서 이야기한 뒤, 남작이 마침내 큰 마음먹고 그 골동품을 사기로 결정했었다는 것을 설명했다. 어네스트 콘시다인은 조용히 귀를 기울이고 있었다. 이야기가 끝날 무렵, 존은 대수롭지 않은 것을 이야기하듯이 밀드레드에 대한 이야기를 덧붙였다.

"그 밖에 젊고 아름다운 분이 있었습니다. 나에게 퍽 잘해 주었지요. 그러나 이분은 내 이야기와는 관계없습니다. 밀드레드 뷔즈 양이라고 하더군요, 브루크 남작의 조카딸이라고 했습니다만."

"그렇습니다, 돌아가신 남작의 딸입니다."

링글로즈는 다시 이야기를 계속했다.

"나는 결코 남의 이야기에 관심을 갖는 사람은 아닙니다. 하지만 트레메인의 말로는, 그녀에게 미묘한 사정이 있는 것 같았습니다. 그런데 나는 단언하지만 사람을 볼 때 그 사람의 됨됨이를 판단하지, 누군가가 그 사람에 대해 이야기하는 것을 듣고 판단하지는 않습니다. 대부분의 이야기들은 그 반쪽을 마저 듣지 않는 한 믿을 수가 없거든요."

"무슨 말씀을 하려고 하시는지 나는 알 수 없군요, 포다이스 씨."

"뷔즈 양을 알고 있겠지요?"

"알고 있다뿐이겠습니까?"

괴로운 한숨이 새어나왔다. 의사는 담배를 버렸다.

"아까부터 이야기에 나온 사람들을 나는 모두 잘 알고 있습니다." 그가 조용히 말을 시작했다. "나는 남작 집안의 주치의였기 때문에, 브루크 남작의 부인이 몹쓸 병에 걸렸을 때도 내가 마지막 진찰을 했습니다. 나는 돌아가신 브루크 남작과는 아주 가깝게 지냈습니다. 남작으로부터 완전한 신뢰와 애정을 받고 어떤 특권을 누렸습니다. 그분은 훌륭한 분이었습니다, 포다이스 씨."

"동생과 닮은 데가 있습니까?"

"동생과는 전혀 다릅니다. 그분은 지금의 브루크 남작과 같은 생각을 갖고 있지 않았지요, 나는 그렇게 생각하고 있습니다. 나의 판단으로는, 그분은 지금의 남작보다 천 배나 훌륭한 분이었다고 생각합니다."

"동생은 그분을 닮지 않은 모양이군요?"

"몸이며 마음 어느 한 군데도 닮은 점이 없습니다. 그러나 내가 아는 한, 돌아가신 분은 참으로 좋은 형님이었습니다. 돌아가신 브루크 남작은 진정한 사나이였습니다. 운동도 했고 힘도 대단했지요, 그분은 전쟁 때 스코틀랜드 부대에 속해 싸워서 뛰어난 공훈을 세우기도 했습니다. 참으로 너그럽고 자상하신 분으로, 이 지방 사람들로부터 존경을 받았습니다. 처음에는 집을 빌려 있었습니다만, 부인 때문에 토지가 딸린 별장을 샀습니다. 부인께서 어느 곳보다도 메나지오를 좋아했기 때문입니다. 남작의 헌신은 참으로 놀랄 만했습니다. 그러한 애정은 일찍이 본 일이 없었습니다. 부인이 세상을 떠났을 때 남작의 생활도 사실상 끝이 났습니다. 어떤 뜻에서는 부인과 함께 죽었다고도 볼 수 있지요."

"부인이 세상을 떠난 뒤 오래 살지 못하셨군요?"

"2년쯤 살았습니다."

"뷔즈 양은 나와 이야기할 때——이것은 그녀가 나에게 친밀감을 가졌기 때문이리라고 봅니다, 나는 아가씨의 아름다움과 우아함을 크게 칭찬했으니까요——남동생에 대해 말했습니다. 그 동생도 죽었다고 하더군요."

"그렇습니다. 루드빅 소년입니다. 이 아이는 아버지보다 1년 더 살았습니다."

"뷔즈 양에게는 이런 사건이 몹시 슬픈 운명을 가져다주었나 봅니다……. 자기 육친을 모두 빼앗겼으니까요."

"그랬을 겁니다."

"한 대 피우십시오." 링글로즈가 말했다. "확실히 이 일은 재미있는 이야기입니다. 솔직히 말해서 뷔즈 양의 일이 몹시 마음에 걸리는군요. 숙부를 진심으로 사랑하고 있지만 그 아가씨는 행복해 보이지 않았습니다. 자, 담배 받으시지요. 나에 대한 것은 상관 말아 주십시오."

콘시다인은 기계적으로 담배를 받아 물다. 탐정은 불을 붙여 준 다음 말을 계속했다.

"나는 우연이라는 것을 믿습니다, 콘시다인 씨. 내 경험에 비추어 보면 기회란 이따금 인간 사회에 크게 이바지할 때가 있습니다. 우리들은 기회라는 것에 대해서 잔혹한 이야기만 들어왔습니다. 그러나 기회란 때로는 좋은 천사인 것임을 때로는 알고 있습니다."

"그리스인은 기회의 여신을 만들어 내었지요." 의사가 말했다.

"그래서요, 포다이스 씨?"

"이건 아주 미묘한 일입니다. 그만두라고 하신다면 말하지 않겠습니다. 그러나 알고 계신지 어떤지 모르겠지만, 나는 젊은 아가씨의 우울한 모습에 놀랐습니다. 나는 아까 말씀드린 니콜라스 트레메인이 그녀에게 반해 있는 것을 세밀하게 관찰했습니다. 사실 그는 그것을 숨기려고 했습니다. 아주 고상하고 양식이 풍부하며 교양 있는 영국 젊은이였습니다. 그리하여 나는 그에게 그녀가 왜 저렇게 슬퍼하느냐고 한 번 물어 보았지요. 그는 그녀의 가족에 대한 이야기를 약간 해주더군요. 그것은 조금 전에 당신으로부터도 들은 이야기입니다. 그러나 그의 이야기는 그뿐이 아니었습니다. 다른 이야기도 있었습니다. 계속해도 좋겠습니까?"

"계속 하십시오."

"담배 한 대 더 피우시지요. 트레메인은 브루크 남작으로부터 코모의 어떤 사람에 대한 이야기를 들었답니다……. 솔직히 말한다면 어떤 의사였습니다. 그런데 그는 뷔즈 양의 사랑을 받고 있었으나 그녀의 아버지가 세상을 떠나자 그녀를 버렸다고 합니다. 그것이 사실일까요?"

"사실이냐구요? 그게 무슨 말입니까?" 의사는 부르짖으며 벌떡 일어섰다. "뷔즈 양은 누구로부터 그 이야기를 들었다고 하던가요?"

"브루크 남작으로부터입니다. 그 의사가 대체 누구입니까? 아마도 뷔즈 양의 아버지가 세상을 떠났기 때문에 그녀의 장래도 달라질 거라고 여기고 혼자 취소한 것이 아닐까요?"

콘시다인은 얼른 대답하지 않았다. 그는 정자 위에서 벌떡 일어나 주위를 왔다갔다했다. 그는 몹시 흥분해 있었다. 구름 사이로 번갯불이 넓게 퍼졌을 때 링글로즈는 상대의 얼굴을 힐끗 쳐다보았다. 그의 얼굴에는 극도의 혼란과 격정과 고뇌의 빛이 뚜렷이 나타나 있었다. 탐정은 아무 말도 하지 않았다. 이윽고 의사는 자기 자리로 돌아와 앉았다.

그때 링글로즈가 다시 말을 계속했다.

"만일 내 이야기가 당신의 감정을 상하게 했다든가, 불쾌하게 했다든가, 괴로운 기억을 되살아나도록 했다든가, 또 그와 비슷한 일이 있었다면 솔직하게 말씀해 주십시오. 나는 내 이야기와 당신을 결부시키고 있지는 않습니다. 그러나 이름과 그 밖의 일이 우연히 들어맞았기 때문에 이야기를 하게 된 것입니다. 나는 그 사나이가 누구인가를 알아내어 어떻게든 밀드레드 양을 위해 힘이 되어 줄 수 있지 않을까 생각했습니다."

"그 사나이가 누구인지 잘 알고 있지 않습니까." 의사가 대답했는데, 그 말에는 깊은 감동이 뚜렷이 나타나 있었다. "바로 제가 그 사나이입니다. 나는 밀드레드 뷔즈와 약혼했었습니다. 그녀의 부친이 죽은 다음, 영국으로 돌아가 우리들의 약혼을 파기한 것은 내가 아니라 밀드레드 자신입니다."

"그래요!" 탐정은 외쳤다. "어떻습니까, 이 사건을 나에게 맡겨 주시겠습니까? 하느님의 섭리가 여기에 움직이고 있습니다. 나는 세상일에 대해 잘 알고 있으니까 도움이 되리라고 생각합니다. 왜 이 일을 맡겠다고 나서는지 그 이유는 다음에 말씀드리겠습니다만, 결코 남을 위한 것만은 아닙니다. 그러나 당신에게 좋으리라고 생각합니다. 그리고 그 아가씨에게도 좋을 거라고 생각합니다. 믿어 주시겠습니까?"

"물론입니다, 그러나……."

"이제부터 정확히 말씀해 주십시오. 그러면 내가 말하는 것을 먼저 들어 주십시오. 지금 뷔즈 양은, 확실하게 말한다면 당신에게 버림 받았다고 생각하고 있습니다. 그런데 당신 또한 상처를 입었다고 생각하고 있습니다. 내가 도와주기를 바란다면, 자세하게 말해 주십시오."

"당신의 말이 사실이라면 그렇게 해야겠지요, 포다이스 씨."

이 말 속에는 강한 결의와 격심한 투쟁의 마음이 깃들어 있었다. 콘시다인은 링글로즈가 말하는 대로 했다. 그는 1분쯤 침묵에 잠긴 채 상대를 잊은 듯했다. 그는 이윽고 링글로즈를 돌아다보며 입을 열었다.

"이것은 어쩐지 좋지 않은 일같이 생각됩니다."

"물론입니다. 그러나 결론은 서두르지 않는 것이 좋습니다. 내가 말하는 것을 주의 깊게 들어 주십시오. 추정할 수 없는 해석이 나올지도 모르니까요. 여자란 자기 자신 마음이 변했으면서도 그렇게 된 것을 후회할 때가 가끔 있습니다. 어쨌든 사실대로 말하는 것이 지금으로선 옳다고 생각합니다. 당신과 그녀는 계획적으로 헤어지게 된 피해자들이라고 믿습니다. 그러나 확신할 수는 없습니다. 꼭 나를 도와 달라고 부탁드리겠습니다. 그러나 이것은 오로지 당신 스스로 판단해야 합니다. 나의 도움을 받으려면 우선 파국으로 들어가게 된 사정을 정확히 말씀해 주십시오. 물론 당신이 결정하기에 달렸습니다만. 그리고 나는 지금까지 당신에게 말씀드린 이상의 것을 알고 있습니다. 두 사람의 머리로 생각하는 것이 혼자 생각하는 것보다는 나을 겁니다."

콘시다인은 생각한 끝에 현명한 길을 택하기로 결정했다.

"당신은 친구임에 틀림없습니다." 그는 말했다. "당신에 대해 나는 전혀 모릅니다. 그러나 밀드레드를 위해 힘쓰겠다고 하는 것만으로도 충분합니다. 그녀의 일이 좋게 되는 것을 누가 바라지 않겠습니까. 할 수 있는 이야기는 2분 안에 모두 하겠습니다. 그녀는 동생을 데리고 숙부를 따라 이곳을 떠났습니다. 그것은 부친이 비극적인 죽음을 당한 지 6주일 뒤의 일이었습니다. 우리는 올해 안에 결혼하기로 되어 있었습니다——그녀가 영국으로 떠난 뒤 그녀로부터 한 번 편지를 받았습니다. 애정이 깃든 사연이었습니다. 그것이 마지막이었습니다. 몇 번이나 편지를 썼으나 답장이 없었습니다. 그래서 숙부에게 편지를 냈습니다. 브루크 노튼에 그녀와 같이 있으리라고 믿었기 때문입니다.

그러나 그는 거기에 없었습니다. 나는 그녀가 숙부와 함께 플로렌스의 별장에 있다는 것을 알아냈습니다. 자택으로 부친 내 편지는 플로렌스에 있는 그에게로 다시 보내졌습니다. 그는 나를 만나려고 플로렌스에서 직접 이곳에 왔습니다. 그는 이곳에 있는 형의 재산을 매각할 일이 있어서 사흘 동안 이곳의 라리오 호텔에서 머물렀습니다. 그때 그는 밀드레드가 아버지가 죽은 뒤 마음이 변했으며 자기 과거를 모두 잊어버리고 새로운 생활을 시작하려 한다는 것이었습니다. 그것은 어떻게 보면 이치에 맞는 이야기 같았습니다. 그 즈음 그는 아직 버고잉 뷔즈였습니다만……저희들 일에 대해서 관심이 대단했습니다. 퍽 친절하고 부드럽게 나를 위로해 주었습니다. 내 처지를 아주 딱하게 여긴다면서, 조카가 잘못이라는 것을 설명하기 위해서 어떤 일이라도 해보이겠다고 말했습니다.

그는 그녀가 나와 결혼하면 행복하게 될 것이라고 믿고 있었습니다. 나는 그가 마음에 들었습니다. 나에 대한 친절과 겉으로 보이는 동정에 고마움을 느꼈습니다. 나는 그를 믿었습니다. 믿을 수밖에 없었습니다. 그러나 지금은 그 가증스러운 자의 목을 부러뜨려 놓고 싶습니다, 포다이스 씨."

　"그러시겠지요, 하지만 얼마 안 있어 원한도 풀릴 겁니다. 그 사나이의 약점을 적어도 한 가지는 찾았다고 생각합니다. 그러나 될 수 있는 한 신중하게 행동해야 합니다. 그는 굉장히 영리한 자입니다. 그가 당신과 자기 조카딸의 결혼을 반대한 것은 확실하군요. 그렇다면 앞으로 얼마 동안은 진실한 애정의 길이 험난할 것입니다. 내 말을 믿어 주시겠지요?"

　"네, 믿습니다. 그러나 이것은 나 자신을 신뢰하느냐 어떠냐의 문제라는 것을 미리 말씀드려 두겠습니다."

　"동시에 뷔즈 양을 믿어도 되느냐 어떠냐의 문제이기도 할 것 같군요. 그녀에 대한 것을 먼저 생각해야 됩니다. 무슨 일인가가 그녀에게 일어나려 하고 있습니다. 되도록 빨리 행동해야 합니다. 내가 하는 일에 대해 좀더 알게 되면 당신도 늑장부릴 수가 없을 겁니다. 그럼, 당신이 나를 믿고 있다는 것은 잘 알았습니다. 이건 믿고 있기 때문에 부탁하겠는데, 이 문제는 우선 이만 해 두고 호텔로 돌아갑시다. 날씨가 차가워 비가 올 것 같군요. 왕진은 날마다 몇 시부터 하십니까?"

　"9시부터입니다."

　"그럼, 내일 아침 7시에 댁에서 아침을 들까요?"

　"꼭 그렇게 해주십시오."

　"그 동안은 어떠한 행동도 안 하시겠지요?"

　"약속하겠습니다."

산 위에서

다음날 아침 시간에 맞추어 링글로즈는 의사의 집을 방문했다. 아침 식사로 오믈렛을 먹고 굉장히 맛좋은 커피를 마신 다음 일에 들어갔다.

"눈빛으로 보아 어젯밤에 잠을 자지 못하셨군요." 탐정은 말했다.

"면도칼에 베었군요. 그러나 초조해하지는 마십시오. 먼저 돌아가신 브루크 남작에 대해서 알고 싶습니다. 당신의 관심에 대해서는 나중에 듣기로 하고 지금은 다른 것을 알고 싶습니다. 자, 어젯밤 당신은 남작의 죽음에 대해서 니콜라스 트레메인이 브루크 노튼에서 한 말과 같은 단어를 사용하였습니다. 즉 '비극적'이라는 것이지요. 어떤 점에서 그 일이 비극적인가를 말씀해 주지 않겠습니까?"

"남작은 어느 날 말을 타고 산으로 간 뒤 돌아오지 않았습니다. 그분은 승마 솜씨가 훌륭했지요. 부인이 돌아가신 뒤로는 말 위에 타고 있으면 슬픔이 가신다고 말했습니다. 인도에서 사들인 '고래잡이'라는 늙기는 했으나 다리가 튼튼한 말을 탔습니다. 그분은 '라스포르타 데라키라'라는 곳에 갔었습니다. '독수리 방'이라고 번역할까요……. 그곳은 코스모스 호수와 루가노 사이의 갈비거 산기슭에 있습니다. 어느 쪽이나 절벽으로 되어 있는 높고 좁은 곳입니다. 그곳의 북쪽 끝에서 남작과 말이 발견되었습니다. 같이 추락했더군요."

"훌륭한 승마인으로서는 진기한 사고로군요, 틀림없이 말이 무엇엔가 놀란 모양이지요?"

"그렇게도 상상해 보았습니다……. 그렇다면 물론 죽을 수밖에 없었겠지요. 그러나……이것은 비밀 이야기입니다만, 포다이스 씨. 진짜 해석은 따로 있습니다. 이것은 사실은 실수가 아니었습니다. 남작은 자살한 것입니다."

존 링글로즈는 고개를 갸우뚱했다.

"그것이 비극이란 말입니까?"

"그렇습니다. 아무튼 그 이야기는 그만둬 주십시오, 여기에 대해서는 한마디도 누설하지 마십시오, 여러 가지 이유가 있습니다. 그것은 아는 사람이 몇 안 됩니다. 진상은 당국과 브루크 남작의 자제분들에게도 숨겨 두었습니다. 나 혼자 생각으로 남작의 동생이 도착하기 전에 그렇게 해 두었습니다. 그분도 내가 처리한 내용을 듣더니 좋다고 찬성했습니다."

"아무튼 자세한 말씀을 해주십시오."

"그분은 독수리 방의 절벽 밑에서 세 사람에게 발견되었습니다. 나도 그 세 사람 중의 하나였습니다. 남작이 말과 함께 떨어진 것은 조금도 의심할 바가 없었습니다. 남작과 말은 30미터가 넘는 낭떠러지 아래로 떨어진 뒤 함께 누워 있었습니다. 풀과 흙 위에 말이 떨어질 때 남긴 뒷발자국만이 발견되었을 뿐입니다. 그것뿐이었습니다. 그런데 낭떠러지에서 70미터 남짓 떨어진 곳에 있는 옻나무 숲 밑에 남작의 도시락을 담았던 주머니가 버려져 있었습니다…

…. 또 담배를 넣어가지고 다니는 조그마한 뜨개 주머니도 발견되었습니다. 말에서 내린 다음 담배를 피운 것이 확실합니다. 담배꽁초가 있었거든요. 그러나 도시락엔 손대지 않았습니다.”

“그 장소는 주의해서 조사했겠지요？”

“위아래로 철저하게 조사했습니다. 세 사나이만이 남작이 자살했다는 것을 알고 있습니다. 나와 호텔에서 온 두 젊은이입니다. 그곳에 머물고 있던 사람들도 수색을 도와주었습니다. 우리들은 모두 함께 시체를 발견했기 때문에 진상을 누설하지 않기로 약속했습니다. 이러한 결정은 어쩌면 잘못되었는지도 모릅니다, 포다이스 씨. 그러나 어쨌든 우리는 그렇게 했던 것입니다.”

“왜지요？”

“남작의 어린 남매 때문이었습니다. 둘 다 감수성이 아주 예민했지요. 아버지를 존경했고, 아직 어리지만 어머니가 돌아가시자 아버지가 슬픔에 싸여 있다는 걸 알 수 있었던 것 같습니다. 두 남매는 한마음으로 아버지를 위로하려 했고, 그들로서 할 수 있는 일은 다 했습니다. 그리고 사실 그것은 효과가 있었습니다. 남작은 두 남매를 불쌍하게 여겼습니다. 누이보다는 동생 쪽을 더 불쌍히 여겼지요. 소년은 어머니를 그대로 닮았거든요. 어머니의 아름다움을 어느 정도 이어받고 있었습니다. 그리고 흥분하기 쉬운 기질도 닮아 있었구요.”

“두 남매의 문제는 뒤에 이야기합시다. 거기에 대해서는 나도 깊은 관심을 갖고 있습니다. 그러나 우선 남작이 자살한 것을 발견했을 때 어떤 느낌이 들었는지 정확하게 말씀해 주십시오. 놀랐습니까？”

“그 순간 기절할 것 같았습니다. 눈앞에 그 증거가 없었다면 정말 도저히 믿을 수 없었을 것입니다. 부인이 죽은 직후에 이런 일이 일어났다면 또 모릅니다. 그러나 그때라도 이와 같이 비겁한 방법으로 자기의 괴로움에 굴복해 버린다는 것은 브루크 남작에게 어울리지 않는 일이었습니다. 더욱이 그 일은 부인이 죽고 2년이나 지난 뒤에 일어났던 것입니다. 그분은 죽은 부인에 대한 슬픔이 조금도 사라지지 않았다고 몇 번이나 말씀했습니다만, 꾹 참고 있었습니다. 대단히 자제심이 강한 분이었습니다. 그분에게는 아시는 바와 같이 아들도 있었습니다. 그리하여 아들의 장래에 대해서 무척 마음을 썼습니다. 그분은 어린 아들을 브루크 부인과 결부시켜 생각하고 있었던 거지요. 아들의 장래에 대한 그의 계획이 아내를 기쁘게 할지 어떨지 그분은 스스로 자신에게 물어보기도 하고, 나에게도 몇 번이나 물었습니다.”

“그래서 이 무서운 사건으로 정말 놀라셨겠군요?”

“깜짝 놀랐습니다……. 그리고 괴이하게 생각했습니다. 그래서 나는 혼자 궁리한 뒤 이렇게 해석을 내렸습니다. 자살하려는 생각을 오랫동안 품어 오다가 그 두려운 곳에 혼자 있게 되자 순간적으로 목숨을 끊었다고 말입니다. 나는 두 젊은이에게 이 사실을 입 밖에 내지 말도록 부탁했습니다. 두 사람은 내 뜻을 알아차리고, 의협심이 있는 사나이들이었기 때문에 약속을 지켰습니다. 그런 이유로 검시도 순조롭게 진행되었고, 남작은 괴변을 당한 거라고 사람들에게 알려졌습니다. 그리고 모두들 그렇게 믿었던 것입니다.”

“그렇지 않다는 증거는 다른 사람에게 말하지 않았겠군요?”

“단 한 사람에게 말했습니다. 그분은 내가 처리한 내용을 듣더니 기뻐하면서 지금까지 비밀을 지키고 있습니다. 지금의 브루크 남작입니다. 그분에게 말하는 것은 나의 의무라고 느꼈습니다. 그러나 가끔 그것을 후회하고 있습니다. 그렇지만 이미 말해 버리고 말았으니…….”

"그렇게 말한 것은 자연스러운 일입니다. 돌아가신 분은 지금의 남작과 사이가 좋았습니까?"

"아주 좋았지요. 버고잉 뷔즈는 그것을 확신했습니다. 브루크 남작은 동생에게 말할 수 없이 좋은 형이었습니다. 나는 죽은 분과 친했습니다. 그리하여 그분에게 동생의 허랑방탕한 생활에 대해서 자주 말했습니다. 버고잉은 오직 한 가지만을 위해서 살았습니다……. 상아입니다. 그 때문에 돈에 쪼들려 번민하는 일이 자주 있었습니다. 그때마다 자취를 감추었다가는 형에게 왔습니다. 빈손으로 돌아간 일은 한 번도 없었습니다. 브루크 남작은 동생에게 애정을 가지고 있었기 때문에 언제나 돈을 주었습니다. 버고잉 브루크는 이것을 알고 있었기 때문에 형이 죽은 뒤 할 수 있는 한 모든 정성을 다 바쳤다고 해도 좋을 것입니다."

"어떤 일을 했습니까?"

"우선 그는 유언 집행인이 되었습니다. 물론 다른 일도 돌보아 주었지요. 두 남매에게는 각별히 친절하게 대했습니다. 여자와도 같이 자상했지요."

"당신은 버고잉 뷔즈에게 친밀감을 느끼고 있었군요?"

"친밀감 이상입니다. ……어젯밤 그 말을 듣기 전까지는, 그만큼 훌륭하고 친절한 사람은 없다고 생각했었습니다. 그 사람에게는 큰 매력이 있었습니다. 사람들의 마음을 사로잡는 매력이었지요. 이것만은 확실합니다. ……형을 잃었을 때의 슬픔이 진심이었다는 것, 이것은 정말이었습니다."

"그러니까 그 참사가 일어났을 때, 그분은 당신이 전보를 쳐서 왔던가요?"

"네, 옛날부터 데리고 다니던 하인과 함께 왔습니다. 윌리엄 로클리라는 그 하인은 어린 루드빅도 잘 알고 있었습니다. 로클리는 브루크 노튼 사람이었으므로 그 댁 남매는 이 사나이를 어릴 때부터 알고 있었지요. 그들의 부친이 이곳에 거주지를 정했을 때 로클리는 나이가 많았기 때문에 플로렌스의 버고잉 뷔즈 밑에 가서 아르노 강변에 있는 피아 별장의 집사 일을 보았습니다. 지금도 그곳에 있는지는 모르겠습니다만, 그때 버고잉은 로클리를 데리고 메나지오로 왔습니다. 루드빅이 이 사나이와 잠시 동안 같이 있고 싶어하리라 생각했기 때문입니다. 버고잉 자신의 하인도 데리고 왔습니다. 비튼이라는 집사입니다. 그 뒤 장례 준비가 끝나자 버고잉은 형의 유해를 영국으로 가져갔습니다. 유해는 브루크 노튼의 선조묘 곁에 안장하였습니다. 그런 다음 그는 이곳으로 돌아왔습니다. 모든 것을 정리하고 이탈리아에 있는 재산을 모두 처분하자 남작은 밀드레드를 데리고 다시 귀국했습니다."

"사태가 어떻게 되었는가는 이것으로 정확히 알았습니다. 다음은 그 상속자에 대하여 말씀해 주십시오. 이제부터 대단히 중요한 질문을 하고 싶습니다."

"물론 새 브루크 남작이 된 어린 르도우였지요."

"그랬었군요. 소년은 어떻게 생겼습니까? 이런 것을 묻는다고 수상히 여기지는 마십시오. 르도우라는 소년은 어떤 모습이었습니까?"

"완강하지는 않았지만 건강한 소년이었습니다. 어머니를 닮아서 신경질적이고 걸핏하면 흥분하는 성격이었습니다."

"까다로웠나요?"

"결코 그렇지는 않았습니다. 쾌활한 소년으로 사랑스럽고 착했습니다. 태어날 때부터 곧잘 흥분했지요. ……호기심이 많고 몹시 공상적이었습니다."

"지능은 낮지 않았겠군요?"

"결코 그렇지 않았습니다. 그는 체질적으로 흥분하기 쉽다는 약점이 있었는데——겁이 많아서 건강이 좋은 편은 아니었습니다——이 점이 아버지를 염려하게 하였습니다. 아버지는 공포라는 감정을 몰랐습니다. 그러나 나는 언제나 크면 낫게 될 거라고 말했습니다. 아버지는 엄격한 방법을 써서 소년으로 하여금 무서워하는 것을 부끄럽게 여기도록 하려고 했습니다. 밤중에 어두운 방에 가두어 두는 것 같은 방식으로 말이지요. 그러나 나는 아이가 아직 어릴 때 신경을 아프게 하는 것은 대단히 잘못된 일이라고 설명했습니다."

"그래서 소년은 정신이 약해졌나요?"

"아니, 결코……. 르도우는 대단히 영리했습니다. 그에게는 이제 인내와 동정심만이 필요했습니다. 아이답게 어둠을 두려워하는 기분은 마침내 없어졌지요. 어머니로부터 몽상가의 기질을 이어받았던 것입니다. ……아무튼 어머니는 시인이었습니다."

"밤이 되면 귀신같은 것을 상상하는 버릇이 있었겠군요."

"그렇습니다, 포다이스 씨."

"숙부도 알고 있었겠지요?"

"그렇습니다. 나는 그 일에 대해 분명하게 말해 주었습니다. 르도우의 일로 의논을 했었습니다. 나는 그 애의 아버지가 무엇을 희망했었는지를 말해 주었습니다. 그 아이는 가정 교사를 채용했었는데, 그때 일이 일어났던 것입니다."

"그리고 소년도 죽었군요?"

"그렇습니다. 나는 신문을 보고 알았습니다. 그 무렵에는 그 댁과는 왕래를 끊고 있었으니까요."

링글로즈는 고개를 끄덕였다. 지금은 이 문제를 더 이상 추궁하지 않기로 마음먹었다.

"하지만 뷔즈 양을 잃어 버렸다고는 생각지 말아 주십시오." 탐정은 정답게 말했다. "지금까지 많이 참아 주셨지만 앞으로 더 참아야 할 것입니다. 그것이 여러 모로 좋으리라고 봅니다. 이제 좀더 중요한 질문을 하겠습니다. 그리고서 우선 이야기를 매듭짓기로 합시다. 그런데 대답하기 전에 또 한 가지 부탁이 있습니다. 내 생각으로는 될 수 있는 대로 빠른 시일 안에 어떤 일을 해치우고 싶습니다. 그 일은 몇 시간 걸릴 것입니다. ……얼마나 걸릴지는 당신이 나보다 더 잘 알 테지만요. 나는 곧 가 봐야 합니다. 오늘 아니면 늦어도 내일은 급히 서둘러야 할지도 모릅니다. 어쨌든 늦는다는 것은 좋지 않다고 봅니다. 그럼, 첫 질문을 하겠습니다. 브루크 남작이 자살했다는 것을 당신은 무엇으로 확신하게 되었습니까?"

"그것은," 의사는 대답했다. "미쳐 있지 않은 한, 대낮에 말이 그런 절벽으로 떨어질 수 없기 때문입니다. 그분은 절벽이 있다는 것을 알고 있었습니다. 남작은 자신이 언제나 갖고 다니던 스카프로 말의 두 눈을 힘껏 잡아맸습니다. 내 손으로 직접 그것을 풀었지요."

"상처는 어느 정도였습니까?"

"남작은 척추가 부러져 있었습니다. 두 다리도 부러졌고요. 말은 공중에서 한 바퀴 회전했던 것 같습니다. 남작의 시체 위에 말의 몸뚱이 일부분이 떨어져 있었습니다."

"시체 해부는 물론 하지 않았겠지요?"

"네, 하지 않았습니다. 우리들은 조심해서 산 사람 몇 명의 손을 빌려서 운반했습니다. 말은 그곳에 묻었습니다. 내가 그렇게 하자고 주장했습니다. 남작은 그 말을 무척 사랑했습니다. 크고 힘센 오스트리아 산으로 인도에서 사 온 것이었지요."

링글로즈는 이런 문제에는 흥미가 없었다.

"그 정도로 좋습니다. 다음으로 내가 하고 싶은 일은 '독수리 방'에서 한 시간쯤 지내는 것입니다. 함께 가 주시겠습니까? 시간을 내

주신다면 대단히 고맙겠습니다. 만일 그렇지 못하다면 이 지방 지리에 밝고 믿을 수 있는 사람을 하나 소개해 주시면 좋겠습니다."

"기꺼이 시간을 내드리겠습니다. 내일이면 어떻겠습니까? 오후에 출발하도록 합시다. 요즈음은 낮이 길기 때문에 저녁 10시나 11시면 돌아올 수 있을 겁니다. 저녁 식사를 하지 않아도 좋다면……."

"좋습니다. 하지만 그렇게 멀리 걸을 수는 없고…… 당나귀를 타면 어떨까요?"

"나도 그렇게 하려고 생각하던 참입니다. 여기서 점심을 먹고 3시에 출발합시다. 내 일은 그 안에 끝날 것입니다. 5시에서 5시 반 사이에는 그곳에 도착할 수 있겠지요. 루가노 강 쪽에서 간다면 폴레셔까지 기차를 타고 가서 올라가도 좋습니다만, 여기서라면 노새를 이용해도 되지요."

그날은 이 정도로 결정하고 존 링글로즈는 몹시 의아스럽게 생각하며 흥분해 있는 의사와 헤어졌다.

약속한 시간에 힘이 세어 보이는 두 필의 당나귀와 야윈 이탈리아인 두 명이 기다리고 있었다. 그들은 이윽고 메나지오를 지나서 목적한 산길을 걸어 올라갔다.

포도밭과 뽕나무, 그리고 벗나무들이 무성한 일대를 빠져나왔다. 그 사이에 옥수수와 보리가 자란 밭이 여기저기 흩어져 있었다. 그곳을 올라 오솔길을 더듬어 가자 밤나무 숲 사이로 갈비거 산기슭에 있는 작은 언덕이 가까이 다가왔다. 길이 좁아지고 자갈이 많은 오솔길이 이어졌다. 심하게 굽은 길이며 가파른 고갯길도 지났다. 아득히 먼 눈 아래로 그림처럼 보이는 마을 위에는 겹겹의 석회석 층계가 큰 언덕이 되어 옆으로 뻗어 있는 것이 보였다. 그것은 표현할 수 없는 거목의 뿌리 같아 보였다. 풀이 적어지면서 고산 식물의 꽃으로 장식된 푸른 잔디가 길 옆에 펼쳐져 있었다. 이곳에서 그들은 잠시 쉬었다. 당나귀를 쉬게 하면서 큰 비탈의 동쪽에 있는 코모 호수와 아득히 멀리 있는 비취빛 물을 안은 조그마한 피아노 호수를 내려다보았다. 루가노는 북서쪽 저편에 어렴풋이 보였다.

다시 한 시간쯤 올라가자 그들은 '독수리 방'에 도착하였다. 그 기묘한 지형에 접근하려면 두 개의 오솔길을 이용해야만 했다──하나는 험하고 깎아지른 듯한 낭떠러지를 이루고 있는 면도날같이 좁은 가장자리 길이었고, 또 하나는 루가노 호숫가의 골짜기를 빠져나오는 길로서 다른 한 길보다 험하지 않은 듯했다. 존 링글로즈가 당나귀를 타고 도전한 곳은 험준한 쪽의 오르막이었다. 그는 이 기특한 동물의 등에 몸을 싣고 될 수 있는 한 편안한 자세를 취했다.

그들은 위험한 일을 만나지 않고 마침내 정상에 도착했다. 그곳에서 안장을 풀고 당나귀에게 풀을 먹이며 주변의 경치를 둘러보았다. 그들이 서 있는 곳은 작은 풀밭으로 떡갈나무와 북나무의 작은 숲이 여기저기 흩어져 주위를 에워싸고 있었다. 이 나무 위쪽에는 바람에 시달린 소나무가 두어 그루 솟아 있었다. 5에이커쯤 될까 말까 하는 이 땅은 양쪽에 무서우리만큼 깎아지른 절벽에 둘러싸여 있었고, 남쪽은 그보다 완만하긴 했으나 역시 급한 비탈을 이루며 암석이 선반을 이루고 있었다. 노간주나무와 라벤더, 그 밖의 작은 식물의 숲으로 슬쩍 덮여 있었다. 그러나 이 바윗덩이도 갑자기 끊기고 깎아지른 듯한 낭떠러지는 그 아래에서 안쪽으로 감아들었다. 눈 아래 공간에서 두 마리의 독수리가 빙빙 돌면서 날카롭고 슬픈 목소리로 울었다. 석회석 바위 층계 위에는 희고 검은 산양 여섯 마리가 풀을 뜯고 있었다.

콘시다인 의사는 브루크 남작이 죽은 곳을 가리키며 말했다.

"남작은 가파르지 않은 길로 올라온 것이 틀림없습니다. 말을 타고 지금 우리들이 올라온 길로 올라올 수는 없습니다. 남작은 폴레서 가까이로 왔을 것입니다. 그곳에서는 루가노 호수에서 메나지오로 가는 열차가 다니고 있거든요. 남작은 그곳으로 올라온 것입니다. 바로 여기가 죽은 장소입니다."

이윽고 동쪽 절벽이 내려다보이는 곳에 그 절벽에서는 90미터 남짓한 깊이의 깎아지른 듯한 낭떠러지가 아래 골짜기까지 곧게 이어져 있었다. 나무로 덮인 계곡에 한 줄기 물이 흐르고 있었다. 그들은 산의 정적을 뚫고 밑으로부터 찰랑찰랑하는 소리를 들을 수 있었다.

존은 언덕 꼭대기를 조사한 다음, 시체가 발견된 곳으로 내려가겠다고 말했다.

"나는 이것을 중요하게 생각하고 있습니다. 내려갈 수 있을까요?"

콘시다인은 길을 몰랐다. 그러나 당나귀 주인은 잘 알고 있었다. 그는 두 사람에게 내려가는 길을 알려 주었는데, 그 길은 그들이 당나귀를 타고 올라온 오솔길을 따라 되돌아가면 닿을 수 있었다. 그들은 걸어서 내려갔다. 90미터 남짓 내려갔을 때 지금까지 알지 못했던 오솔길이 오른쪽에 나타났고, 그 길을 따라 이내 골짜기로 나갈 수 있었다.

"친구와 나는 이곳 폭포까지 왔었습니다." 콘시다인이 설명했다.

"이곳에서 시체와 말을 발견하기 전까지는 어떤 일이 일어났는지 전혀 알 수 없었습니다. 언덕 위의 평지는 다음날 조사했습니다."

그들은 목초와 잡초로 뒤덮인 봉분 옆에 멈춰 섰다. 그곳에는 죽은 '고래잡이'가 묻혀 있었다. 링글로즈는 거기에 오래 머물지 않았다. 독수리가 머리 위로 날아갔다. 아득히 보이는 깎아지른 듯한 낭떠러지 위의 둥우리로 사라졌다가는 이내 다시 나타났다. 새끼에게 먹이를 날라다 주고 있는 듯했다.

의사와 링글로즈는 좁은 길을 통하여 꼭대기로 돌아와 그곳에 앉아서 과일 등으로 가벼운 식사를 하고 붉은 포도주를 마셨다. 탐정은 담배를 피우고 나서 조사를 시작했다. 해는 아직도 남아 있었다. 서쪽 하늘은 주홍빛으로 물들어 구름이 타는 듯한 화려한 모습을 보여 주고 있었다. 한 시간쯤 그는 이 산의 돌출부에 있는 산을 조사했다. 그는 모든 것에 대해서 의사가 의심할 정도로 주의 깊게 조사했는데, 이것은 그의 특색이었다. 그들은 편안한 길——당나귀를 타고 올라 왔던 길은 꽤 험한데다 날이 저물었으므로 피했다——로 독수리 방을 지나 내려오기 시작했다. 땅거미가 지기 시작했다.

극단적인 고독감이 링글로즈를 엄습했다. 지상에서 멀리 떨어진 이곳에는 사람의 그림자라고는 보이지 않았다. 아득한 아래쪽에 한 채의 집이 희미하게 떠 있을 뿐이었다. 산 꼭대기 가까운 곳에서 숯 굽는 연기가 깃털처럼 엷게 피어올랐다. 그러나 이 작은 언덕 자체는 바위의 돌출부 위에 이런 상태로 방치되어 있었다. 그곳은 산사람들이 늘 다니는 오솔길에서도 떨어져 있었다. 1.6킬로미터 아래에 있는 좁은 길을 내려가자 겨우 드문드문 사람들이 다니는 길로 들어섰다. 돌아올 때는 고생하지 않았다. 어두워져 글란도라에 닿았을 때 링글로즈는 당나귀에서 내리며 막차를 타고 메나지오로 가고 싶다고 말했다.

"내 몸은 안장에 익숙하지 않습니다."

이윽고 안내인은 당나귀를 타고 빠른 걸음으로 돌아갔다. 뒤에 남은 두 사람은 폴레서 발 열차가 정차하여 태워 줄 때까지 기다리기로 했다.

두 사람은 반시간쯤 역의 대기실에 앉아서 이야기를 나누었다.

"이 사람이 무엇을 찾고 있는지, 오늘 일을 괴이하게 생각하고 계시겠지요, 콘시다인 씨?" 링글로즈가 말했다.

"그보다도 나는 나 자신의 문제 쪽에 더 마음을 빼앗기고 있습니다." 콘시다인은 대답했다. "그러나 사람을 믿는 한은 완전히 믿어야만 합니다. 나는 당신에게 모든 것을 털어놓았습니다. 그러나 당신이 말씀하시는 것으로 판단해 볼 때 내가 왜 이곳에 머물러 있는지 이해하기가 매우 곤란합니다. 어서 빨리 영국으로 돌아가서 이 일의 진상을 밝힌 다음 뷔즈 양의 얼굴을 보아야겠다고 생각하면서도……. "

"옳습니다. 믿어 주신 것을 기쁘게 생각합니다. 당신과 그녀를 다시 한 번 빠른 시일 안에 함께 있게 해야겠다고 절실히 생각하게 되는 것은, 내가 이처럼 전적으로 신뢰받기 때문일 것입니다. 그러나 다음 일은 확실하니까 좀더 기다려 주십시오. 뷔즈 양에게 아직 당신과 같은 애정이 있다면——나로서는 현재 그 점을 의심하지 않습니다——조금도 염려할 필요가 없다고 생각합니다. 그녀가 거짓말로 말미암아 당신과 헤어지게 되었다는 것은 지금으로서는 의심할 여지가 없으니까요. 퇴짜 맞았다고 생각하면서도 그녀는 당신에게 호의를 갖고 있기 때문에 이렇게 오래 헤어져 있는 것을 슬퍼하는 것입니다. 그녀가 만일 당신이 지금도 사랑하고 있으며 결코 그 마음이 변하지 않았다는 것을 알게 된다면 그 기분이 어떨까요?"

"하지만 브루크 남작은……." 의사는 흥분하며 말하기 시작했다. 링글로즈가 그의 말을 가로막았다.

"얼마 동안 브루크 남작에 대한 것은 나에게 맡겨 주십시오. 당신은 그 사람에 대해 정당하게 할 말이 있을 겁니다. 그리고 내 생각이 틀리지 않았다면, 세상에 대해서도 명분이 설 것입니다. 더 이상 수수께끼 같은 말은 하고 싶지 않습니다. 나는 당신으로부터 신뢰를 받고 있습니다. 따라서 나도 당신을 신뢰하는 것이 당연합니다. 그러나 내가 알고 있는 것을 모두 이야기하기 전에 조사해야할 일이 몇 가지 남아 있습니다. 당신 자신의 일은 이것과 비교해 보면 보잘것없다는 것을 곧 깨닫게 될 겁니다. 그리고 우연한 일로

해서 당신 자신의 일은 행복하게 해결되리라는 것을 약속드릴 수 있습니다……1주일이면 당신이 꿈에도 생각지 못했던 희망이 이루어질 것입니다. 그러니까 당신은 이 일에 가담하여 힘을 빌려 주시기 바랍니다."

"기꺼이 그렇게 하겠습니다. 그 일이 무엇인지 알게 된다면요, 포다이스 씨."

"앞으로 사나흘 뒤면 이야기해 드릴 수 있을 겁니다. 그때까지는 당신 혼자 행동하든가 자신의 이익만을 추구해서는 안 됩니다. 나는 내일 플로렌스로 떠나 거기서 이틀 동안 지내겠습니다. 그곳에서 발견되는 것이 내가 찾고 있는 것이라면 곧 이 일이 무엇인지 말씀드리겠습니다. 그때는 한몫해 주시기 바랍니다. 비행기라도 전세내어 브루크 노튼에 가고 싶으시겠지만, 공연한 헛수고는 하실 필요가 없습니다. 왜냐하면 이 다음에 당신이 연인을 만나게 될 곳은 영국이 아니라 이탈리아일 테니까요."

로클리로부터 알아낸 이야기

다음날 존 링글로즈는 메나지오를 떠나 플로렌스로 향했다. 호수를 내려가서 코모에 도착하여 그곳에서 밀라노를 지나 롬바르디아 평원과 아펜니노 산맥을 넘었다. 한밤중이 지난 다음에야 그곳에 닿아 미네르바 호텔에 투숙하였다. 날씨가 더웠다. 플로렌스의 밤은 더욱 타는 듯 무더웠다. 날이 샐 무렵 그는 방의 창문 너머로 어떤 말로는 표현할 수 없을 것 같은 아침 햇빛이 꽃처럼 피어 있는 것을 보았다. 그는 곧 일어나서 카시느 강가로 산책을 나가 아침 해에 반짝이는 푸른빛 수면을 바라보면서 그 일대를 거닐다가 마침내 브루크 남작의 저택을 찾아냈다. 피아 별장이라고 불리는 그 집은 랑그 아르노의 포장된 넓은 도로에 면해 있었다.

이른 아침인데도 그 집은 활기에 넘쳐 있었다. 일꾼들이 지붕 위에서 무엇인가를 수리하고 있었다. 정원사들은 집 주위를 둥글게 감싼 잔디밭에서 부지런히 일하고 있었다. 커다란 화분에 심은 오렌지와 월계수가 여기저기 놓여 있고, 화단에는 많은 꽃들이 피어 있었다.

소용돌이무늬로 장식된 큰 철문이 현관과 바깥 도로 사이에 서 있고, 문 안쪽으로 단층인 집사의 집이 보였다. 링글로즈는 플로렌스를 알고 있었으나 지금은 새로운 손님으로 이 도시에 온 것이다. 메나지오를 떠나기 전에 미리 계획을 세웠으며 여행 도중에 사소한 문제들을 보충해 두었다. 그는 심중을 굳힐 수 있는 물적 증거를 찾으려고 했다. 그것은 그가 얻은 확신을 보충할 재료를 확보하는 것이었다. 자기가 옳다고 생각하는 궁극적이고 절대적인 증거는, 인간의 능력으로는 손에 넣기가 불가능하게 보였다. 그러나 링글로즈는 물러서지 않았다. 많은 시험적인 시도를 해 봐야 한다. 그러나 결론을 내리기 전에 더욱 중요한 문제에 해결의 빛이 보일 것이라고 그는 믿었다.

그는 플로렌스에 왔으나 '노먼 포다이스'로서 온 것은 아니었다. 그러나 우선 그전에 사용하던 이름을 그대로 쓰기로 했다. 무엇보다도 먼저 피아 별장의 문지기와 사이좋게 지내는 것이 필요했다. 집과 정원에서 모두 바쁘게 일하는 것을 보고서, 그는 브루크 남작이나 또는 다른 어떤 인물이 오기 때문에 이 집에서는 그 준비를 하고 있는 것이라고 생각했다. 지금 존 링글로즈는 아서 비튼의 친구 '알렉 웨스트'라는 옛날의 역할을 하고 있는 것이다――그는 윌리엄 로클리와 친해지지 않으면 안 되었다.

그의 계획이란 자기와 비튼 사이에 대단히 굳은 신뢰감이 있었던 듯이 보이게 하여서 새로운 친구에게 의혹을 품지 않도록 하는 것이었다. 비튼은 죽고 없으니까 존은 얼마든지 말할 수 있었다. 죽은 자는 말이 없으니까 존은 비튼과 같이 로클리도 어떤 사실을 알고 있으면 좋겠다고 빌 뿐이었다. 그것은 그가 무엇보다도 알고 싶어하는 것이었다. 그는 대문 옆에 있는 벨을 눌렀다. 그 소리를 듣고 작은 사나이가 문간채에서 모습을 나타내었다. 그는 나이가 많아서 등이 굽었고 깨끗하게 면도한 턱 밑에 희끗희끗한 수염이 나 있었다. 대머리에 유머러스하고 쾌활해 보이는 얼굴이었다. 잿빛 눈이 안경 속에서 반짝거리고 작은 입은 이가 빠져 오므라들었다.

이 작은 문지기 사나이는 링글로즈를 올려다보면서 밝게 미소지었다.

"영국 분이시군요, 무슨 일이십니까?" 그는 물었다. "아직 주인 나리께서는 오시지 않았습니다만……."

"그렇군요, 이거 실례했습니다." 링글로즈는 공손히 사과했다.

"나는 영국인입니다. 윌리엄 로클리 씨도 그렇게 보이는군요, 내 이름은 알렉 웨스트입니다. 한두 달 전에 영국에서 죽은 가엾은 당신의 친구에 대한 것을 나는 잘 알고 있습니다. 플로렌스에서 일을 찾고 있다가 강변의 피아 별장에 같은 나라 사람이 있다는 것을 생각해 내고 만나보고 싶어서 이렇게 찾아왔습니다."

그의 진심에서 우러나오는 듯한 말은 조금도 의심할 여지가 없었다. 그는 이미 버려두었던 '알렉 웨스트'의 경력을 다시 되살렸다. 다시 한 번 현직에서 물러난 집사로 변했다. 놀고 있는 것이 지루했기 때문에 광고를 보고 일하러 왔는데, 주인이 마음에 든다면 다시 일해 보고 싶다고 말했다.

로클리 씨는 대단히 친절했다. 악수를 나누고 링글로즈를 문간채의 한쪽으로 맞아들여 예상했던 질문을 했다.

"죽었다는 그 영국인 친구란 누구입니까? 짐작이 가지 않습니다."

"어쩌면 '친구'라고 부르는 것은 지나칠지도 모릅니다." 존은 대답했다. "그러나 그분은 당신을 그렇게 불렀습니다. 당신도 그분을 좋아했겠지만, 그분은 그 이상으로 좋아했을 겁니다. 아서 비튼이 바로 그 사나이지요, ……얼마 전에 가엾게도 브리드포트에서 죽었습니다."

로클리는 대단히 흥미 깊게 들었다.

"비튼을 알고 계시는군요, 그렇다면 내가 듣고 싶은 것들을 많이 들려 줄 수 있겠지요?"

"나는 그를 굉장히 잘 알고 있었습니다. 부인까지 알고 있었지요, ……참으로 좋은 부인이었습니다. 비튼은 약간 이상한 사나이였습니다. 주인인 브루크 남작의 이야기를 여러 가지로 들려주었습니다. 그 부근에서 집을 구하려고 했을 때, 꽤 깊이 알고 지냈지요."

링글로즈는 노인의 대답 속에서 질투의 기색을 알아챘다.

"아서는 결코 내 친구가 아니었습니다." 노인은 말했다. "그를 잘 알고는 있었으나 친구는 아니었습니다. 남작이 그 사나이를 왜 그렇게 중하게 생각했는지 그 까닭을 모르겠습니다. 확실히 좋은 하인이었습니다만, 그러나 나와 달리 이 댁의 친구는 아니었습니다."

"비튼도 그것을 알고 있었습니다. 그 점에서 그는 당신을 더없이 존경하고 있었습니다. 당신은 가족의 한 분이나 마찬가지라고 말했습니다."

"60년 전부터 브루크 노튼에서 집사로 얼마 전에 돌아가신 남작의 부친을 모셨습니다." 로클리는 말했다. "그런데 나이가 들었기 때문에 이곳으로 왔지요, 그때 버고잉 씨가 영국인 문지기를 구하고 있었습니다. 비튼은 주인어른을 모시고 다녔습니다. 나는 그를 비열하고 뭔가 비밀이 있는 사나이라고 언제나 생각하고 있었습니다. 그런데 그가 죽었습니다. 자살했다고 들었는데…… 결혼 때문이었을 겁니다, 틀림없이."

"아침 식사하러 밖으로 나가시겠습니까, 로클리 씨? 그 이야기를 해 드릴 테니까요, 부인과는 전혀 관계가 없습니다. 사실 그 사람의 죽음은 수수께끼같이 보였습니다. 비튼은 이야기하기 좋아하는 사나이가 아닌데도 나에게 많은 것을 털어놓았습니다. ……주인의 모험과 그 밖의 여러 가지 일에 대해서. 바쁘시지 않다면 같이 나가서 식사라도 하십시다. 더워지기 전에 만나려고 일찍 왔습니다. 어젯밤 이곳에 왔기 때문에 12시에는 광고를 낸 사람과 만나야 합니다."

그러나 로클리는 이미 아침 식사를 한 뒤였다.

"나는 지금 일꾼들을 감독하고 있습니다. 그럼, 이렇게 합시다. 12시 반에 다시 와 주십시오. 그때 같이 이야기합시다. 좋은 곳으로 안내해 드리지요."

존은 그렇게 하기로 하고 좀더 이야기를 하여 좋은 분위기를 만든 다음 아침 식사를 들기 위해 미네르바로 돌아왔다.

존 링글로즈는 약속 시간에 로클리를 만났으나, 이번에는 몹시 불만스러운 듯한 태도를 지어 보였다. 노인은 옷을 갈아입고 큰 양산을 들고 있었다.

링글로즈는 낙심했다는 것을 고백했다.

"여비만 낭비한 것 같습니다. 상대는 남미 출신으로 빈틈없는 사람이었습니다. 하지만 그런 사나이야 뭐 아무래도 좋습니다. 나는 유럽을 떠나지 않기로 마음먹었습니다. 영국이나 스코틀랜드가 아니면 일할 생각이 없어져 버렸지요."

"정말 그렇습니다." 노인이 대답했다. "그러나 상당히 많은 일꾼들이 미국으로 가지요. 나는 주인을 따라 여행하는 그들을 만나 본 적이 있습니다. 미국인들은 우리와 같은 좋은 하인을 필요로 하지 않습니다. 그들은 독립적인 인간으로 다른 사람에게 명령하는 것을 좋아하지 않습니다. 그곳에서는 흑인이 하인 일을 하고 있다고 여러 사람들로부터 들었습니다."

알렉 웨스트는 마침내 로클리 노인과 아주 친하게 되었다. 노인은 이야기하기를 좋아했다. 존은 이내 그가 좋아하는 이야기가 주인 가족에 대한 것임을 알았다. 브루크 남작은 다음 주일에 올 예정이라고 했다. 로클리 노인은 밀드레드도 같이 왔으면 좋겠지만 그렇게 될지 모르겠다고 했다. 로클리는 마음속으로 그녀를 사랑하고 있었다. 로클리는 그녀의 부친을 잘 모셨기 때문에 모든 형용사를 다 써서 콘시다인 의사를 저주했다. 이 의사는 밀드레드의 마음을 사로잡았다가 나중에 버렸다는 것이었다.

"나는 그 사나이를 내 눈으로 똑똑히 보았습니다." 로클리는 말했다. "그녀의 부친이 돌아가셨을 때——가엾게도 절벽에서 떨어져서 돌아가셨지요——나는 그녀의 숙부와 함께 갔습니다. 그분은 내가 고아가 된 두 남매의 벗이 될 수 있다는 것을 알고 계셨습니다. 그들은 나에 대한 것을 어렸을 때부터 알고 있었지요, 나는 남매가 영국으로 갈 때까지 돌보아 주었습니다. 그러나 도련님과는 다시 만날 수 없게 되었습니다. 1년 뒤 부모의 뒤를 따라 돌아가셨으니까요. 저 가증스러운 의사는…… 밀드레드 아가씨는 그 사나이를 사랑하고 있었습니다."

"그 의사를 악당이라고 평한 것은 당신이었습니까?" 링글로즈가 물었다.

"아닙니다, 그 사나이는 나처럼 정직하다고 생각했었습니다. 아시는 바와 같이 영국인으로서 태도도 훌륭했고, 그 무렵에는 믿을 수 있는 사나이였습니다. 그러나 사실은 아가씨를 속이려고 했던 것입니다. 아가씨가 영국으로 돌아가자 이내 그 속셈을 실행했습니다. 지금의 브루크 남작이 언제나 말씀하고 계시지만, 불행하게 보일지는 몰라도 사실은 잘된 일이었습니다. 아가씨는 신분이 미천한 자와 결혼할 뻔했고, 또 자기 마음을 알기에는 너무도 어렸던 것입니다. 그러나 뭐 괴이한 일은 아닙니다. 그 사나이는 벌을 받으면 됩니다. 돈을 보고 미국 여자와 결혼한 사실을 뒤에 남작이 알아냈습니다."

링글로즈는 아서 비튼의 이름을 힘들이지 않고 입에 올리며 죽은 그 사나이와 아주 친했었다고 꾸며 댐으로써 노인의 신뢰를 얻는 데 성공했다. 그는 브루크 노튼에서 혼자 힘으로 알아낸 많은 사실을 죽은 그 사나이로부터 들은 것처럼 말했던 것이다. 그는 로클리에게 남작의 가정 생활의 이모저모를 묻고 로클리가 기뻐하도록 뷔즈 양에 대한 것도 이야기에 끼워 넣었던 것이다. 링글로즈는 로클리가 눈치채지 않도록 자기도 로클리와 마찬가지로 남작 가족에 대해 관심을 갖고 있는 사람 가운데 하나라고 짐짓 말했던 것이다. 이야기의 순서에 따라 현재의 브루크 남작에 대해서 말할 때는, 비튼으로부터는 물론 콘시다인에게서 얻은 지식까지 이야기했다. 남작의 모험심과 늘 현금에 쪼들렸다는 것을 말하고 난 뒤 크게 웃자 노인도 따라 웃으며 미지의 손님이 알고 싶어하는 것에 빠져 들어왔다.

존은 함께 저녁을 들고 싶다고 말했다. 금빛으로 빛나는 포도주 두 병을 비우고 두 개비째의 토스카니 담배를 피울 때, 로클리 씨는 자진해서 말을 꺼냈다. 그가 고백한 바로는, 지금의 주인에 대해서는 죽은 주인보다 애정을 가지고 있지 않지만 버고잉 뷔즈도 가장의 지위에 오르자 침착해지고 위엄 있어졌다고 말했다.

"이 세상의 무엇보다도 자기 노리개를 중요하게 생각하는 분이지요." 노인은 말을 이었다. "그 분이 잡다한 물건을 이것저것 샀기 때문에 고용인의 급료를 어떻게 지급해야 할지 모르게 된 일도 있었습니다. 그때 이른바 무기를 가지고 궐기하는 사태가 벌어져 중개인이 수습하지 못하게 되자 그분은 도망쳐서 자기 형에게로 가서 곤란받고 있는 돈을 얻어 올 때까지 모습을 나타내지 않았습니다. 그분은 구실을 만들어 도망쳤습니다. 이름과 국적을 위조하여 여기저기 떠돌면서 사태의 진전을 기다렸던 거지요. 머리가 아주 좋고 이야기도 잘했기 때문에 플로렌스를 탈출하여 당국의 눈을 피했으므로 찾아낼 수가 없었습니다. ”

링글로즈는 소리 내어 웃었다.

“이름까지 바꾸어 버렸군요. 비튼도 그런 이야기를 했었습니다. ”

“이름뿐만 아니라 국적까지도 바꾸었답니다. 오늘은 프랑스 인인가 하면 내일은 독일인입니다. 물론 나 말고는 이 비밀을 아는 사람은 없습니다. 내가 말하지 않는 한, 비밀은 새지 않을 것입니다. ”

“당신같이 믿을 수 있는 사람이 곁에 있다는 것은 그분에게는 행복한 일입니다. ”

“그때는 그랬습니다. 나는 그런 목적 아래에서 일했으니까요. 나는 여기서 그분의 전보를 발송한다든가 편지를 새 봉투에 넣어서 부친다든가 하며 뒤를 돌봐 드렸습니다. ”

“그럼, 당신은 그분이 어디에 숨어 있는지를 알고 있었군요 ? ”

“대개의 경우는 알고 있었습니다. 어느 때는 ‘헤르 고르츠’, 어떤 때는 ‘무슈 로렌스보놈’이라고 봉투에 써서 부쳤습니다. ”

링글로즈는 크게 웃으면서 노인에게 박수를 보냈다. 이야기가 수사의 중점에 닿을 때까지는 직접적인 질문은 피했다. 지금도 그는 곧 화제를 바꾸어 길을 빙 둘러 다시 본디의 이야기로 돌아갔을 정도였다.

링글로즈는 자기 일과 이제부터 어디를 거쳐서 어디로 갈 것인지를 이야기했다.

“나는 이곳까지 온 김에 유명한 호수를 관광하려고 합니다. 당신은 아마 잘 알고 계시겠지요 ? ”

“조금은, 나도 물론 코모 호수에 가 보았습니다. ……대단히 아름답다고들 말하지만, 아무튼 저택에 불행한 일이 있던 때라서 경치 같은 것은 눈에 들어오지도 않았습니다. 그 뒤 루가노 호수였든가, 그 큰 호수……마졸레 호수……. ”

"루가노에 대해서는 나도 자세한 이야기를 들었습니다."

"나는 직접 그곳에 간 적은 없습니다. 그러나 브루크 남작은 때때로 찾아갔었지요. 아시겠지만, 형의 집에서 그다지 멀지 않았거든요. 그분은 그곳에 머물면서 형을 만난 일이 한두 번이 아니었습니다. 코모에는 1년쯤 가 있었습니다. 밀라노도 마찬가지였고요. 숫여우는 쫓기는 것을 좋아한다고 합디다만, 아마 그분도 그와 같았던 모양이지요. 그러나 아무도 그분을 체포한 적은 없었습니다."

다시 링글로즈는 소리내어 웃고서 화제를 바꾸었다. 로클리를 조종하는 일은 매우 쉬웠기 때문에 이렇게 단순한 인간에게 기교를 부릴 필요는 없었다. 그러나 링글로즈는 때때로 다른 데로 화제를 돌려 자신의 관심이 특별하지 않다는 것을 느끼도록 하였다.

"그 세 개의 호수를 다 보겠습니다." 그는 말했다. "지도에는 베네치아로 가는 길가에 '가르다'라는 곳이 또 한군데 있더군요. 그곳도 아담한 호수인 것 같습니다."

그러나 로클리는 지금까지 '가르다 호수'를 들어 본 일이 없었다.

한두 시간 이 노인과 즐겁게 보냈다. 이윽고 링글로즈는 같은 동포를 만나서 더없이 반가웠다는 말을 한 다음, 다시 한 번 만나고 싶다고 말했다.

"내일 밤 관광을 떠나려고 합니다. 호수에 대해서 말씀하신 것을 참고로 삼겠습니다. 그리고 또 한 번 말씀을 듣고 싶군요. 오늘 밤 이곳에서 저녁을 같이 했으면 하는데 어떻겠습니까?"

노인은 승낙했다. 그는 매우 졸린 얼굴을 하고 있었으며, 낮잠 시간이 꽤 늦어졌다고 말했다.

그날 밤 9시에 두 사람은 다시 만났다. 링글로즈는 전과 같은 순서로 이야기를 끌고 갔다. 아서 비튼의 이야기로 돌아가 죽은 사나이의 부인에 대해서 말한 뒤, 비튼의 과거에 대해서 질문을 해 보았다. 이렇게 해서 화제는 노인의 마음에 드는 것으로 돌아갔다. 그는 독수리 방 아래에서 일어난 죽음에 대해 매우 자세하게 이야기했다.

"이 사건으로 버고잉 뷔즈 씨도 정신을 차리셨겠군요." 이제는 핵심적인 이야기로 들어가려고 마음먹으며 링글로즈가 말을 꺼냈다.

"슬픈 소식이 이곳에 닿았을 때, 그분도 함께 있었습니까?"

"아니오, 그 소식은 주인이 돌아오시기 전에 왔습니다. 좀 기묘한 일이 있었지요. 그때도 주인은 형이 죽기 1주일 전부터 시끄러운 일이 있어서 산을 넘어 볼로냐에 가 있었거든요. 그렇습니다, 코모가 아니었습니다. 거기까지 갈 정도의 비용이 없었던 겁니다. 그분은 볼로냐에서 형에게 편지를 썼습니다. 그리하여 물론 돈을 손에 쥐고 힘 있게 돌아왔습니다. ……그때 그 비보가 기다리고 있었습니다. 그렇군요, 전보와 집달관이 함께 와 있었습니다. 나는 그자를 쫓아내지 못했습니다. 주인이 돈을 가지고 돌아와 계시지 않았기 때문에 어쩔 수 없었지요. 그때의 그 돈이 그분의 형님께서 마지막으로 주신 돈이었던 것입니다."

"누구에게나 잔혹한 충격이었겠군요. 그때 아서 비튼은 주인과 함께 볼로냐에 갔었습니까?"

"아니오, 그 여행에는 따라가지 않았습니다. 돈에 쪼들렸기 때문에 하인을 데리고 갈 수 없었습니다. 그분은 밤중에 도망쳤던 것입니다. 나는 다음날 큰 봉투에 들어 있는 편지 뭉치를 그분에게 부쳤습니다. '볼로냐 카브르 호텔의 해롤드 스테빙즈 귀하'라고 썼습니다. 그리고 뒤에 다른 편지도 보냈습니다."

"당신의 기억력은 아주 놀랍습니다그려!"

"그 당시 일어난 일은 하나도 잊어버리지 않습니다. 주인은 그 뒤 그 일에 대해 모두 이야기해 주었습니다. 형인 브루크 남작은 메나지오에서 볼로냐로 와서 돈을 처리하여 준 다음, 앞으로는 경찰 신세를 지는 일이 없도록 하라고 말씀하셨습니다. 그리고 돌아갔습니다. 버고잉 씨는 주머니에 돈을 가득 넣고 베네치아로 가서 이틀 정도 도락인 상아 세공품을 찾았습니다. 그때 그 전보가 날아들었습니다——형이 죽었다는 내용이었지요. 그 전보는 남작의 죽은 시체가 발견된 날 오후에 도착했습니다. 주인이 돌아와서 형의 죽음과 집달관을 만난 것은 다음날 아침이었습니다. 돈 문제를 처리한 다음 그날 밤으로 비튼을 데리고 메나지오로 출발했습니다. 나는 이틀 뒤 두 사람의 뒤를 따랐습니다."

링글로즈는 고개를 끄덕이며 "몹시 바빴겠습니다"라고 말했다.

이제 탐정의 목적은 달라졌기 때문에, 다시 한 시간쯤 더 말동무가 된 뒤 로클리 씨를 전송했다. 그가 메나지오에서 이곳까지 와서 알고 싶었던 것을 다 알게 된 지금 또 하나의 중요한 일에 주의를 돌렸다. 그는 훨씬 앞에 있었던 일까지 생각해 내어 몇 가지 조건만 맞는다면 기발한 행동을 시작하려고 계획을 세웠다. 그런데 지금이야말로 성공한 것이다. 그는 미심쩍게 생각했던 일을 밝혀냈다. 아주 적은 수고로 그것을 이룩한 것이다. 버고잉 뷔즈가 자기 형이 죽었을 때 정말은 플로렌스에 있지 않았다는 사실을 안 이상 여기에 대처할 계획을 밀고 나갈 필요가 생긴 것이다.

이제부터 어떻게 할 것인가 하는 계획은 그가 의사에게로 돌아왔을 때 명확해졌다. 그러나 잠시 동안 로클리 씨의 곁을 떠나기 전에 그의 인상을 이 노인에게 확실히 해 놓고, 자기의 방문과 질문한 내용을 잊지 않도록 만들어 놓았다. 그는 목적을 달성한 이상, 어떤 구실을 붙여서든지 자기가 좋다고 말할 때까지는 두 사람이 우연히 알게 되었다는 것을 로클리 씨가 입 밖에 내지 않도록 경계해야 했다. 링글로즈는 브루크 남작이 다음 주일에 이 별장에 온다는 것을 알았다. 말하기 좋아하는 노인은 아서 비튼의 친구라는 그에 대한 것을 털어

놓지 않을 수 없을 것이다. 그러나 링글로즈는 그렇게 되기를 열심히 바랐고 또 노력했다. 링글로즈는 로클리 노인이 한층 흥미를 가지고 있는 문제에 대해서 이야기했다. 마지막으로 그는 다시 로클리 씨의 방으로 돌아와서 브루크 집안의 여러 가지 가족 사진을 본 다음 헤어졌다.

링글로즈는 그 사진에 깊은 관심을 나타냈고, 사실 그 소년에 대해서 마음을 빼앗겼다. 무엇을 생각하는 듯한 부드러운 소년의 얼굴을 보고 존은 잠시 어떤 상념에 빠졌다. 이윽고 그는 제 정신으로 돌아왔다.

"로클리 씨, 아무튼 더 이상 이곳에서 시간을 낭비하고 싶지 않습니다. 내일 아침 밀라노로 가서 여러분이 칭찬하는 호수를 보도록 하겠습니다. 다시 여기에 오게 되면 꼭 찾아뵙겠습니다."

노인은 못내 아쉬운 표정으로 링글로즈와 작별 인사를 했다. 두 사람은 마침내 헤어졌다. 링글로즈는 노인에게 이야기했던 방향과는 반대 방향으로 출발했다. 플로렌스를 떠나 북행 열차에 몸을 싣고 밤을 새워 산악 지대를 가로질렀다. 월계수 숲속에서는 소쩍새가 노래를 부르고 개똥벌레가 반짝거리며 날고 있었다. 동녘 하늘에 먼동이 틀 무렵 그는 볼로냐에 도착했다. 그는 이곳에서 여행을 끝냈다.

더블 크로스

링글로즈는 메나지오로 돌아온 다음날 밤 어네스트 콘시다인과 저녁을 같이했다. 식사가 끝나고 담배를 피우며 호숫가를 산책할 때 링글로즈는 의사에게 그 비밀 이야기를 들려주겠다고 했다. 아주 조용한 밤으로, 쟁반 같은 둥근 달이 가까이 떠 있었으며 하늘은 맑았다. 의사는 자기의 모터보트를 타자고 말했다. 그가 직접 운전했다. 링글로즈는 그의 생각에 찬성하고 마침내 두 사람은 달빛이 빛나는 호수 위로 미끄러져 나갔다. 얼마쯤 가다가 시동을 껐다. 그들은 기슭에서 소리쳐도 들리지 않는 곳에 떠 있었다.

"그럼, 지금부터 놀라운 이야기를 하겠습니다." 링글로즈는 이야기를 시작했다. "오늘 밤 기슭에 닿기 전에 당신은 일생을 통해 가장 무서운 이야기를 듣게 될 것입니다. 미리 말씀드려 두지만, 나는 당신의 의견을 묻는 것이 아닙니다. 나의 추리를 이야기하려는 겁니다. 정말 이상한 일이 지난 겨울 나에게 일어났습니다. 그러나 그것은 다른 일의 전주곡에 지나지 않습니다. 하지만 그 중에서도 가장 괴이한 일은 아마 지금부터 일어날 것이라고 생각합니다. 내가 생각한 대로 된다면 말입니다. 먼저 과거의 일에 귀 기울여 주십시오, 그 다음에 앞으로 일어나기를 바라는 이야기를 들려 드리겠습니다."

"계속하십시오, 포다이스 씨."

"그럼, 시작하겠습니다. 내 이름은 '포다이스'가 아닙니다. 나는 두 가지 이유로 나의 모든 비밀을 고백하려고 합니다. 하나는 당신의 호의와 신뢰 때문이고, 또 하나는 당신이 내 편에 서게 되면 당신에게 큰 이익이 될 것이기 때문입니다. 당신이 이 문제에 대해 깊은 관심을 갖지 않았다면 나는 혼자 했을 것입니다. ……나는 언제나 혼자 행동하는 것을 좋아합니다. 그러나 당신으로서는 브루크 남작과 다투어야 할 명분이 있으니까 정의의 편에 설 수가 있을 것입니다."

"브루크와 싸우는 데 도움은 필요없습니다." 의사는 간단히 대답했다.

"아마 그럴 것입니다. 그러나 내가 도움이 될 것입니다. 그럼, 출발점으로 돌아갑시다. 나는 포다이스가 아니라 링글로즈……존 링글로즈입니다."

"놀랐습니다. 그 유명한 형사가……."

"지금은 퇴직했지요, 그렇습니다. 지난 겨울 자유스러운 몸이 되었기 때문에 도싯 주의 친구가 있는 곳으로 사냥을 갔었습니다. 그곳에서 사건이 시작되었습니다."

존은 정확하고 명료하게 이야기를 했다. 중요한 점을 하나도 빼놓지 않고 캠벨 부인의 상아 세공품을 브루크 남작에게 판 뒤 브루크 노튼에서 출발할 때까지의 일을 모두 이야기했다. 끝으로 전체의 사정을 간결하게 설명하고, 처음으로 아서 비튼에 대해서 말했다.

"브루크에 대해서는 조금 뒤에 말하기로 하고 우선 집사부터 말하기로 하겠습니다. 이 사나이가 죽었을 때 내가 어떤 처지에 있었는지 아시겠지요? 피고를 재판하기 전에 증인부터 재판한다는 것은 곤란한 일입니다. 그런 일은 자주 있지요, 이 세상에서 일어나는 가장 흔한 범죄라 하더라도 거짓이 있기 때문입니다. 그러나 증인들……올드 매너하우스의 부인들은 내가 아는 한 비난할 점이 하나도 없었습니다. 나의 피고인이라고 할 수 있는 사람은 자기 스스로 자신을 재판했습니다. 몇 가지 정상적인 인간의 유형에 의해 추정해 보면 공통적인 본능은 자신의 고통을 타인과 나누어 가져 가볍게 한다는 것입니다. 비튼 또한 이와 같은 근거에서 괴로워하리라고 느꼈습니다. 사실 그랬습니다. 참회의 말이 몇 번이나 나오려고 했었습니다. ……나에게 참회하는 것입니다. 사정이 달라졌다면 자기 부인에게 고백했을지도 모르지요.

그러나 비튼은 결혼한 지 얼마 되지 않았던 것입니다. 나는 두 사람의 결혼 생활을 충분히 관찰한 결과 이 사나이는 부인보다도 나에게 이야기할 것이라고 판단했었습니다. 나는 나의 약점을 말해 주고 죄악을 경멸하고는 있지만, 이 세상에 성자가 될 수 있는 인간은 한 사람도 없다고 이야기해 주었습니다. 그러나 반응은 전혀 달랐습니다. 그에 대한 나의 생각이 옳았는지도 모릅니다. 그러나 실행 단계에서 완전히 실패하고 말았습니다. 너무 지나치게 나사를 죄었던 것입니다. 마지막으로 바짝 죄었을 때 나의 목적은 산산조각이 나고, 그 사나이를 영원히 내 손이 미치지 못하는 곳으로 쫓아 버렸던 겁니다.

어처구니없는 실패였지요, 정말 부끄럽더군요. 이 사건과 비튼에 대한 이야기는 이 정도로 해 두겠습니다. 비튼을 위해서 슬퍼하지는 않습니다. 그는 악마와 같은 일을 했습니다. 아이를 괴롭혀 죽이는 사나이가 있다면 그 말고 다른 누구이든지 고문을 해서라도 진실을 밝혀냈을 것입니다. 그러나 비튼이 없어졌을 때 내 처지가 어떻게 되었겠습니까? 이 일을 시작했을 때와 같이 원점에 서게 되었습니다. 처음부터 다시 시작해야 했습니다.

　두서너 가지는 물론 손에 들어왔습니다. 올드 매너하우스 호텔에서 들은 말이 사실이라는 것을 그때 알았습니다. 비튼이 어린 브루크 남작을 죽였다는 것을 알았습니다. 그리고 이 일은 그 아이 숙부의 도움 아래 이루어졌다는 사실도 알았습니다. 그리하여 지금의 브루크 남작이 죄를 저질렀다는 것은 알았습니다만, 증거가 아무것도 없었습니다. 어떤 사건이든 증거는 꼭 있습니다. 그러나 비튼이 죽어 버리자 어떤 증거도 잡을 수가 없었습니다. 비튼이 죽음으로써 그 흉악한 남작에게 도움이 되었으리라고 당신은 생각할지 모르겠군요. 거기서 조사를 멈추었다면 그렇겠지요. 그러나 나는 수사를 계속했습니다. 브루크 남작과 정면으로 대결했습니다. 브루크 노트에서 내가 한 일은 이것이 전부입니다. 그럼, 지금부터 좀더 재미있는 문제로 들어갑시다.

　그때까지 나는 당신의 친구였던 브루크 남작 때문에 고심한 일은 없었습니다. 내가 좀더 명민한 머리를 갖고 있었다면 벌써 그랬어야 했을 것입니다. 그러나 그렇지 못했습니다. 나는 한쪽 눈으로만 볼 수 있는 생물, 독수리보다는 두더지였는지도 모릅니다. 두더지는 아무리 상태가 좋은 때라도 바로 코앞밖에는 보지 못하는 법입니다. 이른바 종합 능력이 부족한 것이지요. 어떤 일이 일어났을까요? 왜 나는 이곳까지 와서 당신을 만나보고 남작의 죽음을 조사하고 있을까요? 왜냐하면 나는 완전히 벽에 부딪쳤기 때문입니다. 지금의 브루크 남작과 알게 되었다면 처음 시작할 때보다 한 걸음도 더 나아가지 못했을 겁니다. 루드빅 뷔즈 소년을 공포로 죽게 한 그 인형을 착안하게 한 상아 세공품을 나는 우연히 발견했습니다. 그것이 내가 할 수 있었던 모두였습니다. 단 한 가지를 위해서 나는 이곳에 왔습니다.

니콜라스 트레메인은 뷔즈 양의 아버지 죽음에 대해 이야기할 때 비극적이라고 말했습니다. 그것은 바다를 건너 이곳까지 온 이유입니다. 나는 브루크 노튼에서 구체적인 것을 알아낼 수 없었습니다. 내가 이 문제에 관심을 갖고 있음을 트레메인에게 알릴 수 없었습니다. 왜냐하면 브루크 남작에게 나와의 대화를 이야기할 염려가 있었으니까요. 지금도 브루크 남작이 의심하고 있지 않다고 단언할 수는 없습니다. 그의 머리는 전광석화같이 빠르게 움직입니다. 양심은 사람을 소심하게 만든다는 것을 알고 있습니다. 양심은 기억력을 날카롭게 만들지요. 그는 양심을 갖고 있지 않습니다——아시겠습니까?——그러나 대단한 기억력을 가지고 있습니다. 그 남작의 수집품 속에 있는 악마의 모양을 두 번째로 보기 위해 진열실에 들어갔을 때, 그에게 들킨 것은 정말 유감스러운 일이었습니다.”

“자, 힘을 내십시오. 놀라운 일입니다.” 콘시다인은 신음 소리를 냈다. 그는 반쯤 정신을 잃은 채 신음하면서 말을 계속했다. “아, 이 이상 놀랄 수는 없습니다. 만일 하늘에서 천사가 내려와 알려 준다고 해도 말입니다. 그 친절하고 우아하며 다감한 사나이가 어린애를 죽일 수 있을까?”

“그 사나이는 훌륭한 희극 배우입니다. 내가 그자를 어떻게 생각하고 있는지 곧 이야기하겠습니다. 내가 보기에 그 사나이는 칭찬받을 만합니다. ……하지만 아시다시피 이것은 도덕 문제와는 다릅니다. 그와 같은 계급의 다른 영웅들과 마찬가지로 칭찬받을 만한 값어치가 있다는 말이지요. 우리들은 그러한 무리들을 범이나 여우와 같이 그 본디 처지에서 판단해야 합니다. 더 앞으로 나가 봅시다. 나는 당신이 있는 곳으로 와서 우연히 당신의 근심을 없애고 다시 힘을 불어넣었습니다. 당신이나 나를 위해서 좋은 일이었습니다. 당신은 당신의 친구가 독수리 방에서 목숨을 잃었다고 알려 주었습니다. 그것은 분명히 비극입니다. 그런데 당신은 그것이 사고가 아니었다고 털어놓았습니다. 당신이 자살이라고 확증한 것은 단지 겉으로 드러난 증거에 의한 것이었습니다. 그 밖에 무엇을 발견했습니까? 자살의 증거는 결코 명백하지 않았다는 것. ……고인에 대해서 당신이 말한 것을 결부시켜 보아도 그 증거는 결코 명백하지 않았습니다."

"그 증거는 절대적인 것입니다, 링글로즈 씨."

"절대적인 것이란 없습니다. 자살은 언제나 상황 증거로 결정이 되지요. 브루크 남작이 한 시간 전에 자신이 직접 산 밧줄로 목을 매달았다 해도 확실하게 자살이라고 말할 수는 없습니다. 이런 관점에서 아서 비튼이 권총으로 자살한 것도 확실히 자살이라고 생각할 수는 없습니다.

자, 여기 큰 슬픔을 느끼고 그것을 이겨 내어야 하는 사람이 있다고 합시다. 그는 용기 있고 남성적인 사람으로, 분별력과 사려 깊은 성질을 갖고 있습니다. 또한 자기 생활의 갖가지 의무와 의리를 잘 알고 있습니다. 그가 사랑하던 아이들이 무럭무럭 자라고 있습니다. 소녀는 어머니를 많이 닮았습니다. 몸이 약해서 부친이 돌보아 주지 않으면 안 됩니다. 딸아이는 염려 없었을 거라고 나는 생각합니다. 사랑하는 남자와 결혼하기로 되어 있었으니까요. 부친은 그 사나이를 높이 평가하고 있었습니다. 이 부친이 그 어린 아들을 버리겠습니까? 이 부친이 그 어린아이의 운명을 마구잡이 숙부의 손에 아무렇게나 맡겨 버리겠습니까? 더욱이 언제나 돈만 알고 책임감 없는 동생에게 말입니다. 죽은 남작이 자살한다면 결과는 반드시 지금 말한 대로 됩니다. 당신은 루드빅이 성년이 될 때까지의 보호자도 정해져 있지도 않았고, 특별한 준비도 없었다고 말씀하셨지요? 남작이 자살했다면 그렇게 해 놓았겠습니까? 그럴 리가 없습니다. 따라서 나는 이 일을 사고라고 봅니다. 결코 자살이 아니었습니다."

"그러나 남작이 자살했다는 것에 대한 충분한 증명이 남아 있습니다. 자살이 아니라면 어떤 방법으로 죽었겠습니까?"

"그 사람은 다른 사람의 손에 의해서 살해당했습니다, 콘시다인 씨."

"어떻게 해서, 어떻게 해서…… ? 증명이…… 많은 사실이 그렇지 않다고 증명하고 있습니다."

"그렇지 않다는 증명 또한 하나도 없습니다. 브루크 남작이 죽은 이야기를 들었을 때, 사실을 말씀드린다면 내 직감이 틀리지 않았다는 것을 알았습니다. 직감으로 착오를 일으킨 일도 몇 번인가 있었습니다. 이성적으로 생각해도 그런 일은 가끔 있지요. 그러나 이번만큼은 내 직감을 믿었고, 또 진상을 알고 있습니다. ……아시겠습니까? 모든 사실을 알고 있었던 것입니다. ……즉 브루크 남작의 아들을 죽인 인물이 바로 남작을 죽인 것입니다. 한 가지 일을 할 수 있는 인물은 다른 일도 쉽게 할 수 있습니다. 나는 나의 직감이 옳다고 믿고 운 좋게 그것을 알아낼 수 있을지도 모른다는 생각에 이곳으로 왔습니다. 당신은 그것을 나에게 인식시켜 주었습니다. 그러나 인식한다는 것과 증명한다는 것은 하늘과 땅의 차이입니다. 뒷 준비가 큰일이었습니다. 플로렌스에 갔을 때 사실은 모두 밝혀졌습니다. 브루크 남작이 자기 형을 죽일 수 있었다는 것을 알아냈습니다. 지금은 그가 그렇게 했다고 단언할 수도 있습니다."

"그렇지만 링글로즈 씨, 사실을 잘 생각해 주십시오. 두 가지만 이야기하겠습니다. 가엾은 남작의 죽은 말은 남작이 갖고 있던 스카프로 눈이 가려져 있었습니다. 그것을 우리들은 보았습니다."

"그것은 맞습니다. 그러나 브루크 남작이 직접 그 스카프로 말의 눈을 가렸다고 확신할 수 있습니까? 당신으로서도 그것은 알 수 없을 것입니다."

"그렇다면 그 문제는 그대로 두겠습니다. 또 한 가지 사실은, 동생인 버고잉은 브루크 남작이 죽은 날 베네치아에 있었습니다."

"어떻게 그것을 압니까?"

"그가 직접 나에게 그렇게 말했습니다. 우리가 그 시체를 발견한 날 아침에야 그곳을 출발했기 때문에 피아 별장으로 친 전보는 버고잉보다 먼저 플로렌스에 가 닿았던 것입니다."

"전보보다 먼저 가 있었으면 더 좋았겠지요." 링글로즈는 대답했다. "그러나 실제로 일어난 일은 이렇습니다. 브루크 남작은 죽기 이틀 전 볼로냐까지 가서 동생을 만났습니다."

"그것은 알고 있습니다. 그분은 돌아오셔서 동생은 지금까지보다 훨씬 더 곤란을 겪고 있으며, 중개인에게 쫓기는 등의 하찮은 일마저 일어났다고 말씀하셨습니다."

"그래서 당신은 버고잉 뷔즈가 플로렌스에 돌아가기 전에 잠시 베네치아에 가 있었다고 생각하시는 거로군요?"

"그렇습니다."

"그렇지 않습니다, 콘시다인 씨."

"어떻게 그것을 확신합니까?"

"대단히 간단한 일입니다. 그 사람이 자기의 행위를 숨기려고 하지 않았기 때문입니다. 물론 그럴 필요가 조금도 없었습니다. 세밀한 점은 그 자신이 아니면 모릅니다. 그러나 당신은 이 점에 대해 확신하고 있는 것 같으니까 한 가지만 덧붙여 놓겠습니다. 버고잉 뷔즈는 형을 만난 다음 볼로냐의 카브르 호텔에서 하룻밤밖에 묵지 않았습니다. 그곳에서 두 통의 편지를 받았는데, 그것은 로클리가 플로렌스에서 보낸 것이었습니다. 떠날 때, 다른 편지가 올지도 모르기 때문에 그는 카브르 호텔에 자신이 갈 곳을 미리 말해두었던 겁니다."

"베네치아겠지요."

"아닙니다……루가노입니다. 카브로 호텔의 숙박부를 조사하여 다음과 같은 사실을 알아냈습니다. 나는 그 정확한 날짜를 알 수 있었습니다. 해롤드 스테빙즈라는 이름으로 호텔을 떠나기 전에 나중에 우편물이 오면 루가노 우체국 앞으로 회송해 달라는 지시를 남겨 놓았던 것입니다. 어떻습니까?"

"그렇습니까! 생각해 보니 이제 알 것 같습니다."

"나도 알 것 같았습니다. 그러나 알고 있는 듯한 기분이 들었을 뿐입니다. 현재의 브루크 남작이 형을 죽였다고 가정해 봅시다. 아, 목이 마르군요. 이 이야기의 계속은 당신에게 맡기겠습니다. 당신의 견해를 듣고 싶습니다."

"배를 기슭으로 대지요." 의사가 말했다. "당신의 이야기로 지쳤습니다만, 링글로즈 씨. 꿈속에서 악마와 싸우고 있는 것 같군요."

"나도 그렇습니다. 이 이야기는 대부분 당신에게 처음으로 이야기한다는 것을 잊어버릴 뻔했습니다. 돌아가서 한잔 하십시다. 그리고 나서 계속하지요. ……잠이 오지 않는다면."

"잔다고요? 도무지 잠이 올 것 같지 않습니다. 밀드레드가 그 악마의 손 안에 있는 한은……."

"염려할 것은 없습니다. 그 사나이는 진심으로 밀드레드를 귀여워하고 있고, 그녀도 그를 좋아합니다."

대답 대신 의사는 시동을 걸었고 두 사람은 이윽고 뭍에 내렸다. 그들은 이 이야기에 두 시간 정도 소비했다. 코모 호수의 나루터는 인기척이 없이 조용했다. 검은 그림자가 보트의 앞머리를 가로질렀다. 세관 감시선이 검은 뱀같이 달빛이 빛나고 있는 호수 위로 소리내어 달리면서 밀수선을 찾고 있었다.

콘시다인의 보트도 정지 명령을 받았다. 그러나 의사의 이름과 목소리를 듣자 큰 배는 친절한 말로 안녕을 외치면서 달려갔다.

위스키 소다를 한잔 비운 다음 링글로즈는 상대가 오늘 밤은 더 이상 귀를 기울일 만한 상태가 못 된다는 것을 알아차렸다. 과거의 이야기로 의사는 완전히 압도되어 버린 것이었다. 그것에 이어지는 이야기가 믿기 잘하는 그의 마음을 한층 더 긴장시킬 것으로 보고 링글로즈는 내일까지 그를 내버려 두기로 했다. 그는 지금 상태에 대한 어두운 구름을 말끔히 걷어 버리고 실제적인 전망을 안전하고 밝게 해 놓았다. 다음날 저녁 무렵, 문제를 진척시켜 다시 만났을 때 자신의 요구를 간결하게 들려주어야겠다고 생각했다.

그 자리에서 두 사람은 헤어졌다. 다음 날 아침 두 사람은 다시 만났다. 콘시다인은 간밤에 꿈이라도 꾼 듯 자기 일에 열중해 있었다. 한편 탐정은 지금부터 말해야 할 사실을 효과적으로 이야기하려면 어떻게 해야 할까 하고 사색에 잠겨 있었다.

두 사람은 식사를 같이했다. 그리고 나서 그날 밤은 비가 왔기 때문에 의사의 집으로 향했다.

"질문이 하나 있습니다." 링글로즈가 안락의자에 앉으면서 말했다.

따뜻한 밤공기가 활짝 열어 놓은 창으로 스며들어오고 있었다.

"브루크 남작이 형을 죽였다는 나의 추정에 찬성합니까? 나는 그가 소년을 죽였다는 것과 그와 같은 인간은 악독한 일을 할 수 있다는 것을 증명해 보였습니다. 거기에 덧붙여 나는 그가 당신과 약혼자 사이를 갈라놓았다는 사실도 알았습니다. 그러면 이제 그가 형을 죽였다는 내 의견을 어떻게 생각하시는지 솔직하게 말해 주십시오."

"나도 그 문제를 깊이 생각해 보았습니다. 그 사람에 대해 알지 못한다면 나도 당신 의견이 옳다고 대답할 겁니다. 그러나 인간의 성격을 탐구하는 사람으로서 이것은 극히 믿기 어려운 일입니다——내가 옳다는 걸 아시게 될 겁니다——아마도 절대적으로 옳은 것입니다. 나의 깊은 슬픔은 문제 밖으로 치겠습니다. 이것은 살인에 비교한다면 보잘것없는 악의 장난에 지나지 않습니다. 그러나 그 소년이 죽음을 당했다는 사실은 실제로 증명된 것 이상으로, 다른 사건도 일어날 수 있다는 가능성에 동의하지 않을 수 없게 만듭니다. 그러나 그것은 그 사나이의 성격을 완전히 뒤집어엎는 일입니다. 그는 무책임하지만 친절하고 부드러운 사나이입니다."

"성격에 대해서 말하자면 당신과 나는 어느 정도 전문가입니다. 당신의 일도 나와 같이 성격에 관계되는 일이 대단히 많을 겁니다. 성격은 이번 사건에서도 대단히 중요합니다. 그러나 성격이란 인간 심리의 이면을 배반하는 것입니다. 대단히 많은 사람들이 자기의 성격을 남을 속이기 위해서 사용합니다. 누구든 동정심이 깊을 수도 있고 잔혹할 수도 있습니다. 당신의 재능은 사람들의 마음속 비밀을 알아낼 수 있을 뿐만 아니라 그 사람들의 마음을 파헤칠 의지력도 갖고 있습니다. 이것이 성격의 신비스러운 잠재의식입니다. 오늘은 다른 사람의 슬픔을 보고 눈물을 흘리다가도, 다음날이 되면 아주 태연하게 말로 다할 수 없는 슬픔을 남에게 끼치는 것입니다. 브루크 남작은 어느 면으로 보면 고아가 된 조카 남매에 대하여 상냥하게 대해 준 것 같기도 합니다. 사실 그랬는지도 모르지요. 눈물을 흘릴 때 사람은 완전하게 순수해집니다. 돌아가신 남작은 의심할 여지없이 버고잉을 마음씨가 착하며 사심이 없고 철없이 낭비를 좋아한다고 생각했을 겁니다. 상아 세공품에 대한 지나친 애착은 그를 괴롭게 했습니다. 그러나 형은 그를 사랑스러운 장난꾸러기로 보고 언제나 용서하고 구원의 손을 뻗쳐 주었습니다. 동생 버고잉은 도덕적 감정을 전혀 갖지 않은 사나이로, 다시 말해서 인간의 신성한 의무에 전혀 무관심한 사나이로서 악마와도 같은 천재적인 두뇌를 가지고 있으며, 필요하다면 자신의 육친이라 하더라도 다른 사람이나 마찬가지로 기꺼이 희생시키는 자라는 사실, 바로 그와 같은 인물을 상대하고 있다는 사실을 형으로서는 상상도 못했을 것입니다.

버고잉 뷔즈와 그의 꿈 사이에는 하나의 장애가 놓여 있습니다. 그것은 무한한 돈을 필요로 했던 것입니다. 그리하여 무한한 돈을 확보하는 것이 목적이 되었습니다. 그는 상아 세공품에만 관심을 갖고 있었습니다. 부에 의해서 지배할 수 있는 자유를 쉽게 획득할 수 있는 방법은 형의 지위와 칭호를 얻어 그 수입을 확보하는 것이었습니다. 그러나 나는 지금 이제까지보다도 더욱 깊이 그 사나이의 성격 속에 파고들어야 합니다. 그의 성격에 성공과 실패가 달려 있으니까요."

"어딘가 반드시 약점이 있으리라고 생각합니다."

"꼭 그렇다고만 말할 수 없습니다. 많은 1급 악인들이 논리적이고 이성적인 두뇌를 갖고 있고, 또 그것은 완전하게 움직이고 있습니다. 그들은 지금도 자유롭게 아무 거리낌 없이 거리를 활보하고 있습니다. 브루크 남작도 그럴지도 모릅니다. 그의 변장에는 아무런 약점도 없을지 모릅니다. 시간이 지나면 자연히 알게 되겠지요. 그에게 결점이 없다면 나는 질 것입니다. 그러나 약점이 있다면 이길 것입니다. 이것은 가슴을 설레게 하는 매력적인 일입니다. 결점이 있는 보통의 범죄자를 찾아내야 합니다. 이번의 경우 나는 그 결점을 충분히 알고 있습니다. 그것을 증명하려는 일이야말로 사건에 대한 도전이 될 것입니다."

"아무래도 불가능합니다. 브루크 남작의 결정적인 시간과 발자취를 볼로냐에서 루가노까지 더듬어 확인한다 할지라도, 그 뒤 어떻게 하여 한 발자국 더 나아가 형의 죽음과 결부시킬 수 있겠습니까? 체격으로 보아도 그러한 살인을 시도했다는 것은 불합리하게 보입니다. 돌아가신 브루크 남작은 힘이 센 거인이었습니다. 하지만 지금의 남작은 보통보다 작은 체격으로 살이 찌고 유연하며 신체 허약자입니다. 형을 사살한 다음 떨어뜨렸다고 당신은 말하겠지요. 그러나 그런 일은 없었다고 맹세할 수 있습니다. 나는 주의깊게 시체를 검사했고, 경관도——대단히 유능한 이탈리아인인데——같이 조사해 보았습니다."

존 링글로즈는 머리를 끄덕이며 말했다.

"그것이 재미있는 점입니다. 얼마 있으면 알게 되겠지만, 그것은 간접적으로 내가 찾아내야 합니다. 그럼, 이제 이 이상 내가 무엇을 할 수 있는가 하는 점으로 이야기를 옮겨가겠습니다. 체스에서는 가끔 상대편의 진영 속으로 말을 몰아야 할 때가 있지요. 지금의 내 처지가 그렇습니다. 우리들은 성격에 대해서 한층 더 많은 것을 배우게 될 것입니다. 인간이란 궁지에 몰리게 되면 그것을 박차고 공격적으로 나갈 수도 있습니다. 그 사나이가 그렇게 해주기를 나는 열심히 바라며 빌고 있습니다. 플로렌스에서 나는 내 뜻대로 공작해 놓았습니다. 윌리엄 로클리 노인은 나를 죽은 비튼의 친구로 알고 조금도 의심하지 않았습니다. 그러나 나는 오직 정보를 수집하기 위해 그곳으로 간 것은 아닙니다. 할 수 있다면 씨앗을 뿌리기 위해서 간 것이지요. 그것은 가능하다고 생각했으며, 정말로 뿌려 놓고 왔습니다. 다음 주일에 브루크 남작이 별장에 오면 로클리와 틀림없이 여러 가지 이야기를 할 것입니다. 그는 아마 자기 집사의 죽음을 로클리에게 이야기할 것입니다. 그런데 남작은 모르지만 상대인 노인은 모든 것을 알고 있습니다. 그리하여 어떤 방법으로 그것을 알게 되었는지 눈치챌 것입니다. 브루크 남작은 알렉 웨스트라는 사나이가 플로렌스에 와 있다는 말을 듣게 될 것입니다. 이 이름은 비튼의 검시를 통하여 익히 들어 알고 있겠지요. 그러면 그는 윌리엄을 추궁해서 질문할 것으로 생각됩니다. 그는 아마도 윌리엄 노인이 여러 번이나 '알렉 웨스트'와 만나서 뷔즈 집안의 정보를 누설했다는 사실을 알게 될 것입니다. 그럼, 그때 브루크 남작은 어떤 것을 생각할까요?"

"왜 무엇을 생각해야 할까요? 왜 그 이야기를 액면 그대로 받아들여선 안 되지요?"

"종합적으로 생각해야 합니다. 당신은 브루크 남작이 여러 사실을 알고 있는 것을 잊고 있습니다. 나는 지금 그가 말할 수 없는 악인이라는 주관적인 지식을 말하고 있는 게 아닙니다. 그것은 회한이라든가 공포의 감정을 불러일으켜 사태를 분류시키는 것이 아니라 노먼 포다이스라는 인물이 두 개의 악마를 새긴 상아 세공품에 대해서 이상한 관심을 갖고 있었다는 아주 별개의 객관적 의식입니다. 그 당시 나는 그 일을 남작이 알게 된 것을 유감스럽게 여겼었습니다. 그러나 지금은 다행으로 생각합니다. 남작은 로클리와 이야기한 뒤 그 생각이 떠오르고 상당한 의미가 있다는 것을 알게 될 것입니다. 의혹이 생길 것입니다. ……날카롭고 격렬한 의혹이. 그는 틀림없이 극도로 당황할 것입니다. 나는 그렇게 믿습니다. 이러한 상황에서 의미심장한 수수께끼의 요소들이 엉키게 될 것입니다. 왜냐하면 그는 이 세상에 적이 있다고 상상하지 못하기 때문입니다. 그는 작위를 아무에게서나 빼앗지 않았습니다. 형인 남작과 조카에게서 빼앗았는데……둘 다 죽어 버렸습니다. 더욱이 그들 죽은 이에게는 친구가 없습니다. 브루크 남작은 누구의 의심도 받지 않고 살고 있습니다. 작위를 이어받은 현재의 인물은 아직 젊고 독립하여 딴살림을 차려나갈 수 있는 신분입니다.”

“그렇다면 브루크 노튼에게 의심하도록 하고 경계시키기 위하여 일부러 한 일이군요?”

“그렇습니다. 왜냐하면 현재로서 그에게 한 발 다가서기 위해 이것 말고는 방법이 없기 때문입니다. 이 점이 이 사건의 독특하고 흥미로운 점입니다. 또 상대의 성격이 중요성을 더해주는 점입니다. 그 사나이로 하여금 겁먹도록 해주고 싶습니다. 할 수 있다면, 누군지 모르는 사람이 과거를 조사하고 있다는 것을 확실히 알려주고 싶습니다. ‘알렉 웨스트’와 ‘노먼 포다이스’는 같은 인물이라는 것을 알려주고 싶습니다. 남작에게 깊은 관심을 갖고서 말로 표현할 수 없는 고생을 하고 있는 사나이지요. 당신에게 도움을 받고 싶은 점은 바로 이것입니다.”

어네스트 콘시다인은 갈수록 당황하여 마음속으로 느끼는 것을 그대로 얼굴에 나타냈다.

“잘 이해가 되지 않는데요, 링글로즈 씨. 말씀하신 뜻을 전혀 모르겠습니다.”

“브루크 남작에 대해서 이야기하고 있습니다. 당신은 더블 크로스라는 말을 들어 본 적이 있습니까?”

의사는 의심스럽다는 듯이 고개를 끄덕이며 말했다.

“그것은 범죄용어 아닙니까? 정직하게 행동하는 것같이 생각토록 하여 상대의 신용을 얻은 다음 혼을 내주는 일, 즉 신용 사기의 일종이지요.”

“잘 말씀하셨습니다. 자, 이 악한을 꼼짝 못하게 만드는 것만으로 나는 만족할 수가 없습니다. 그래서 이 일에 대해 나를 도와 달라는 것입니다. 브루크 남작에게 더블 크로스를 먹이고 싶습니다. 범죄자가 그와 같이 꾀한다면 정직한 인간이 그렇게 해서 안 된다는 법은 없습니다. 당신은 이런 경우 정에 약하지는 않을 것으로 생각합니다."

"그렇습니다, 참으로 지독한 친구입니다. 당신을 믿겠습니다. 당신의 말이 옳다고 생각합니다. 그것을 증명하는 데 도움이 되는 일이라면 기꺼이 하겠습니다. 아니, 이것은 죽은 사람에 대한 나의 의무입니다."

"고맙습니다, 콘시다인 씨. 그러면 내가 뒤를 캐고 있다고 브루크 남작에게 말해 주십시오. 뒷말하기 좋아하는 어떤 사나이가 남작 가족의 뒷이야기를 캐고 있다는 것을 말해 주십시오. 남작이 최근의 행동에 대해서 큰 관심을 가지고 있는 사나이라는 것도 명확하게 알려주어야 합니다. 도움이 된다면 내가 직접 그 편지 내용을 말로 이야기하겠습니다. 적절한 언어를 선택하는 것이 아주 중요합니다. 만일 상대에게 약점이 있다면 그 편지를 보고 곧 공격을 시작할 것입니다. 그 편지에 대한 남작의 반응에 모든 것이 달려 있는 것입니다."

"당신을 경계하도록 만드는 것입니까? 그러다가 도망이라도 쳐버린다면……"

"절대로 그런 일은 없을 것입니다. 그 이유를 설명하지요. 즉 나는 브루크 남작의 도움 없이는 조사를 진전시킬 수가 없습니다. 그가 도와주어야만 캐어 나갈 수 있습니다. 만일 그것을 거절한다면 내 처지는 지난 겨울 벨레아즈 부인으로부터 이야기를 들었을 때와 똑같이 되겠지요. 그런 뜻에서 지금부터가 중요한 장면입니다."

"그렇게 중요합니까?"

"이 일은 내 모든 생애에서 가장 재미있는 사건입니다. ……동시에 가장 비참한 일이지요. 여기에 당신의 존재가 그만한 값어치가 있느냐 없느냐 하는 기준이 서게 됩니다. 그것은 결국 고통과 동시에 환희를 가져다 줄 것입니다. 나는 브루크 남작에게 자신이 살인범임이 드러났다는 사실을 알려 줌으로써 그가 미지의 적진으로 싸움을 걸어오기를 바라는 것입니다. 적극적으로 공격하기를 바라고 있습니다. 불행했던 자기 형처럼 나를 다루어 주기를 바라는 것입니다. 진실을 밝혀내기 위해서는 이 방법밖에 없습니다. 나와 브루크 남작의 다른 점은, 죽은 브루크 남작은 도축장의 소처럼 자신의 비운에 빠졌다는 것입니다. 그러나 나는 이 미지의 공격을 피할 수 있으리라 굳게 믿고 있습니다. 어쨌든 나 자신 위험한 곳에 가까이 가야 하기 때문에 그 일격이 어떤 것인가를 실제로 결정해 두어야 합니다. 나는 자진해서 악한의 손아귀에 빠져 들어갑니다. 그러나 끊임없이 경계를 소홀히 하지 않을 것입니다. 돌풍이 불어올 것을 예상하고 있습니다. 소용돌이가 인다고 해도 준비는 되어 있습니다. 상대는 이런 것을 생각하지 못할 것입니다."

"아주 위험한 일이 아닙니까, 링글로즈 씨!"

"위험은 바라는 바입니다. 이 계획이 완전히 실패로 돌아가 위태롭게 되어 목숨을 잃어 버리게 된다고 해도 그것을 생각하는 것만으로도 기쁩니다. 그러나 거기까지 도달하기 위해서는 많은 준비가 필요합니다. 나는 그 사나이가 전에 보기 좋게 성공한 수법을 생각해서 이번에도 그 책략을 써 주기를 바랍니다. 그러나 그 사나이의 성격으로 보아 이 점은 의심스럽습니다. 그는 나를 벼랑 있는 곳까지 꾀어낼 수는 있을 것입니다. 그러나 나를 밀어 떨어뜨릴 수는 없습니다. 이것은 심리학에 속하는 문제입니다. 그 사나이가 자기에게는 불리하지만 나에게는 유리한 길을 택해 가느냐 그러지 않느냐에 모든 일이 달려 있는 것입니다."

콘시다인은 얼굴의 땀을 닦은 다음 일어서서 방 안을 몇 차례 왔다 갔다했다.

"알겠습니다, 이제 알겠습니다. 그러나 정말 다른 방법은 없겠습니까?"

"있다면 들려주십시오."

"브루크 남작이 자기에게 유리한 길을 택하느냐 아니면 당신에게 유리한 길을 택하느냐에 모든 것이 달려 있다고 말씀하셨지요? 그에게 유리한 길이란 어떤 것입니까?"

"악마가 그를 버리지 않는다면, 그는 나를 완전히 무시할 겁니다. 이것이 그 사람에게 유리한 길입니다. 만일 그가 내가 하는 일에 주의를 기울이지 않는다면 나의 계획은 쓸모없게 되고 그는 절대로 안전할 것입니다. 나는 그가 루가노에 갔다는 사실 말고는 아무것도 증명할 수가 없으니까요. 루가노에서 그가 어디로 갔는지, 또 얼마나 오래 묵었는지에 대해서는 전혀 알 수 없습니다. 그런 것은 실제로 도움이 되지 않습니다. 우리는 그가 혼자서 형을 죽였다고 생각해도 좋을 것입니다. ……그 방법을 지금부터 찾아내야 합니다. 그러나 그 자신이 우리들을 도와주지 않는다면 찾아내기가 불가능합니다."

"이른바 '범죄를 재구성'하는 일을 하시려는 것입니까?"

"그렇습니다. 그 일을 해보는 겁니다. 아무리 크게 보아도 그것은 어려운 일이 아닙니다. 형제는 볼로냐에서 헤어졌으며, 살아 있는 형인 브루크 남작은 매나지오로 돌아갔습니다. 그 이틀 뒤 그는 다시 동생인 버고잉 뷔즈로부터 편지를 받았습니다. ……루가노에서 보낸 것이지요. 틀림없이 구실을 붙여서 단둘이 만나자고 말했을 것입니다. 물론 두 사람 모두 알고 있는 어느 장소겠지요. 그는 극히 중요한 사실을 알려 준다고 말했을 것입니다. 그는 아마 당신에 대해 무언가 좋지 않은 소문을 들었는데, 밀드레드 양의 아버지로서 그것을 알고 있으면 도움이 될 거라고 형을 속였을 겁니다. 그리하여 브루크 남작은 독수리 방까지 말을 타고 가서 죽은 것입니다. 그때 버고잉 뷔즈는 말의 눈을 가리고 주인의 뒤를 따르도록 했습니다. 그는 당신이 순간적으로 느낀 것처럼 자살로 꾸며 놓았습니다. 독수리 방에서의 두 형제의 만남에 대해서는 여러 가지 사소한 일이 많습니다. 이것은 나에게 중요하지만 당신이 끼어들 문제는 아닙니다. 그 정도로 일을 끝내고 이 사람——아마도 스테빙즈 씨겠지만——은 루가노로 돌아가 그곳에서 다시 하루를 머문 다음 시체가 발견되었다는 것을 알고 집으로 돌아갔을 겁니다. 그리고 또 한 가지, 이곳 별장에 전화가 있습니까? 죽은 브루크 남작이 소유하고 있을 때의 일입니다만."

"있습니다. 코모는 물론 밀라노며 그 밖의 어디든지 통화할 수가 있습니다."

"그것으로 한 가지 문제가 해결이 되었군요. 버고잉 뷔즈가 글로써서 약속하여 형과 만났을 경우, 만일 그것이 편지라면 뒷날 발견될 염려가 있습니다. 물론 그 편지는 받은 즉시 찢어 없애야 한다고 강조해 둘 수도 있었겠지요. 또는 그 편지를 약속한 장소로 형이 직접 가지고 나오도록 해 놓을 수도 있었을 겁니다. 편지에 교묘한 문구를 넣어 그것을 명령적으로 암시해 주었을지도 모릅니다. 그러나 전화가 있다면 뷔즈는 루가노에서 형에게 전화를 걸어 일을 꾸몄으리라고 생각할 수도 있습니다. 자, 이제부터는 당신이 브루크 남작에게 보낼 편지에 대해서 이야기해 봅시다."

그러나 콘시다인은 주저하며 말했다.

"나는 이런 일에는 마음이 내키지 않습니다. 이것은 나 때문이 아니라 당신 때문입니다, 링글로즈 씨."

"지금은 포다이스라고 부르는 게 좋을 것입니다."

"그럼, 포다이스 씨. 당신은 이 사나이가 당신을 죽일지도 모른다고 생각지 않습니까? 그런 일을 하다가는 틀림없이 죽게 될 것입니다."

링글로즈는 상대방의 팔을 가볍게 두드렸다.

"관점을 바꾸면 인생이란 얼마나 이상하게 보이는지 모릅니다." 포다이스는 대답했다. "언제나 남의 일이 되고 보면 상상력이 모조리 없어지고 말지요. 몹쓸 병에 걸린 가족의 왕진을 나갈 때, 병에 전염될지 모른다고 누가 일러 주면 당신은 무어라고 대답하겠습니까? 전쟁터에 나가는 군인에게 부상을 입을지도 모르니까 집에 있으라고 한다면, 그 군인은 무어라고 말하겠습니까?"

콘시다인 의사는 음산한 웃음소리를 내며 테이블 쪽으로 걸어갔다.

편지와 회답

존 링글로즈는 5분쯤 조용히 담배를 피우고 있었다. 어네스트 콘시다인은 펜을 들고 앉아 있었다. 이윽고 탐정이 입을 열었다.

"이 편지는 어디까지나 좋은 뜻에서 쓴 것처럼 보이도록 해야 하기 때문에 안된 일이지만 거짓말——그것도 진실에 가까운 거짓말——을 할 수밖에 없습니다. 그럼, 먼저 브루크 남작과의 관계는 어떻습니까? 당신은 남작을 만났다든가 편지를 주고받은 일이 있습니까? 물론 남작이 이곳에 와서 조카와 만날 수 없다고 말한 뒤의 일입니다만……."

"그 뒤로는 만나지도, 편지를 주고받지도 않았습니다."

"그를 비난했다든지……. 기분 나쁘게 대했던 일은 없었습니까? 친구로서 헤어졌지요?"

"네, 남작도 나와 같이 슬퍼하는 듯했습니다. 조금도 어색하지 않고 모든 것이 자연스럽게 보였습니다."

"그는 물론 당신을 잘 알고 있었으니까 당신이 사정을 이해했다고 생각했겠지요. 그럼, 이 편지는 그의 행복을 빌고 있는 호의에서 쓰는 것으로 합시다. 무엇보다도 이 편지는 때를 맞추어 닿아야 합니다. 브루크 노튼으로 발송하여 그가 떠난 뒤에 도착하도록 합시다. 편지는 그의 뒤를 쫓아서 그가 플로렌스에서 한 이틀쯤 지내고 있을 때 닿아야 합니다. 그렇게 되면 늙은 로클리가 시작한 재미있는 이야기와 들어맞을 것입니다. 물론 그가 뷔즈 양을 남겨 두고 왔을 때의 이야기지요. ……그러나 이것은 적당한 때 다시 생각하기로 합시다."

"어쨌든 나는 밀드레드를 만나야겠습니다. 두 번 다시 편지를 가로채게 하지는 않겠습니다. ……가능하다면 그녀에게도 깨닫게 해주고 싶습니다."

"물론이지요, 그러면 시작할까요."

링글로즈는 어두운 창 밖으로 담배 꽁초를 버렸다. 비는 그치고 별이 빛나고 있었다. 나뭇가지에서 빗방울이 떨어졌다. 링글로즈는 부르고 의사는 천천히 받아쓰기 시작했다.

　　브루크 남작 귀하. 메나지오에서 좀 이상한 일이 일어났습니다. 이것은 당신과 관계가 있기 때문에 이 사건을 보고하는 것입니다. 당신은 내가 모르는 여러 가지 이유를 알고 있을 테니 아마도 대단한 일은 아닐지도 모릅니다. 그러나 이 사건의 두서너 가지 점에 대해서는 보고해야 한다고 생각했습니다. 이 사건이 그다지 중요하지 않다면 회답을 주실 필요는 없습니다.

링글로즈는 거기서 잠시 중단하고 물었다.

"당신은 남작에게 편지를 보낸 일이 있었지요? 문맥이 통하지 않는 말이 있으면 당신이 좋도록 고쳐 쓰십시오."

"지금까지는 좋았습니다." 콘시다인이 대답했다.

링글로즈는 계속했다.

　라리오 호텔에 한 사나이가 묵고 있습니다. 노먼 포다이스라는 평범한 손님인데, 이 사나이는 도착한 다음날 나를 불러 감기 증세가 있으니 보아 달라고 했습니다. 그러나 아무 이상도 없었습니다. 얼굴이 약간 검고 기분 좋은 인상이었으며 매우 친절해 보였습니다. 키는 중키보다 약간 작았으며 나이는 55살 정도였고, 백발이 희끗희끗했으나 건강하고 정력적이었습니다. 하층 중산 계급 출신인 것 같으나, 고상하고 예의바르며 흥미 있는 인물입니다.

콘시다인은 웃지 않을 수 없었다.
"어떻습니까, 콘시다인 씨……대체로 들어맞지요? 이것이 다른 사람의 눈으로 본 나 자신입니다."
링글로즈는 구술을 계속했다.

　처음부터 이 사나이는 나를 가까이하면서 남작님의 가족에 대해서 지나치게 관심을 나타냈습니다. 그리고 사실 몇 가지 일을 알고 있었습니다. 그러나 모든 것을 알려고 했습니다. 나는 처음에는 그의 호기심을 충족시키지 못했습니다. 마침내 이 사나이는 브루크노튼으로 당신을 찾아간 일이 있다는 말을 했습니다. 당신은 이 사나이를 기쁘게 맞아 주었으며 좋은 거래를 했다고 하더군요. 이 사나이의 말에 의하면, 매각해야 할 상아 세공품이 있어서 그것을 당신이 사도록 했다는 것입니다. 이 사나이는 나의 친구이며 돌아가신 당신의 형님에 대해서 특별히 듣고 싶어했습니다. 이 사나이가 내 곁을 떠난 어느 날 밤, 그와 함께 나눈 대화를 숙고해 본 결과 다음과 같은 일을 알아냈습니다. 이 사나이가 메나지오에 머무른 유일한 관심사는 죽은 브루크 남작의 과거 생애와 그의 죽음 및 가 없은 아들 루드빅의 죽음에 대해 나에게서 들을 수 있는 모든 것에 집중되었던 것입니다. 물론 당신의 형님은 산 위에서 재난을 당했다고 나는 말했습니다. 그러나 지금 나는 그가 누구인지 의심하기 시작했습니다. 당신은 포다이스가 주장하는 것처럼 정말 이 사람과 아는 사이입니까? 나는 한층 더 경계했습니다. 한편 흥미삼아 포다이스 씨의 정체를 알아내려고 시도해 보기도 했습니다. 그러나 실패했습니다. 그는 직장을 그만둔 떠돌이 행상이라는 것 말고는 아무것도 밝혀내지 못했습니다.

콘시다인은 펜을 놓고 질문했다.
"잠깐, 당신이 독수리 방에서 하루를 지냈다는 것을 알리는 게 어떻겠습니까?"
"아니, 그것은 안 됩니다. 독수리 방은 최후의 기대로 남겨 두어야 합니다. 운이 좋으면 한두 주일 안에 이 일에 대해서 더 많은 사실들을 알아낼 수 있을 것입니다. 아무튼 사소한 것은 잠시 그대로 둡시다. 편지는 그만하면 됐습니다. 나는 두 가지 점을 덧붙여서 될 수 있는 한 그 사나이로 하여금 결심하도록 하겠습니다."
"그럼, 다음을 불러 주십시오."
링글로즈는 계속했다.

2, 3일 전 포다이스는 당신이 플로렌스에 별장을 갖고 있다는 것을 명확히 알고 이곳을 떠났습니다. 그는 그곳에 갈 계획이라고 말했습니다. 그리하여 사흘 동안 이곳에 없었습니다. 돌아왔을 때는 당신 가족에 대한 관심은 잊어버린 듯했습니다. 그리고 오늘 또 출발했으며, 얼마 동안 루가노에 머무를 것이라고 말했습니다. 다시

만날 수 있을지 어떨지는 나로서 말할 수 없습니다.

이것은 당신에게 보내기에는 이상한 편지 같습니다. 그러므로 회답할 필요는 없을 것입니다. 하지만 나로서는 편지하지 않을 수 없었습니다.

잠시 생각한 다음 링글로즈는 상대에게 여느 때처럼 서명하도록 지시했다.

귀하의 충실한 벗
어네스트 콘시다인

의사는 큰소리로 한 번 읽었다. 링글로즈가 말했다.

"그럼, 덧붙임으로……."

덧붙임──포다이스 씨는 밀드레드 양이 콘월의 어떤 분과 약혼했다고 말했습니다. 사실이라면 아무쪼록 내 마음으로부터 축복을 전해 주시기 바랍니다.

콘시다인은 화를 내며 말했다.

"대체 왜 이런 말을 써야 합니까?"

"그렇게 해야 자연스럽습니다. 브루크 남작은 아마도 내가 그녀에 대해 이야기했을 것이라고 생각할 테니까요. 만일 당신이 이런 내용을 쓰지 않는다면 그 사나이는 곧 내가 그녀를 만난 일을 당신에게 말했는지도 모르며 그리하여 진상을 들었는지도 모른다고 생각할 것입니다. 그러나 이렇게 써 놓으면 당신을 밀드레드 양으로부터 떼어놓은 사정이 당신의 귀에 들어가지 않았다고 여기고 마음

놓을 것입니다. 그렇지 않으면 의아하게 여기겠지요. 물론 그는 자신이 당신과 그녀를 무리하게 갈라놓았다는 사실을 당신이 알면서도 이런 편지를 썼다고 생각되면 의아스럽게 여길 것입니다. 내가 플로렌스에 간 일에 대해 쓴 것은 '알렉 웨스트'와 '노먼 포다이스'가 같은 인물로 두 개의 가명을 쓰고 있다는 것을 알리기 위해서입니다. 이렇게 했는데도 그가 이 미지의 인물이 누군가 하고 찾지 않는다면 나도 별수 없이 손을 들어야겠지요."

"과연, 알겠습니다."

"이로써 그 사나이를 체포할 수 있다고 생각합니까?"

"이 계획이 성공한다면." 의사는 대답했다.

"그러나 그 사나이가 이 편지를 무시해 버리면 언제까지나 무사하게 있을 것입니다."

"그러나 그렇게 해야 안전하리라는 것을 그 사나이로서는 모르겠지요."

"잘 숙고해 보면 알 수 있습니다. 그 사나이가 투사라면, 단 하나의 길……되도록 안전한 길을 선택할 것입니다. 그 길은 아무것도 하지 않고 그대로 있는 것입니다."

"자기 생활의 가장 귀한 비밀을 미지의 인물이 뒤쫓고 있다는 것을 느꼈을 경우, 누구나 한 번 싸워 보려고 하지 않겠습니까?"

"여느 사람보다 현명한 인간은 그렇지 않습니다. 아무 일도 하지 않아야만 안전하다는 사실을 이해하기 때문이지요. 그러나 내가 바라는 것이지만 그의 성격상 아무 일도 하지 않고 있는 것은 불가능할 겁니다. 편지를 받으면 내가 루가노에 있다는 것을 알게 되겠지요. 그리고 얼마 동안 머리를 써 주기 바라는 것은, 그 사나이가 이 편지를 받았을 때에 자기 상황을 정확하게 볼 수 있을 것인가 하는 점입니다. 이 더블 크로스는 브루크 남작에게 어떤 영향을 끼칠까요? 아무것도 하고 싶지 않다는 유혹이 클 것입니다. 그러나 그러한 처지는 이 사나이를 다른 유혹으로 끌어낼지도 모릅니다. 이 사나이는 당신의 편지를 받으면 곧 자기 형님이 죽은 결정적인 날짜에 자기가 루가노에 있었다는 사실을 내가 그곳에서 증명해 내기 위해 노력하고 있다고 상상할 겁니다. 그리고는 자신이 그곳에 있었다는 것을 내가 증명할지 모른다고 생각할지도 모릅니다. 만일 이 사나이가 볼로냐에서 머무를 때 사용한 이름인 '해롤드 스테빙즈'라는 이름으로 그곳에 묵고 있었다면, 어느 곳에 체류했는가 알아내는 것은 시간 문제입니다. 어쩌면 이 사나이는 그곳에서 또 다른 이름을 사용했는지도 모릅니다. ……그런 경우에는 사소한 일에 한층 많은 노력을 해야 하지요. 아무튼 그 사나이가 루가노에 있었다는 것은 알고 있습니다. 편지가 볼로냐에서 이곳 루가노 우체국으로 회송되어 왔으니까요. 거기에 대한 증명은 이것으로 충분합니다.

그리하여 브루크 남작은 이윽고 내가 루가노에 있다는 것을 알게 됩니다. 나로서는 당신이 그 사나이에게 편지한 일, 또는 메나지오에서의 내 활동에 대해서 당신이 그에게 경고했다는 것을 전혀 모르고 있는 셈이지요. 그러니까 나는 브루크 남작이 나와 '알렉 웨스트'가 같은 인물이라는 사실을 알고 있다고 상상할 수 없습니다. '알렉 웨스트'가 플로렌스에 도착한 일은 남작이 이미 알아차렸으리라고 나는 추정해도 좋습니다. 그러나 나——노먼 포다이스——는 아서 비튼을 죽음으로 몰아넣은 이와 내가 같은 인물이라고 브루크 남작이 생각하고 있다는 것에 대해서는 어떤 확실한 지식도 없는 셈입니다. 그는 루가노에 올 것입니다. 그리하여 그는 그에게 깊은 관심을 가지고 있는 인물을 발견하게 됩니다. ……나는 그렇게 되기를 바랍니다. 그러나 이 인물은 남작이 자기에 대해서 알고 있다고 생각지 못하는 것으로 해야겠지요. 남작은 루가노에서 나와 만나게 되겠지만, 그의 처지는 나보다 훨씬 유리합니다. 즉 그는 나를 비밀의 적으로 생각하고 있으면서도 나를 속이면서 변함없이 친구로서 생각하도록 할 수가 있으니까요. 이런 관계가 실제적으로 생긴다면 이 사나이가 나를 조정하는 힘은 바라는 대로 어처구니없이 커질 것입니다. 나로서는 물론 마지막 순간까지 그의 손아귀에 빠져 있는 듯이 보여야 합니다."

"너무 깊이 빠져 들어가는 것 같습니다."

"할 수 없습니다. 그렇게 하지 않을 수 없으니까요. 이제 남은 문제는 이 사나이에게 보낼 편지를 어느 날에 부치느냐 하는 것입니다. 그것은 이 사나이가 브루크 노튼을 언제 떠나느냐 하는 것을 알 때까지 결정할 수가 없습니다."

"그것은 아마 〈타임스〉 신문의 소식란에 날 것입니다. 그 사나이가 일부러 그것을 알리지 않겠지만, 집사가 알릴 것으로 생각됩니다. 〈타임스〉 신문은 하루 늦게 이곳에 도착하니까, 그때 이 문제도 해결이 되겠군요."

두 사람은 헤어졌다. 사흘 뒤 기다리던 기사가 났다. 브루크 남작은 영국을 떠나 이탈리아로 향했던 것이다. 그때 콘시다인은 브루크 노튼으로 편지를 보냈다. 링글로즈는 루가노로 갈 준비를 했다. 그러나 이 일에 앞서서 링글로즈는 이틀 동안 독수리 방에서 지내면서 깎아지른 듯한 절벽 위에 위치한 쓸쓸한 언덕 위의 초원을 샅샅이 조사했다. 그는 혼자 출발했지만, 잘 길들여진 당나귀를 타고 갔다. 그가 그곳에 간 것은 콘시다인 의사 말고는 아무도 몰랐다.

"시간 낭비일지도 모릅니다." 링글로즈는 말했다. "그러나 이것으로 상황이 뒤바뀔지도 모르지요. 직감을 기대할 뿐입니다. 미국인들이 심각하게 말하는 '육감'이 있을 것입니다."

"그 사람이 도전해 올 것이라는 뜻입니까?" 의사가 물었다.

"생각하면 할수록 그렇게 되기를 바라고 믿습니다. 책략이 풍부한 미지의 인물에게 자기가 관심의 대상이 되고 있다는 것을 남작은 이제야 깨달을 것입니다. 자기의 반 만큼의 책략이 있는 사람도 만난 일이 없었기 때문에 그는 이와 같은 도전을 받고 자존심이 상할지도 모르지요. 사실 그는 투쟁심이 강한 인물인지도 모릅니다. 자기와 같은 정도의 역량이 있는 인물과 한 번 싸워 보기를 나만큼 정열적으로 바랄는지도 모릅니다. 한편 나를 자기와 비교하여 보잘 것없는 소인이라고 여길지도 모르지요. 어쨌든 나는 그가 이와 같이 생각해 주기를 갈망합니다."

"도전해 온다면 빈틈없는 인간이니까 빨리 포기하지는 않을 것입니다." 콘시다인이 덧붙였다.

"처음에는 그렇겠지요. 그러나 나는 나의 인상을 그 사나이의 마음에 그릇되게 심어놓으려고 합니다."

"당신이라면 자신이 현명하지 못한 사람이라고 모두에게 믿게 하는 것은 쉬운 일일 것입니다. 그런데 한 가지 치명적인 일이 있습니다. 저쪽에서는 당신이 대체 무엇을 찾고 있는지 알고 싶어할 것입니다. 만일 얼굴을 맞대고 그 사나이가 진지하게 묻는다면 어떻게 하겠습니까?"

링글로즈는 소리내어 웃었다.

"그런 점으로 서로 다투게 되지는 않으리라 생각합니다. 그러나 또 한 가지 문제가 있습니다. 어떤 일이든 우연에 맡길 수는 없다는 것입니다. 그 사나이는 당신의 편지에 회답할지 모릅니다. 그렇지 않으면 정보를 더 많이 손에 넣기 위해 직접 만나러 올지도 모르고요. 만일 만나러 온다면 목숨을 건 대결이 될 것입니다. 루가노로 가는 길에 반드시 당신에게 들를 것입니다. 싸우기로 결정했다면 말이지요. 거짓말을 해야 할 일이 몇 가지 있습니다. 당신은 다음 사항을 확실히 해 두어야 합니다. 즉 밀드레드 뷔즈 양을 버린 의사가 당신이라는 것을 나는 결코 모르는 것으로 되어 있습니다. 나는 온 힘을 다해 그 문제를 피할 것입니다. 당신도 그런 문제에는 신경 쓰지 말도록 하십시오. 당신은 또 그로 하여금 내가 그의 형의 죽음에 대해서는 전혀 아무것도 모르는 상태이고, 그 문제에 대해서는 호기심을 나타내지 않은 것으로 믿도록 해주십시오. 그러나 루드빅 소년에 대해서는 내가 깊은 관심을 갖고 있다고 분명하게 말해 주십시오. 그 점이야말로 당신이 가장 깊이 생각하고 있어야 할 문제입니다."

"그는 오지 않을지도 모릅니다."

"십중팔구는 오지 않을 것입니다. 아마 곧장 루가노로 향하겠지요. 회답이 오면 즉시 나에게 보내 주십시오."

"내가 직접 가지고 가겠습니다."

"아니, 결코 그래서는 안 됩니다. ……어떤 내용이든 그는 회답할 것입니다. 그 회답이 나에게 전적으로 다른 자료를 제공해 줄지도 모릅니다. 루가노에서 그가 당신을 우연히 만나게라도 된다면 이 사건은 모두 깨어지고 맙니다."

링글로즈는 콘시다인에게 다른 주의 사항을 부탁했다. 그리하여 브루크 남작이 영국을 떠난다는 소식이 신문에 났을 때, 의사는 그 편지를 브루크 노튼으로 보냈다. 이틀 뒤 링글로즈는 의사와 헤어져서 모습을 감추었다. 그리고 다음날, 편지는 루가노의 빅토리아 호텔로 보내 달라는 연락이 왔다.

링글로즈가 떠난 뒤 혼란한 상태에서 깨어난 콘시다인은, 최근 자기 생활에 일어난 이 사건 덕택으로 갖게 된 믿을 수 없는 새로운 희망에 대해서 생각할 여유가 생겼다. 그에게는 세상이 한 번 바뀐 것

같이 생각되었다. 얼마 전까지만 해도 미래는 고독하고 아무 즐거움이 없을 것 같았으나 이제 갑자기 활기를 띠고 봉오리가 졌으며 꽃이 피었다. 공식적으로 〈타임스〉 기사를 통하여 밀드레드 뷔즈가 숙부를 따라 플로렌스에 온다는 것을 알고 그는 안절부절 못했다.

콘시다인이 예상했던 날에 어김없이 남작의 회답이 왔다. 그것은 사실 그가 생각했던 것보다 빨리 온 것이었다. 브루크 남작은 동양적이어서 시간관념이 없었기 때문이었다.

회답이 왔을 때 그는 존 링글로즈를 위해 마음 깊이 슬퍼했다. 그러나 자기를 위해서는 기쁘게 생각했다. 왜냐하면 이 소녀가 약혼한다는 소문이 있어서 대단히 불안했었기 때문이다. 그것은 당연한 일이었다. 몇 년 뒤 그녀가 자신이 속았다고 생각하여 마침내 다른 남자를 사랑하게 되리라는 것은 부정할 수 없었다. 그러나 그녀에게 숙부의 힘이 강하게 작용했다는 사실 또한 틀림없었다. 위험은 컸으나 심한 것은 아니었다.

브루크 남작은 다음과 같이 회답해 왔다.

콘시다인 씨. 편지 잘 받았습니다. 내용을 보고 서둘러 답장을 씁니다. 나에 대한 염려에 깊이 감사를 드립니다. 나는 우리들 사이에 어떤 일이 일어나기를 희망했고 기대했습니다. 가족으로서 맺어지지 못한 것을 언제나 충심으로 유감스럽게 생각하고 있습니다. 그러나 여자의 마음이란 언제나 이해하기 어렵습니다. 밀드레드는 얼마 전 훌륭한 젊은이로부터 청혼을 받았습니다. 아직 나는 그녀의 의견을 듣지 않았습니다만, 이 젊은이는 콘월의 폴바이스 태생인 니콜라스 트레메인이라고 하며 명문 출신입니다. 그는 세상을 깜짝 놀라게 할 정도의 눈부신 활동을 할 인물은 아닌 것 같습니다만, 그녀에 대해 애정을 가지고 있으며 돈도 많이 있습니다. 그녀는 마침내 이 사람에게서 행복을 찾기를 희망할 것입니다. 그리고 행복해지겠지요.

당신의 편지에 적힌 그 이름의 인물은 기억하고 있습니다. 대단히 훌륭한 상아 세공품에 대한 것도 기억하고 있습니다. 나는 그것을 그 사람으로부터 샀습니다. 그는 상아 세공품에 나보다 더 흥미를 갖고 있었습니다. 이 인물이 왜 우리 가족에게 관심을 갖고 있는지 나로서는 모르겠습니다. 아마도 또 한 번 편지가 오겠지요. '상류 계급, 지주 계급' 또는 그와 같은 종류의 계층에 있는 사람에 대해서 예약 모집의 책을 저술하는 호사가의 한 사람인지도 모르겠습니다. 그렇다면 나는 그 저작에 대해서 알게 되든가 권유서를 받게 되겠지요.

우리들은 이곳 유서 깊은 도시에서 한 달 정도 머무를 것입니다……어쩌면 좀더 오래 있을지도 모릅니다. 나는 다시 호수 지방을 즐기면서 당신과 우정을 돈독히 하기를 희망하고 있습니다. 그러나 밀드레드에게 슬픔을 불러일으키는 장소로 그 애를 데려가는 것은 주저하고 있습니다. 사리에 밝은 분은 이러한 사정을 잘 알 것으로 생각합니다.

당신의 성실한 벗
브루크로부터

10분도 지나기 전에 이 편지는 루가노로 발송되었다. 다음날 아침 링글로즈는 그 편지를 받았다. 훑어본 다음 주머니에 넣고 호숫가로 산책을 나갔다. 기슭에 앉아 다시 한 번 내용을 검토했다. 실망감이 뒤섞인 혼란한 감정의 이면에는, 일반적인 내용에도 불구하고 아직 결말이 나지 않았다는 고집이 도사리고 있었다. 그러나 막상 그로서는 이제 아무것도 할 일이 없었다. 다시 실마리가 그의 손에서 빠져

나간 것같이 생각되었다.

수사의 목표는 시작했을 때보다 조금도 가까워지지 않았다. 그러나 사실을 다시 조사하여 보고 이것은 비관적인 태도라고 느꼈다. 콘시다인의 편지를 받았을 때, 브루크 남작의 머릿속이 어떻게 돌아갔을까 생각해 보았다. 마지막으로 의사와 함께 있을 때 말로 표현했던 생각을 되새겨보았다. 희망이 되살아났다. 브루크의 편지는 콘시다인을 상대로 쓴 것이었다. 이 의사만이 읽도록 되어 있는 것이다. 그 편지를 쓰면서 글을 쓴 사람은 노먼 포다이스 또는 그 이름으로 가면을 쓰고 있는 미지의 인물에 대해서 특정 목적을 품고 있었다.

콘시다인은 특별한 사건에 대해서 브루크 남작에게 편지를 썼다. 그러나 그는 물론 거기에 무서운 의미가 있다는 것을 털끝만큼도 나타내지 않았다. 따라서 상대가 같은 태도로 회답하는 것은 자연스러운 것이다. 브루크 남작으로서는 그 정보의 개인적인 의미라든가 그것을 들은 이상 강구해 두어야겠다고 생각되는 수단에 대해 콘시다인이나 다른 어떤 인물에게 털어놓고 싶지 않았을 것이다. 그는 이 사건의 중요성을 무시하고 싶은 생각을 가질 수도 있다. ……그러나 이 사실은 결코 그가 아무것도 하지 않는다는 것을 뜻하지는 않는다. 그의 타고난 재능이 실제로 무관심한 태도를 꾸며 보일 것인가 어떤가는 이제부터 지켜보아야 했다.

그러나 링글로즈가 순수하게 이성을 움직여 볼 때 플로렌스부터 온 편지에는 결코 진상을 잡을 만한 실마리가 없었다. 콘시다인 의사의 편지 내용 중 윌리엄 로클리가 말한 소문과 관련된 것에는 아무런 언급이 없었으며, 그 회답 편지로 미루어 보건대 실제적인 효과나 진실한 목적은 아무것도 나타나 있지 않았다.

그는 한 시간 정도 생각에 잠겼다. 이어서 유람선을 타고 한 시간쯤 호수 위를 구경한 다음, 호수 안 작은 나루터에 닿았다. 루가노에서는 사건에 대한 조사를 하지 않기로 하고 있었다. 사실 조사할 필요가 없었다. 바로 그 결정적인 날, 가명으로 된 편지가 볼로냐에서 브루크 남작 앞으로 회송되었다는 증거를 그는 쥐고 있었던 것이다. 그는 식사를 하기 위해 빅토리아 호텔로 돌아갔다. 시내의 중심가를 걷고 있을 때 그는 갑자기 골동품 가게 진열장을 들여다보고 있는 브루크 남작과 마주쳤다. 도전을 받은 것이다. 존 링글로즈는 감시받고 있다는 것을 알고 앞으로 걸어나가며 남작의 곁을 지날 때 일부러 모른 체했다. 그때 그는 갑작스러운 기쁨과 친절감이 넘치는 인사말을 들었다.

"아니, 포다이스 씨 아닙니까?"

링글로즈는 뒤돌아보고 놀라며 뜻밖이라는 태도를 나타냈을 뿐 아니라 낭패해하는 표정을 지어 보였다. 이윽고 그는 모자를 벗고 내민 손을 마주잡았다.

"안녕하십니까, 남작. 다시 뵙게 되어서 영광입니다."

링글로즈는 온화하고 경의에 가득 찬 태도를 보였으며 한편 브루크 남작은 뜻밖의 재회를 기뻐하는 태도를 취했다. 두 사람은 경쟁이라도 하듯이 서로에게 필요 이상의 거짓된 친절을 베풀었다. 그들은 각자 맡은 역할의 연기를 한 것이다. 서로가 다 거짓말을 하고 있다는 것을 알면서도 상대의 말을 귀담아 들었다.

멋진 희극이 서로의 정중한 태도와 언어로 시작되었다. 브루크 남작은 오래된 상아 세공품을 찾는 것이 일생의 과업이라고 믿고 찾아다닌다고 말했다. 포다이스는 친구와 같이 외국에 갔다왔다면서, 그 친구는 오래 전부터 자기와 같은 장사를 하고 있었기 때문에 자주 함께 이탈리아에 있는 영국 상사로 여행을 한다고 말했다. 이 가공의 인물은 부인의 병 때문에 먼저 고국으로 돌아가 버렸다고 말한 뒤 노먼 포다이스는 홀로 쓸쓸했기 때문에 이번 주말에는 귀국할 예정이라고 덧붙였다. 그는 로마와 플로렌스에는 가지도 않았으며, 토리노 쪽이 더 재미있을 것 같다고 말했다. 두 사람은 이런 식으로 10분 정도 이야기했다. 링글로즈는 빅토리아 호텔의 장점들을 죽 늘어놓으며, 브루크 남작에게 만찬에 참석해 주겠느냐고 속을 떠보았다. 그는 덧붙여서 그러한 명예는 바랄 수 없을 테지만, 브루크 노튼에서 받았던 호의를 조금이라도 갚을 수 있으면 영광이겠다고 말했다. 브루크 남작은 이 초대에 기꺼이 응하겠다고 승낙했다. 두 사람은 헤어졌다. 두 사람은 각자 나름대로 생각하고 있었다. 서로 상대방의 마음속을 헤아려 보며 커다란 관심을 가졌다. 두 사람은 앞으로 일어날 문제 때문에 머릿속이 복잡했다. 그들은 각기 서로가 모르는 지식을 가슴속에 품고 있었다. 어디서든 상대의 정보를 모조리 알 수 있다면, 두 사람 사이에 지금부터 일어날 싸움은 아주 다른 방향으로 펼쳐질 것이다.

링글로즈가 9미터 쯤 걸어갔을 때 브루크 남작이 다시 링글로즈 쪽으로 다가왔다.

"나는 가끔 이곳에 혼자서 조용히 옵니다. 이탈리아 사람들은 귀족이라면 지나치게 소란을 떨기 때문에 아주 난처합니다. 나는 아시겠지만 단순히 '뷔즈 씨'입니다. "

"그 점은 깊이 새겨 두겠습니다, 남작. " 링글로즈는 대답했다.

만찬

링글로즈로서는 다음 식사 때까지 몇 시간의 여유가 있었다. 여러 가지로 계획을 세우고 행동 방향을 결정해야 했다. 그러나 행동에 관한 한 브루크 남작이 주도권을 쥐고 있도록 하는 수밖에는 다른 방법이 없었다. 존 링글로즈는 지금부터 일어나 주기를 바라는 일들이 상대 때문에 아주 간단하게 망쳐질지도 모른다고 생각했다. 단 결정적인 점에서는 자기나 상대방이 생각하고 있는 점이 같다고 보고, 그는 그것이 일어나리라는 가정 아래 가능성을 추구해 보려고 했던 것이다. 그는 어네스트 콘시다인에게 간단한 편지를 보내어 브루크 남작이 루가노에 있다는 것을 알려 주었다.

링글로즈는 다시 남작 가족에 대해서 깊이 생각해 보았다. 두 사람이 만나기 전에 우선 두 가지 점에 대해서 알아 두어야 했다. 그는 브루크 남작이 생각하고 있는 것을 알고 싶었다. 더욱이 그는 브루크 남작이 자기가 생각하고 있는 점을 어떻게 보고 있는지 알고 싶었다. 상대가 어느 정도 정체를 숨기고 있는가에 대해서 신경을 곤두세웠다. 브루크 남작은 지금 거의 9개월 동안 미지의 인물──분명히 홍

신소든가 본격적인 탐정일 테지만——이 본격적으로 자기의 뒤를 조사하고 있다는 사실을 알게 되었을 것이다. 이 인물——아서 비튼과 자기에 대해 알고 있는 사나이——은 어떤 방법인지는 알 수 없지만 분명히 비튼을 땅 속에 묻고 말았다. 그런 다음 브루크 노튼에 나타나 상아 세공품을 판다는 구실 아래 콘시다인의 주인에 대한 지식을 쌓아 갔던 것이다. 바르텔의 조각품 사건은 그 뒤의 일에 비추어 볼 때 그에게 큰 의미를 지니고 있었다. 그것은 이 미지의 방문자를 비튼의 죽음과 결부시켜 주었다. 그것은 비튼과 죽은 아이에 관계된 사건에 대해 놀라운 정보를 제공해 주는 것이었다. 알렉 웨스트와 노먼 포다이스가 동일 인물이라는 것을 지금은 브루크 남작도 알고 있다. 처음에는 앞의 이름으로, 다음에는 뒤의 이름으로 행세한 사나이가 윌리엄 로클리로부터 몇 가지 대단히 중요한 사실을 알아냈다는 일도 그는 아마 알고 있을 것이다. 그러나 로클리로부터 어느 정도 알아냈다 해도 콘시다인의 편지로 인해 미지의 인물에 대한 막연했던 의문이 풀린 것은 확실하다.

그 편지의 회답으로 브루크 남작은, 자신은 아무 일도 할 뜻이 없고 그 사건에 중점을 두고 있지 않다는 인상을 링글로즈에게 주었다. 그러나 그는 곧 루가노로 달려왔던 것이다. 그리하여 호사가인 미지의 인물과 정면으로 만나서 어떤 이해를 구하든가, 또는 그 행동을 즉시 중지시킬 수단을 취하려 하고 있는 것이다.

브루크 남작은 놀라는 한편 강한 호기심이 일어났을 것이 틀림없다. 그 미지의 인물은 '위급한 지점'까지 가까이 온 것이다. 이 인물은 분명 루드빅 뷔즈의 죽음에 대해서 많은 것을 알고 있다. 따라서 브루크 남작 자신 말고는 어떠한 자도 모르는 사실이 있어서, 그것을 손에 넣지 못하는 한 그 사나이는 아이의 아버지가 죽은 원인에 대해서 아무것도 모른다는 것도 명백해졌다. 콘시다인 의사는 브루크 남작에게 보낸 편지에서 그분의 죽음에 대해서 공식적인 것 말고는 아무것도 말하지 않았다고 썼다. 이 미지의 사나이는 단지 브루크 남작이 불의의 죽음을 당했다고 상상할 뿐이다. 이 가정에 대해서 적은 이렇게 생각할 것이다──상대는 소년의 최후에 대해서 상세하게 알고 있고, 이것을 브루크 남작과 결부짓고 있으며, 루드빅을 죽게 만든 사나이가 자기 형도 같은 운명에 밀어 넣었을 것이라고 추정할지 모른다고, 그런 이유에서 미지의 인물은 여기에 대해 조사하기 위하여 이탈리아까지 왔을 것이라고.

작은 문제지만, 이 사나이가 왜 이렇게 열심히 조사하고 있는지 브루크 남작은 몹시 의아스럽게 생각할 것이다. 링글로즈는 남작이 우선 그 점을 밝히려고 할지 모른다고 생각했다. 분명 링글로즈와 외부 세계의 관계, 그 접촉 범위를 살펴보았을 것이다. 이 인물이 혼자서 단순히 자기 생각에 의해 움직인다는 것을 남작은 생각하지 못할 것이리라. 진짜 상대가 링글로즈의 그림자 뒤에 숨어 있다고 믿게 하는 것은 브루크 남작의 경계심을 불러일으킬지도 모르며, 그런 자극을 준다는 것은 이 탐정이 절대로 바라지 않는 일이었다. 그리고 진상을 분명하게 밝혀낸다는 것은 혼자의 힘으로는 불가능했다. 그는 상대방에게 적대 행동을 일으키도록 책략을 꾸밀 수 있을 뿐이었다. 즉 그가 스스로 상대방에게 직접 적대 행동을 일으킬 수는 없을 것이다.

이어서 두 번째 문제로, 브루크 남작은 이 미지의 사나이가 무엇을 생각하고 있는지 정확하게 알려고 애쓸 것이다. 상대는 '노면 포다이스'로 변장했을 것이다. '포다이스'는 분명히 무력했다. 그러나 브루크 남작이 알지 못하는 정보의 근원을 갖고 있을지도 모른다. 이 사나이는 확실히 볼로냐를 거쳐서 결정적인 단서가 될 수 있는 어느 날 루가노에 와 있었다는 자신의 행적을 뒤쫓고 있었다. 브루크 남작은 그곳으로 회송되었던 편지를 상기할 것이다. 그러므로 이 사나이는 그 이상 어떤 일을 실제로 알고 있으며, 또 어떤 것을 알려고 하는가, 라는 것이 저녁 식사 자리에서 브루크 남작이 노리는 목적일 것이다. 그러나 자신이 어떻게 연기를 해서 남작의 호기심을 일으킬 것인가는 존 링글로즈로서도 알 수 없었다. 그것은 공격이 어느 측면에서 행해질 것인가에 달려 있었기 때문이다. 이 점에 대해서 그는 아무것도 모르고 있었다. 브루크의 지능 정도를 아직 추정하지 못했기 때문이다. 이 탐정은 두 사람이 만날 경우를 대비해서 만든 간단한 책략이 그 목적을 달성하여, 브루크 남작의 지식을 넓혀 주기를 바라고 있었다. 그러나 상대가 만만치 않은 자이기 때문에 이 계획도 허무하게 끝날는지 모른다.

링글로즈는 빅토리아 호텔의 개인용 휴게실을 빌려 쓰고 있었다. 링글로즈는 이 방에서 만찬을 같이하기로 계획해 놓았다.

링글로즈가 창가의 사무용 책상 앞에 앉아 편지를 쓰고 있을 때, 식사 시간이 되었다. 그가 최초의 편지 한 장을 호텔 전용 편지지에 쓴 다음 두 장 째를 반쯤 썼을 때 손님이 왔다는 연락을 받았다. 링글로즈는 약간 놀란 듯한 태도로 일어나서 보라는 듯이 쓰다 만 편지지 위에 압지를 놓아두었다.

"잘 오셨습니다, 뷔즈 씨." 링글로즈는 내민 손을 잡으며 종업원에게 말했다. "아페리티프(식욕을 돋우기 위해 식사 전에 마시는 술)를 뷔즈 씨께 갖다 드리게. 그리고 5분 뒤에는 식사를."

링글로즈는 남작과 이야기를 시작했다. 칵테일 두 잔이 들어왔다. 그는 하나를 다 마셔버린 다음 "시간을 몰랐습니다. 뭘 좀 하느라구요, 잠시 준비하고 오겠습니다. 갈아입을 옷이 없는데, 양해해 주시기 바랍니다. 준비 없이 여행하고 있어서요" 하고 말했다.

그는 종업원이 방을 나간 뒤를 따라 자기 방으로 돌아가 검은 넥타이와 검은 윗옷을 입고 머리를 빗었다. 7분 뒤 돌아와서 사무용 책상

이 있는 데로 갔다. 아까 손님은 자기의 갑작스러운 방문에 이 사나이가 약간 당황했다는 것을 인식하고, 압지를 놓아두는 동작을 지켜보았었다. 링글로즈는 방에서 나가기 전에 브루크 남작과 이야기를 했다. 그래서 그가 이야기에 정신을 집중시켰기 때문에 쓰고 있던 편지에 대한 것은 잊어 버렸는지도 모른다고 남작이 판단하도록 했다. 어떻든 링글로즈는 상대에게 그렇게 보이도록 노력했던 것이다. 방에 혼자 남게 되자 브루크 남작은 압지를 주의 깊게 들어올린 다음 쓰다만 편지를 읽었다. 거기에는 다음과 같이 씌어 있었다.

　　루가노 빅토리아 호텔에서
　　아내에게.
　　브리드포트에서 아서 비튼으로 하여 알게 된 놀라운 발견은 지금 막바지에 가까워졌소. 브루크 남작이 자기 형을 죽였다는 것은 거의 의심할 여지가 없소. 사소한 점들도 좀더 조사하면 곧 알게 될 것이오. 그 사나이는 놀라서 이곳으로 달려왔소. 그리하여 우리들은 만났소. 나는 그를 오늘 밤 만찬에 초대하였소. 그는 정말 놀랄 만큼 머리가 좋은 악마였소. 최선을 다해서 다루어야 할 것 같소. 재미있는 점은 이 사나이가 교수형을 면하고 있는 최대의 악한이라는 것과, 내가 그를 추적한다는 사실을 이 세상의 아무도 알지 못한다는 것이오. 경찰에서도 아마 놀랄 것이오. 나는 내일 독수리 방으로 떠날 예정이오. 거기는 산속의 한 지점으로, 그곳에서 범죄가 행해졌소…….

　　브루크 남작은 그 편지를 주의 깊게 본디 위치에 놓고 압지로 표나지 않게 눌러놓았다. 그 내용은 결코 그를 놀라게 하지 않았다. 그 편지는 일부러 읽도록 하기 위해 씌어졌다는 것도 의문의 여지가 없었다. 왜냐하면 그 편지에는 대단히 중요한 것이 거짓으로 씌어 있었기 때문이다. 소리를 죽이고 웃으면서 그 방의 발코니로 가 루가노 거리를 내려다보고 있을 때, 링글로즈가 돌아와서 서둘러 그 편지를 서랍에 넣은 다음 자물쇠를 채웠다. 그런 다음 식사 종을 울리고 손님이 있는 곳으로 가까이 왔다. 링글로즈는 바보짓을 한 사람처럼 약간 당황한 듯한 흥분까지 나타내 보였다——'상대는 편지를 읽지 않은 것이 아닐까?' 그것은 너무 속이 들여다보이는 행동이었다. 상대가 자신의 능력을 얕잡아보고 그 편지 내용을 그대로 믿어 주기를 바라고 있었다. 믿든지 안 믿든지 탐정의 판단으로 볼 때 그가 이 편지를 보고 놀란 것만은 틀림없는 것 같았다. 브루크 남작의 태도 속에 그러한 움직임이 떠올랐다. 그래서 링글로즈는 이야기를 계속하여 상대가 그 편지를 읽었는지 안 읽었는지 알아보기로 했다.

"여기서 바라보는 루가노는 천국 같군요." 손님이 말했다. "해가 진 뒤의 저녁놀이며 넓게 퍼져 가는 자줏빛 그늘로 거리가 아주 아름답습니다."

"그렇습니다. 하지만 이젠 이런 것에도 지쳤습니다. 하루 이틀쯤 있다가 돌아갈 계획입니다. 자, 어서 듭시다, 남작. 아니, 뷔즈 씨……."

대단한 성찬이 준비되어 있었다. 브루크 남작은 많이 먹었다. 한편 링글로즈는 무엇엔가에 정신을 빼앗기고 있는 듯한 연기를 하면서도 기분 좋게 상당히 많이 마셨으며, 이탈리아 요리는 말할 수 없이 훌륭하다고 단언했다. 그는 연기하는 사람이 되지 않으면 안 되었다. 그는 브루크 노튼에서 했었던 '노먼 포다이스' 역할을 세심하게 연기하려고 노력했다.

두 사람은 브루크 남작의 도락에 대해서 말했다. 그는 루가노에 온 것이 도움이 되었다고 말했다. 남작은 마침내 포다이스 씨의 여행에 대해서 질문했다. 링글로즈는 상대로서도 그것이 거짓말이라고 틀림 없이 여길 듯한 여행담을 들려주었다. 두 사람은 서로 재미있는 이야 기를 하고 교묘하게 각자의 연기를 하며 기회를 기다렸다.

다시 브루크 남작이 질문을 던졌다.

"코모에 도착했을 때 콘시다인이라는 의사를 만난 일이 있습니 까?"

"메나지오입니다. 나는 메나지오에서 그분을 만났습니다. 조카따님 을 버린 사나이가 틀림없다고 생각되었습니다. 난 그때 몸이 좋지 않아서…… 감기였지요. 그래서 그분의 진찰을 받았습니다만, 상 태가 나쁘지 않다고 하더군요. 예의바른 사나이로 보였습니다. 물 론 나는 뷔즈 양에 대한 것은 말하지 않았습니다."

"그 사람은 결혼했던가요?"

"모르겠습니다. 한 번밖에 못 만났으니까요."

브루크 남작은 생각에 잠기는 듯이 고개를 끄덕였다.

"확실히 수수께끼입니다. 나로서는 도저히 이해할 수 없습니다."

"밀드레드 양은 건강하겠지요? 실례인지 모릅니다만, 매력적인 소 녀였습니다."

"아주 건강합니다. ……지금은 플로렌스에 있지요. 나도 이곳에서 몇 가지 물건을 사고 그곳으로 돌아갈 예정입니다. 그러나 가기 전 에 이 근처의 경치를 구경하고 싶군요."

링글로즈는 귀를 곤두세웠으나 관심을 나타내지는 않았다. 상대도 곧이어 그 이야기를 계속하려고 하지 않았다. 서서히 우정이 두터워 지는 듯했을 때, 그는 자신의 문제에 대해서 마음을 쓰기 시작했다. 이야기가 길어졌다. 브루크 남작은 심사숙고하는 듯이 보였다. 그러 한 태도로 상대의 말을 듣거나 자기 스스로 대화를 끌어냈다가는 다 시 구름 속으로 모습을 숨겼다.

링글로즈는 자신이 다시 과거를 체험하는 듯한 묘한 기분이 들었다. 이상한 기분이었다. 아서 비튼이 자기 의견에 말려들어 여러 차례 당장이라도 고백할 것같이 동요했었으나 끝내 고백하지 않았을 때의 그 주저하던 모습이 생각났다. 그로서는 지금 자기 귀를 거의 믿을 수 없는 기분이었지만, 브루크 남작 또한 무서운 과거를 돌이켜 생각하고서 자기 가슴 속에 숨겨 둔 어두운 경험을 말할까말까 망설이는 듯이 보였다.

이 인상은 진실한 것같이 보이지 않았기 때문에 링글로즈는 경계하고 신용하지 않았다. 그는 브루크 남작이 말하는 것 이상의 것을 들으려고 했다. 그는 상대의 마음에도 그러한 목적이 있다는 것을 알아챌 수도, 거기에 응할 수도 없었다. 사실 이것은 그의 대답으로 분명해졌다. 자신의 사악을 아주 무서운 방법으로 생각나도록 했을 때 비튼은 마음이 동요됐었다. 비튼은 그러한 심리적 자극에 굴복한 듯이 보였었다. 그러나 브루크 남작이 위험한 그림자를 인식하고 원시적인 인간의 본능이 눈을 떠, 가슴 속의 비밀을 털어놓으려 한다고는 생각할 수 없으나, 그래도 가능성은 있었다. 하지만 그가 소심해져 눈앞의 적과 친밀하게 되려고 갈망하는 것은 그의 성격에 어울리지 않는 행위이며, 따라서 거짓이라고 탐정은 자기의 생각을 뿌리쳐 버렸다.

더욱이 브루크 남작은 줄곧 같은 표정을 짓고 있었다. 그 표정은 대단히 확실해져서, 그가 뿌리쳐 버린 이상한 인상에 대해서 의혹을 가질 필요가 없을 정도였다. 무엇인가 깊은 생각에 빠진 듯한 태도로 인간 성격의 결점을 망설임없이 드러내보일 듯한 감정을 섞어 가면서 그는 개인적인 이야기를 했다.

"당신이나 다른 사람이나 모두 나는 농담을 좋아한다고 생각합니다." 남작은 말했다. "포다이스 씨, 그러나 나만큼 농담할 얘깃거리가 적은 사람도 드물 것입니다. 아무 보잘것없는 인생이었지요, 옛날을 돌이켜보면 나만큼 슬픔이 많고, 또 나만큼 마음의 충족을 느껴보지 못한 사람도 드물 겁니다. 나는 정말 이상한 사람입니다. 행위를 결정하는 주된 감정을 자연스러운 상태로 조종하지 않았다면 보다 더 두려운 상태가 되었겠지요. 지금 이렇게 말하고 있는 나 자신 하나의 이념에 사로잡혀 지배되었기 때문에, 인생행로에서 무서운 체험을 했습니다."

링글로즈는 기계적으로 그의 이야기에 응했다.

"그건 생각할 나름이겠지요."

지금 그들은 단둘이 앉아서 담배를 피우며 리큐어와 커피를 마시고 있었다.

"지배적인 생각, 즉 감정이라는 것은," 링글로즈가 대화를 이었다. "틀림없이 대단히 귀한 자질의 천성일 것입니다. 무언가 하나의 사상을 가지고 있는 인간이야말로 더욱 멀리까지 갈 수 있습니다. 그 사상이 진보편에 서서 인류의 행복을 추구하는 것이 된다면 그런 사람들은 이 땅 위의 소금이 되도록 정해져 있는 것입니다."

"참으로 그렇습니다." 브루크 남작이 동의했다. "그러나 나의 경우같이 그 강한 본능이 사회적인 것이 아닐 때에는 아무 쓸모가 없습니다. 더구나 그것이 생활의 유일한 지배력이 된다면 더 말할 것도 없지요. 만일 그것이 악마와 같은 무서운 지배력을 갖고 이성과 의무를 혼란시켜 인간 행위의 모든 규율을……."

그는 말을 중단하고 한숨을 쉬었다. 깊이 반성하고 있는 인간의 모습이었——여느 때의 그와는 다른 모습이었다——링글로즈는 지금까지 상대를 이런 측면에서 생각해 본 일이 없었다.

"그와 같이 된다면 물론 저주스러운 일이 되겠지요. 그 수난자의 양심에 심각한 문제를 일으키게 될 테니까요" 하고 링글로즈는 그 말에 동의했다.

이 대화의 비현실성에 그는 점점 더 깊은 인상을 받았다. 그만큼 상대의 연기는 완벽에 가까웠다.

브루크 남작은 이제 그 이야기를 그만두고 성격에 대한 평범한 이야기를 하면서, 자기는 지금까지 누구하고도 친분을 맺은 일이 없다고 고백했다.

"사실 나는 세상 사람들을 좋아한 일도, 싫어한 일도 없습니다. 만일 좋은 인간이라는 말을 듣는다면, 그것은 따뜻한 마음을 가지고 있기 때문이 아니라 냉담한 마음을 가지고 있기 때문입니다. 그래서 나와 같은 사람은 그 정도의 값어치가 없는데도 신뢰를 얻을 수 있는 거지요. 다른 사람들은 나를 있어도 그만, 없어도 그만인 사람이라고 판단합니다. 상식적으로 말할 수 있는 것은 오늘은 쓸모없는 인물도 내일은 유용하게 쓰일지 모르기 때문에 누구와도 다투거나 하지는 않습니다. 여성은 내 인생에 관계가 없습니다. 꼭 한 번 여성이 쓸모 있었던 일이 있었군요. 한 여성과 나는 아무런 생각없이 교제한 일이 있었거든요. 그러나 그것은 그 여성을 위한 일이었지 나를 위한 것은 아니었습니다. 들어 주신다면 그 이야기를 하겠습니다. 그러나 내가 말하려는 것은 다음 이야기입니다. ⋯⋯ 인간에 대한 나의 냉담한 기분은 당신을 만났을 때 묘하게 충격을 받았다는 것입니다. 웃지 말아 주십시오. 이 말이 이상하게 들릴 것이라고 생각합니다만, 그러나 진실입니다. 브루크 노튼에 당신이 찾아왔을 때⋯⋯당신은 나처럼 시야가 좁은 사람이 아니었고, 나와는 다른 인생관을 가지고 있었지요. 그것은 당신의 생활과 활동의 결과로 생긴 것입니다. 불과 몇 시간이라는 짧은 동안의 내 인상을 말한다면, 서로의 궤도가 직각으로 교차할 뿐인 관계의 인간이라는 기분이 들었습니다. ⋯⋯그때 당신 속에 있는 어떤 것이, 또는 내 마음 속에 있는 어떤 것이 이와 같은 만남에 호응한 것입니다. 당신에 대해 풀 수 없는 흥미를 느끼고 지금까지는 한 번도 경험해 본 일이 없는 친밀한 감정을 느끼게 되었던 겁니다. "

"대단히 영광스럽게 생각합니다. " 링글로즈는 말했다. 그는 지금 눈을 뜨고 있는 것인지 감고 있는 것인지 모를 정도였다.

"아니, 나는 사실 그것을 느꼈을 때 당혹했습니다. 당신이 누구인가, 당신은 나에게 무엇인가? 솔직히 말해서 나는 당신과 헤어지고 싶었습니다. 당신이 없어진다면 나는 이내 잊어버릴 수 있을 것 같았습니다. 그러나 그렇지 않았습니다. 당신은 내 마음속에 깊이 들어와 있었습니다. 나는 몇 번이나 자신에게 물어 보았습니다. 대체 내가 당신에게 다른 사람과 달리 왜 이렇게 이상한 감정을 느끼고 있는가 하고 말입니다. 나는 차츰 초조해졌습니다. 농담을 하고 있다고 생각하십니까? "

"천만에요, 어떻게 이런 특별한 이야기를 농담이라고 할 수 있겠습니까? "

"당신이 떠난 뒤, 사실 나는 당신이 돌아와 주기를 바랐습니다. 왜 그런지 그때는 몰랐습니다. 나는 지금도 잘 모르겠습니다. 그러나 그렇게 생각했습니다. 오늘 아침 우연히 거리에서 당신의 모습을 보았을 때, 나는 환희에 가득 차서 당신을 부르고 싶은 충동에 사로잡혔습니다. 나는 자신의 감정을 숨길 수가 없습니다. 이것은 앞으로 알게 될 것입니다만, 나는 숨기려고 하지를 않아요, 거기에는 눈으로 보는 것보다 더 많은 일이 있습니다. 만난 지 두세 시간밖에 안 되었습니다만, 나는 여러 가지 일을 생각했습니다. 너무 싱거운 이야기지요? "

링글로즈는 대답하지 않고 생각했다. 이제야 그는 지금 말하고 있는 상대의 태도에서 아서 비튼과 닮은 점을 알게 되었다. 그러나 비튼의 경우는 순수한 것이었으나, 브루크 남작의 경우는 자신에 대해 알고 있는 점으로 미루어 볼 때 아무래도 순수한 것이 아니었다. 링글로즈는 상대가 이와 같은 말을 하는 동기를 계속 생각하고 있었다. 그는 그것을 알게 되었다고 믿었다. 화제를 바꾸어 브루크 남작이 좀 더 이야기하도록 유도해 보았다. 링글로즈는 짐짓 당황한 태도로 보였다.

"나는 지극히 평범한 사람입니다. 물론 당신 같은 분과 친교를 맺고 대화를 나눈 일도 없었지요. 그래서 나도 자연히 마음이 끌렸습니다. 누구로부터도——누구든지 귀하신 분이라는 뜻입니다만——이같은 친절을 받아 본 일이 없으니까요. 그러나 보시는 바와 같이 우리들의 인생은 서로 멀리 떨어져 있었습니다. 나는 내일이나 모레 귀국할 예정입니다. 내가 무엇인가 도움을 줄 수 있는 일이 있다면——내일 할 수 있느냐고 이상하게 생각하실지 모릅니다만——기꺼이 도움이 되어 드리겠습니다."

링글로즈는 말을 중단했다. 이렇게 아무 의미 없는 이야기를 한다는 것이 참을 수 없었다. 대체 이런 이야기가 무슨 도움을 줄 수 있을까. 상대는 무서운 목적을 가지고 한층 더 가까워지려고 할 뿐이다. 링글로즈가 그것을 알고 있다는 것을 상대방도 알고 있을 게 분명했다.

그래서 그는 브루크 남작에게 말할 기회를 주었다.

"마지막 관광을 하기 위해서 배를 타고 내일은 산타 마르가리타까지 가 보려고 합니다. 그곳에는 등산 철도가 있고, 베르베틸레 디 라리조라는 곳까지 올라가면 멋진 조망을 마음껏 볼 수 있답니다."

링글로즈는 말하면서 상대의 눈을 똑바로 바라보았다.

그러나 브루크 남작은 조금도 당혹한 빛을 나타내지 않았다. 그는 머리를 끄덕였다. 화제가 달라진 것을 섭섭하게 생각하는 듯했다.

"그렇습니다, 그렇지요. ……멋진 전망입니다. 확실히 그보다 좋은 곳은 없지요."

"그럼, 같이 가 봅시다."

링글로즈는 담배 한 대를 꺼내어 다시 불을 붙였다. 그리고 무한한 흥미를 가지고 다음 이야기를 기다렸다.

"나도 내일은 교외로 나가 보려 합니다." 브루크 남작은 얼마쯤 사이를 두었다 말했다. "이 지방에서 가장 아름다운 곳을 찾아보려고 합니다. 이 세상에서 가장 슬픈 곳 가운데 하나이기도 하지요. 라 스포르타 데라키라, 영어로 옮기면 독수리 방이 되겠군요. 이런 이름을 들은 일이 있습니까?"

"아니, 없습니다." 링글로즈는 대답했다.

이 대답에 상대는 털끝만한 반응도 나타내지 않았다. 아직 브루크 가 아까의 그 편지를 읽었다고 단정할 수는 없었다.

"독수리 방은 갈비거 산의 산록 돌출부로, 피아노라는 작은 호수의 북쪽에서 몇 마일 떨어진 곳에 있지요. 그 호수는 당신이 열차로 폴레셔와 메나지오를 지날 때 거쳐 온 길입니다. 그곳에 오르면 코모와 루가노가 한눈에 보인답니다. 북쪽으로는 그 두 개의 호수를 갈라 놓는 산맥을 넘어 경탄할 만한 경치를 볼 수 있습니다."

"훌륭한 관광지군요."

"방금 방문하려고 말씀드린 곳은 여러 가지 추억이 깃든 곳입니다." 상대는 계속하여 말했다. "라 스토르타 데라키라에서 나의 형이 목숨을 잃었습니다. 그리하여 무언가가 나를 언제나 그곳으로 이끌고 있습니다. 형이 죽은 다음 나는 해마다 그곳을 방문했습니다. 형이 살아 있다면 포다이스 씨, 나는 좀더 깨끗한 인간으로 살아갈 수 있었을 겁니다. 형의 죽음은 어떤 뜻에서 나를 파괴했습니다."

링글로즈는 이 말 속에 무서운 진실이 포함되어 있음을 인정했으나 모르는 체했다.

"형님이 과연 형님답게 처신했고 올바른 인간이었다면 확실히 영향을 끼치게 되겠지요."

브루크 남작은 링글로즈를 이상한 눈으로 바라보았다.

"대답에 포함되어 있는 것 이상으로 당신이 나를 잘 알고 있다는 생각이 드는 때가 가끔 있습니다. 이상한 느낌이지요. 갈망하는 것은 사고의 아버지라고 하겠습니다. 당신은 나에 대해서 내가 예상한 것보다 더 많은 것을 알고 있는 듯합니다. 만일 그렇다면 참으로 이상하지요. 나에 대해 당신은 전혀 알 리가 없을 테니 말입니다."

다시 당혹한 표정이 탐정의 얼굴에 떠올랐다. 말을 하려고 했으나 다만 상대를 쏘아볼 뿐이었다.

브루크 남작은 말을 계속했다.

"지금 내 마음속에는 좀더 나를 더 알아주었으면 하는 염원이 가득 차 있습니다. 기묘한 일이지요. 왜냐하면 이런 감정은 어떤 사람한테도 가져 본 일이 없기 때문입니다. 형에게도 가져 본 일이 없습니다. 아마도 그것은 순수하고 이기적인 것일 테지요. 내가 생각하고 행동하는 것은 모두가 이기적입니다. 그러나 내 가슴에는 이 염원이 존재하고 있습니다. 당신에게 무엇이든지 이야기하고 싶다는 욕구에 나는 쫓기고 있습니다. 이 이야기는 진실입니다. 이 염원을 만족시키고 나로부터 고백을 들어 주시겠습니까? 고백은 때로 무례한 경우가 많습니다. 당신이 이런 일을 원하지 않고 내 감정을 따라주시지 않아도, 그것은 어쩔 수 없다고 생각합니다. 사실 당신의 얼굴에 그것을 원하지 않는다는 표정이 나타나 있습니다. 그러나 당신은 인간다운 동정심이 풍부한 사람입니다. ……나는 동정심을 조금도 가지고 있지 않으나, 다른 사람의 그러한 특질은 알 수 있습니다. 내 말을 들어 주시지 않겠습니까?"

"물론 듣지요, 내가 어떤 도움이 될 수 있다고 생각하신다면."

"저를 도와주시기를 원하고 계십니까?"

너무도 강렬하고 열의 있게 물어 왔기 때문에 거짓말을 해서 이 상황을 헤쳐 나간다는 것은 곤란하리라고 생각되었다. 그러나 링글로즈는 이러한 호소력 앞에 최면 상태가 된 것은 아니었다. 그 허구 속에 숨어 있는 진상을 찾아보려고 애쓴 결과 역시 허구라는 것을 알게 되었다. 그는 다음에 무슨 말이 나올 것인가를 알 수 있었다.

"이야기를 들은 다음 내가 할 수 있다면 도와 드리는 것을 영광으로 생각합니다." 링글로즈는 대답했다.

"당신은 내일 그것을 할 수 있습니다. 짧은 여행에 참여해서 갈비거 산에 갈 수 있겠지요? 그러면 당신이 듣고 싶어하시는 것을 말씀드릴 수 있을 것입니다. 흥미 있는 이야기입니다, 포다이스 씨. 하느님께 맹세하고 이것은 진실한 이야기입니다."

"진실로 바라신다면 기꺼이 참여하겠습니다. 단지 다리가 그다지 건강치 못해서……."

"아니, 괜찮습니다. 폴레서까지는 배로 갈 테니까요. 10시에 이곳을 출발하는 배가 있습니다. 거기서부터 걸어 올라가는데 대부분 완만하게 구부러진 길입니다. 8000미터는 좀 못 되리라고 생각합니다."

"그렇다면 좋습니다."

"당신의 친절에 대해 진심으로 감사합니다. 당신의 양보는 말로 다할 수 없이 감사합니다."

"그럼, 10시 배를 탈 수 있도록 하겠습니다."

브루크 남작은 상대의 호의에 깊은 감사의 뜻을 표했다. 그는 얼마동안 감동해서 말도 잇지 못하였다. 잠시 뒤 자기 생각으로 돌아온 그는 독도 약도 아닌 말을 했다. 그러나 새롭게 두터워진 우정은 따뜻한 느낌을 불러일으켰다. 활기가 돌아오자 뼛속까지도 갈라 보이고 싶은 충동이 일어났다. 지금까지 누구도 알지 못했던 마음속으로 통하는 길을 다른 사람 아닌 존 링글로즈가 열어 준 데 대해 기뻐하고 있는 것이 분명했다.

이날 밤의 만찬은 11시가 지나서 끝났다. 손님은 돌아갔다. 뒤에 남은 링글로즈는 자기가 들은 모든 것을 다시 생각해 보기 위하여 혼자 있기를 원했다.

링글로즈는 칭찬할 값어치가 있다고 생각했을 때는 그것을 아끼는 인간이 아니었다. 그는 자기의 적이 정면 공격을 시작했다는 데 대해서 칭찬하고 싶은 직업적인 본능이 일어났다. 그러나 브루크 남작의 책략을 칭찬하기 전에 좀 생각해 둘 필요가 있었다. 상대가 그리 빈틈없다고는 생각되지 않았다.

링글로즈는 상대의 방법을 검토해 보았다. 브루크 남작은 처음에 생각했던 어떤 계획에 따라 연기하는 것이었다. 그는 링글로즈가 브루크 노튼에 오기 전의 행동과, 또 브루크 노튼을 떠난 뒤로는 자신에 대해 전혀 모르는 것처럼 행동했다. 그는 링글로즈에게 기묘하게 마음이 끌려서 의지하고 마음을 털어놓고 싶은 충동을 받았다고 확언했다. 그리고 지금까지는 이런 충동을 받은 일이 없다고 자인했다. 그는 링글로즈가 떠난 다음 다시 돌아와 주기를 바랐다고 말했다. 또 그는 루가노에서 링글로즈를 만났을 때, 대단히 반가운 표정이었다. 두 사람이 만났을 때 그들은 서로 극단적인 경의의 표정을 보였었다. 그 뒤 이곳에 와서 브루크 남작은 우연한 만남에 흥분한 감정을 나타내며 말하는 태도도 바뀌었고, 또 상대와 같이 있는 것을 아주 기뻐하고 있는 것 같았다. 왜 기뻐하는지 브루크 남작도 자신의 감정에 당혹하는 것 같았지만, 그 기쁨은 마침내 두 사람을 친밀하게 맺어 주어 마음속의 이야기를 털어놓고 싶다는, 더욱이 중대한 내용의 이야기까지도 하고 싶다는, 욕망으로 발전해 갔다.

그러면 대체 무엇이 진실인가? 브루크 남작이 가지고 있는 존 링글로즈와 그의 활동에 대한 지식은 그가 꾸미고 있는 것보다 훨씬 깊은 것임에 틀림이 없다. 그가 링글로즈에 대하여 아무것도 모르고 있다는 것은 있을 수 없는 일이었다. 더구나 링글로즈를 신용한다든가 또는 믿는다는 것은 있을 수 없는 일이다. 무엇 때문에 그는 이런 시간에 루가노에 왔을까? 콘시다인이 편지로 링글로즈가 루가노에 있다는 것을 알렸기 때문이다. 그 편지에는 이 사실 말고도 더 많은 것이 씌어져 있었다. 윌리엄 로클리는 적어도 포다이스와 알렉 웨스트가 동일 인물이라는 사실을 명확히 해주었을 것이다. 브루크 남작이 그때 이 사람에 대해 확실히 알았으리라는 것은 너무도 명백한 일이다.

여기서 링글로즈는 참으로 기발한 생각을 해냈다. 만일 내일 아침 산꼭대기와 절벽 사이에서 자기를 죽이지 않고 그 대신 죄상을 고백한다면 어떻게 할까. 조금 전에 그가 한 말은 그것을 암시한 게 아니었을까? 그렇게 된다면 링글로즈의 처지는 어떻게 되는 것일까……

'그렇게 하는 것도 상당히 현명한 방법이겠지, 어느 한도 안에서는' 하고 링글로즈는 생각했다. 그러나 그는 자신이 이러한 위기에 몰리게 되리라고는 생각지 않았다. 링글로즈는 만일 그가 자신의 죄를 고백한다면 그 뒤 무슨 일이 일어날 것인가를 생각했다. 주위의 상황에 지배되어 공포와 회한에 눈을 뜬 인간으로부터 그 고백이 자신의 귀에 속삭여진다고 하며, 그 고백을 한 인간은 앞으로 어떤 역할을 해야 할 것인가? 이 질문은 그러한 생각에 답하는 것이었다. 링글로즈의 마음속에 브루크 남작에 대한 연민의 정은 일어나지 않았다. 사실 그는 그 문제의 측면에 대해 잠시 마음을 쏟았을 뿐이었다. 먼지가 눈에 불어 닥칠지도 모른다. 그러나 그것으로 눈이 머는 일은 없을 것이다. 어린 루드빅 뷔즈를 죽인 자는 그의 앞에서 아무리 뉘우쳐도 아무 소용이 없을 것이었다.

사실이 어떻든, 정말로 브루크 남작이 그러한 일을 계획했다 해도 진심에서 우러나서 하는 일은 아닐 것이다. 범죄자의 상황이 그와 같은 생각을 일으키게 한 것일뿐, 비튼이 그와 같은 계획을 세웠다는 데 대해서 조금도 의아하게 생각지 않았다. 그리하여 그는 자기가 앞으로 어떤 행동을 취할 것인가에 대해 더 이상 생각하지 않았다. 그리고 그는 브루크 남작에 대해 생각하면 할수록, 일단 독수리 방까지만 가고 나면 연극적인 일로 시간을 낭비할 것 같은 인물이라고는 결코 여겨지지 않았다.

'이것은 내가 원하는 장소에서 그 사나이를 붙잡는 셈이며 분명히 상대방도 원하는 장소이다. 모든 것은 내일 밝혀질 것이다.'

링글로즈는 몸을 뒤척이며 생각하다가 곧 잠에 떨어졌다.

독수리 방

이탈리아 호수 지방의 사람들은 일찍 일어난다. 호수의 수면 가깝게 아물거리는 위쪽 바위산 속에 숨어 있는 마을은 무엇이든 생활을 위해 돈이 되는 일은 쉬지 않고 계속한다. 아침 하늘은 아직 어스름 빛에 잠겨 있었고, 루가노의 안개 속에 잠긴 수면은 그림자 속 깊이 구슬 같은 빛을 내뿜고, 소형 보트들이 오가기 시작할 시간이다. 하얀 기선이 수면을 질주하자 뒤로 흰 줄이 남았다. 기슭에서 교회당 종소리가 나지막하게 울려왔다. 한편 계곡의 숲을 배경으로 하여 아마빛 굴뚝 연기가 푸른 아침 하늘로 피어올랐다. 링글로즈가 나루터로 향했을 때는 벌써부터 더위가 기승을 부리고 있었다. 그가 소형 외륜선에 올라타자 배는 기슭을 떠나 호수 위를 달리기 시작했다.

브루크 남작도 타고 있었다. 짙은 잿빛 니커보커즈 위에 노픽재킷을 입고 있었다. 그리고 쌍안경을 케이스에 넣어 어깨에 메고 있었다. 그는 고물에 앉아 있다가 링글로즈가 나타나자 일어나서 손을 내밀었다.

"마음이 바뀌었는가 해서 걱정했습니다."

그는 맑은 날씨인데도 불구하고 기운 없이 멍청하게 생각에 잠겨 있는 듯했다.

존 링글로즈는 출발 시간이 다 되어서 도착한 것을 사과하며 덧붙여 말했다.

"실은 어젯밤 말씀하신 것을 깊이 생각해 보느라고 잠을 설쳤습니다, 남작!"

"'뷔즈'라고 불러 주시오. 얼마나 멋있는 아침입니까? 북극을 비롯해서 세계 여러 곳의 아침을 보아 왔습니다만, 이곳이 가장 아름답지요."

"자연 풍경에 관심이 대단하시군요. 그리고 잘 아시는군요, 뷔즈 씨. 하지만 나는 유감스럽게도 아름다움을 잘 느끼지 못하는 편입니다. 오늘은 날씨가 몹시 더워질 것 같군요."

"등산하기에는 좋은 날씨입니다. 저 남동쪽을 보십시오. 갈비거 산의 꼭대기가 보입니다."

그가 손으로 가리켰을 때, 링글로즈는 얼마쯤 관심을 나타내 보였다.

"내 허약한 다리로 저곳까지 올라갈 수 있을 것 같지가 않은데요."

"아니, 저 꼭대기까지 올라가지는 않습니다. 목적지는 정상보다 300미터 남짓 아래입니다. 천천히 올라가면 힘들지 않습니다. 길 같은 것은 잊어버릴 것입니다."

폴레셔에서 두 사람은 배를 내렸다. 링글로즈는 상대가 조그마한 꾸러미를 꺼내는 것을 보았다.

"그게 무엇입니까?" 링글로즈가 물었다.

"도시락입니다."

"호, 나는 가지고 오지 않았는데요. 도시락 바구니가 숙소에 있었는데도……."

브루크 남작은 고개를 저었다.

"독수리 방에 있는 여인숙의 손님은 독수리와 매밖에 없을 겁니다. 그래서 두 사람 분을 가져왔습니다."

"그렇다면 내 몫으로 그 바구니라도 들고 가겠습니다."

"교대로 들고 가기로 합시다. 당신 몫을 분담하는 셈이 될 테니까요."

이윽고 두 사람은 나루터를 떠났다. 브루크 남작은 그곳 지리를 잘 알고 있었기 때문에 지름길을 따라 동쪽으로 걷기 시작했다. 3킬로미터 넘게 걸어갔을 때 논밭과 농촌의 집들이 눈 아래로 내려다보였다. 두 사람은 곧 산길로 접어들었다. 그 길은 링글로즈도 잘 알고 있는 길이었다. 두 번째로 독수리 방을 찾았을 때 나귀를 타고 갔던 곳이다. 산을 향한 맨 위쪽의 농가 한 채도 이제는 눈 아래로 멀어졌다. 천천히, 그리고 확실한 발걸음으로 두 사람은 험한 산길을 올라갔다. 길이 꺾여지며 넓은 산허리 위에서 직각으로 동쪽에서 서쪽으로 굽어졌을 때 남작이 갑자기 입을 열었다.

"지금부터 내가 이야기하려는 것에 대해 당신이 어느 정도 알고 계신지 나로서는 알 수 없습니다. 그러나 많은 것을 알고 계시리라고 확신하고 있습니다. 그럼, 처음부터 확실히 해 놓겠습니다. 당신은 진짜 이름과 궁극적인 목적을 숨기고 있습니다. 그러면 아무것도 되지 않습니다. 당신은 지난 겨울 브리드포트에 왔던 웨스트 씨도, 포다이스 씨도 아닙니다."

두 사람은 서로 마주 보았으나 브루크의 표정은 어둡고 목소리에는 무관심함이 어려 있었다. 링글로즈는 놀랐다는 듯한 표정을 전혀 짓지 않았다. 그러나 이런 방법으로 나오리라고는 예기치 않았었다.

"계속하십시오." 링글로즈는 말했다.

"이런 말을 해도 놀라지 않는군요. 내가 이렇게 말하는 까닭은 바보스러운 사건을 밝은 세상에 내놓고, 진상을 말하려고 하기 때문입니다. 당신도 물론 나와 같은 진상을 밝히기 바란다고 생각하고 말입니다. 나는 말할 수 없이 어려움을 겪고 있습니다. 진실을 밝히게 되면 어떤 의미에서 당신은 승리한 것이고 나는 패배한 것이 되기 때문에 내 마음이 아무렇지도 않다는 것을 당신이 믿어 줄지 의문스러운 일이고, 또한 과거 2년 동안의 내 생활이 어떤 것이었는지 조금도 말씀드릴 수 없게 되는지 모릅니다. 그 동안의 생활은 어떻게 보면 지옥과도 같은 것으로, 몹시 두려웠습니다. 정신적인 가책으로 가득 차 있어서 지금은 내 이야기의 끝이 가까워졌다는 것에 감사하고 있다고 말씀드린다 해도 과장이 아닙니다."

브루크 남작은 잠깐 멈추어 서서 비단 손수건으로 이마의 땀을 닦으며 파리한 눈으로 골짜기 아래를 내려다보았다. 피아노 호수는 푸른 골풀 사이에서 비취빛 고양이 눈같이 빛나고 있었다.

"당신은 이렇게 생각하겠지요." 남작이 계속해서 말했다. "당신의 쉴새없는 천재적인 두뇌 때문에 한 사람의 죄인이 쫓겨서 범행을 자백하고는 있으나, 그것은 회한의 빛을 보여 상대를 감동시킴으로써 그 손에서 빠져나가기 위해서라고 당신은 자신에게 그렇게 말하고 있을 겁니다. 여기에 하나의 비겁자이며 겁쟁이가 있다, 그 사나이는 자기 비밀의 죄악이 상대의 손에 쥐어져 있음을 깨닫고 지금 그것을 고백하면서 자비를 원하고 있다, 라고 당신이 생각하는 것도 당연합니다. 그러나 그것은 오해입니다. 당신이 죽은 비튼 앞에 나타나기 몇 달 전부터, 당신이 노먼 포다이스라는 이름으로 브루크 노튼에 나타나기 몇 달 전부터 나는 정신적인 고문을 받고 있었습니다. 나는 지금 어떤 자비를 바라고 있지 않습니다. 내가 한 나쁜 짓을 당신이 어떻게 알게 되었는지 그것도 알고 싶지 않습니다. 그 가엾은 아이에 대한 당신의 추정은 옳습니다. 그러나 그보다 앞선 혐의, 즉 아이의 아버지를 죽였다는 것은 예상 밖입니다. 이것은 비밀입니다만 형은 자살했습니다. 이 일은 아이들을 위해 숨겨 왔지만, 한편 가문의 명예를 위해서이기도 합니다. 이것은 콘시다인 의사가 증명해 줄 수 있습니다. 그 사람이 시체를 발견했지요, 가엾게도 형이 자살했다는 사실은 몇 가지 증거가 그것을 증명하고 있습니다. 지금부터 올라가는 그곳에서 형은 몸을 던져 자살한 것입니다."

브루크 남작은 다시 이야기를 멈추었다. 그러나 링글로즈는 여전히 아무 말도 하지 않았다. 상대를 힐끗 보았지만 경멸하거나 화를 내고 있지 않았다. 그 표정은 거의 동정에 가까운 것이었다. 그는 다만 머리를 숙이는 듯했다. 말하고 있는 죄의 무게가 어느 정도 그에게 걸려 있는 것처럼. 그리고 한 차례 깊은 한숨을 쉬었을 뿐이었다.

"우선 당신에 대해서부터 말하기로 합시다." 남작은 말을 이었다. "그렇게 하는 것이 옳을 것이라고 생각합니다. 나는 당신의 존재를 알기 전부터 회한과, 입으로 표현할 수 없는 정신적인 고뇌 때문에 얼마나 고민했는지 밝혀 두고 싶습니다. 그러나 이것을 믿어 주리라고는 기대하지 않습니다. 사실은 이렇습니다. 공범자가 몹시 이상한 상황에서 갑자기 죽었기 때문에 이런 마음이 된 것입니다. 나는 비튼을 철저하게 알고 있었습니다. 다른 사람과 그렇게 친밀하게 지낸 일은 없었습니다. 어린 조카를 죽이고 재산을 이어받으려는 무서운 유혹이 내 마음속에 일어났을 때 나는 이 사나이에게 부탁했습니다. 왜냐하면 그가 나의 도락에 대해서는 얼마쯤 나쁜 일이라도 서슴없이 해치운다는 것을 잘 알았기 때문입니다. 그러나 양심을 갖고 있지 않은 사람이 어디 있겠습니까. 우리가 아직 나쁜 일에 손을 대기 전에는, 다른 사람들과 다른 점이 아무것도 없습니다. 인간은 어리석게도 자신만은 다른 사람과 달리 선악의 경지에서 있다고 상상합니다. 그러나 오, 하느님, 그러한 가정 아래에서 행동한다 해도 누구나 태어날 때부터 지니고 있는 도덕적 감각을 거스르는 죄를 범한다는 것은, 쇠와 같이 단단하고 얼음같이 차가워도 우리들은 더욱 더 양심의 가책을 받을 것입니다. 아무리 해도 나는 그 공통점을 말할 수가 없습니다. 나는 저주스러운 범죄를 저질렀습니다. 나는 너무도 저주스러운 벌을 참아 왔기 때문에 지금 싸움이 끝나 일의 성패가 다른 사람의 손에 달려 있다는 사실에 감사하고 있습니다. 지금과 같은 목마름 뒤에는 죽는 것도 향연이라고 생각하겠습니다. 사실 그렇습니다. 확실히 비튼도 지금의 나와 같은 심정이었을 것입니다. 그 역시 교활하고 냉혹한 악마였으나, 자기가 한 일을 그처럼 두려워하고 후회하며 끝내 살아가지 못하고만 것입니다. 나는 그의 경우 정의의 역할을 당신이 했다고 상상하고 있습니다……지금 나의 경우와 마찬가지로.

나는 내 뒤에 펼쳐질 시간은 영원한 지옥을 닮았을 것이라고 느껴 왔으나, 당신이 비튼과 알고 지내기 전에 그 또한 같은 생각을 가졌었는지 어떤지 나로서는 알 수 없습니다. 당신의 고문이 없었다면 결코 눈을 뜨지 못했으리라고 생각되는 양심을 어떤 방법으로 되살려 놓았는지, 그것은 당신만이 아는 것이므로 나는 알지 못합니다. 당신의 우정과 동정이 그로 하여금 자백하게 했는지는 모릅니다만, 결국 그는 놀랍게도 자신이 흉악한 인간이라는 것을 알았습니다. 당신은 무서운 비밀을 실제로 깨닫게 하여 그것에서 벗어나도록 하기 위해 자살할 결의를 갖게 했는지도 모릅니다. 아마도 그랬을 것입니다. 나나 비튼이 모르는 경로로 당신은 우리들 두 사람이 끝까지 감추고 있던 비밀을 찾아낸 것입니다. 당신이 누군지, 누구를 위해서 일하고 있는지, 그것은 문제가 되지 않습니다. 나는 거기에 대해서는 알지 못할 뿐만 아니라 알고 싶지도 않습니다. 문제가 되는 것은 지금의 나와 당신의 관계로서, 당신과 비튼 사이에 일어났다고 생각되는 관계와 똑같지요. 당신은 진상을 알고 있습니다. 일거수일투족으로 나는 폭로되고 있습니다. 그 일에 대해 나는 무한한 감사를 드립니다. 이틀 전 루가노에서 될 수 있는 한 당신을 만나보고 싶었습니다. 당신이 이곳에 있을지도 모른다고 생각한 이유는 이야기의 맨 끝에서 밝히겠습니다."

아주 쓸쓸하고 단조로운 말투였다. 그러나 그럼에도 불구하고 그의 얼굴에는 안심하는 듯한 기색이 보였다. 조금도 괴로워하지 않았다. 링글로즈는 잠시 쉬었다 가자고 말했다. 그때 그는 브루크의 발걸음이 무의식적으로 빨라졌다는 것을 알았다. 그러나 링글로즈는 서두르고 싶지 않았다.

"10분쯤 쉬었다 갑시다." 링글로즈가 말했다. "말씀은 잘 듣고 있습니다. 무엇 하나 흘리고 싶지 않습니다. 나에 대한 이야기는 말씀하신 대로입니다, 브루크 남작. 그러나 어떻게 나의 정체를 아셨지요?"

"당신의 정체는 모릅니다. 그러나 당신은 무서운 신의 사자입니다." 남작은 조용히 대답했다. "당신으로부터 듣고 싶은 것은 이름이 아닙니다. 또 어떤 권한으로 이러한 일을 하고 있느냐 하는 것도 아닙니다. 마침내는 전혀 다른 부탁을 드릴 것입니다. 이제부터 말씀드리고 싶은 것은, 당신의 감시 아래 있다는 것을 어떻게 알게 되었는가, 포다이스인 당신을 어떻게 해서 비튼의 죽음과 결부되는 웨스트라고 생각하게 되었느냐 하는 것입니다."

두 사람은 쓸쓸한 길가의 넓은 돌 위에 앉았다. 링글로즈는 열심히 남작의 말에 귀를 기울이고 있었다.

"브루크 노튼의 응접실에서 처음으로 당신을 만났을 때 나는 좋지 않은 예감이라든가 위험한 느낌 같은 것은 조금도 없었습니다. 아마 그런 느낌이 들었다면 나는 그보다 더욱 환대했을 것입니다. 그러나 나는 전에 당신을 본 일이 있다는 잠재의식을 가지고 있었습니다. 언젠가 당신을 만난 일이 있다는 아주 희미하고 아득한 의혹을 품고 있었던 것입니다……. 어디서 언제 만났는지, 그것은 확실하지 않았습니다. 나는 그 때문에 고심했습니다. 나와 같이 마음이 혼란한 사람은 사람을 보는 눈도 다른 사람과는 전혀 다르지요. 그러나 그와 같은 인상을 좀더 친근해지면서 사라졌습니다. 한편 의심스러움도 사라졌습니다. 당신은 놀랄 만큼 매력적이고 지각이 날카로운 인간의 성질을 잘 알고 있었기 때문에, 싫어도 내 마음을 사로잡는 수단을 알고 있었습니다. 이상한 말 같습니다만, 영국의 집에서 당신과 두 시간 정도 같이 지낼 때만큼 유쾌했던 일은 생애를 통해 단 한 번도 없었습니다.

어젯밤의 말은 진실된 것입니다. 나의 마음은 당신에게 감동되어 얼마 동안은 나의 비참한 일을 잊고 있었습니다. 나중에 나는 그때가 얼마나 유쾌했던가 하고 생각해 보았습니다. 그런데 당신이 돌아가기 조금 전 나는 앞으로 다시 만나게 되었으면 하고 생각하고 있었습니다만, 그때 베일이 벗겨지면서 당신 자신의 행동으로 전광석화같이 당신의 진실이 밝혀진 것입니다. 나는 발소리를 죽여서 진열실로 들어갔습니다. 그때 당신은 그곳에서 주의 깊게 바르텔의 상아 세공품을 살펴보고 있었습니다. 그것에 어떤 뜻이 있는지 그것이 어떻게 나와 비튼을 결부시켰는지는 하느님만이 알 것입니다. 그러나 그것은 심상치 않은 사태의 폭로를 의미하는 것이었습니다. ……청천벽력이었습니다. 그것은 당신이 그 조각을 더욱 큰 문제와 결부시키고 있음을 알려 주었습니다. 그것은 내 기억에 강렬한 자극을 주었습니다. 순간적으로 나는 당신을 어디서 보았는지 알았습니다. 비튼과 같이 브리드포트의 큰 거리를 걷고 있을 때 본 것입니다. 당신은 내가 비튼을 부르자, 이내 그와 헤어져 갔습니다. 나는 그 뒤 다시는 당신의 모습을 보지 못했습니다. 그러나 나는 저 사람이 누구인가 하고 비튼에게 물었지요. 그는 새 친구라고 알려 주었습니다. 거기에서 내가 알게 된 것은 죽은 루드빅 뷔즈의 사건이 당신의 머릿속에 있다는 것이었습니다.

마침 브루크 노튼을 떠나려 할 때였지요. 나는 당신과 바르텔의 상아 세공품을 결부시켜 보았습니다만, 그것을 눈치채지 못하도록 최후의 순간에 캠벨 부인의 물건······골드니를 사기로 결심하고 당신에게 수표를 주었던 것입니다. 나는 당신과 비튼의 친구가 같은 인물이라는 것을 알아챘으나 그 일은 얼마 동안 모른 체 숨겨 두려고 했습니다. 그리고 당신이 떠난 다음 나는 다시 생각해 보았습니다. 만일 그때 당신이 내가 있는 곳에 다시 한 번 와서 만날 수 있었다면 아마 지금하고 있는 이야기를 했을 것입니다. 범죄자는 가끔 자기의 나쁜 짓을 친구에게 들려주고 싶은 충동을 느낄 때가 있지요. 그와 같은 시기가 훨씬 이전부터 있었습니다. 그때까지 나는 신뢰할 수 있는 인물, 즉 고백할 수 있는 인물을 만나지 못했지요. 그때 나는 당신이야말로 적당한 인물이라고 보았습니다.

말씀하지 않아도 알고 있습니다만, 이런 일은 당신의 경험 가운데에서도 기묘한 일일 겁니다. 나는 지금도 당신의 이름을 알고 싶지는 않습니다. 당신이 내 성격에 대해서 의문을 갖고 있다는 것도 충분히 알고 있습니다. 그러나 괴롭더라도 끝까지 들어 주십시오."

"듣고 있습니다. 아마도 정말 기묘한 경험이 될지도 모르겠군요." 링글로즈는 대답했다.

"덧붙일 것은 조금뿐입니다. 플로렌스에 닿자마자 당신이 이곳에 왔었다는 것을 알았습니다. 로클리 노인을 통해서 나는 곧 당신이 그 범죄와 나를 결부시키고 있다는 것을 알았습니다. 조카를 죽인 사나이는 자기 형에게도 같은 짓을 했을 것이라고 생각했겠지요.

윌리엄 로클리로부터 모든 것을 쉽게 들을 수 있었습니다. 그 노인으로부터 내 행동에 대해서 몇 가지 사실을 알아냈더군요. 그 결과 당신은 자신이 품고 있던 의혹이 진실이라고 생각했을 겁니다. ……당신은 카브르 호텔에서 회송된 편지를 보고 볼로냐에서 루가노까지 나를 추적했습니다. 그리하여 나는 이곳에 왔습니다. 당신을 발견할 수 있으리라고 믿고 또 바랐던 것입니다. 어떻든 이런 것은 중요한 일이 아닙니다. 내가 형을 죽였다고 생각하신다면 그것도 좋습니다."

"그것을 부정합니까?"

"절대로 그런 일은 없습니다. 형이 죽었기 때문에 이어서 나쁜 일을 해보려는 생각이 들었던 것입니다."

"그러나 형이 죽었을 때, 당신은 루가노에 있었습니다."

"그렇습니다. ……상아 세공품 때문이었지요."

"마지막으로 나에게 부탁할 것이 있다고 하셨지요, 브루크 남작?"

"그렇습니다. ……목적지에 도착하거든 말하지요. 이제 거의 다 왔습니다."

링글로즈의 마음은 얼굴에 나타나지 않았다. 그는 그 이야기로 촉발되었을지도 모르는 표정을 나타내고 있었다. 은근하고 말없이 생각에 잠긴 모습이었다. 험한 산길을 오르느라고 몹시 더웠다. 고지대에 도착했을 때 그는 이마의 땀을 닦으면서 바구니를 내려놓고 그늘을 찾았다.

"휴식하기 전에 잠깐 이곳으로 와 보십시오." 브루크 남작이 말했다. "형이 최후를 마친 곳을 보여 드리겠습니다."

남작은 앞장서서 절벽의 끝에 섰다. 너무도 위태로운 위치까지 갔기 때문에 링글로즈는 주의를 주었다.

"조심하라는 말씀이군요." 상대가 말을 꺼냈다. "왜지요? 지금까지 이야기한 것으로는 거의 마음이 움직여지지 않았군요, 여전히 단두대에 보낼 인간으로 보고 있는 것이겠지요. 당신을 만나기 전부터 이미 2, 3일 전에 이곳으로 올 예정이었습니다. 나는 형이 한 대로 자살하려고 결심했었습니다. 좀 이상한 일입니다만, 당신을 만나서 고백하고 나니 책임이 없어진 것 같습니다. 우선 자살하기 전에 당신이 내 이야기를 들어 주기 바랍니다. 적어도 내 기분은 그렇습니다. 나는 지금 당신의 손 안에 잡혀 있습니다. 당신이 그렇게 생각하고 있지 않다는 것은 알고 있습니다만, 나에게는 당신의 손 안에 잡혀 있을 의무가 없습니다. 나는 비밀리에 당신과 싸웠을지도 모릅니다. 그리하여 정복했을지도 모릅니다. 당신이 아니었다면, 비튼의 뒤를 따라 나중에 사라지더라도 나는 싸웠을 것입니다. 그리고 나는 정복했을 것입니다. 그러나 당신은 모든 것을 바꾸어 놓고 말았습니다. 당신은 나의 적이 아닙니다. 나는 당신에게 조금도 나쁜 일을 한 기억이 없습니다. 당신은 죄인과 교섭하는 것이 아니라 그 범죄와 교섭하고 있는 것입니다. 그것은 나도 알고 있습니다. 때문에 나는 고백을 했고 진실을 말한 것입니다. 나는 지금 참으로 진지한 마음으로 부탁합니다, 간청합니다, 탄원합니다, 내 생각대로 자살하도록 해주십시오, 나에게 이런 결심을 촉구한 것은 당신이 아닙니다. 당신은 나의 공범자를 죽음에 이르도록 내몰았으나 나를 그와 같이 만들 수는 없습니다. 나는 이미 자멸하기 한 발자국 직전에서, 오래 전부터 자살하려고 마음먹고 있었음을 밝힙니다. 다만 그 시간을 단축시킨 것뿐입니다. 사실 이상한 의무감을 품고 있지 않았다면, 만일 진실로 진지하게 설명할 수 있는 존경심을 가지고 있지 않았다면, 나는 당신에게 용서를 빌지도 않고 당신이 보는 앞에서 이 절벽으로 몸을 던졌을 것입니다."

"요점은 알겠습니다. 자살하겠다는 말씀이군요, 그리고 나에 대한 당신의 태도도 알았습니다. 이와 같은 사태에 이르고 보니──아마도 이 세상에서 찾아볼 수 없는 제안이겠습니다만──잘 생각하지 않고는 대답할 수가 없군요. 비튼이 죽은 원인이 나라고 한 것은 맞습니다. 당신이 솔직하게 말씀하셨기 때문에 나도 솔직하게 말하겠습니다. 소년이 죽은 진상을 어떻게 발견했느냐 하는 것은 문제가 되지 않습니다. 그러나 나는 지금 당신으로부터 들은 고백들을 비튼의 입을 통해서 듣고 싶었습니다. 나는 그 사람의 성격을 잘못 파악했습니다.

그의 비밀을 찾아내기 위하여 나는 어떤 상황을 만들어 보았는데, 결국 그것이 그를 죽음으로 내몰고 말았습니다. 지금 당신은 내가 그로부터 알아내려 했던 모든 것을 말씀해 주었습니다. 그리고 당신은 비튼과 마찬가지로 더 이상 살아 갈 수 없다고 말했습니다. 그러니 자살하도록 허락해 달라고 말씀하셨습니다. 그렇게 되면 나는 당신 비밀의 발견을 내가 이 세상과 하직할 때 무덤으로 가져갈 수밖에 없게 됩니다."

두 사람은 절벽 끝에서 돌아와 나무 그늘로 들어섰다. 링글로즈는 앉아서 윗옷을 벗어 곁의 풀밭에 던져 놓았다. 남작은 쌍안경을 내려놓고 도시락을 넣은 바구니를 열었다. 간단한 식사가 나왔다.

"시장하시지요?" 남작이 물었다. "먹고 마시면서 내 일은 잠시 잊어 주십시오."

남작은 쌍안경을 들고 일어나 18미터쯤 걸어가서 골짜기를 내려다보았다. 두 사람이 올라왔던 길이 눈 아래에 구불구불 이어져 있었다.

"마음대로 먹어도 괜찮겠습니까?" 링글로즈가 물었다.

브루크 남작은 쌍안경을 눈에서 떼지 않고 그렇게 하라고 말했다. 2, 3분쯤 지나 그가 돌아왔을 때, 링글로즈는 호도를 깨고 있었다. 그의 곁에 글라스가 놓여 있었다. 붉은 포도주가 입술에 묻어 있었다. 한두 조각의 샌드위치가 이미 없어졌다.

링글로즈가 말했다.

"이처럼 목이 마른 일은 없었습니다. 말씀해 주신 것을 내가 조금이라도 잊어 버렸다고는 생각지 마시기 바랍니다, 브루크 남작. 나 또한 인간에 지나지 않습니다. 솔직히 말합니다만, 나 역시 가슴 아픈 죄를 많이 범하고 있습니다. 지금부터 당신의 무서운 이야기로 들어갑시다. 그러나 우선 목마른 것부터 해결해야겠습니다. 꽤 많이 걸어왔기 때문에 피곤하군요, 또 한잔 하고 싶습니다만, 이번에는 당신과 같이 마시겠습니다."

"먼저 드시지요, 나는 시장하지도 않고 목마르지도 않습니다."

링글로즈는 병에서 붉은 포도주를 다시 한잔 따랐다. 남작은 몸을 옆으로 누이고 귤을 먹고 있었다. 링글로즈는 쾌활해지려고 노력했다. 그러나 이 사태가 어떠한 의미를 지니고 있는가를 직감하고 전과 같이 침묵을 지키고 말았다. 브루크 남작도 침묵을 지켰다. 고갯길을 응시하고 있던 남작은 갑자기 일어나서 쌍안경을 들고 바라보았다.

사람이 아니라 10마리쯤 되는 산양이 1.6킬로미터 남짓 아래쪽 길을 걷고 있었다. 남작은 돌아와서 링글로즈의 곁에 몸을 던졌다.

"이 술은 무엇이지요?" 링글로즈가 물으면서 잔을 비웠다.

그러나 상대는 대답 대신 비어 있는 잔에 또 따르려고 했다.

"아니, 이제는 당신 차례입니다. 나는 많이 마셨습니다."

그러나 브루크 남작은 듣지 않았다.

"더 드셔도 괜찮습니다. 키앙티(신맛이 나는 붉은 포도주)에 지나지 않으니까요,"

남작은 링글로즈의 잔에 다시 따른 다음 자기 잔에도 부었다. 잠시 동안 침묵이 흘렀다. 브루크 남작은 빵을 떼어서 조금 먹었다.

"말해 주십시오." 갑자기 남작이 말했다. "내가 하려는 것과 다른 어떤 방법이 있다면. 당신은 나에게 특별한 감화를 주고 있으니까요."

그러나 링글로즈는 대답하지 않았다. 그는 말없이 잔을 들고 마저 비워 버렸다. 브루크 남작이 뒤를 돌아보았을 때 링글로즈의 모습은 달라져 있었다. 링글로즈는 남작이 자기를 응시하고 있음을 알고 있었다. 다시 링글로즈의 글라스가 비워졌다. 그런데 갑자기 링글로즈는 담배를 내던지더니 이상한 몸짓으로 움츠리고 앉았다. 얼굴이 창백해지고 눈이 멍청해졌다. 링글로즈는 두 손으로 목덜미를 누르고 있었다.

"아니, 이게 대체 어떻게 된 일이오?" 링글로즈는 웃는 얼굴로 말했다. "이 키앙티가 지나치게 독한 게 아니오?"

그러자 남작의 모습이 갑자기 바뀌었다. 이제까지 고분고분하던 태도를 옷과 함께 벗어던진 것 같았다. 한편 링글로즈는 얼굴이 새파랗게 질려 괴로운 듯 식은땀을 흘렸고, 처음에는 가슴을, 다음에는 배를 한 손으로 눌렀다. 브루크 남작의 둥근 얼굴은 핏기가 돌고 눈이 잘 갈아 놓은 보석처럼 빛났다.

"술이 몸 안에 퍼진 거요. 그렇지요. 목이 마른 것이 멈추었소? 키앙티는 그다지 이상하지 않은 거요. 그러나 치사량의 히오신이 들어 있지. 귀찮게 구는 나쁜 녀석들……. 특히 그 가운데서도 훌륭한 탐정인 존 링글로즈를 한 다스쯤 해치우는 데 충분한 것이오."

링글로즈는 눈을 부릅뜨고 일어나려고 애썼으나 다시 쓰러지고 말았다.

"히오신을 택한 것은 작별의 인사를 하기 전에 너에게 할 말이 있었기 때문이야." 브루크 남작은 말을 계속했다.

그는 뒷주머니에서 한 장의 사진을 꺼냈다.

링글로즈의 얼굴은 잠이 든 듯이 아래로 떨어졌다. 있는 힘을 다해서 의식을 되찾으려 애썼으나 도저히 몸을 가눌 수 없었다.

"5분이 지나면 의식이 없어져 혼수 상태가 되고, 그 뒤 30분이 지나기도 전에 죽어버리는 거야. 하지만 조금도 고통스럽지는 않아. 그러면 영국 런던 경시청의 자랑거리인 베테랑 형사도 이 절벽 밑으로 던져 버리게 되지. 언젠가 시체가 발견되면, 어젯밤 나 때문에 네가 편지를 냈던 마누라가 슬퍼하겠지. 사실은 있지도 않은 마누라가 말이야."

존 링글로즈는 텅 비어 있는, 노기에 찬 얼굴로 뒤를 돌아보고 입을 열었으나, 뜻모를 말만 중얼거릴 뿐 기침과 거품이 뿜어 나오고 있었다. 이윽고 경련이 일기 시작했다. 있는 힘을 다해 일어나서 잠깐 몸을 가누었으나 곧 의식을 잃고 옆으로 쓰러져 버렸다.

"잘 봐!" 남작이 소리쳤다. "다시 한 번 눈을 떠서 이 사진을 보란 말이다. 이 녀석아, 골드니의 물건을 거래하기 위해서 캠벨 부인에게 편지를 부치러 갔을 때 네가 수상한 작자라는 걸 알고서 서재의 창으로 한 장 찍어 둔 거야. 그 뒤 확대해서 런던에 보냈었지. 그곳의 사립 탐정은──그 만큼 너는 유명하더군──내 상대가 누구라는 것을 곧 알려 주었어. 뒷일은 상상에 맡기기로 하지."

남작은 말하는 것을 중지했다. 링글로즈가 그의 이야기를 들을 수 없는 상태로 떨어졌기 때문이었다. 링글로즈는 반쯤 쭈그린 채 엎드려서 두 손을 풀 속에 뻗고 있었다. 숨을 크게 헐떡이면서 두 다리가 경련하고 있었다. 브루크 남작은 의식을 잃어버린 상대에게 가까이 다가가서 살펴본 뒤 패배한 적의 옆구리를 걷어찼다. 그리고는 시계를 보고 쌍안경을 든 채 산꼭대기로 올라갔다.

남작은 담배를 두 대 피우고, 태양이 내리쬐는 광대한 절벽 밑에 아무도 없다는 것을 알고 만족한 표정으로 되돌아왔다. 그런데 존 링글로즈의 모습이 사라지고 보이지 않았다. 움직인 흔적이 있었다. 그러나 그가 일어설 수 없다는 것은 확실했었다. 그는 두 손과 무릎으로 느릅나무 뒤까지 기어갔던 것이다. 그곳은 두 사람이 같이 앉아 있었던 곳이다. 그 나무 뒤로 이어져 있는 비탈길을 굴러갔든가 몸을 던졌을 것이다. 이곳은 지면이 석회암 불모지로 되어 있어 급경사를 이루고, 그 석회암이 용의 비늘같이 암초 위를 덮고 있었다. 산양이 갉아먹은 노간주나무 한두 그루와 잿빛 라벤더 무리가 헐벗은 지면을 덮고 있었다. 황량한 지면은 절벽 끝을 향해서 급경사를 이루고 있었다. 그 밑 절벽은 안쪽으로 굽어들어 있고 절벽 밑은 150미터 남짓 정도 수직을 이루고 밑의 좁은 골짜기에는 가문비나무가 전면에 깔려 있어, 위에서 바라보면 검은 해태 같았다.

링글로즈의 행위에는 증거가 남아 있었다. 그가 지나갔다는 증거가 절벽 위의 풀밭과 그곳에서 밑으로 이어진 비탈 위에 뚜렷하게 남아 있었다. 검은 자국이 경사지의 평탄한 돌 위 여기저기에 있는 약간의 지면 위에 보였다. 그 선은 확실히 절벽 끝까지 이어져 있었다. 브루크는 쌍안경으로 손바닥 보듯 확실하게 살필 수가 있었다. 브루크는 링글로즈의 파나마 모자가 절벽 끝의 경계 가까이 한 지점에 걸려 있는 것을 보았다. 그러나 그가 남긴 흔적은 좀더 멀리 이어져서 돌출부까지 나 있었다. 브루크는 세심하게 주의하며 그곳까지 기어 내려갔다. 발을 옮기기가 위태로웠고, 작은 풀 위를 밟으면 유리같이 미끄러웠다. 경사진 돌은 태양열을 받아 타는 듯 뜨거웠다.

그곳에는 상대방이 마지막으로 한 행위에 대한 증거가 뚜렷이 남아 있었다. 링글로즈는 살아서 이곳을 빠져나간 것이다. 의식이 있는 상태로서였는지 사고였는지는 알 수 없지만, 높은 곳으로 올라온 브루크는 다시 쌍안경을 손에 들고 험준한 비탈길을 샅샅이 조사했다. 작은 노간주나무가 있는 곳에서 그는 무엇인가 움직이는 것을 보았다. 그러나 그것은 독수리였다. 그나마 초점을 맞추었을 때는 하늘 높이 날아올랐다. 다시 돌아와 링글로즈의 윗옷을 조사해 보았다. 거기에는 호텔 열쇠와 류색 열쇠와 지갑이 들어 있을 뿐이었다. 지갑은 그에게 대단히 흥미 있는 물건을 제공해 주었다. 거기에는, 메나지오 호텔 영수증과 조그만 주소록, 열두 장 정도의 이탈리아 수표가 들어 있었다. 그리고 그 주소록 안에 기록되어 있는 한 가지가 브루크의 주의를 끌었다. 그는 읽었다. '브리드포트 근처, 올드 매너하우스 호텔 J. 브렌트 씨'. 맨 마지막으로 기록되어 있는 주소는 볼로냐의 카브르 호텔 소재지였다.

브루크 남작은 윗옷과 속에 들어 있는 것을 존 링글로즈가 내던졌던 대로 담뱃갑 옆에 놓아두고 남은 음식물을 열심히 긁어모았다. 남은 빵은 그 근처에 뿌려 놓았다. 작은 잔 두 개는 바구니 속에 넣었다. 남은 술은 땅에 쏟아 버리고 병을 바구니 속에 넣었다. 산을 내려올 때 그는 병과 링글로즈가 사용한 잔을 바위 틈새에 버렸다. 그리고 자기가 썼던 잔은 주의 깊게 깨끗이 닦았다. 그런 다음 집으로 발길을 돌렸다. 그의 신변은 여전히 무사했다. 링글로즈가 벼랑에서 굴러 떨어져 어느 곳에 숨어 있다 하더라도 그 술을 마신 이상 곧 죽게 되어 있는 것이다.

브루크 남작은 얼마 동안 바삐 걸었다. 폴레셔에서 돌아가는 기선을 타기 위해서였다. 그는 그 기선을 탈 수 있었다. 그리하여 루가노에서 식사를 한 뒤 밀라노행 밤 열차를 탈 수 있었다.

히오신 독약

콘시다인 의사는 잠을 잘 수가 없었다. 자기의 일을 이것저것 생각하다 보니 통 잠들 수가 없었던 것이다. 그는 링글로즈가 마지막으로 준 충고를 중시해야 할지 어떨지를 진지하게 생각하기 시작했다. 수없이 많은 위험이 고개를 쳐들었다. 니콜라스 트레메인의 얼굴이 몇 시간이나 눈앞에서 지워지지 않아 잠을 잘 수가 없었다. 링글로즈는 루가노에서 간단한 편지를 띄워 브루크 남작의 도착을 알린 다음, 다시 만날 때까지 '꼼짝 말고 있으라'고 지시하였다. 그러나 이러한 상황에서 꼼짝 않고 있다는 것은 도저히 불가능한 일처럼 여겨졌다. 무수한 계획들이 의사의 머릿속에 차례차례 떠올랐다. 사랑하는 마음——사랑하는 마음의 평정이란 이론에 맞지 않으나——은 늦어지면 위험하다고 속삭이는 것이었다.

밀드레드의 숙부인 남작이 루가노에 와 있다는 것을 알게 되자 콘시다인은 본능적으로 곧 플로렌스로 달려가려고 했다. 그러나 직업상 의무와 링글로즈에 대한 책임 때문에 그와 같이 무분별하게 행동할 수가 없었다. 중태에 빠진 환자를 치료해야 했고, 또한 이와 같이 중요한 시기에 링글로즈를 배신한다면 커다란 피해를 입을지도 모르기 때문이었다.

그래서 콘시다인은 밀드레드에게 편지를 보내기로 결심했다. 그녀는 브루크 남작이 집을 비운 사이 그 편지를 받게 될 것이다. 사실 그는 편지 내용을 두 시간이나 생각했었다. 그러나 다 쓴 다음 찢어 버렸다. 긴장한 탓으로 타고난 우유부단함이 고개를 들었다. 그러나 이성의 힘으로 충동을 억눌렀다. 밀드레드와 헤어지게 된 사정을 생각해 본 끝에 콘시다인은 자기가 직접 만나러 가는 길밖에 없다고 생각했다. 다시 생각해 보니 이런 경우 자기로부터 편지를 받는다는 것은 밀드레드에게 뜻하지 않은 위험을 안겨 주어 그 결과 침착성을 잃고, 의혹에 찬 생각을 일으킬지도 몰랐다. 결국 의사는 지시받은 대로 '꼼짝 않고 있는' 수밖에 도리가 없었다.

의식이 몽롱해져서 콘시다인은 잠이 들었다. 불안한 마음이 의식에서 사라진 것은 3시 가까이였다. 그러나 잠든 지 15분 뒤에 요란스러운 벨 소리로 다시 깨어나고 말았다. 그는 일어났다. 무슨 소리로 잠이 깨었으나, 그것이 벨 소리인지 무엇인지는 분명치 않았다. 그래서 그는 정적 속에서 다시 잠자리로 들어갈까 아니면 벨 소리가 울릴 때까지 기다릴까 망설이고 있었다. 잠시 뒤 아무래도 나가야 한다는 결론이 나왔다.

얼마 전에 링글로즈는 두 사람이 몇 번이나 같이 있었으므로, 두 사람의 만남이 적으로 하여금 의혹을 느끼게 할지도 모른다고 염려하여 무슨 일이 생기는 경우에는 한밤중에 이곳으로 찾아오겠다고 해 두었다. 그러나 그럴 필요는 생기지 않았다. 그리고 또한 그가 왔을 때는 벨을 세 차례 짧게 울리기로 되어 있었다. 그런데 짧은 벨 소리를 세 차례, 콘시다인은 지금 확실히 들은 것이다. 잠옷 바람으로 그는 곧 달려가 문을 열었다.

눈앞에는 지쳐 있는, 그러나 우선은 안심해도 좋을 사나이가 서 있었다. 방문자는 몹시 피로했기 때문에 다만 도움을 청할 뿐이었다.

"들여보내 주십시오. 그리고 먹을 것을 주십시오."

링글로즈였다——모자도 없이, 윗옷도 입지 않고, 흙투성이가 되어 말할 수 없이 지쳐 있었다. 그러나 그의 정신이 육체를 이겨냈다. 그는 안락의자에 앉자마자 찢어진 바지가 너털거리는 다리를 뻗었다. 의사가 불을 켜고 있는 사이 그는 하품을 하고 상처난 곳을 어루만졌다. 이윽고 음식이 그의 앞으로 날라져 왔으나 아직 말은 한 마디도 하지 않았다. 그는 닭다리를 손으로 집어 들고 맛있게 먹었다. 그 다음에는 두터운 햄을 들었다. 빵을 먹고 위스키를 커다란 잔에 반쯤 따라 사이펀으로 소다수를 섞어서 마셨다.

의사는 잠자코 보고 있었다. 그는 비누와 수건과 목욕물을 준비했다. 그리고 링글로즈가 주의력을 회복할 때까지 기다렸다. 링글로즈는 얼굴과 손을 씻고 땀과 먼지를 털어낸 다음 이야기를 시작했다.

"이로써 만족입니다, 콘시다인 씨!"

"좋습니다, 그러나 그렇게 보이지는 않는데요."

"잠깐 기다려 주십시오. 이야기하겠습니다. 그 보다 먼저 바지와 양말, 그리고 실내화를 빌리고 싶군요. 발이 몹시 아픕니다."

콘시다인이 입을 것을 가져오자, 링글로즈는 찢어진 옷을 벗고 의자에 앉아 발을 물속에 담갔다.

"콘시다인 씨, 모든 것이 잘 되었습니다. 해치웠습니다."

"해치웠다니, 어디서요?"

"내가 바라던 장소에서지요. 우연히 알게 된 사실도 몇 가지 있습니다. 아무튼 진상을 알아냈습니다. 앞으로 더욱 경계하지 않으면 안 됩니다. 남작은 지금쯤 집에 돌아가 있을 것입니다. 그렇지만 브루크 남작에게 존 링글로즈는 어디 있느냐고 물어봐도 아마 모를 것입니다. 담배 한 대 주십시오, 당신도 물론 자제하고 있었겠지요? 편지를 쓴다든가 뭐 수상한 일을 하지는 않았겠지요?"

"그렇습니다. ……편지를 썼으나 이내 찢어 버렸습니다."

"누구든지 자기가 쓴 편지의 절반 정도는 그와 같이 하는 게 좋습니다. 세 통 가운데 두 통은 우체통에 넣지 않고 찢어 버리는 것이 언제나 좋지요."

그는 5분쯤 눈을 감고 담배를 피운 다음 상처 난 발을 가볍게 두드렸다. 마침내 이야기를 시작했다. 루가노에서 브루크 남작을 만난 일로부터, 등산과 고백에 이르기까지 링글로즈는 의사에게 정확하고 생생하게 이야기했다. 그런 다음 그는 덧붙였다.

"그 사나이는 혀를 내두를 만큼 기민합니다. 그의 회한과 그것에 따르는 무엇인가 때문에……그는 내 속에서 제2의 자기를 찾았다는 강한 확신을 갖고 일체의 효과를 노렸지요. 그리고 이것들을 말할 때 이 고통스러운 말과 진실로 절박한 것 같은 태도 때문에 나는 한때 그를 믿을 뻔했습니다. 나는 이 짐승을 동정했다고 믿고 있습니다. 나는 이 사나이가 말할 때 언어가 단절되는 곤란을 알았습니다. 이러한 감동 끝에 나는 이 범죄자의 범죄에 대한 관심을 반쯤 잃어 버렸지요. 이거야말로 그가 노린 점이었습니다. 아무튼 반시간 정도는 그것이 경탄할 가치가 있는 진실처럼 생각되었기 때문에 진실이 아닐까 하고 믿어 버릴 뻔했었습니다. 그러나 그 의문은 간단히 풀렸습니다. 그의 현명은 미묘하기는 했으나 너무 드러나 보였고, 책략으로 나를 함정에 빠뜨리려는 계획도 치밀한 계산이 되어 있었습니다. 물론 나는 그가 일을 꾸며 나가는 동안에 진실을 알아차렸지요. 산길을 올라가면서 두 가지의 놀라운 사실을 나는 알게 되었습니다. 첫째, 이 고백에는 사실상 진실한 목적이 있었다는 것입니다.

그 목적은 나의 지성을 혼란시키고, 나의 의지력을 약화시켜 당돌하게 문제를 내놓아 심각하고 순수한 지적 감정을 내 마음속에 일어나도록 하는 것이었습니다. 어떤 사나이가 와서 자기는 살인을 저질렀다고 고백하며 자기 행위를 당신만이 알아 달라고 할 경우, 일반적으로 사람들은 그런 어처구니없는 말로 약간 평정을 잃어 세밀한 일은 고려할 여유를 잃게 되지요. 그리하여 적잖게 경계심을 늦출 것이 명백합니다. 어떤 사람들은 기분을 전환할 것입니다. 거의 모든 사람들은 그 말에 정신을 빼앗길 것입니다.

사실 적이 당신을 죽이려고 할 경우 가장 좋은 방법은, 그러한 고백을 하고 당신의 동정과 자비에 맡긴다고 하며 회개하는 것처럼 태도를 꾸며서 당신에게 아주 방심하도록 만드는 것입니다. 이것이 바로 브루크 남작이 시도했던 것이고, 실제로 일어난 일입니다. 그가 얼마나 많은 범죄를 참회하고, 얼마나 정직하게 세부적인 것을 이야기하고 있었습니까. 비밀을 털어놓아도 결코 다른 사람에게 말하지 않을 상대에게 이야기했던 것입니다. 이야기가 재미있으면 그만큼 감동하고, 그만큼 나의 경계심이 적어지지요. 또 그만큼 그의 함정에 빠지리라는 것이 확실합니다. 내가 이미 사실이라고 믿고 있는 것을 훌륭하게 이야기했습니다. 그러면서도 자기 형을 죽였다고는 말하지 않았습니다. 그럴 필요는 없었습니다. 그 비밀을 이야기하면서도 자살이라고 했습니다. 루드빅 소년을 살해할 생각을 갖게 만든 것은 형인 브루크 남작의 죽음이었다고 말했습니다. 참으로 훌륭한 말이지요. 심리학적으로 있을 수 있는 일이거든요.

그러나 그때 내 마음속에 갑자기 한줄기 빛이 스쳐 갔습니다. 나는 그가 어떤 방법으로 형을 죽였는가, 어떤 방법으로 나를 죽이려고 하는가를 한 점의 의문도 없이 확실히 알았습니다. 그는 같은 방법을 다시 사용하려고 하고 있었습니다. 그때는 물론 그 점을 의심하고 있었습니다. 그러나 지금은 확신하고 있습니다. 내가 바라고 있는 것을 그는 다시 실현하려고 하고 있었던 것입니다.

나는 평범한 말을 지껄이며 깊이 감동한 태도를 보였습니다. 거기까지는 잘되어 갔으나, 그 다음부터가 중요한 고비였습니다. 그의 수단에 놀아나서 사실상 경계심을 풀어 버렸다고 생각하도록 한 것입니다. 그는 내가 해줄 최대의 봉사로, 자살하게 내버려 둬 달라고 헛소리를 지껄였습니다. 순수한 친밀감이나 애착의 마음에서 나를 고백의 상대자로 인식하고, 내가 허용하지 않거나 명령하지 않는 일은 아무것도 하고 싶지 않다고 말했습니다. 내 손아귀에 있게 된 것을 깊이 감사한다고 수작을 부렸습니다. 참으로 놀라운 수식어가 아닙니까? 그는 절벽 끝에 서 있었는데, 지나치게 가까이 갔기 때문에 나는 본능적으로 위험하니까 돌아오라고 부탁했습니다. 그는 그렇게 했습니다. 우리들은 아주 자연스럽게 포도주 병이 있는 곳으로 갔습니다. 목이 몹시 말랐습니다. 그는 그것을 알고 있었습니다. 그는 도시락을 풀었습니다. 그때 무엇을 보았다고 생각합니까, 콘시다인 씨?"

"글쎄요."

"나는 또 하나의 점심 식사가 옛날 이곳에서 펼쳐지는 것을 보았습니다. 남작의 형이 웃으면서 자기의 보잘것없는 도시락에는 손대지 않고 동생이 준비해 온 성찬에 손을 대는 것을 보았습니다. 포도주 병뚜껑이 열리고, 큰 사나이가 마시고 있는 것을 작은 사나이가 바라보고 있는 것을 보았습니다. 마침내 큰 사나이가 죽어 버리자 작은 사나이는 그의 스카프를 쥐고 45미터쯤 끌고 가서 절벽 끝에서 짐짝처럼 밑으로 떨어뜨리는 것을 보았습니다. 그리고 버고잉 뷔즈는 형의 스카프로 말의 눈을 가리고 그 말도 주인의 뒤를 따르도록 하는 것을 보았습니다. 끝으로 점심 식사의 나머지를 호도 껍데기

한 조각도 남기지 않고 처리하는 것을 보았습니다. 이것이 내가 본 전부였습니다.

　브루크 남작은 우리들의 도시락을 내놓은 다음 쌍안경을 들고 걸어 다녔습니다. 그는 자신에 가득 차 있었습니다. 나는 먹어도 좋으냐고 물었지요, 그로써 그는 한층 더 자신을 가지게 된 것입니다. 그의 고백과 그것을 들었을 때의 커다란 정신적 동요에도 불구하고 우리 두 사람은 서로 쾌활하게 행동하도록 노력했습니다. 모두 훌륭하게 했습니다. 그것은 더블 크로스의 전형 가운데 하나로, 오래도록 기억할 가치가 있는 것입니다. 어떻든 그런 상태였습니다. 그는 필요한 만큼 나의 주의력을 흩뜨려 놓았다고 생각했고, 나는 그가 그와 같이 생각했다고 보았습니다.

　그가 돌아왔을 때, 내 잔은 비어 있었고 입술에는 붉은 포도주가 묻어 있었습니다. 그가 가지고 온 작은 술잔은 모양이 각각 달랐습니다. 여기에는 어떤 뜻이 있을까요? 그는 배를 타고 올 때 또 하나를 사 온 것입니다. 그 술잔을 나에게 주었습니다. 그러니까 다른 사람들은 브루크가 이번 소풍에 친구를 데리고 간다는 것을 몰랐습니다. 나는 침을 삼키며 목이 마르다고 했습니다. 그는 그것이 연극이 아니라고 믿었습니다. 그는 이내 세 번째로 내 잔을 채웠습니다. 그러나 나는 맨 처음 잔은 주머니의 손수건, 두 번째 잔은 바지 주머니에 쏟아 버렸던 것입니다.”

“독약이 들어 있었군요, 그 손수건은?”

“그렇습니다. 자, 손수건은 여기 있습니다. ……지금은 말라 있습니다만, 독이 묻어 있습니다. 나는 내 잔을 채웠고, 그는 자기 잔을 채웠습니다. 마침 그때 그는 어떤 것에 도전을 받았습니다. 신의 섭리가 산양의 모습으로 가까이 온 것이지요. 그는 산사람들이 이곳으로 오는 것이 아닌가 생각하며, 만나는 것을 싫어했습니다.

그러나 그런 염려는 이내 사라졌습니다. 나의 두 번째 잔이 비워지고 또 따르고 있는 것을 보았기 때문입니다. 나는 같이 마셔야 된다고 말했지요. 그러나 그는 귤껍질을 벗기며 무언가 생각에 잠기는 듯했습니다. 그는 등을 돌리고 앉아 있었습니다. 이윽고 그는 내가 잔을 입에 대고 마시려는 모습을 보았습니다. 나는 단지 그러한 몸짓을 했을 뿐입니다. 그는 위를 보는 듯한 모습, 빈 잔을 땅 위에 놓는 모습을 본 것뿐이었지요. 물론 나는 술을 풀숲에 쏟은 다음 입으로 가져갔던 것입니다. ……마치 마신 것같이. 그런 다음 나는 호두를 먹고 샌드위치를 집어 들었습니다. 그가 맨 처음 쌍안경으로 보고 있을 때, 나는 샌드위치 두 개를 숨겨 버렸었지요. 왜냐하면 거기에도 독이 들어 있을 것으로 믿었기 때문입니다. 이제 당신은 점심 식사로 가져온 빵이나 포도주가 내 목으로 들어가지 않았다는 것을 알았을 겁니다.

다음은 내가 연극을 해야 했었습니다. 그 독이 무엇인지는 몰랐습니다만, 포도주에 독이 들어 있다는 것은 의심할 여지가 없었습니다. 독이 들어 있는 키앙티를 석 잔이나 마신 이상, 거기에 적합한 연기를 해야 했습니다. 불안과 고통이 나타나기 시작한 듯이 해 보였습니다. 그는 확실히 믿었기 때문에 이 연극이 진짜인지 확인하려고도 하지 않았습니다. 그에게 그런 짓은 쓸데없는 일로 거의 문제되지 않는 것이었으니까요. 이 점에서는 이 악인도 실수를 했던 것입니다.

그는 그때까지의 우울한 태도를 털어 버리고, 내 얼굴을 보고 엷은 웃음을 띠며 거의 미친 듯한 태도로 이 술에는 치사량의 히오신이 들어 있다고 떠벌렸습니다. 그것은 그의 실수였습니다. 만일 내가 독약을 구한다고 해도 이와 같이 목적에 적합한 독을 구하지는 못했을 것입니다. 그는 어떻게 행동해야 좋을지를 나에게 확실히 알려 준 것입니다. 그는 어쩔 줄 모르고 좋아했습니다. 그러나 나 또한 그랬습니다. 나는 모든 독약의 징후를 알고 있었습니다——이것은 당신 직업에 속한 일이기도 하지요, 콘시다인 씨——나 또한 그렇습니다. 내가 지금 히오신으로 죽어 가고 있는 이상 대단히 훌륭하게 히오신으로 죽어 가는 모습을 보여 주었습니다.

이제 5분쯤 뒤면 의식을 찾지 못할 것으로 알자, 그는 해가 비칠 때 건초를 만든다는 뜻으로 나의 정체와 그 정체를 어떻게 알아냈는가를 혼잣말하듯 말했습니다. 나의 정체를 꿰뚫어보고 있었던 거지요. 그는 내가 브루크 노튼을 떠나기 직전 서재 창 너머로 사진을 찍어 놓았던 것입니다. 그것을 확대해서 내가 누구인가를 알아냈습니다. 그리고 내가 탐정이라는 것을 알았습니다. 그러나 그 이상은 듣지 못했습니다. 그 점에서 나는 그를 실망시킨 셈이지요. 나는 곧 무의식 상태가 되어 버렸거든요. 죽는 순간에 임한 사람이 목을 골골거리는 흉내를 내기 시작했습니다. 그는 내가 이 세상 밖의 사람이 되었다고 생각했습니다. 그때 이 신사는 나를 걷어찼습니다. 만일 두 번씩 찬다면 내 손으로 제재를 가해야 할 것인가 하고 몹시 염려했습니다. 그러나 다행히 그렇게 하지는 않았습니다. 한 번으로 충분했으니까. ……이것은 자연적으로 일어난 작은 승리였습니다.

그리고 나서 그는 아주 감사한 듯이 날뛰었습니다. 그는 시계를 보고 나의 하체의 경련이 차츰 사라지는 것을 확인한 다음, 산꼭대기의 높은 곳으로 올라가서 나를 편안히 죽게 해주었습니다. 이와 같이 세심하게 해줄 것을 나는 바랐던 것입니다. 그러나 그때 나는 독수리 방에서 무엇이 일어났는지 알지 못했으나 그때가 오자 지극히 낙천적으로 되었습니다. 나는 당신과 처음 방문한 다음 다시 두 번을 방문해서 그곳에 있는 나무 한 그루와 돌 하나까지 모조리 살펴 두었습니다. 따라서 나는 그 지점을 누구보다도 확실하게 알고 있었습니다. 독수리 방은 아주 독특했습니다. 바로 그 지식을 활용할 때가 온 것입니다.

나는 죽어 가는 인간이 하는 마지막 발작을 일으켜야 했습니다. 만일 그 독을 정말 다 마셨다면 지금까지 해온 것처럼 발작을 일으킬 수는 없었을 것입니다. 그러나 그와 같이 작은 의학상 결점이 브루크 남작의 환상을 깨뜨릴 수는 없었습니다. 나는 당신도 아시다시피 그 부근의 동굴과 구석구석을 미리 살펴보아 두었던 것입니다. 두 사람이 쉬고 있는 느릅나무 숲의 바로 뒤에 지면이 급경사를 이루며 또 하나의 절벽에 이어져 있는 것도 알았습니다. 나는 지난번 그곳에서 하마터면 목숨을 잃을 뻔했었습니다. 위험을 무릅쓰고 손에 넣은 지식이 이와 같이 중요하게 쓰이게 되리라고는 전혀 생각해 본 일도 없었습니다.

그가 멀리 갔을 때 나는 곧 일어나서 숲을 헤치고 경사진 곳을 내려갔습니다. 나는 일부러 될 수 있는 대로 뒤에 흔적을 남겼습니다. 절벽의 끝 쪽에 모자를 남겨 놓았습니다. 절벽의 끝 쪽 밑은 활의 중간 부위같이 안으로 굽어들어 있었습니다. 이 지점부터는 걸어서 나갔으나 가까스로 단단한 돌을 의지하고 노간주나무 숲을 헤치며 아래쪽으로 내려갔습니다. 그곳은 60센티미터도 되지 않는 높이로 간신히 사람 하나 겨우 숨을 수 있는 곳이었지요. 자리를 잡고 보니 정말 완전히 숨을 수가 있었습니다. 그 밑에 활짝 눌러붙어서 그림자 하나 남기지 않았습니다. 산꼭대기를 떠난 뒤 3분쯤 지나 있었습니다.

브루크 남작은 내 뒤를 쫓을 것이 틀림없었습니다. 그런 다음 이렇게 추정할 것입니다. 내가 사라져 가는 마지막 정신력과 육체적 충동에 의지하여 남작으로부터 빠져나와 스스로 죽든가, 혹은 반쯤 의식을 잃고 자기도 모르는 사이에 죽어 버렸든가 둘 중의 하나이 겠지 하고, 어쨌든 내가 모습을 감춘 것을 곤란하게 생각하지 않을 것은 확실합니다. 치사량의 독약을 마시고 해독제의 힘을 빌릴 수 도 없는 사나이가 어떤 행동을 하든 대단한 일은 아니니까요.

나는 20분쯤 기다렸습니다. 그러자 그는 절벽 끝에 모습을 나타 냈습니다. 쌍안경으로 자세히 살핀 뒤, 내 발자국을 따라 아주 조 심스럽게 내려와 깎아지른 듯한 절벽의 끝까지 왔습니다. 그는 위 로 올라가 그 지점을 다시 조사하고, 내가 숨어 있는 노간주나무 숲을 주의 깊게 살피는 것이었습니다. 무언가 움직이는 것이 있어 그것을 주시해 보았지요. 그러나 그것은 내 머리 위 30센티미터 남 짓한 지점에 앉아 있던 독수리였습니다. 그는 내가 숨어 있는 건 알지 못했습니다. 나는 돌부처같이 움직이지 않고 있었습니다. 새 는 날아갔고 남작의 모습도 사라졌습니다. 확실히 그는 우리들의 식사하던 곳으로 돌아가서 내 윗옷을 조사했습니다. 내 손수건은 아마도 보지 못했던 것 같습니다. 그 포도주를 적셔서 내 주머니에 넣어 두었습니다만, 만일 경찰국 전문가라면 손수건을 보고 대단한 관심을 나타내겠지요……그렇지 않습니까, 콘시다인 씨?"

"무슨 뜻이지요?"

"알고 싶지 않습니까? 히오신의 특징 가운데는 중요한 성질이 있 습니다. 당신은 독약을 연구한 사람이 아닙니까, 콘시다인 씨?"

"그러나 솜씨는 대단치 않습니다."

"어떤 의사라도 그것은 알 수 있습니다. 독약의 징후에 대해서도 다른 징후와 같이 그 미묘한 차이점을 잘 알고 있을 것입니다."

"히오신은 히오스시아미(가지과 식물의 한 종류)에서 떼낸 것입니 다." 의사가 말했다. "잠자는 약이지요, 전쟁 때 많이 사용합니다. 뇌의 흥분과 미친 증상, 전쟁 치매증 등에 효과가 있습니다."

"그것은 상당히 유명한 특징이지요," 링글로즈가 설명했다. "식물성 독의 몇 가지 경우, 죽은 뒤 화학적 검증이 불가능합니다. 그러나 히오신의 경우에는 가능합니다. 이제 남작에게서 히오신이라는 말을 듣고 난 뒤 내가 몹시 기뻐했던 이유를 알겠지요?"

"화학 분석으로 검출해 낼 수가 있기 때문이었군요, ……그러나 어느 정도 지날 때까지입니까?" 콘시다인이 물었다.

"몇 년 뒤라도 괜찮습니다. '글리펜 사건'이 그 좋은 예지요, 그것은 영국에서 1910년에 일어났던 살인 사건으로, 글리펜이 아내를 죽여 부엌에서 완전히 처분해 버린 사건이었습니다. 그를 무릎 꿇게 만든 것이 어떤 것이었는지 이로서 알았겠지요?"

의사는 고개를 끄덕였다.

"그는 당신이 죽은 것으로 생각하겠군요?"

"그렇습니다. 그와 같은 생각을 갖게 하는 것이 중요합니다. 이 비밀이 마지막까지 지켜지는 것은 아주 중요한 일입니다. 사실을 말하면, 나는 비밀이 반드시 지켜질 수 있다는 데 절망하고 있습니다. 내가 신뢰할 수 있는 사람은 오직 한 분뿐이니까요, 여느 경찰은……비밀 경찰까지도 진실한 비밀의 뜻을 모릅니다. 그러나 당신은 그 가치를 알고 있는 유력한 어떤 인물을 알게 될 것입니다."

"무엇인가 나도 도움이 될 수 있을까요?"

"되고말고요, 입을 것을 빌려 주십시오, 길을 돌아서 영국으로 돌아가야겠습니다……내일 출발해서."

"나의 모터보트로 콜리코까지 가는 것이 어떻겠습니까? 그 호수에서 500미터 남짓 떨어진 곳에 철도가 있습니다. 그곳에서는 키아벤나로 나가 스플르겐으로 갈 수 있습니다. 그러면 엔거딘 계곡을 지날 수가 있지요."

"좋습니다, 그게 좋겠군요, 내일 어두워졌을 때 태워 주십시오."

"알겠습니다. 그때까지는?"

"그때까지는 이곳에서 자겠습니다. 여기는 아무도 없겠지요? 여러 가지 자질구레한 일을 하고 아침 식사를 준비하기 위해 오는 그 노파 말고는…… 그녀의 눈에도 띄지 않는 곳에 있도록 해주십시오."

"이곳은 형편이 좋지 않습니다. 그녀가 떠들어 댈지도 모릅니다. 그러나 나의 보트를 넣은 작은 집의 지붕 밑에 아담한 은신처가 있습니다. 그곳이라면 절대로 안전할 것입니다. 덮을 것을 가져가고 보트에서 쿠션을 내오겠습니다. 먹을 것은 나중에 몰래 갖다 드리겠습니다. 내 양복을 입는 편이 좋겠군요. 허리통이 좀 넓고 길이가 길지 모르겠습니다만, 새로 맞춘 나들이옷이 있습니다."

링글로즈는 고개를 끄덕였다.

"좋습니다. 그럼, 내일 밤에는 그곳에서 보트에 옮겨 탈 수 있겠군요. 시간표를 갖고 계시다면 그것으로 여행 계획을 세워 두겠습니다. 그리고 장화를 사다 주십시오. 당신 것은 발에 맞지 않습니다. 좀더 큰 것이 좋겠습니다. 이 손수건을 기름종이로 싸 주십시오. 가져가야 하니까요."

날이 밝아 오고 있었다. 발의 통증을 참으면서 링글로즈는 콘시다인의 부축을 받아 400미터쯤 떨어져 있는 보트 오두막까지 갔다. 아직 아무도 일어나 있지 않았다. 개구리 한 마리가 호수 위에서 맴을 돌며 헤엄치고 있었다. 의사는 덮을 것을 가지고 걸으면서 말했다.

"영국에 신뢰할 수 있는 사람이 한 분 있다고 말씀하셨는데, 그게 누구입니까?"

"나의 늙은 상관입니다. ……다행히 지금도 경시청 책임자로 있지요. 이제부터는 형식적인 것을 모두 갖추어야 하게 될지 모릅니다. 관청의 힘을 빌지 않으면 안 되니까요. 제임스 경이 내 이야기를 들어 준다면 내무부로 돌려 줄 것입니다. 그분은 검사인 휴버트 매더슨과 사이가 좋거든요. 두 사람이 상의해서 나를 자유롭게 일하도록 해줄 것입니다. 적어도 그렇게 되기를 빌고 있습니다."

보트 오두막에서 콘시다인이 자리를 준비하고 있는 사이에 링글로즈는 자기 의도를 설명했다.

"손을 쓴다는 것은 말하지 않아도 알 수 있겠지요. 그것은 물론 대개의 경우 해 놓은 일입니다만, 그러나 언제나 소동이 일어나고 알려지게 되지요. 신문이 크게 다루고 기자가 현장에 달려가고 화보지에는 관계자 전원의 사진이 실리게 됩니다. 그러나 이 경우에는 실제로 그렇게 해야 할 이유도 있고 해서, 브루크 노튼에서도 전혀 모르게 극비리에 행동하려고 합니다."

"그건 대단히 쉬운 일이겠지요?"

"그렇습니다, 비밀이 지켜진다면. 우리가 납골당에는 관계있지만 묘지와는 관계없다고 하면 일은 간단하지요. 여섯 명 정도가 그곳에 가서 선조 대대의 무덤에 들어가 입구의 문을 닫아 버립니다. 그리하여 죽은 브루크 경의 관을 열고 필요한 것을 움직여 반시간 정도 걸려서 모든 것을 해치웁니다. 그런 다음 자동차를 타고 런던으로 돌아옵니다. 반달쯤 지나면 정부의 독물 감정사는 히오신을 발견할 것이고, 체포 영장이 발급될 것입니다. 이때 또한 가장 중요한 것은 비밀을 지키는 일입니다. 나는 귀찮은 일이 생겨 범인 인도가 시간을 끌게 되기를 바라지 않습니다. 이 악한은 이탈리아에 많은 친구가 있기 때문에 체포된 뒤에는 탈주를 계획할 것입니다. 내 생각으로는 그를 계속 미행하다가 도버에서 체포하는 게 좋을 것 같습니다."

"좋습니다. 자, 이제 그만 주무십시오, 링글로즈 씨. 55살 된 사람이 시도하기에는 좀 무리한 일인 것 같습니다."

"기다린다는 건 당신으로서도 괴롭겠지요?"

링글로즈는 정답게 말한 다음 다리를 뻗고 하품을 했다.

"나는 이 일이 당신에게 어떤 뜻을 갖는지 까마득하게 잊어 버렸습니다. 그러나 걱정할 필요는 없습니다. 트레메인은 신사겠지요? 모두들 집으로 돌아갈 때까지는 아무 일도 일어나지 않을 겁니다. 나는 당신을 대신하여 그를 지켜보겠습니다. 그 청년이 영국에 있다면 만나서 이야기해 볼 수도 있을지 모르겠습니다. 만일 플로렌스에 있다면 우리는 브루크가 체포될 때까지 행동해서는 안 됩니다. 그때까지는 아무 일도 해서는 안 됩니다. 당신은 포다이스라는 사람이 루가노에서 사라졌다는 소문을 듣게 될지도 모릅니다만, 그런 말에는 신경 쓰지 마십시오. 나는 이 일이 공식화되기를 바랍니다. 호텔을 나올 때 나는 산타 마르가리타까지 갈 계획이라고 말해 두었습니다. 따라서 모두들 그곳을 찾게 될 것입니다. 당신은 그것으로 좋습니다. 그가 감옥에 들어가는 순간 당신은 자유스럽게 출발할 수 있습니다. 어쩌면 그보다 더 빠를지도 모릅니다. 아무튼 나를 믿어주십시오."

링글로즈의 말은 당장이라도 잠에 빠질 듯 조용하게 울렸다. 어네스트 콘시다인이 방을 나가 문에 열쇠를 채우기도 전에 그의 의식은 몽롱해졌다.

정오가 지난 다음 의사가 음식과 옷을 가지고 돌아왔다. 링글로즈는 깊은 잠에 빠져 있었다. 콘시다인이 실내화를 벗고 상처 난 발을 치료해도 그는 눈을 뜨지 않았다. 의사는 링글로즈의 손목시계가 멎어 있는 것을 보고 태엽을 감아 주고 자기 시계와 맞추었다. 그런 다음 메모지에 짤막하게 오늘 밤 10시에 돌아오겠다고 적어 놓았다. 그는 다시 돌아왔다. 모터보트의 준비를 확인하기 위해서였다. 열차는 10시 반에 콜리코를 출발하여 북쪽으로 향했다.

유령의 정체

지난해 존 링글로즈가 이곳을 방문한 날보다 2주일쯤 전이 되는 날에 한 대의 자동차가 그를 태우고 올드 매너하우스 호텔의 고풍스러운 현관에 멈추어 섰다. 1년 전과 똑같이 그가 가볍게 자동차에서 내려 짐과 엽총 케이스를 꺼낸 다음 현관으로 들어가려고 했을 때, 제이콥 브렌트가 당당한 체구로 현관 가득이 모습을 나타냈다. 이 집 주인은 공손히 손을 내밀어 다시 링글로즈를 맞이하게 되어 영광이라고 말했다. 그는 이 방문자의 손을 잡고 존경의 마음을 얼굴에 나타냈다.

"전에도 유명하셨지만 링글로즈 씨는 이제 이 지역에서는 더이상 신분을 숨길 수 없을 정도로 유명해졌습니다."

"잠자코 있어 달라고 말씀드렸는데요, 브렌트 씨?"

"나는 그렇게 하고 있었습니다. 그러나 살인이란 어떻게든 알려지는 것이니까요."

"벨레아즈 부인은 어떻습니까?"

"잘 되었습니다. 그분의 증언이 채택되었습니다. 부인은 증언을 하기 위해서 일부러 이곳까지 왔었습니다. ……큰 사건이었지요."

"아무튼 건강하시겠지요?"

"당신을 보고 싶어하며, 지금 아주 흥분해 있습니다."

"사냥은?"

"20명 정도의 사나이——그 중에는 솜씨 좋은 자들도 포함되어 있지요——가 당신과 함께 꿩 사냥 가는 것을 자랑스럽게 생각하고 있습니다."

"꿩 사냥 같은 것은 하고 싶지 않습니다. 내가 이곳에 온 것은 당신을 만나보고 일을 하기 위해서입니다."

"일이라고요? 아니, 아직도 일이 부족한가요?"

"글을 쓰는 일입니다. 브렌트 씨……글을 쓰는 일. 내 저술의 마지막을 장식할 사건을 나는 오래 전부터 원하여 왔습니다. 독자가 돈을 내고 사 본 다음 화를 내지 않을 이야기지요."

"그러니까 이번 사건이 큰 도움이 된다는 뜻이로군요. 그럼, 이곳 올드 매너하우스의 이야기도 함께 넣어 주십시오!"

"물론이지요, 브렌트 씨. 이야기는 당신 집 지붕 밑에서 시작됩니다. 그리고 역시 이곳에서 끝을 맺으려고 합니다."

"그 책이 많이 읽힌다면 우리 호텔도 장사가 잘 되겠습니다."

"그것은 그다지 기대할 수가 없을 것입니다. 유령 이야기는 어떻습니까? 유령이 나오는 집은 그다지 인기가 없으니까요."

"유령 이야기는 쓰지 말아 주십시오. 그편이 훨씬 좋을 겁니다."

"유령 이야기를 쓰지 말라구요? 왜요? 그 유령이 사건에 가장 중요한 대목인데요? 이 사건에서는 유령을 중심으로 모든 일이 진행되었습니다."

"그러나 당신은 유령을 물리쳤습니다."

"그러나 그것을 어떻게 확신합니까? 전에 쓰던 방을 준비하셨겠지요?"

"물론입니다. 지시하신 대로 조금도 바꾸지 않았습니다. 당신이 그 방에 묵어 간 뒤 20명이나 거기서 잤습니다. 그러나 유령 이야기는 조금도 나오지 않았습니다. ……이것은 사실입니다."

두 사람은 차를 마시면서 세상에 대한 여러 가지 이야기를 했다.

"그 사건이 있은 뒤 이곳에서 차를 마시는 사람이 웬일인지 불어났습니다. 덕분에 돈을 많이 벌었지요. 그것을 부정하지는 않습니다. 나의 개인 손님으로 이곳에 머물러 주십시오, 호텔 손님이 아닙니다. 나의 영광스러운 손님으로 언제까지나 묵어 주시기 바랍니다."

브렌트 씨는 명확한 말투로 말했다.

"그렇다면 사양하지 않겠습니다, 브렌트 씨."

존 링글로즈는 반시간 뒤 예전에 묵었던 방으로 안내되었다. 그는 간소한 방의 모습을 신기한 듯이 둘러보며 브렌트에게 말했다.

"내 생애 모험의 출발점으로는 기묘한 장소입니다."

주인은 난롯불을 피우고, 커튼을 열어 놓았다. 새로 온 손님은 그전과 똑같은 동작을 되풀이했다. 옷을 벗어서 벽장과 옷장에 집어넣었다. 그는 탄약통과 엽총 케이스를 다락 맨 밑에 넣었다. 창문의 반대쪽 테이블 위에 서류와 우편함과 휴지통 상자를 정돈해 놓았다. 두 시간 뒤 종이 울리자 식사를 하기 위해 내려갔다. 맨리가 다소곳한 태도로 휠체어를 밀고 나타났을 때, 존은 여주인과 하녀를 향하여 친절하게 인사했다.

"두 분 모두 조금도 변하지 않으셨군요. 방해되지 않는다면 나중에 응접실에 가서 이야기하겠습니다."

"우리는 당연히 이야기를 들을 자격이 있다고 생각합니다." 벨레아즈 부인이 말했다.

부인의 눈은 그를 보았을 때, 순수한 감동으로 빛났다.

"우리는 아주 많은 것을 알고 있답니다. 그렇지만 묻고 싶은 것도 많아요."

"그럴 것입니다, 그렇겠지요." 링글로즈는 다시 힘주어 덧붙였다.

"부인, 당신이 없었다면…… 그리고 수잔, 당신이 없었다면 이야기할 것이 아무것도 없었을 겁니다. 내가 쓰려는 책을 어떻게 써야 좋을지도 몰랐을 것입니다."

이 호텔에는 다른 손님들도 들어 있었다. 그리하여 링글로즈는 부인의 방에서 잠깐 이야기하기로 동의했다. 저녁 식사가 끝나고 30분쯤 뒤 부인의 방을 찾아갔을 때, 모든 것은 깨끗하고 아늑하게 정돈되어 있었다.

"먼저 한 가지 말씀드려 두겠는데 담배를 피우면서 말씀하셔도 좋습니다." 노부인이 말을 꺼냈다.

이윽고 링글로즈는 이야기를 시작했다.

"아시는 바와 같이, 나는 이 사건의 모든 점에 대해 처음부터 완전하게 당신들 두 분에게 보고해야 한다고 느끼고 있습니다. 그것은 당신들이 도와주었기 때문이지요. 미스 맨리도 들어 주십시오. 지난해 이맘때쯤 올드 매너하우스 호텔을 방문했다가 떠난 뒤…… 부인, 이야기가 좀 길어지리라고 생각합니다. 그러나 이것은 불행하게도 재미있는 이야기가 못됩니다. 왜냐하면 발단도 재미있고 중간 부분도 좋으나 끝이 없는 이야기거든요. 나의 일은 아직 끝나지 않았습니다. 공포는 아마 언제까지나 끝나지 않을 것입니다. 나의 이야기는 하루 이틀 밤에 끝나지 않을 것입니다. 왜냐하면 나는 이곳을 떠난 다음부터 도체스터에서 막이 내릴 때까지 나와 그 두 사나이의 신상에 일어난 중요한 사건을 모두 이야기하려고 생각하기 때문입니다."

"이야기를 하려면 여러 가지 일이 생각나겠지요, 링글로즈 씨. 수잔도 나도 그 점은 잘 알고 있답니다." 벨레아즈 부인이 대답했다.

"그거 참, 잘된 일입니다."

이와 같이 해서 두 부인은 한마디도 놓치지 않으려고 귀를 기울였다. 수잔은 무릎 위에 두 손을 올려놓고, 벨레아즈 부인은 안락의자의 팔걸이를 잡고 있었다. 이윽고 링글로즈는 이야기를 시작했다.

사실 링글로즈는 사소한 일도 아주 세밀하게 기억하고 있었고, 사건에 대한 것뿐만 아니라 그 사건이 일어났을 때 자기 마음에 떠오른 생각과 의견까지도 극히 신중하게 설명했기 때문에 꽤 오랜 시간이 걸렸다. 이야기가 끝나려면 여러 날 밤이 걸릴 게 틀림없었다. 첫날 밤, 밤이 깊을 때에야 겨우 아서 비튼의 이야기가 끝났다.

벨레아즈 부인은 그가 한꺼번에 이야기하지 않는 것을 유감스럽게 생각했으나, 수잔은 그것이 당연한 일이라고 말했다.

"이것은 1주일이나 걸리는 아름다운 영화 같은 것으로, 등장하는 남녀들과 친밀하게 될 거예요." 그녀는 말했다.

이야기가 시작된 지 닷새째 되는 날 밤에 링글로즈는 결론을 내렸다.

"어젯밤에는 콘시다인 의사의 보트에서 중지했지요?" 하고 묻더니 곧 다음 이야기를 시작했다. "지금부터의 이야기는 부인께서 잠들기 전에 끝날 것입니다, 벨레아즈 부인……그 대부분은 벌써 공표되어 있지요. 나는 그날 온종일 죽은 듯이 잠만 잤습니다. 너무도 깊이 잠들었기 때문에 의사가 치료하는 것도 몰랐습니다. 눈을 떠 보니 치료해 놓았더군요. 그래서 사람들은 나보고 탐정이라고들 합니다. 탐정은 잘 때도 한쪽 눈을 뜨고 있도록 되어 있는데. 콜리코까지 어둠 속에서 안내받았습니다. 그곳에서 여러 곳을 지나, 이탈리아와 작별하게 되었습니다."

"그것은 모두 알고 있습니다. ……나도 그곳에 간 일이 있었지요,

링글로즈 씨."

"나로서는 주위의 풍경 따위는 아무래도 좋았습니다." 존은 털어놓았다. "그 대신 나는 나의 계획을 충분히 검토하면서 귀국했습니다. 섣불리 일을 시작한다든가, 경시청에 가는 일도 삼갔습니다. 물론 위험스러운 일은 없었으나, 모든 경우 좋을 수도 나쁠 수도 있기 때문이었지요. 나는 이전에 남작이 사립 탐정에게 의뢰하여 나에 대해서 조사한 사실을 잊지 않았습니다. 그는 빈틈없이 하기 위해 혹시나 나의 유령이 다시 나타나는가 어떤가 알려고 할지도 몰랐습니다. 그래서 나는 그런 일은 하지 않았습니다. 나는 친구 집으로 가서 숨어 있었습니다. 그전에 나의 상관이었던 제임스 리지웨이 경에게 편지를 보내어 대단히 긴 이야기를 하고 싶으며 아주 급하다고 전했습니다. 그리고 이어서 경시청으로는 갈 수 없으니 저녁에 댁에서 만나고 싶다고 부탁했습니다. 그분은 내가 일하는 방식을 알고 있었고, 나 또한 그분의 시간이 얼마나 귀중한가를 잘 알고 있었습니다. 바로 다음날 밤 연락이 와서 나는 그분과 식사를 같이 하기 위해 나갔습니다. 나의 이야기에 그가 큰 관심을 가졌다는 것은 믿어 주시겠지요? 사흘 뒤 다시 저녁 식사를 같이 하기 위하여 나갔습니다. 그때는 그분 이외에 또 한 사람이 있었습니다. 휴버트 매더슨 검사였습니다. 그 두 분이 왔던 것입니다. 두 사람은 내가 내무부에서 얻고 싶어하던 허가를 가지고 왔습니다. 일절 비밀로…… 완전히 비밀이었습니다. 사실 옛날에는 이와 같은 비밀은 없었습니다. 이것은 범죄자와 신문과 모든 사람에 대한 승리입니다."

링글로즈는 이 중요한 부분에서 미소를 띠었다.

"다섯 명이 필요한 도구를 갖추어 출발했습니다. 나를 제외한 세 명의 선발된 사나이와 정부의 병리학자 매거트롤드 교수였는데, 그는 스스로 참가하기를 원했지요. ……그것은 순수한 학자의 정열이었습니다. 우리들은 8월 마지막 날 오전 1시, 브루크 노튼의 교외에 도착했습니다. 다행히 으스름 달밤이었습니다. 나는 남작 가족의 선조 무덤을 알고 있었습니다. 그곳에 있을 때 본 일이 있었기 때문입니다. 무덤은 저택으로부터 180미터 남짓 떨어진 빈터에 있었습니다. 마을에서 떨어진 오솔길에서 자동차를 내려 경관인 운전 기사에게 망을 보도록 했지요. 우리는 묘지에서 간단한 자물쇠를 연 다음 안으로 문을 잠갔습니다. 곧 뷔즈 일가의 새로 만든 관 두 개가 보였습니다. 큰 것은 이탈리아에서 만든 것이고, 작은 것은 브리트포트에서 만든 것이었습니다. 피살된 어린아이가 피살된 아버지 곁에서 자고 있는 것을 보았습니다. 순간 아주 엄숙한 기분이 들었습니다. 내가 죽은 두 사람의 관 옆에 섰을 때 그와 같은 기분이 든 것은 거짓이 아닙니다.

중요한 것은, 머리털 하나까지도 본디 모습대로 해 놓은 것이었습니다. 물통 하나와 타월 두 개를 준비해 갔다면, 경찰의 일치고는 재미있다고 생각하시겠지요? 왜 그런 일을 했는지 아십니까? 그것은 일이 끝난 다음 대리석 가루를 씻어 내기 위해서였습니다. 장화 자국을 남겨 놓고 싶지 않았기 때문이지요, 방문자나 관리인이 그것을 발견하고 소란스럽게 떠들어 브루크 남작의 귀에 들어가는 것을 꺼려 했기 때문입니다. 그리하여 먼지 하나도 남기지 않았습니다.

이윽고 관이 열리고 의사가 필요한 것을 병 속에 넣을 수 있었습니다. 그리고 우리들이 보는 앞에서 의사는 손전등을 비추어 병에 봉인을 했습니다. 시체는 허리 높이의 선반 위에 안치되어 있었는데, 관은 조금도 움직이지 않았습니다. 관을 열기 전에 뚜껑 위의 먼지를 모았다가 그 뚜껑의 나사못을 죄어 닫은 다음 다시 뿌려 두었습니다. 만일 숙련된 인물이 그날 밤 어떤 일이 일어났다는 것을 알았다면 나중에 몇 가지 흔적을 발견했을 것입니다. 그러나 그대로 보아서는 아무것도 발견할 수 없었습니다.

한 시간 반 뒤 우리들은 자동차로 돌아와서 밤이 새기 전에 런던으로 돌아올 수 있었습니다. 그로부터 검사가 시작되었습니다. 남작은 다량의 독약을 마셨기 때문에, 진상은 곧 뚜렷하게 나타났습니다.

남작이 도버에 도착한 날까지 이 사건을 아는 것은 영국에서는 아홉 사람밖에 없었습니다. 남작이 도착한 것은 그로부터 3주일 뒤였습니다. 나는 그를 체포하러 함께 갔습니다. 나의 모습을 보자 그는 매우 놀랐습니다. 확실히 무척 놀랐으나, 태연한 태도를 잃지는 않았습니다. '당신은 마시지 않았군요!' 하고 남작이 말했습니다. '그렇소, 남작. 나는 마시지 않았소' 하고 대답했지요. 그는 아주 조용히 두 손을 내밀어 수갑을 찼습니다. 그러나 나에게만은 관심을 나타냈습니다. '그럼, 당신은 어디에 있었소?' 하고 물었습니다. '비탈진 곳의 작은 노간주나무 밑에' 하고 대답했으나 그는 믿지 못하겠다는 듯 말했습니다. '토끼 한 마리도 숨을 수 없을 텐데.' '나무 한 그루가 나를 숨겨 주었습니다, 남작. 독수리가 날아갈 무렵이었지요.'

이것으로 승부가 끝났다는 것을 그는 알았습니다. 이처럼 무서운 순간에도 문제의 줄거리를 쫓을 수가 있고, 어떻게 자신을 쫓았는지 이론적 경로를 더듬을 수 있었던 이 사나이는 아무튼 지력이 뛰어나고 전광석화 같은 머리의 활동도 훌륭하다고 해야 할 것입니다. '형을 검시 해부했군요?' 하고 그는 물었습니다. 순간적으로 그것을 알아차렸던 것입니다. '그렇소, 남작. 히오신이더군요.'

'당신은 나를 교수대로 보내는구려, 링글로즈 씨!' 하고 남작은 말했습니다.

'그렇게 되기를 바라고 있습니다, 남작' 하고 나는 대답했습니다. 그때 사람들이 그를 연행해 갔습니다."

"그럼, 그 가엾은 소녀는?" 벨레아즈 부인이 물었다. "그 이야기는 그것으로 됐어요. 이제 그 소녀에 대해서 말씀해 주세요. 남작과 같이 도버까지 왔겠지만, 그 뒤의 일을 우리는 아무것도 모르니까요."

"그것이 글쎄, 뭐라고 해야 하나, 아주 비극적이었습니다, 부인." 링글로즈가 대답했다.

"비극적? 설마!"

"나는 그 소녀나 의사를 말하는 게 아닙니다. 니콜라스 트레메인을 말하는 거지요. 나는 미리 연락을 취하려 했으나 헛일이었습니다. 그는 집을 떠나 있었습니다. 나는 그가 틀림없이 이탈리아에 있으리라고 판단했습니다. 그러나 없었습니다. 그는 스코틀랜드에 와 있었습니다. 그는 도버의 부두에서 배를 기다리고 있었습니다. 콘시다인 의사 또한 그랬습니다. 나는 에스크에 있는 그에게 전보를 쳤습니다. 나는 그에게 밀드레드 양과의 우정으로 보아 이곳에 와 주기를 바랐던 것입니다. 밀드레드 뷔즈 양에게는 친절하게 위로해 줄 사람이 필요하다고 생각했기 때문이었지요. 그는 곧 달려와서 줄곧 염려하며 기다리고 있었는데, 이윽고 우리들은 플로렌스에 파견했던 사나이로부터 브루크 남작이 귀국한다는 편지를 받았습니다. 우리는 조 앤블러를 플로렌스에 파견해 두었었는데, 그는 용기 있는 사나이지요. 조는 남작과 같이 열차로 돌아와서 지금 파리에 있다는 전보가 도착했습니다.

마침내 남작의 배가 보였습니다. 콘시다인과 트레메인도 우리와 같이 있었습니다. 우리는 25분쯤 기다려야 했습니다. 그때 나는 두 사람을 서로 소개시켰지요. 의사가 뒷날 런던에서 나에게 말한 바에 의하면, 그들은 밀드레드를 기차에 태워 집으로 보냈다고 하더군요."

"그리하여 잘 되었겠지요?" 수잔이 물었다.

"연인들의 사이는 잘 되어 갔습니다. 두 사람은 이번 봄에 결혼한답니다."

벨레아즈 부인은 한숨을 쉬고 신경 안정제를 먹었다.

"그 아름다운 아가씨를 만나보고 싶군요." 그녀가 말했다. "어서 계속하세요, 링글로즈 씨. 그러나 그 다음에 무슨 일이 일어났는지는 다 알 것 같군요."

"전부는 아니겠지요……. 아무도 그 전부를 알 수는 없습니다, 공교롭습니다만, 영원히 모르게 될지도 모릅니다. 이 사건의 재판과 변론에 대해서는 물론 잘 알고 계시겠지요. 어떤 의미에서는 그에게 불리한 점이란 나의 증언뿐입니다. 그러나 내 말 뒤에는 유력한 증거가 가득 차 있었습니다. 그의 변호인의 변론도 훌륭했으나 끝내 무너져 버렸습니다. 변호인은 이렇게 말했지요. '자살이란 두 가지 방법으로 행해지고 있다는 것이 잘 알려져 있다. 일단 목을 찌르고 나서 다리에서 뛰어내린다든가 기차 밑에 몸을 던진 사나이를 예로 들 수 있다. 어떤 사나이는 독약을 마시고 머리에 권총을 쏘기도 한다. 그런데 왜 독약을 마시고 절벽에서 뛰어내리는 일이 있을 수 없다는 것인가?' 그러나 그 변론에 대해서 내 손수건에는 시체에서 검출된 것과 똑같은 히오신이 묻어 있었습니다. 그는 결코 부정할 수 없었습니다. 그는 내가 알고 있는 오랜 세월 동안 이 나라의 교수대에서 죽은 유일한 귀족이었습니다. 이 나라의 귀족은 스스로 법률을 지키는 것을 자랑으로 삼고 있지요.

그는 훌륭하게 죽었으며, 목사의 구원을 거절했습니다. 다만 한 권의 책을 원했는데 그것은 고비노가 쓴 책입니다. 그는 그 책을 아주 천천히 끝까지 읽었습니다. 그는 예정했던 공소가 실패로 돌아가자 모든 것을 자백했습니다. 진심에서 우러나와 자백하는 경우에는 상황 증거가 한층 만족스럽게 됩니다. 나는 그가 죽기를 강하게 바랐다고 말할 수는 없습니다. 그는 살아 있는 동안 시장에 나와 있는 상아 세공품을 거의 다 사들였습니다. 그리고 그는 대단히 놀라운 일을 한 가지 했습니다. ……내가 다루어 본 살인범 가운데 이와 같이 놀라운 일을 한 사람은 하나도 없었습니다. 그는 유언장에 한마디 쓴 다음 어떤 물건을 남겼던 것입니다. "

"누구에게입니까 ? " 벨레아즈 부인이 물었다.

"나에게입니다. "

링글로즈는 호주머니에서 무엇을 꺼냈다. 보석 상자였다. 그는 그것을 열어 부인 앞에 놓았다.

"놀라지 마십시오, 바르텔의 상아 세공품입니다. "

노부인들은 그것을 들여다보고는 질린 듯한 소리를 질렀다.

"'존 링글로즈에게, 그 천재를 인정하는 한 숭배자로부터'……이것이 그가 남긴 말입니다. 아름답지요 ? 내 말은 그의 마음을 말하는 겁니다, 상아 세공품을 말하는 게 아니라……. "

"그때 것과 같은 거로군요, " 수잔이 중얼거렸다.

"더욱 나쁩니다……더 나빠요, " 벨레아즈 부인이 말했다.

"그렇습니다. 여기에는 당신이 그린 그림에도, 내가 만든 인형에게도 없는 정기가 서려 있습니다. "

링글로즈는 보석 상자를 닫은 다음 그 추한 것을 숨겨 버렸다.

"그러니까 수수께끼는 여전히 풀리지 않고 아직 남아 있습니다. 확실히 이보다 더 이상한 일은 없습니다. 아무튼 꽤 어려운 사건을 해결하여 모두들 만족하고 있으나, 나는 그렇지 않습니다. 만족할 수가 없습니다. 왜냐하면 출발점이, 즉 사건 전체의 알이 아직 부화되지 않았기 때문입니다. 나는 지금 그 불행한 어린아이의 외침 소리를 말하고 있는 것입니다. 나도 아직 사건의 밑바닥까지는 통찰하지 못했든가, 아니면 또 문제의 밑이 없다고 항복하고 얌전하게 심령학자의 슬하로 들어가든가, 둘 중 하나를 택해야겠습니다. 나는 지금 그 일로 고민하고 있습니다. 수십 명이 처형당한 뒤 심령학자의 밑에 들어갔다는 말은 들은 적이 있습니다. 하지만 나는 그런 무리들 속에 끼고 싶지 않습니다. ……어쩐지 나의 본능이 그 것을 부정합니다.”

“그 소리를 다시 들었나요?” 벨레아즈 부인이 물었다.

“아니오, 될 수 있으면 두 번 다시 듣고 싶지 않습니다.”

“그러나 다시 듣게 될지도 몰라요.”

“하느님! 제발 듣지 않도록!”

그때 벨레아즈 부인은 수잔을 바라보았다.

“어떨까, 수잔?” 부인이 물었다.

“지금이 아니면 결코 기회가 없겠지요.” 수잔이 대답했다.

벨레아즈 부인은 진정제를 꺼냈다. 그녀의 희고 주름진 얼굴에 홍조가 떠올랐다.

“아무쪼록,” 그녀는 입을 열었다. “내가 말하는 것을 들어 주세요. 지금부터 1년 전을 생각해 봐 주세요. 르도우가 죽고 우리가 그 사건에 말려들었을 때 그 무서운 숙부가 취한 태도를 본 뒤 수잔과 나는 어찌할 바를 몰랐습니다. 우리들은 이제 노인이라고 할 수 있습니다. 아무 능력이 없는 노인의 말을 고분고분 들어 줄 사람은 아무도 없지요. 시간이 흐르고 우리 두 사람의 고민도 차츰 둔감해졌습니다. 그러나 결코 잊지는 않았습니다. 나는 기도했습니다……그렇습니다. 사실 몇 번이나 기도했습니다. 그리하여 바로 당신이 이 한 지붕 밑에 머무르게 된다는 말을 들었을 때, 나는 내 기도가 이루어지는구나 생각했었지요. 당신은 제이콥 브렌트 씨에게 신분에 대한 것은 전혀 말하지 말라고 하셨지요. 그러나 그 사람은 그 약속을 지키지 못했습니다. 그로서는 너무도 영광스러운 일이었으니까요. 그는 잠자코 있을 수가 없었어요. 그때도 당신은 브렌트 씨의 동경의 대상이었으니까요. 그는 당신이 어떠한 인물이라는 것을 수잔에게 알려 주었습니다. 극히 비밀로, 그리하여 나는 곧바로 모든 것을 알았습니다. 그래서 나는 하느님이 당신을 보내준 것으로 확실히 믿었습니다. 하느님은 스스로 돕는 자를 돕지요. 그때 수잔과 나는 지혜를 짜내어 일을 시작했습니다."

링글로즈는 가만히 부인을 지켜보았다. 쇠보다도 강한 기억력이 하나하나 되살아났다. 그는 진지하게 의심하였으나 벨레아즈 부인이 말하는 동안은 침묵을 지켰다.

"이처럼 나이 많은 여자가 당신의 관심을 끌 수 없었습니다. 그러나 유령이라면 관심을 끌 수 있다고 생각하여 그것을 택했습니다. 나는 만일 당신이 유령의 소리를 듣고 내가 그에게 대한 무서운 이야기를 할 수 있다면 아마 당신도 귀를 기울여 줄 것이라고 생각했던 것이지요. 당신이 귀를 기울일 준비가 되어 있다는 것을 알았을 때의 나의 기쁨을 헤아려 주시기 바랍니다."

"그러나 사소한 점은 나중에 이야기해 주십시오, 부인." 링글로즈가 소리쳤다.

"네, 계속 말하겠습니다. 이곳에 오신 첫날밤에 당신이 잠든 것이 틀림없다고 생각되었기 때문에 수잔이 나를 휠체어에 태워 밀고 당신의 옆방으로 갔습니다. 나는 벽장 속에 숨어 큰소리로 외쳤습니다. 벽장과 당신 방의 벽 사이는 그다지 두텁지 않습니다. 그래서 당신에게는 귓전에서 들리는 듯했던 거예요. 그리고 나서 수잔은 이내 나를 끌고 돌아왔습니다. 그랬기 때문에 당신이 방 안과 복도, 옆방의 모든 곳을 조사했을 때 우리들은 들키지 않고 돌아올 수 있었던 것입니다."

"두 번째는 어떻게 했지요? 옆방 열쇠는 내가 갖고 있었고, 문은 잠겨 있었는데요."

"또 하나의 열쇠가 있었답니다. 그것을 수잔은 누구의 눈에도 띄지 않게 가져왔습니다. 브렌트 씨가 모든 방의 열쇠를 갖고 있지요. 두 번째 때는 수잔이 나를 그 방의 벽장 속에 안전하게 옆으로 밀어 넣었습니다. 그와 같이 한 다음 그녀는 휠체어를 끌고 나가 열쇠를 채우고 돌아갔습니다. 대단히 위험했으나 나는 그렇게 했습니다. 그녀가 간 다음 나는 죽은 어린아이의 흉내를 내고, 그 뒤는 되어 가는 대로 맡겼습니다. 마침내 당신이 방의 자물쇠를 열고 손전등으로 안을 비추어 보더군요. 그런데 이번에는 벽장을 열지 않았습니다. 조사했다면 내가 벽장 밑에 숨어서 죽은 듯이 있는 것을 발견했을 것입니다. 그러나 그렇게 하지 않았습니다. 당신이 나가서 다시 문을 잠그자 수잔은 당신이 잠들 때까지 기다리고 있다가 나를 데려갔습니다."

"잠이 든 것을 어떻게 알았습니까?"

링글로즈는 늙은 하녀를 사납게 쳐다보았다.

"솔직하게 말씀드리지요, 링글로즈 씨. 당신은 코를 골고 있었습니다."

그는 그녀를 바라보았다.

"이거 야단났군요……. 탐정은 코를 골아서도 안 되겠군요, 미스 맨리."

마침내 그는 항복했다.

이윽고 그는 더욱 당혹한 표정으로 벨레아즈 부인을 보며 말했다.

"그러나 그 아이의 소리……나의 피를 얼게 하고 동요와 광란을 일으키게 한 그 소리에 대한 이야기를 듣고 기절할 만큼 놀란 것도 다 능란한 연극이었던가요?"

노부인은 상냥하게 웃었다.

"당신은 나에 대한 것을 알고 있습니까? 사건을 다룰 때는 처음부터 조사하는 것이 가장 좋다고 말씀하셨지요, 링글로즈 씨? 그러나 나에 대해서는 처음부터 조사하려고 하지 않으시더군요. 그것은 꽤 옛날로 거슬러 올라갑니다."

"의심스럽게 생각하긴 했습니다. 나의 이야기를 듣는 태도에서. 그러나 지금은 알겠습니다."

"그러나 처음부터 조사했다면 더욱 의심스럽게 생각했겠지, 수잔?"

"조사하려고 했는지도 모릅니다, 마님. 이번에는 틀림없이 그 일로 오셨는지도 모르지요."

"그렇다면 당신은 어떤 분이십니까, 벨레아즈 부인?" 링글로즈는 태연하게 물었다.

"당신은 모머스 극장에서 연극이 화려했던 시절을 기억하고 계신가요? 그때는 아직 어렸을지도 모릅니다만, 미니 메리에 대한 것을 들은 일이 있나요? 그녀는 도시의 건달 소년이나 누더기를 걸친 부랑아로 분장하여 연극을 하고, 어린아이 역을 대단히 훌륭하게 해냈지요. 《쓸쓸한 집(디킨스의 소설)》에서는 조역으로 열연하여 격찬을 받은 일도 있었답니다. 수잔은 그 여배우의 의상 담당이었지요. ……지금도 그렇습니다만."

"뭐라고요! 나도 10대 무렵에는 당신에게 반해 있었습니다." 링글로즈는 말했다.

"그렇다면 나는 그 보답을 한 셈이로군요. 나는 내 인생에서 마지막으로 가장 불쌍한 역을 당신을 위해 연기했습니다."

링글로즈는 벌떡 일어나서 이 옛 여배우의 손을 쥐었다. 그의 눈은 빛나고 있었다. 그는 말했다.

"당신은 참으로 훌륭하고 용기 있는 분입니다!"

"그러니까 결국 유령의 존재를 믿을 필요는 없어요."

수잔이 말했다.

필포츠 이름을 영원히 빛낼
범죄 심리소설의 압권

    1960년 12월 29일 AFP 통신은, 이든 필포츠가 호니튼 데번셔의 자택에서 향년 98세로 세상을 떠났다고 전했다. 그가 쓴 수많은 작품 가운데 추리소설이 차지하는 위치는 아주 적은 부분에 지나지 않지만, 그는 추리작가로서 열렬한 존경과 사랑을 받고 있다.

    그는 1862년 12월, 인도에서 헨리 필포츠 대위의 아들로 태어났다. 영국의 플리머스에서 교육을 받고, 17살 때 화재 보험회사의 사무원으로 들어가 10년 동안 일했다. 나중에 런던으로 옮겨가 배우가 되려고 수업했으나 곧 단념하고, 신문사 편집 사무직을 얻었다. 그 동안에 창작의 붓을 쥐기 시작한 그는 30살쯤부터 문학을 일생의 업으로 삼아 창작·희곡·시 등의 각 방면에 걸쳐 재능을 발휘하여 영국 문단의 대가로서 알려지게 되었다.

    그의 초기 작품은 모두 데번셔를 무대로 하고, 걸작으로 일컬어지는 작품의 배경이 거의 모두 다트무어였으므로 그는 전원 소설가로서 이름을 높였다. 또한 그리스며 로마 등 중세기에서 자료를 얻은 역사 소설도 있어서, 1927년에 이미 20권의 전집이 출판되었을 정도이다.

31살에 결혼하여 아들 하나와 딸 하나를 두었는데, 딸인 메리 애들레이드 필포츠도 작가가 되어 아버지와 함께 쓴 희곡을 발표한 일이 있다. 많은 작품을 쓴 그는 1946년 미국에서 제121번째 작품을 발표했는데, 그때가 84살이었으며 그로부터 1952년인 90살까지는 집필을 게을리 한 모양이다.

토머스 하디 다음으로 지방색을 아주 섬세하게 잘 표현한다고 일컬어지는 그가 추리소설에도 붓을 들게 된 것은 1921년 59살 때의 일이었다. 이미 1910년 《불길한 숫자(The Unlucky Number)》라는 괴기 단편집을 쓰고부터 은근히 이 분야에 관심이 있었으리라고 여겨지는데, 《회색의 방(The Grey Room)》을 첫 작품으로 하여 다음해에 《빨강머리 레드메인즈》를 펴내고 1925년 《어둠의 소리》를 썼다. 그 뒤로 거의 해마다 장편을 집필하는 한편 단편 추리소설도 쓰고, 이를 다른 이름으로 발표하였다.

반 다인의 유명한 추리소설 걸작집 머리글에 영국의 걸작이 죽 나열되어 있는데, 그 가운데에 《빨강머리 레드메인즈》와 나란히 《누가 숫울새를 죽였는가(Who Killed Cock Robin)》가 나와 있다. 그런데 이 작품의 지은이인 해링턴 헥스트(Harington Hext)는 필포츠의 다른 이름인 것이다. 그는 《빨강머리 레드메인즈》와 《어둠의 소리》를 집필한 3, 4년 동안에 헥스트라는 이름으로 적어도 세 편의 장편을 발표하고 있어서 60살이 된 노대가의 추리소설에 대한 관심이 얼마나 높은지를 나타내 보여 주고 있다.

문학가 필포츠의 진면목은 《빨강머리 레드메인즈》에 더할 나위 없이 잘 발휘되어 있지만, 이 책에 실린 작품도 그에 못지않다.

제3작인 《어둠의 소리》를 읽고 나면 그 감명이 아주 깊어, 나중에 다시 보아도 여전히 읽는 이의 마음을 사로잡는다. 아주 뛰어난 작품이 아닌 한 수수께끼 풀이나 서스펜스로 독자를 낚고 있는 추리소설은 두 번 세 번 되풀이 읽게 되는 일이 거의 없는데, 이 작품은 드물게도《Y의 비극》등과 함께 읽을 때마다 그 기대를 저버리는 일이 없다.

이 작품은《빨강머리 레드메인즈》와 달리 순수한 수수께끼 풀이의 형태가 아니다. 첫머리에 괴기스러운 일이 일어나 끄트머리에 가서 그 수수께끼가 풀리지만, 전체적인 줄거리와는 그다지 관계가 없다. 이 잔인하고도 냉혹한 범죄의 수사에 손을 댄 사람은 처음부터 모든 걸 알아차리지만 증거가 없을 뿐이다. 그러므로 범인 수사를 그 주된 목적으로 하는 많은 추리소설과 좀 색다르다고 할 수 있다.

여기에는 드물게 보는 범죄자와 탐정 사이의 정교한 성격 해부가 시도되어 서로가 상대의 역량을 헤아리면서 정신력 싸움이 펼쳐진다. 본격적인 추리소설이라면 어느 작품에든지 탐정과 범인의 지적인 싸움이 존재하고 있으나, 범인의 이름은 마지막까지 감추는 것이 통례여서 범인의 의지를 표면으로 나타내기에 여러 가지 궁리가 쓰여지고 있다. 따라서 지은이는 과감하게 범인의 모습을 독자의 눈에 띄게 하고, 그 대신 범인으로 하여금 마음껏 악념을 추구하도록 하고 있다.

지은이는《빨강머리 레드메인즈》에서 탐정 피터 건즈를 묘사했다. 그는 너그럽고 다정한 마음을 지녔으며, 인간의 성격을 해부하는 능력에 특별히 뛰어나 있었다. 그리하여 상대의 마음을 마치 책이라도 읽듯이 또렷하게 읽어 낸다. 즉 그는 여느 사람 정도의 지능을 지니고 있음과 동시에 사람의 지능이 도달할 수 있는 아주 뛰어난 천재의 경지에도 이를 수 있는 인물이다.

《어둠의 소리》에 나오는 링글로즈 탐정도, 풍모는 건즈와 조금 다르지만 링글로즈 자신이 스스로 관찰하고 있는 바에 따르면 '사람 좋고 쾌활한 인물'이며 온화하고 친절해 보이는 표정이 깃들어 있어 매력적이다. 더욱이 그는 인간 성격의 관찰 및 분석에 뛰어난 재능을 지녔을 뿐 아니라 노력을 기울이고 있다.

그러고 보면 건즈와 링글로즈는 바로 하나의 인물이며, 건즈가 관여했던 《빨강머리 레드메인즈》가 은퇴하기 바로 전의 사건이며 《어둠의 소리》가 은퇴하고 나서 얼마 되지 않아 일어났다는 것도 서로 들어맞게 하기 위해서인 듯하다. 추리작가가 창조한 탐정은 이루 헤아릴 수 없이 많지만, 거의 모두가 역겨운 천재형이거나 그 언행이 기괴하고 기발한 인물이다. 그렇지 않으면 경찰견처럼 다만 두서없이 범죄의 흔적을 냄새맡으며 돌아다닐 뿐이다. 건즈도 링글로즈도 사건을 해결한 뒤에 강론을 들려주는 폐단은 면치 못하고 있지만 적어도 인물로서는 가장 신뢰할 만한 형이다. 그것은 지은이 필포츠가 단지 사건의 수수께끼를 뒤쫓을 뿐만 아니라 탐정의 성격이며 풍모를 아주 세밀하게 묘사하고 있어 모든 탐정 중에서도 육체를 지닌 가장 생생한 인물을 눈앞에 보이고 있는 것 같기 때문이다.

탐정뿐만 아니라 그의 작품에 나타난 범인도 천편일률적인 악인은 아니다. 아무튼 새로운 성격을 창조해 내고 읽은 뒤에 반드시 깊은 인상을 남기는데, 그것은 아마도 지은이의 문학적 경력이 큰 역할을 하고 있기 때문이리라.

헥스트라는 이름으로 발표한 《괴물(The Monster, 1925)》에서는 좋은 성질과 나쁜 성질이 끊임없이 서로 다투는 이중성격을 되풀이하며 잔학한 행위에도 양심의 가책을 전혀 느끼지 않는 기괴한 성격을 묘사하여 의외의 범인을 만들어 내고 있다.

《매릴리본의 수전노(Marylebone Miserr, 1926)》에서도 '벗에게 충실하고, 소박한 애정과 겸손한 희생심과 너그러움과 정의를 사랑하는 사나이'가 미개인 사이에서 자랐기 때문에 간교한 지혜와 호랑이 같은 신경을 부여받게 된 탓으로 자기의 범행을 지적당하고도 아무런 양심의 가책을 느끼지 않는 인간을 그렸다.

《의사여, 자신을 치료하라》에서는 인생관이 다른 사람에의 통렬한 증오를 아주 잘 묘사하여, 여기에도 또 새로운 악인이 하나 더 덧붙여지고 있다.

더욱이 《극악인의 초상(Portait of a Scoundrel, 1938)》에 이르러서는, 도덕은 사회생활의 편의상 생겨난 것으로 세상 사람들이 죄라고 이름붙인 짓을 저지른다 할지라도 후회만 하지 않는다면 교묘한 범죄는 결코 탄로나지 않는다는 사고방식의 주인공을 선택했다.

필포츠의 추리소설이 유럽과 미국에서 반드시 높은 평가만을 받고 있지 못하는 것은 그가 순수한 수수께끼 풀이를 등한시하면서까지 범죄 심리의 탐구에 붓을 기울이는 데서 오는 불만이 큰 탓으로 여겨진다. 사건의 수수께끼를 쌓아 가면서 등장인물에 대해서는 인형과도 같은 묘사밖에 하지 않는 전문적인 추리작가의 작품에 만족하지 못하는 이들이 문학가로서의 필포츠를 자극하여 추리소설을 집필하게 하고 마침내는 범죄 심리소설 쪽으로 그의 주의를 기울이게 한 때문이 아닐까 추측했다.

추리소설의 유치함에 싫증이 난 독자에게는, 그가 창조해 낸 수많은 악인들의 현란한 초상이 또 다른 긴장감을 불러일으켜 주지 않을까. 그렇기 때문에 어느 정도 일반적인 추리소설과는 달리 변화가 없어 지루함을 느낄지도 모르지만 한 구절 한 구절에 주도면밀한 배려가 깃들어 아주 의미 깊게 씌어져 있다. 특히 《어둠의 소리》경우에는 탐정과 범인이 서로 상대방의 마음을 떠보는 담소 뒤에 불꽃이 튀어, 참으로 필포츠가 아니고서는 표현할 수 없는 박력이 넘치고 있다.

《빨강머리 레드메인즈》가 본격적인 추리소설의 최고봉이라면, 《어둠의 소리》는 범죄 심리소설의 압권으로서 필포츠의 이름을 영원히 남게 할 것이다.